台灣中生代詩人論

詩人論

孟樊 著

向陽

陳義芝

羅智成　　劉克襄

夏宇　　陳黎

蘇紹連

利玉芳

李敏勇

羅青

緒　言

一

　　我的上一本學術論著《文學史如何可能？——台灣新文學史論》（2006），如該書名所示，從事的是文學史（literary history）的研究，其中有四篇論文的研究主題與台灣新詩有關，足見我對新詩付出的關注。轉行跨入文學專業領域，多年來我孜孜矻矻研究的重心主要擺在台灣的新詩，最早關注的是當初方興未艾的後現代詩，試圖從理論的角度切入，檢視台灣後現代詩的表現，目的是希望藉由引介和討論將後現代詩予以理論化，這是我從事學術工作初期的研究焦點，並也因此交出了一本《台灣後現代詩的理論與實際》（2003）專著。

　　這本《台灣中生代詩人論》是我研究的另一個轉向，也就是從文學史與文學理論的鑽研轉到詩作的實際批評（practical criticism）。我的詩作批評當然不是自本書始，在我尚未轉換工作跑道到大學黌宮之前，其實已寫了不少詩評文章，只是那些評論文字零零散散不成系統。本書則是我從文學專業的角度出發，為台灣詩人的詩作所做的較有系統的評論。

二

　　批評是理論的運用與落實，本書係從西方文學理論出發來考察詩人的詩作文本，其中涉及的文論包括：文學社會學（導論）、修辭學、英美新批評與結構主義（李敏勇論、羅青

論、陳黎論）、文類批評（蘇紹連論）、女性主義（利玉芳論）、現象學（陳義芝論）、原型分析（羅智成論）、傳記式批評（向陽論）、後現代主義（夏宇論）與生態批評（劉克襄論），兼顧文本的內緣和外緣研究；而如何適用相關的文論，則視詩人及其詩作特性為何而定。

事實上，每一種文學理論都有它的洞見和盲見。某種文學理論可能適合某類文本，以之做為評論的依據可說正中下懷，並可以挖掘出意想不到的問題——這是洞見；但對於其他文本而言，可能就會顯得格格不入，難以入手，而發覺不到文本潛藏的深意——這是盲見。誠如柏瑞斯勒（Charles E. Bressler）在《文學批評——理論與實踐導論》（*Literary Criticism: An Introduction to Theory and Practice*）（1994）一書中所說，世界不存在有一種無所不包的「後設理論」（metatheory，或譯為「元理論」），可以適合於任何文本的詮釋，「也沒有一種理論可涵蓋一個文本所有的可能詮釋」；換言之，「沒有一種理論可以窮盡追問任一文本的所有合法性的問題」（8）。正因為如此，面對不同性質的文本，就必須慎選相應的適切理論，始能對症下藥，庖丁解牛。本書運用西方文論入手詮釋當代台灣詩人文本，即係出於這樣的考慮。

就拿文類批評來說，本書以之做為分析蘇紹連散文詩的依據，批評重點自然落在文類的詮釋上，而無法像新批評那樣斤斤計較於蘇氏個別詩作的細讀（close reading）。再以傳記式批評來說，本書對於向陽「亂詩」的檢視乃係自此一研究途徑入手，自然無法顧及其詩作的內緣分析，蓋因傳記式批評是外緣而非內緣研究。你可以說，對向陽「亂詩」不做內緣分析，難

以深入其詩作之內蘊——這就是選用傳記式批評本身與生俱來的盲見（可不是我的盲見啊），但是它的洞見卻也讓我們了解詩人的生活經歷如何影響他的創作表現至深且巨。然則我的分析文本爲何會落在中生代詩人身上？

三

　　歷來台灣詩壇注目的焦點一直放在資深輩的詩人身上，他們爲新詩在台灣的發展塑造典型、奠定基礎，從辛鬱、菩提、張默、張漢良、管管等人合編的《中國當代十大詩人選集》開始，各種「十大詩人」的選拔與論述，以及各種詩選集的編選，要角都是前行代詩人，遑論邇來研究對象也都以資深輩詩人爲主的博碩士論文了。然而，前行代的這種「三千寵愛在一身」，久而久之也造成「研究擁擠」的現象，譬如就拿余光中一人來說，從國家圖書館的《台灣博碩士論文知識加值系統》以題目條查詢「余光中」，即可知迄至目前爲止，共有十七篇博碩士論文以他爲研究對象（二〇一一年十二月瀏覽）；換言之，學界的研究對象重疊性太高，這就形成研究資源的浪費。

　　正如本書第一章所言，「江山代有才人出」，時序走到了二十一世紀，二十年前當時所謂的詩壇新世代，如今由於時間的演進與創作的增長，已經跨入中年而成爲中流砥柱的中生代了。目前中生代詩人已成爲台灣詩壇創作的主力，綜觀他們的創作也臻於成熟的階段，可謂是台灣新詩史中的要角。縱然如此，在學術研究上受到的關注仍無法和前行代詩人媲美，即以羅智成爲例，從《台灣博碩士論文知識加值系統》網站上查詢到的博碩士論文研究筆數，只得四筆，委實不多。出於上述如

此的考慮，才讓我興發以中生代詩人為探究對象的念頭。然則又是哪些中生代詩人值得探討？

四

首先，我要為研究對象樹立挑選的標準：

第一，即是最基本的年歲條件。本書如第一章導論所言，設定年紀約略在四十歲至六十歲之間的詩人為所謂的「中生代」（理由參見第一章，茲不贅述）；但這並非楚河漢界的劃界，譬如：李敏勇、羅青、蘇紹連現今都已六十來歲，但是他們仍然不同於洛夫、桓夫、蓉子等人的前行代。

第二，當然是要有質量俱佳的詩作。其中「創作量」指的是至少要出版四本詩集（利玉芳只能勉強算達此標準，雖然她出版有五冊詩集，但其中有兩冊主要是綜合舊作的選集）。四冊詩集的標準自然是個人主觀的認定，我的想法是，如果一本詩集（通常）收有五十至六十首詩作，那麼四本詩集應該可以收入（至少）兩百首作品，而中生代詩人不管是年齡或詩齡都不能算短暫，若創作迄今交不出兩百首詩作，其創作力未免單薄了些。

第三，則是要具備某種代表性或典型性。例如利玉芳之所以列入本書的討論，乃是她同時具備本土（客家）、女性，以及是笠詩社同仁的三重身分；再如劉克襄，以自然寫作聞名於台灣文壇，卻是詩壇長期以來的「獨行俠」，但是他的詩作及其風格卻另闢蹊徑，將自然寫作的文類擴展到新詩的領域，自成典型。其他詩家的情形大體類似，均具備一定程度的代表性或典型性。

其次，簡政珍、詹澈、馮青、零雨、白靈、林燿德、陳克華、陳育虹、鴻鴻、江自得……我想到符合上述條件的詩人，一長串具有相當代表性詩人的名單立即浮上腦海來；然而，儘管「情長」，畢竟「紙短」，我終究無法以一本書的份量同時容納——譬如二十位詩家的討論（爰是，本書不敢將書名逕稱爲「中生代十大詩人」）。上述那些中生代詩人無一不是當今台灣詩壇具相當份量的詩人（除了已過世的林燿德），應該受到同樣的關注。

因此，這本《台灣中生代詩人論》不妨視之爲我對於中生代詩人研究的第一步。但盼不久的未來能持續開拓此一研究課題，並交出另一本著作。

目 錄

第一章　導論

台灣中生代詩人的創作趨向

- ■ 前言
- ■ 中生代詩人的界定與意義
- ■ 中生代詩人的創作趨向
- ■ 結語

第一節　前言

「江山代有才人出，一代新人換舊人」——這句話一語道破文壇世代更迭的現象。朱雙一在《戰後台灣新世代文學論》一書的緒論中依循法國學者埃斯卡皮（Robert Escarpit）的提法，指出台灣文壇確實存在著「代」的現象，亦即「某一時期相對集中地出生了大批的作家」。他從《文訊》雜誌社編印的《作家作品目錄新編》以及巨人出版社和九歌出版公司分別印行的《中國現代文學大系》與《中華現代文學大系》三大套書中，加以考察且分別統計，找出資料做為例證，以支撐他上述的說法（3-5）。然則台灣詩壇是否也相應地存在著朱雙一所指出的這種「世代現象」呢？

按照埃斯卡皮的主張，這裡所謂的「世代」（generation）指的是出生年代相對集中在某一時期的作家（40），或者說「某一時期相對集中地出生了一大批作家」（朱雙一　2）。雖然統計資料表明，文學史上每隔一段時間就會出現相對集中的作家群體、創作高峰、寫作方法和文學樣式的週期性變化（朱雙一　2）[1]，然而埃斯卡皮也小心地提醒我們，這種看似有規律可循的變化，卻也「很難跟作家世代的出現建立什麼關聯」

---

[1] 這是埃斯卡皮根據法國文學史的資料得出的一個結論。在《文學社會學》中他還指出，儘管不能機械地、主觀地認定一個嚴格的時間表，但仍可見約略七十年（人的平均壽命）與三十五年（人的壽命的一半）為一循環的大、小變化週期（42；朱雙一　2）。

（42）。蓋「談到作家，出生日期並不具意義……因爲作家並不是先天生而爲作家」，而且作家「參與文學生涯是個糾結複雜的過程」（42），很難一概而論。以言台灣詩壇，從詩人的出生日期來加以統計，並未發現當中有相對集中的現象；以形成所謂的「創作高峰期」。就以張默與蕭蕭二氏合編的《新詩三百首》（2001）爲例，在〈卷二・台灣篇〉所選的一〇七位詩人中，尚未發現有集中於某一年出生的現象；換言之，台灣詩壇尚未有出生年代相對集中於某一時期的詩人。

　　如果從埃氏上述那樣的說法來界定「世代」的概念，那麼以世代爲劃分標準來探索中生代詩人（乃至於任何一個世代）的創作趨向，從中擬得出一些共同的徵象，便成爲一個「不可能的任務」，而這樣的探討本身也就無甚意義[2]。世代，在此指的應該是在某一段時期內出生的一批詩人，他們擁有某些共同的特色，並且在這一段時期內出生的詩人指涉所有的年齡層；易言之，同一世代的詩人群不會特別集中於某一個出生年——至少在當代台灣詩壇中並未發現有這樣的現象，而本章也就以此一角度來考察中生代詩人的創作趨向。

---

[2] 事實上，埃斯卡皮並不太贊同「世代」的說法，他說：「世代的概念，乍看之下教人興味盎然，可是卻曖昧不清。」在《文學社會學》中遂以「班底」（equipe）的概念來取代「世代」之說；而埃氏所謂的「班底」，就是指「包含了所有年齡層的作家群，儘管當中自有一個占了優勢的年齡層」（46）。

第二節　中生代詩人的界定與意義

一、中生代詩人的界定

「世代」一詞既然如上文所說只是一個時間（某一段時期）的概念（而非指涉創作高峰），那麼我們也只能從時間的向度（time dimension）來界定所謂的「中生代詩人」。一九九〇年簡政珍與林燿德主編出版《台灣新世代詩人大系》（上下兩冊），在該書中二氏首度提出「新世代詩人」的說法（1990：777-79），他們所謂的「新世代詩人」以相對性的詮釋指涉「在一九四九年以後出生的詩人」[3]。按年齡推算，簡、林二氏所說的新世代詩人在距今二十二年前的一九九〇年最大的年紀亦不過四十一歲[4]，約略而言，四十歲（上限）上下的年齡是他們區分新世代詩人的一個標準，顯然逾此年齡則非「新世代」而可謂是「中生代」了。再依此往前推，當初四十歲上下的新世代詩人在二十年後的今天（二〇一二年）合該都

---

[3] 林燿德在該書編後記中解釋為何以一九四九年為劃分的標準：「我們所以決定採取一九四九年出生做為斷代基準，不僅僅為了這一年是中國分裂悲劇的肇始（我們並不贊同政治的斷代足以完全規劃文學、藝術的遞嬗），也同時考慮文化生態和思潮變遷的層面。」（778）

[4] 中華民國新詩學會每年所頒的「全國優秀青年詩人獎」，贈獎的對象限定在四十歲以下的詩人。依此看來，四十歲似是劃分青年詩人與中生代詩人的一個標準。

成了六十歲左右的中生代詩人——而這也是所謂「中生代」詩人的上限年齡。綜上所述,本書這裡所稱的「中生代詩人」係指出生於一九四九年以迄於一九六九年之間的台灣詩人,換算成實際的年齡,指的約略是年紀介乎四十歲上下至六十歲上下的詩人。這裡的「約略」或「上下」明顯表示,時間(或年齡)的區分標準不可能完全精確,即以上限年齡來說,誠如當時林燿德指出的:「因為一九四八、四七乃至四五年出生的詩人和一九四九年出生的詩人之間,並沒有明顯的世代斷層。」(1990:777-78)

這些台灣的中生代詩人最早一批在一九七〇年代開始陸續在詩壇嶄露頭角,到了八〇年代有更新的第二批中生代詩人的崛起,於今成了台灣詩壇創作的主力軍;較晚一批中生代詩人則出現於一九九〇年代初期。若以創作年齡論,中生代詩人約莫都有二十年以上的創作經驗,即使是年紀稍長者才提筆賦詩,其創作年齡也都超過十年。事實上,「世代」的概念不能純以詩人的出生年為區分標準,如有人出道極早,少年老成[5](如白萩),按創作(而非出生)年齡來分,可能提早跨越一個世代;反之,也有人起步較晚(如隱地),雖然後來居上,則也不無可能被推遲一個世代。然而不管世代的劃分是否僅以生理年齡或創作年齡做為標準,就中生代詩人而論,也只有持續創作不輟始能立足於世代詩人之中;換言之,詩人的生理年

---

[5] 這種情形,詩人尤其顯著,如法國象徵派詩人韓波(Arthur Rimbaud),創作生涯從十五歲到十九歲,青春歲月即光芒四射,被稱為「貶謫的天使」。

齡即使已達四十歲的下限標準，但若中止創作，也就無法與其生理年齡進入中生代詩人之林乃至於文學史中喪失一席之地[6]。除了死亡（如林燿德），否則本文所述及的中生代詩人概指持續寫作的詩人（儘管其創作生涯或有間歇停筆之時）。

二、中生代詩人「代」的意義

做為一個世代，「中生代詩人」的提出，乃是有別於「流派」（sect）的一個概念範疇。在文學史的建構中，流派向來居有重要的地位，尤其是在台灣詩史的探索裡，等同於流派的詩社往往成了注目的焦點（儘管詩社未必與流派劃上等號）。流派如此之受到矚目，誠如朱雙一上書所言：「因『流派』往往是某一創作方法的共同實踐者，某一文學思潮的載體，乃至某一文學運動的發起者和推動者。」（2）然而，在詩史的建構與探索裡，流派做為一個概念範疇亦有其局限性，譬如流派本身可能就是一個鬆散的組織，其起因只是詩人情感的凝結而已[7]（林燿德 1995：17）；又或者重要或代表性的詩人本身可能橫跨兩個以上不同的派別（如白萩、林亨泰），乃至未參與任何流派團體（如羅智成、蔣勳）。有鑑於此，朱雙一承上文接著

---

[6] 其中瘂弦可說是台灣詩壇的一個特例。瘂弦生平只出過一本詩集《深淵》（1971），所收詩作皆係青年時期之作，若按創作年齡分類，他可歸之於「青年世代」。然而，隨著他生理年齡的增長，在台灣詩壇也被同時「升格」為資深或前輩（世代）詩人，乃至於「前行代詩人」。

[7] 林燿德則認為唯當流派和文學運動結合時，或者形成師徒的承傳時，「才能顯現其文學史中的背景性」（1995：17）。就「形成師徒的承傳」此一角度觀之，世代的意義也就乍然浮現。

說：「僅以『流派』的角度，未必能窮盡文學發展的所有複雜性和豐富性，也未必能符合每一時期文學發展的實際情況。」（2）爰是「代」的提出，在此凸顯了有別於從流派角度建構或探索文學史的重要意義。

　　進一步言，從詩史演變或發展的觀測角度來說，流派的出現及其特徵往往與意識形態、美學風格等息息相關，而世代的出現，承傳與斷裂則與宏觀的社會、政治、經濟、文化環境的變遷緊密相連（朱雙一 7-8）；也因此從「代」的角度來研究詩人及其作品，以至於探索詩史的演變，才能更為凸顯其分殊的意義。若從這樣的角度加以考察，則此所謂「中生代」又可依其崛起的社會背景的差異再區分為「前中生代」與「後中生代」[8]。前中生代詩人約莫崛起於一九七〇年代初、中期（如陳義芝、陳黎、詹澈、向陽、羅智成、游喚等人），年齡約為五十至六十歲左右；後中生代詩人則多數成長於一九八〇年代以後（如林燿德、鴻鴻、許悔之、唐捐、顏艾琳等人），年齡約為四十至五十歲之間，出生年代以一九五九年或一九六〇年前後為兩個次中生代的分水嶺。

　　從宏觀的社會背景及文化環境來看，前中生代崛起的一九七〇年代，由於內（反對勢力出現）外（外交孤立，台灣國際地位日趨下降）壓力雙重侵迫，加上農村經濟凋蔽、階級對立逐漸升高等社會、經濟問題，引發了前中生代的主題意識

----

[8] 林燿德則將之稱為「第三代詩人」與「第四代詩人」，這兩個「次中生代」（在他執筆為文的當時被稱為「新世代」）詩人的分野，係以出生在一九五〇年代末期為分界標準（1990：790）。

也跟著轉變，不論是思想傾向或美學訴求都與之前所謂的前行代詩人有著顯著的差異，誠如林燿德所說：「自《龍族》創刊（一九七一）到『鄉土文學論戰』爆發（一九七七）期間，正是第三代詩人〔即前中生代詩人〕成長的階段，適時『前行代』的詩人面臨詩界新生力量和外界非議現代詩晦澀難解的雙重夾擊，已顯得力不從心，在理論和創作雙方面，除了部分重量級詩人延續了既有的成就，整體而言並沒有具體的對應與突破。」（1990：785）依此而言，前中生代於一九七〇年代台灣詩壇出現的意義，即係其標誌了前行代與中生代之間「移轉典範的關鍵」（林燿德 1990：785）。

再就出現及成長於一九八〇年代的後中生代來看，可以說「鄉土文學論戰後的八〇年代至九〇年代，是台灣社會發生深刻的結構性變革的時期」（朱雙一 8）。這段期間，強人政治崩盤，政治解嚴，報禁解除，資本主義都市社會成形，而國際上美俄雙方對峙的冷戰格局則日漸趨於瓦解，這正是後中生代全速崛起的時機，也使得他們的創作主題與美學觀點呈現出新的特徵，與前行代的關係，則除了部分仍具承傳意義外，更具有挑戰與較勁的意味（林燿德 1990：786）。

整體而言，前中生代詩人崛起的一九七〇年代，處於城鄉文化交替及過渡的階段，他們揭開了創作典範移轉的契機；而後中生代勃興的一九八〇年代，則城市文化儼然成形，在資訊洪流的侵襲下，創作美學與主題意識翻新，走出並拓寬了前行代的創作路線。進一步言，也從這個時期開始，中生代詩人日漸成為詩壇發展及創作的主力，而其於歷史上出現的意義，就如林燿德於《一九四九以後》的〈導言〉中所說的：

一九四九以後出生的台灣詩人，他們出生於戰後，是完全與戰爭隔絕的世代，也是徹徹底底的「戰後世代」。這些人的生命實際經歷了一九四九以後台灣地區政治、經濟、文化、社會種種的發展，目擊了農業、工業乃至後期工業文明的各種現象；尤其一九五六年後出生的詩人，不但接受到一九六八年起實施的九年國民義務教育，更在成長期間即身受都市化生活空間的影響；在創作方面，他們也曾經被前行代的風格所籠罩、陶冶，又在承襲之餘，紛紛開拓出現代詩的新牧場，各種不同的信仰和觀念，便在新世代〔即本文所稱的中生代〕的創作實踐中展開辯證，豐富了詩史，也成就了詩人本身。（1986：❺-❻）

第三節　中生代詩人的創作趨向

做為一個世代而不是一個流派的中生代詩人是否可以找出他們創作的「公分母」──亦即共同徵象呢？也就是可否在這一世代的身上得出他們共同的特徵呢？事實上，每位詩人皆有其獨特的創作風格，如同林燿德所說：「他們創作的身世都是諸種魅力的複合體。」因而很難將之化約為某幾個特徵或「規範在某幾個意義模糊的『主義』之下」（1990：788）。

一、詩壇的創作主力

縱然台灣中生代詩人的創作「公分母」難覓，惟就所有的中生代詩人來說，仍然可以從其「世代」的特性中找到下述若干共同趨向，而且不容諱言的是，他們的創作構成了當今台灣詩壇的主力，這一個特點尤其突出。從各年度詩選中生代詩人入選的比例即可印證此一說法[9]。

年度詩選容或有政治動機的存在（寓含著霸權的競爭與權力再分配的企圖）（林于弘 99），惟不可否認的是，入選年度詩選的詩作或多或少受到某種程度（代表著某些詩人和評論家的眼光）的肯定，乃至從中可以區分出所謂「好詩」的標準。就拿最近這十二年（1999-2010）的年度詩選入選詩作來說，從下表中可以看出中生代詩人入選率之高（約在三分之一至二分之一之間）[10]，非前行代與新生代詩人能及：

---

[9] 台灣的年度詩選從一九八二年開始編起（出版則從一九八三年起），首先是由爾雅與前衛兩家出版社各自出版自己的年度詩選，前衛版持續四年，而爾雅版則堅持至一九九二年才告停刊。爾雅版停刊後，在若干詩人（瘂弦、向明、梅新）的奔走後獲得文建會資助，翌年由現代詩社接手承辦（共六年），後又轉手創世紀詩社（共兩年）、台灣詩學季刊社（共三年），以至於現在的二魚出版公司（從二○○四年接手迄今共八年）。歷年詩選的主編除了有少數前行代詩人（張默、梅新、瘂弦、向明、辛鬱、余光中、商禽、洛夫、林亨泰）的參與外（多為兩、三次），多由中生代詩人擔綱（蕭蕭、李瑞騰、鴻鴻、向陽、白靈、陳義芝、焦桐）。相關的研究可參閱林于弘，《台灣新詩分類學》（96-114）。

[10] 這裡所說的「中生代」係從現在的眼光來看的，也就是以現在的時間來計算的；如果推算回一九九九年當年，現在四十歲的中生代詩人當時只

年度	入選總首數	中生代入選首數	百分比
1999	63	30	47.61%
2000	71	28	39.43%
2001	77	30	38.96%
2002	76	31	40.78%
2003	86	42	48.83%
2004	69	23	33.33%
2005	62	27	43.54%
2006	79	32	40.50%
2007	75	25	33.33%
2008	75	32	42.66%
2009	79	37	46.83%
2010	68	29	42.64%
合計	880	364	41.36%

　　從上表統計數字可以發現，中生代詩人每年度的詩選入選比率約在三成至五成之間，十年的年度總平均百分比為41.36%，這樣的比率足以證明中生代詩人委實成為台灣詩壇的創作主力。再以張默（前行代）與蕭蕭（中生代）二人合編的口碑不惡的《新詩三百首》（上下兩冊）（2002）[11]為例，在該書〈卷二：台灣篇〉所收入的一○七位詩人中，中生代詩人共

有三十歲（算是青年世代）。但是這樣的算法卻也有個好處，那就是可以看出這十年間誰是馳騁詩壇的要角，說明現在的前中生代不少人極早即在千禧年之間成了創作的主力。

[11] 該詩選出版之後即榮膺《中國時報・開卷版》每週的「好書推薦」，也成為各大學相關的現代詩（創作）課程的教材；並於一九九六年五月再版，一九九七年九月發行第三版（張默、蕭蕭 1348）。

入選四十五位[12]，比率爲42%，占有將近半數（弱）；換言之，該詩選從日據時期已逝詩人（賴和、張我軍、追風、楊守愚、楊華、水蔭萍）選至林群盛（1969年生）爲止，當時所謂的中生代詩人（出生於一九三五至一九五五年）入選人數幾占總人數的「半壁江山」。可見從該部詩選亦可證明中生代詩人所占之重要位置，同時也說明，不管任何時期（如一九九〇年代的中期與近二〇一〇年代的現在），中生代詩人皆構成詩壇的創作主力，而於詩史的演進中享有舉足輕重的地位。

二、非集團化的走向

做爲一個集團的詩社，在台灣新詩演進的過程中一向扮演著關鍵的角色，幾部台灣新詩史著作都以詩社做爲推動歷史發展的主角[13]，乃至成爲歷史分期的依據。從日據時期的風車詩社、銀鈴會到一九五〇年代的現代詩社、藍星詩社、創世紀詩社，以及一九六〇年代的笠詩社、一九七〇年代的龍族、草根與陽光小集等詩社，詩社代表著相同志趣的詩人的集結，的確扮演著推動詩潮起落的火車頭角色。對於詩史發展中這樣的現象，白靈則有進一步的反思：

---

[12] 張默與蕭蕭於一九九五年（初版）編選該書時，介乎四十歲至六十歲的中生代詩人出生年爲一九三五年至一九五五年，合計爲四十五位（即從沈臨彬至向陽、沈志方、羅智成、趙衛民等人）；而新世代詩人從一九五六年出生的焦桐以下至一九六九年出生的林群盛則共三十一人，幾占29%。

[13] 例如大陸學者古繼堂的《台灣新詩發展史》（中、下篇）（91-492）以及台灣學者張雙英的《二十世紀台灣新詩史》（第四、五章）（127-313）。

詩人是文壇上最熱中於成群結社的一群人，而這卻便宜
了文學史家，方便將他們歸檔歸類歸社，也不管參加的
人的「群性」「社性」強不強，四十餘年來台灣地區的
新詩史，似乎很容易就被區分為幾大詩社「割據」、幾
小詩社爭相「起伏」「掙扎」的天下。也的確，除了少
數幾位，台灣這些年來不曾「結過社」的重要詩人還真
不多……。（1994：131）

　　誠如林于弘在《台灣新詩分類學》一書中所指出的，白
靈上述說法雖有些許「挖苦」的成分，卻也真確地反映出近半
個世紀以來台灣詩壇的概況（23）。然而時序到了一九九〇
年代，詩壇這種結社成風的情況顯然有了很大的轉變。首先是
年輕的世代詩人不再像以往的資深輩詩人那樣「熱中於成群結
社」，成長於網路時代的他們改弦易轍，以虛擬的網站為他們
「集結」的所在，但是如是集結並無之前詩社的共同旨趣、革
命情感，乃至相似的創作理念；這種虛擬的社團當然不可和舊
日的詩社同日而語。其次是原來不管是崛起於一九七〇或八〇
年代的中生代詩人，雖然當初也都以詩社為號召，乃至所組的
詩社一個接著一個前仆後繼地出現，但是他們到了九〇年代以
後，則從星散的詩社回到個人本位，也不再像當初那樣熱中於
重組詩社[14]。

---

[14] 一九九七年成立的乾坤詩社算是唯一的例外，但這個「詩社」與其說是
詩社不如說是「詩刊團體」（所以他們自稱為「乾坤詩刊雜誌社」），因
為它同時容納了新舊詩人及其詩作；而且在新詩人部分更涵括了老中青
（龔華、丁文智、林煥彰、紫鵑、劉正偉、林德俊……）三代，並非純由
中生代詩人集結並掌舵的一個年輕「詩社」。

　　雖然在這股非集團化走向的當兒，尚有若干中生代詩人（如方明、張國治、李進文、須文蔚……）廁身於老牌詩社如創世紀，但是人數並不多，以創世紀而言，迄今（雖曾同時涵納過老中青三代詩人）仍是由前行代張默等人領航，到了二十一世紀後更少見中生代詩人的參與（例如須文蔚已退出）。而另一老牌藍星詩社於一九九九年三月將其詩刊改為《藍星詩學》復刊後，事實上詩刊本身已名存實亡；至於做為集團的詩社更不復見（儘管該刊由中生代詩人趙衛民掌舵），變成學院內被建制化的一個刊物（如今該刊也停刊了）。

　　一九九〇年代中後期以來，台灣詩壇非集團化走向的唯一例外是由中生代詩人當家的老牌詩社笠詩社。本土化色彩濃厚的笠長期由老中青三代詩人支持，他們的集團性格較為強烈，而且主力多在中生代詩人身上，可以說中生代詩人形成了笠長期發展的火車頭；也因為他們的屬性堅強，笠同仁間的創作風格較為接近，而這點恰與大部分非集團化的中生代詩人所呈顯的多元化傾向成了一個鮮明的對照。縱然如此，笠的集團化（包括老中青三代）傾向並非一朝一夕形成的，它是「一路走來，始終如一」，既然如此，它就不足以構成中生代詩人一個創作的新趨向，因為這個集團「總已經存在那兒」了。

三、學院詩人的轉型

　　馳騁於台灣詩壇的中生代詩人，到了一九九〇年代末逐漸浮現出另一個與之前前行代不同的光景，那就是「學院派」詩人的興起。此所謂「學院派」詩人或者如古添洪所說的「學院

詩人群」，其實不只是狹義地指涉在一九九七年三月推出第一本《學院詩人群年度詩集》的那些身兼學者與詩人雙重身分的學院詩人（向陽、游喚、古添洪、林建隆、王添源、蕭蕭、陳鵬翔、簡政珍）[15]，以及後來陸續加入的詩人，而是尚包括在非此一組合之外的其他所有具學者或大學教師身分的詩人。如果從這樣的角度來看，儘管誠如陳義芝所言，這些學院詩人具有其特殊屬性，並有創作結合學術之傾向（2007：3），卻不能謂其自成一個詩派，充其量就像古添洪自己所說只是「一個鬆散的組合」（這是針對出版年度專集的學院詩人而言的）（ii），因此與其稱他們爲「學院派」（scholar school）詩人，不如稱其爲「學院詩人」（scholar-poet）；而他們之間不僅有著不同的意識形態，更有不同的美學理念乃至創作風格，說是自成一詩派，未免不符實情。

　　學院詩人的出現當非自今日始，從民初新詩運動以來，一九二〇、三〇年代的名家如胡適、徐志摩、聞一多、馮至、李金髮、卞之琳、何其芳……皆係出身學院（陳義芝 2007：5）；即便是台灣詩壇前行代詩人如余光中、瘂弦、楊牧、張健、鍾玲、席慕蓉、尹玲……亦皆在大學教書，但是一來他們從不曾標榜自己爲學院詩人，二來這些學院詩人的數量也從來不如今日之多，乃至可以成爲一種被矚目的現象。從一九九〇年代末期開始，台灣詩壇的學院詩人日漸增多，偏偏這些日益

---

[15] 創組於一九九六年的「學院詩人群」，至二〇〇七年共出版了七本專集，成員則從最初的八位增至十七位，除開上述諸人外，後來陸續增加了汪啟疆、白靈、江文瑜、洪淑苓、唐捐、陳大爲、方群、尹玲、須文蔚等人。

盛大的學院詩人卻都是中生代詩人。

　　為何多數的中生代詩人於此時期轉型為所謂的學院詩人？原因不外有二：一是不少後中生代詩人於其進入中年之前紛紛取得博士學位，並在他們跨入中年前後開始進入大學教書，如須文蔚、方群、唐捐、陳大為⋯⋯等人；二為多數前中生代詩人，如趙衛民、陳義芝、向陽、焦桐、孟樊⋯⋯在跨入中生代前後再回到學校「充電」進修博士學位，之後更跨行在大學執起教鞭；加上原有的中生代詩人中不少即為學院詩人，如簡政珍、渡也、游喚、白靈、張國治、零雨、孫維民、江文瑜、洪淑苓⋯⋯使得中生代的學院詩人在一九九〇年代末期以後幾乎成為台灣詩壇的一個「星群」（constellation），特別醒目。中生代詩人所形成的這股新的趨向自與台灣這一、二十年來高等教育的大為提升與普及息息相關。

　　面對中生代「學院詩人的轉型」這樣的趨向，其背後究竟展現何種創作特性？這才是吾人真正要關切的所在。針對此一「無法合併、簡化的客體」——中生代星群[16]，陳義芝曾以「學院詩人群」所出版的七冊專集（發表超過七百首詩）的詩作做為分析、研究的對象[17]，並歸納出其有底下四個共同的創作特色（2007：8-20）：

---

[16] 這是林燿德於一九九〇年分析當時他所謂的「新世代」（亦即本文此處所說的中生代）從德國法蘭克福學派美學家阿多諾（Theodor W. Adorno）處所挪用的一個術語，意謂這些詩人的「身世都是諸種魅力的複合體」，每一位如同一個星座「垂掛在世紀末的華語世界上空」（1990：788）。

[17] 此一「學院詩人群」中除了古添洪、尹玲、陳慧樺、汪啓疆、蕭蕭等人外，其餘均屬中生代詩人，比率高達70%。因而陳義芝分析的對象，不妨可視之為乃為「中生代學院詩人群」而發。

1. 形式體制的追求——如嘗試十四行、七行、五行乃至三行短詩與俳句的創作，這種工巧於「形式體制」的創作，代表了學院詩人精緻美學的展露。

2. 抽象意念的玩賞——以抽象意念為時尚，在不失性靈、感性的表露下，增加理性的思考元素，以展現其「開闊的視野」。

3. 文化意識與信仰基礎的開展——為此，以展現渠等「擁懷世界的意義、生命的意義這等主題意識」；細言之，其所開展的文化意識包括：身世認同、性別意識、文化鄉愁種種的探索。

4. 學術行話與典籍的運用——這是詩人們的「學院氣使然」，也是他們的當行本色，使之成為一個美學表現的類型與特點。

以上四個「學院詩人群」創作的共有特色，徵諸其他中生代的學院詩人（如焦桐、孟樊等人），亦多有雷同之處。中生代詩人的這一創作趨向，隨著其身分的轉型（從非學院或外於學院到學院）[18]，其間也突出了另一種詩美學的表現，豐富了台灣新詩的創作[19]。

---

[18] 如果把獲有高學位並（曾）在大學兼課的中生代詩人也納入（如楊澤、羅智成、陳黎……），則這支中生代學院詩人隊伍將更為龐大。

[19] 不僅學院詩人的出現豐富了新詩的創作，其他文類的作家於一九九〇年代末期以來也出現同樣的現象，可謂為這是一個台灣學院作家潮的崛起。有鑑於此，二〇〇七年十月國立台北教育大學語文與創作系曾策劃主辦了一場「台灣學院作家學術研討會」，同年十二月並於其主辦的《當代詩學》第三期推出「台灣學院詩人」專號。

四、女詩人的崛起

由於一九九〇年代以來女性主義思潮蓬勃發展，促使創作主力的中生代女詩人也開始對此一新起思潮有所回應。在此所謂「女詩人的崛起」並非指涉「量」的層面，雖然中生代女詩人的數量要遠較蓉子、陳秀喜、張秀亞、胡品清等前行代女詩人來得多，但是相對於男性詩人而言，其數量仍遠遠不及（如入選年度詩選的比率甚低）。然而這一世代的女詩人，不論在創作美學的呈現上以及推廣詩運的行動上，均有別於資深輩的女詩人。

以言前者創作美學的表現，中生代女詩人例如馮青、王麗華、利玉芳、江文瑜、夏宇、零雨、顏艾琳……創作風格即有別於前行代的閨秀氣與婉約風（如張秀亞、胡品清、敻虹、古月、席慕蓉……），語言的運用不僅更為跳脫，也增加不少硬度，若干詩人甚至具有尖銳的性別意識與批判意識（如江文瑜、王麗華、蔡秀菊等人）。

復言後者推廣詩運的行動，關此，最值得一提的是一九九八年十一月一日純由台灣女詩人組成的女鯨詩社的成立。這個國內第一個女詩人詩社由中生代女詩人江文瑜發起，第一年號召十二位女詩人的加入（王麗華、江文瑜、李元貞、利玉芳、沈花末、杜潘芳格、海瑩、陳玉玲、張芳慈、劉毓秀、蕭泰、顏艾琳），翌年又新加入三位（吳念融、林鷺、蔡秀菊），總共有十五位女詩人加盟，其中除了杜潘芳格與李元貞之外，率皆為中生代詩人。女鯨詩社前後共出版三本專

集，包括《詩在女鯨躍身擊浪時》（1998）、《詩潭顯影》
（1999）與《震鯨──九二一大地震兩週年紀念詩專輯》
（2001）。做為一個詩人的集團，女鯨詩社在中生代詩人於
一九九○年代以來非集團化的走向中別具意義。這群中生代女
詩人的集結，如其詩集簡介所稱：「希望打破長久以來台灣的
詩壇被男性主導的事實，計畫以集體發聲的力量自立門戶，積
極累積女性詩的創作量，並努力重新建立過去一直被邊緣化的
女性詩學。」[20]

　　中生代女詩人的崛起，在台灣詩史的發展中具有特殊的意
義；如果將此一九九○年代新起的趨向拿來和張默於一九八一
年主編出版的《剪成碧玉葉層層──現代女詩人選集》[21]一書
相對照，除了令人興有「時不我予」的不同時空感之外，還可
以發現兩個時代與世代的不同美學風格，尤其若干後起的中生
代女詩人，如江文瑜、劉毓秀、顏艾琳等人，具有強烈的性別
意識，與一九九○年代風起雲湧的女性主義思潮的推進若合符
節，其知性美學的展現已逸出前行代的抒情傳統，而成了另一
股新起的風潮。

　　總的來說，中生代詩人的詩作形式多變，語言則豐饒多
元，詩藝也較諸新世代更為精進。雖然以「多變」和「多元」
二詞來冠以特色之名不啻白說──蓋任何時代、任何世代，

---

[20] 參閱女鯨詩社編，《詩潭顯影》（台北：書林，1999）一書封面的前摺
　　口。
[21] 該詩選於二○一一年全新重編出版，並易名為《現代女詩人選集（新編）
　　（1952-2011）》，從原先選錄的二十六位女詩人增選至五十三人，篇幅
　　大為擴充（張默 2011）。

哪一個不是難以化約的複合體？以「多變」或「多元」來涵括世代的特色，說了也就等於沒說。但是所謂的「多變」與「多元」並不就表示其間沒有共同趨向的存在，也不表示其中找不出主要的典型。事實上，在中生代詩人中已不乏樹立典型風格者，如蘇紹連、羅智成、夏宇、向陽、劉克襄、陳克華……等人皆具個人特色的風格，其在詩史上也都享有一定的地位。

第四節 結語

回顧中生代詩人的崛起、成長以至於成熟的歷史時期，正逢台灣社會快速轉變的階段，不論是政治、經濟、外交、文化……各方面皆面臨空前的挑戰，叩合著這種變遷的社會局勢，詩潮的走向顯然也歷經不同的更迭階段。一九七○年代是城鄉社會的過渡，前中生代詩人的出現卻是將在此之前超前的現代主義加以阻遏，進而思以不同的美學實踐，走出一條有別於前行代詩人的創作道路，甚至反過來影響前行代詩人的創作。到了都市社會儼然成形的一九八○年代，新起的中生代詩人不論是在詩學的主張或詩作的實踐，都有更為前瞻性的表現，乃至打開後現代主義的大門，向前擁抱。時序進入一九九○年代以後——尤其是九○年代中後期，詩壇受到各種「後思潮」的衝擊，使得中生代詩人的創作更趨多元與多變，其中文化意識的抬頭特別顯著，標誌著詩潮又一次重要的更迭。

從「世代」的角度來觀察詩潮如上的轉變，做為有別於流派的這樣一個「集群」的概念範疇，雖然不易於從中歸納出

中生代詩人創作的「公分母」，但是在抽絲剝繭之下，如上所述，仍能於其中找出此一世代創作的共同趨向，那就是他們不僅是詩壇創作的主力，在一九九〇年代以後，也不再有「集社」的主張和行動（除了舊有繼續存在的笠詩社以及新起但夭折的女鯨詩社之外），形成一種所謂「非集團化」的走向。非特如此，由於時勢所趨，不少中生代詩人的身分搖身為之一變，成了所謂的「學院詩人」，使得其詩風多少沾點「學術氣質」；加上女詩人主體意識的提高，除了削減其「閨秀氣」並增加詩作的硬度之外，也使得若干中生代女詩人明顯地表現出強烈的性別意識，展現出另一種嶄新的風格。當然，除開上述幾股明顯的走向之外，餘如網路超文本（hyper-text）的嘗試與實踐（如蘇紹連、向陽、須文蔚等人的詩作），以及跨媒體的詩行動（如杜十三、白靈等人的詩展演）等等，亦都是於一九九〇年代新起的由中生代詩人帶頭的創作風潮，只是在中生代詩人中未能蔚然成風，難以形成一種較為普遍的創作趨向。總之，做為一個世代，台灣中生代詩人的出現及其所顯現出的創作趨向，在詩史的演變與發展中自有它特殊的意義。

第二章　李敏勇論

李敏勇詩的語言與形式

第一節　前言

在台灣中生代詩人中，向來做為笠詩社代表性詩人之一的李敏勇，無疑地占有重要的一席之地，迄今為止，他總共出版了七本詩集：《雲的語言》（1969）（一九六〇年代作品）、《鎮魂歌》（1990）、《野生思考》（1990）（兩書為一九七〇年代作品）、《戒嚴風景》（1990）（一九八〇年代作品）、《傾斜的島》（1993）、《心的奏鳴曲》（1999）（兩書為一九九〇年代作品）與《自白書》（2009）（一九九〇年代末至二〇〇八年作品）[1]。就一位詩齡已逾四十年的詩人而言，李敏勇的作品仍不算多（除了最近一冊，每本詩集所輯詩作率未逾五十首，第一本更是詩、散文與小說的合集），雖然較諸一些資深詩人和同輩詩人，他的作品也不算少。

從《雲的語言》到《戒嚴風景》這四本「前期」詩集的出版，被李敏勇自己歸之為是他的「青春腐蝕畫」時期，而這張「腐蝕畫」所呈現的「人生風景」，則映照了他「近期」「新旅程裡的《傾斜的島》和《心的奏鳴曲》」（2004：13）。論者多謂，其詩風在早期以傅敏為筆名的階段與後來的所謂「李敏勇的階段」有不同的轉變，亦即從早期較為抒情性的表現到了後一階段慢慢地增加了思想的硬度，顯露他對世界和現實的

---

[1] 除這七本詩集外，另有兩本詩集分別為一九八六年及二〇〇四年出版的《暗房》與《青春腐蝕畫：李敏勇詩集（1968-1989）》。惟上述這兩本詩集均係舊作重編，尤其是《青》書，一口氣匯集前四本詩集的作品。

觀照[2]，誠如陳明台所說：「從初期的抒情性做爲正調，到近期的現實性做爲基音，李敏勇顯示了變化的幅度。」（1987：92）

　　顯示這「變化的幅度」，主要是從第一本詩集與後來三本詩集的差異來看的，這其中論者咸信「戰爭詩和反戰思想是李敏勇詩風第一度蛻變的重要轉捩點」（彭瑞金 238），此時期的李敏勇被稱爲《笠》四季詩人中的「秋的詩人」[3]（拾虹 90）。依彭瑞金的意見，「實際上這指的是他從『輕柔、流麗、纖細』的年輕早期，進入成熟擴張、冷冽逼人、不輕易妥協時期的作品而言」（238）。原來較早之前（即《野生思考》詩集出版時），鄭炯明在〈戰爭‧愛與死的交響曲——論李敏勇的詩〉一文中，曾歸納李敏勇前三書的三大主題爲戰爭、愛與死（100）；就此而言，彭瑞金認爲，李敏勇的詩「從戰爭寫到愛、寫到死，只是素材選擇的轉移，不是詩風的丕變」，尤其是後二書《鎮魂歌》與《野生思考》，「中間的蛻變不太明顯」，要等到他在一九八〇年代復出後[4]——也就是從《戒嚴風景》開

---

[2] 這個意見是向陽在一九八六年七月二十日由《文學界》雜誌社主辦的「暗房的世界——李敏勇作品討論會」中的發言，該會出席討論者有：鄭炯明、陳明台、非馬、李魁賢、吳晟、林燿德、古添洪、梁景峰、向陽、趙天儀、林盛彬、陳千武等人。會議由陳明台主持，蘇甸記錄，記錄全文刊載於《文學界》21集（一九八七年二月號），後做爲附錄收於李敏勇的《暗房》（1986）與《青春腐蝕畫》（2004）兩本詩集中。

[3] 笠詩社同仁之一的拾虹在〈「秋」的詩人〉一文中指出，笠第二階段新生代中的拾虹、鄭炯明、李敏勇、陳明台四位詩人，「多年來他們各自發展著詩的風格，竟然各自吻合著春、夏、秋、冬四季中的一環」，以「秋的詩人」冠給李敏勇（90- 91），遂使此一稱號不脛而走。

[4] 李敏勇曾自承，一九七〇年代後期由於專注於自身工作以及因此而產生的倦怠感，曾停筆兩年，保持緘默，有很長一段時期作品減少，甚至沒有作品（轉引自彭瑞金 241）。

始，詩的風格才有了重大的變化，例如環保詩與政治詩的大量出現，改用新即物主義（new objectivity）的平光鏡去觀看這些外在的現實風景（2004：240-42）。

題材的選擇以及主題的訴求，對於一位詩人風格的形塑，的確居有重要地位，若從這個角度看，那麼李敏勇的詩風似可找出一條逐漸轉變的軌跡。鄭炯明上述所歸納李詩的三個主題（包括題材）：戰爭、愛與死亡，可視為其前期的主要特徵，而從《戒嚴風景》，尤其是《傾斜的島》起，李敏勇訴求的主題還要再加上政治一項，此所以吳潛誠會在他第五本詩集中認定「李敏勇的詩作常涉及政治」的理由（1993：140）。然而，以批判性的態度來處理政治素材的政治詩，事實上在李敏勇的第三本詩集《野生思考》中即已出現（例如〈浮標〉、〈鳥與花〉、〈鐵窗之花〉、〈鐘〉、〈血〉、〈沉默〉、〈啞巴〉、〈發言〉、〈島國〉……），特別是該書最末一首〈島國〉，光看題目，不啻就是詩人的一份「台獨宣言」。因此即就此一政治性題材而論，一九八〇年代起的李敏勇，在風格上的轉變並非彭瑞金所言的「大變」，而應說是「漸變」。

不過，不管是「大變」或「漸變」，從最早期的「輕柔、流麗、纖細」的抒情，歷經稍後期的「反戰及環保思想」的呈現，以至於近期批判性的政治訴求，李敏勇詩風的轉變，幾已成為「定評」。然而，這樣的觀點不無疑問。如果從形式主義（formalism）的角度言，上述持「變」之觀者皆因落入「內容」（content）的盲見而有以致之，蓋形塑詩人風格者，不獨諸如素材、思想、主題此類構成文本之「內容」的要素（elements）而已，詩人慣用的語言及其形式特徵，對其風格之

塑造，恐怕居有更重要的地位。關於此點，向來的評論家或詩人多未及注意，即或有提及（如陳明台、吳潛誠），也都是一筆帶過。就語言而論，李敏勇最早期與晚近兩個階段，確有一些變化，大體上這是語言從精緻、凝鍊到放鬆以至於透明化的過程；儘管如此，這條變化的軌跡線也非那麼明顯。再就形式而論，李敏勇喜用與擅用的形式技巧，譬如在詩節與詩行上的匠心安排，以及因此而形成的特有的節奏感，可以說一路行來始終如一，而恰恰是這一特徵，形成他個人與眾不同的風格，擺在笠詩人系譜中，更顯其特異之處。本章底下即就其語言與形式風格進一步申論。

第二節　詩的語言

一、從意象語言到原初語言

　　新詩自其與古詩切斷臍帶以來，格律（包括音韻和節奏）已不成其為構成新詩之基本要件了，雖然早期的白話詩受到格律的影響依舊揮之不去，但是到了現代詩崛起之後，已不再受其箝制。只是隨之而來的問題是：「怎樣寫」才是所謂的「新詩」？這也即是要問何為「新詩之本質」；而詩向來即被視為「語言的藝術」（因為它用語言來表達與呈現），於是上述這一「本體論」的問題，歸根究柢便成為語言如何展現的問題，而關於這一「語言觀」問題，不同的詩人及其所形成的詩派

自有不同的主張，譬如以創世紀為首的詩人群，便傾向強調意象語言的殊勝特質；至於笠同仁而言，他們反而傾向「選擇一種逼近現實生活的語言」，也就是「原初語言」（李豐楙 57-58）。

什麼是笠集團所信之「原初語言」？一言以蔽之，原初語言即日常所用之語言，這種語言切近生活的實感，只要經過選擇、淬煉的「藝術化」過程，就能「組合」為新的語言。誠如李豐楙所言：「在笠詩人的理解中，這種日常語言並不等於『散文式語言』，而是逼似感覺經驗的原始語言，其中自有被特意強調的『創造性』。」按李豐楙的說法，笠詩人「這種語言觀多少受到新即物主義的啟發，強調直就事物的本然經由人的實存經驗予以捕捉，而不要假借現成的詩語」，因為現成的詩語須「多經過一層轉折以致流失了現實感」，在他們看來，詩人運用詩語反而是一種「惰性」（58）。

加入笠詩社之後的李敏勇，顯然也受到上述新即物主義「原初語言」觀的影響[5]，這樣的一個「詩風蛻變」的過程，也就是從「傅敏」到「李敏勇」的階段，在語言風格的轉變上，即是自意象語言過渡到原初語言的歷程。李魁賢在〈論李敏勇的詩〉一文中即指出，在未受到笠集團影響之前的李敏勇，譬如一九六八年、一九六九年的詩作，其「基本精神是循著表現主義發展的」，以〈遺物〉、〈焦土之花〉及〈夜的體裁〉三

---

[5] 李魁賢認為，在《雲的語言》出版時期的李敏勇，屬於婉約的風格，帶有唯美、感傷的情懷，直到「加入笠詩社後，風格突變，無論就物象的掌握，語言的純潔，詩想的收斂，均頗為可觀。」（95）

詩為例，其反戰思想與表現主義（expressionism）如出一轍，而「他一直在抵抗寫實的、自然的描述」（如〈夜的體裁〉一詩），也如同表現主義的手法（101-11）。雖然如此，李魁賢並未進一步分析李敏勇上述那些較早期的詩作在語言上有何表現主義的特徵。事實上，表現主義詩語的特徵非三言兩語即能交代清楚。

表現主義常以象徵的隱喻手法呈現事物的抽象性與神秘感，主張隱喻不是模仿，而是一種有力的、自主的修辭手段，以它來代替對事物或情景的描寫，並抓住一瞬間的感覺。例如德國詩人貝恩（Gottfried Benn）底下這首〈地鐵〉（詩由綠原翻譯）：

> 柔軟的顫慄。早期的開花。彷彿
> 出自溫暖的皮毛，它從林中來。
> 一陣紅色湧起。大量血液升上來。
>
> 陌生女人來了整個春天。
> 那就是腳背上的襪。但它終止的地方
> 離我很遠。我坐在枕木上啜泣：
> 冷淡的繁榮，陌生的潮濕。
>
> 啊，她的嘴怎樣揮霍冷淡的空氣！
> 你玫瑰的頭腦，海的血，你眾神的微光，
> 你地之床，你的臀部多麼沉著地
> 流出了你走路的步伐！

黑暗，它現今就住在她的衣袍下面：

只有白色的動物，鬆垮垮的，和沉默的氣味。

一隻倒楣的腦狗，沉甸甸地掛著上帝。

我膩煩了前額。啊，一個紮花串的

框架悄悄替換了它

同時膨脹起來，戰慄著，往下滴。

如此孤單。如此疲倦。我想遊蕩。

道路都已失血。從花園傳來的歌曲。

影子和洪水。遙遠的幸福：一次

掉進海洋的免罪的深藍中的死。（袁可嘉 611-12）

這首詩描寫詩人在地鐵中無意間瞄見一位陌生女子所迸發的諸種「視覺的想像」，若干難以理解的隱喻與象徵，帶有神秘色彩。然而，早期的李敏勇儘管有如下這類詩句：「曾經化為禪／用千手千眼撥開雲霧／冷冷的空茫」（〈塔〉）、「天空有一張受傷的臉／在向日葵眼中／有輪迴的流血」（〈天空〉）、「一隻小小的可愛的手／習慣地把冷抓在掌心。並飄舞成一種音樂」（〈楓葉〉），基本上都在可理解的範圍，而且不帶一點神秘感。換言之，如果要把早期的李敏勇與表現主義劃上等號，或者論斷他「堅持著表現主義的手法」，恐有商榷的餘地。

如果不能從表現主義的角度切入，那麼我們又如何來看待李敏勇早期所使用的語言呢？以一九七〇年前後他所發表的詩作而論，大體上他仍是服膺在此之前詩壇主流的「語言觀」，

也即意象語言的「賦詩法」，除了上所舉富含意象的詩行外，諸如：「向日葵用一隻眼睛望著太陽／枯槁的顏面衰弱為歲尾的素描」（〈秋‧風景〉）、「彷彿北風／初秋時　輕輕地／輕輕地／怕跌蹀寄回南方的鄉愁」（〈吉他手〉）、「昏暗裡／值夜班的站務員用一臉透支了歲月的神情沒收了／我的車票」（〈旅人手札〉）、「一口井在青苔的愛撫中屹立著／風要去了它斑駁的外衣／雨索去了它的膚色」（〈水井〉）、「褪色的天空／像一件擰乾的血衣」（〈枯萎〉）、「透過花玻璃／女人裸露的胸口照印著黃昏」（〈思慕與哀愁〉）、「月光從窗口伸進一把剪刀／把我們裁成一個人」（〈夜的體裁〉）……，李敏勇藉由明喻（simile）、暗喻（metaphor）、擬人化（personification）等手法，造成語言的形象化與生動化。若以新批評（new criticism）的眼光來看，此時期李敏勇語言的字質（texture）顯得較為稠密與豐腴。

　　問題是字質豐富的意象語言僅為李敏勇早期詩作的特徵之一而已，事實上這時期的李敏勇，若干詩作即透露了後來逐漸出現的原初語言的跡象。例如〈歷程〉一詩以純白描的手法敘述了巴士在兩個招呼站停車時上下乘客的情形，整首詩的語言用得極為制約，主要讓名詞和動詞擔綱要角，全詩僅出現「垂老的」、「年輕的」、「清楚」、「親密地」、「氣憤地」這幾個屬形容詞與副詞的修飾語，而這已經接近笠詩人所主張的原初語言了。在笠詩人看來，原初語言是以名詞為主要的詞態，而有意除去較多的形容詞或副詞（林亨泰 64-95）。形容詞和副詞的運用，可以營造詩的整體氣氛，適於表現個人主觀的情緒，但是若使用過於浮濫，一來易於造成個人情緒的氾

濫；二來更易於把詩人個人主觀的感受強行塞給讀者，反讓讀者缺乏想像的空間；三來也顯示了「詩人對事物真實性把握的貧弱」，用修飾語來搪塞（李豐楙 59）。試看李敏勇發表於一九七一年底下這首〈罌粟花〉：

> 女人的胸脯
> 罌粟花
> 開放著呢
>
> 罌粟花的燃燒
> 會把男人的我
> 整個心都染紅呢
>
> 那麼
> 不要看到女人好了
> 可是
>
> 思想裡也有
> 罌粟花
> 的影子呢（2004：87）

這首〈罌粟花〉的語言較諸〈歷程〉一詩更為制約，全詩幾乎只剩名詞和動詞（這似乎有林亨泰一九五○及六○年代〈風景〉與〈作品〉時期的遺風）。如果僅就這點而論，倒是和若干表現主義詩人採用的「電報體」語言有異曲同工之處。所謂「電報體」是指在語言的使用中常省略動詞或冠詞的詩

體，它要像一支箭，直刺事物的核心，要讓一些語助詞盡量消失，以最簡潔的方式呈現事物的本質；換言之，它不幹釋義的事（袁可嘉 594-95）。例如李魁賢在上文中分析李敏勇的表現主義語言時所舉的克利（Paul Klee）的〈詩〉：「水／浪在水上／船在浪上／在船甲板上面，一個女人／在女人上面，一個男人」，克利摒棄動詞，反而使語言復活（110-11）。克利這種電報體極似笠詩人新即物主義的原初語言，而如前所述，在早期的李敏勇詩作中這一類語言雖不多見，但仍有一些蜘絲馬跡可循，從這點也足以說明後來原初語言的逐漸增加，絕非其創作路向的丕變；此外，這也同時說明在語言上他和表現主義千絲萬縷的關係——此亦緣由表現主義本身即為一複雜的流派，使得李魁賢對他們簡單的比附，在此有進一步再辯明的必要。

　　李敏勇晚近原初語言的增加，和他與日俱增的現實性以至於政治性有密切的關係，而這也符合寫實主義的原則：以透明的語言來反映不正義的現實。在他第五本詩集《傾斜的島》中一反常例地寫了篇〈自序〉，序文中特別強調：「認識、記錄、思考、批評島嶼傾斜的政治病理與文化迷障」，乃是「一個台灣詩人的課題」，同時在該書〈序詩——詩的志業〉中坦言：「讓語言復活／以便我們足夠堅強／去逮捕加害者」（1993：4,12）。可見為了以詩介入政治，在他看來，有必要讓詩的語言復活（才能去逮捕政治的加害者），這可能是一種「語言觀」的策略調整。最為明顯的例子即其停筆復出後於一九八一年發表的「代表作」（被選入多種選集）〈從有鐵柵的窗〉。這首詩除了其中三行：「我們不去考慮鐵柵的象徵／

它那麼荒謬地嘲弄著我們／它使得我們甚至不如一隻鴿子」有擬人化的筆法外，其餘詩行全為日常語言，甚至連這帶點「象徵」味道的三行，也迫不及待地要把全詩的主旨點明，反而未留予讀者去仔細咀嚼的空間。如果這是原初語言的復活，那麼是否反而違背了表現主義及新即物主義那種以節制的語言留待讀者去自行挖掘的初衷[6]？這恐怕是李敏勇要再思考的一個問題。

關於這點，俄國形式主義的陌生化或反熟悉化（defamiliarisation）理論恰可供堅持原初語言復活觀的李敏勇再加尋思的參考。由於我們日常所使用的語言令人太過「熟悉」了，感受變得習以為常，使語言的交流變成自動化（automatized）的反應，喪失想像的空間，變成不具「可感覺性」。詩的創作就是要讓語言回復它的「可感覺性」，而如何讓詩的語言具有「可感覺性」？形式主義乃主張讓書寫的對象陌生化，使詩的形式變得困難，以增加我們感覺的難度和時間的長度。這種陌生化的理論所使用的語言，雖有可能大半是晦澀難解的意象語言，但也有可能是像普希金（A. S. Pushkin）那種民眾性的用語。李敏勇在《傾斜的島》與《心的奏鳴曲》中堅持使用的原初語言，如何讓人親近之餘還能引起他的「可感覺性」，對他往後的創作仍構成一項重大的挑戰。

---

[6] 李魁賢在〈論李敏勇的詩〉一文中，認為此詩的特點在「新即物主義的精神，表現主義的手法，再加上象徵主義的技巧」（117），恐有很大的商榷餘地，雖然他只一筆帶過，未予詳論。事實上，李敏勇這首詩手法既不「表現」，技巧更不「象徵」（儘管在這首不分段詩的第二十九行可以找到「象徵」兩字）。

二、主控性意象與相關字素

　　為什麼李敏勇會被視為是一位「秋的詩人」？認為李敏勇有「秋」之風格的拾虹，提出的理由是：一年四季中最具魅力的秋季，最能呈現「蕭殺」的景象。而李敏勇下面這些詩行：「下著雨的那天，我們站在屋內窗邊，朗讀柳致環的一首詩」、「窗玻璃我的臉閃爍著淚的光」、「他在戰場開成一朵花」、「砲聲停止後，在靠近陣亡者的手的地方，一朵花搖晃著」（90），便頗有蕭殺的味道，尤其是〈思想〉一詩（首段）：「從一只盛著血的杯子／我看見被燃盡的地平線／寂寞的悲涼在手心」，拾虹說刻劃詩人「因為思想燃燒的痛楚」的，正是此一「秋天的黃昏，深秋晚霞的景象」（91）。

　　其實上引〈思想〉一詩，詩人在詩中並未透露有任何季節時令的訊息，這只是拾虹個人讀後「想當然爾」的揣想：「思想」的背景該是在「深秋晚霞」的季節。但是，若從另外一個角度來看，拾虹上述那樣的「過度詮釋」，也並非毫無道理。一日之中，黃昏（twilight）最易引人起「衰落之前半明半暗」的聯想，隨後便是象徵著寒冬的黑夜的來臨，因此它常予人有蕭索之感，而如果詩人再使用一連串相關的字素（lexis）加以烘托，「秋之蕭索」的氛圍自然而然水到渠成。就〈思想〉一詩而言，烘托此一蕭索感的除了全詩的主控性意象（controlling image）「被燃盡的地平線」（黃昏）之外，還包括「寂寞」、「悲涼」、「悲痛」這些字素。

　　所以，成就李敏勇成為一個「秋的詩人」的不只是拾虹

所說的：因為他的反戰「思想」所呈現的秋的「肅殺」景象；更因為他所釀造的予人悲涼之感進而帶出的「蕭索」的氛圍。這裡，我們可以他所喜用的主控性意象來進一步說明。主控性意象是指詩人貫穿他所有作品起著決定其文學特質的一種意象，這種意象也常常以明喻或暗喻的方式出現（同理，單一詩作中亦有具關鍵地位的主控性意象），而具有殊異的象徵作用。「秋」此一季節性意象，即是李敏勇的主要主控性意象之一，例如：〈秋‧風景〉、〈秋日記事〉、〈白秋〉、〈秋〉（同名有兩首）、〈秋天〉、〈秋天的詠嘆調〉與〈秋天的一則手帖〉，不消多說單從詩題即能一目瞭然（相關的詩題則有〈楓葉〉、〈菊花〉等）。除了逕以「秋」入題之外，如上所述，與此一主控意象相關的其他意象還包括「落葉」（〈在語言的森林〉、〈秋〉、〈落葉〉、〈秋天的詠嘆調〉、〈秋天的一則手帖〉、〈風中一葉〉），以及含帶半明半暗交替心境的「黃昏」、「日落」、「日暮」、「落日」、「斜陽」、「夕陽」與「餘暉」等「黃昏意象群組」（〈秋〉、〈我們的朋友還在監獄裡〉、〈獨立軍區〉、〈山茶花〉、〈病了的都市〉、〈靜夜思〉、〈思慕與哀愁〉、〈破滅〉、〈鞦韆〉、〈斷想〉、〈未題〉、〈共相〉、〈靜物〉、〈沉思〉、〈桔梗〉、〈驛動的心情〉、〈在世紀之橋的禱詞〉）。

倘若只有一種或一組相關的主控性意象反覆出現，尚不足以為李敏勇贏得「秋的詩人」此一稱號。為了凸顯主控性意象的樞紐地位，詩人須另外配置相關的字素以營造整體氛圍，達成詩人於詩中所欲求的象徵作用。為李敏勇所掇取的字素群組以加強「秋的蕭索」氛圍的包括：憂鬱、鬱悒、憂愁、憂傷、

哀愁、哀傷、悲哀、感傷、悲痛、愴痛、落寞、寂寞、寂寥、
靜寂、死寂、孤寂、孤獨、孤單等，試看下表之說明：

相關字素	字素出現的詩作
憂鬱	〈青空的憂鬱〉、〈雲的語言〉
鬱悒	〈雲的語言〉
憂愁	〈海〉
憂傷	〈溪流〉、〈靜物〉、〈備忘錄〉、〈桔梗〉
哀愁	〈思慕與哀愁〉、〈秋〉、〈訊息〉、〈落葉〉、〈敘述者不存在了〉
哀傷	〈輓歌〉
悲哀	〈歷史〉、〈時間〉、〈鬱金香〉
感傷	〈秋天的詠嘆調〉、〈秋天的一則手帖〉、〈星期天的BLUES〉、〈種植在心裡的紀念碑——焚寄給殉道者的鎮魂歌〉
悲痛	〈思想〉
愴痛	〈溪流〉
落寞	〈落葉〉
寂寞	〈思想〉、〈鍵板〉、〈異國情調〉、〈朱槿花〉
寂寥	〈與星星的對話〉
靜寂	〈海的臆想〉
死寂	〈冷靜的美學〉、〈航程〉、〈溪流〉、〈海岸線上〉、〈日出印象〉
孤寂	〈我聽見〉
孤獨	〈紀念碑〉、〈無語歌〉、〈水平線〉、〈項鍊〉、〈季節的感觸〉
孤單	〈樹〉

以上這些一連串以悲涼為基調（mood）的字素及其主控
性意象尚引來另一組相接近的意象與字素，亦即「故鄉／家
鄉」及其相關的字素「鄉愁」。古來文人即每每因時序之變輒

起「春怨」與「秋思」之懷，而「秋思」則最易撩人鄉愁，如杜甫重九「登高」而有「萬里悲秋常作客」之嘆；柳永因悲秋傷別亦有「多情自古傷離別，更那堪，冷落清秋節」（〈雨霖鈴〉）的「難言之隱」（「便縱有千種風情，更與何人說」）。今人將此秋思引發為鄉愁（因離別故鄉而起）並以之賦詩者，莫過於被傳頌一時的鄭愁予的〈邊界酒店〉一詩了。季節是秋天，時間是黃昏，打遠道來到邊界酒店的旅人／遊子：「多想跨出去，一步即成鄉愁／那美麗的鄉愁，伸手可觸及」（219）。從這一角度看，便可明瞭為何「秋的詩人」從早期到近期會有這麼濃烈的鄉愁了。再看下表簡單的統計：

意象與字素群	刊載詩作	詩作名稱
主控性意象	故鄉／家鄉	〈海的臆想〉、〈死之書〉、〈秋〉、〈自白書〉、〈我們的朋友還在監獄裡〉、〈溪流心影〉、〈山花〉、〈故鄉〉、〈惡夢〉、〈我們的島〉、〈不死的鳥〉、〈靜夜思〉、〈故事〉、〈鬱金香〉、〈遺書〉、〈憂鬱的樹〉、〈旗幅〉、〈窗之意味〉、〈鍵板〉、〈寄意〉、〈島國〉、〈你有你的，我有我的憧憬——給敘利亞·黎巴嫩詩人艾杜尼斯〉、〈望鄉之碑——為高雄旗津戰爭與和平紀念公園〉
相關字素	鄉愁	〈異國情調〉、〈星期天的BLUES〉、〈靜夜思〉、〈詩〉、〈憂鬱的樹〉、〈旗幅〉、〈鏡子〉、〈吉他手〉、〈驛動的心情〉

值得注意的是：此一居重要地位的主控性意象語「故鄉／家鄉」，在李敏勇的詩中究竟起著什麼樣的象徵作用？「故鄉」一

語在詩人筆下除了字面義（literal meaning）之外，尚代表著他心目中一個理想的國土，或曰「淨土」，即李敏勇個人的「迦南」——流奶與蜜之地。字面義的「故鄉」有如〈我們的島〉中：「我們走著美麗之島的婀娜步履／輕搖舟子的歌／想著海洋我們的故鄉」（1990b：92），或如〈故事〉中的「戰爭結束了／還不到返家的時辰／他便趕回故鄉去」的故鄉（1990a：71）；至於引申義的「流奶與蜜之地」，〈溪流心影〉裡的「故鄉」堪稱代表（1990c：17-18）——那是成為神的祖先安息的國度，也是花開放的世界，雖然這理想的淨土可能被蹂躪（如〈不死的鳥〉中「死了的故鄉上空」）。

　　象徵理想的主控性意象，除了上述的「故鄉／家鄉」一語之外，還有一個更為重要的「鳥」的意象（吳潛誠 152），與之相關的字素包括：海鷗（〈水平線〉）、鴿子（〈儀式〉、〈備忘錄〉、〈寫一封信〉、〈從有鐵柵的窗〉）、斑鳩（〈為一隻鳥〉、〈流亡的畫家〉）、雀鳥（〈記憶〉、〈鎮魂〉、〈被遺忘的歷史〉、〈備忘錄〉）、火鳥（〈種植在心裡的紀念碑——焚寄給殉道者的鎮魂歌〉）等。在西方「鳥」所象徵的意義已自成一個傳統，鳥由於能夠無拘無束地翱翔在天空中，所以代表著自由；也因為牠可以自由地通行於天地之間，充當神的信使，所以代表著靈魂的向上提升（the ascent of the soul to the gods）（Fontana 86）；在基督教中，鴿子更是慈善的象徵。「鳥」的這些象徵意義，亦可在李敏勇的多數詩中見到，如〈在語言的森林〉中「鳥鳴的樂音帶引我／穿梭在字與字之間」（1999：33），以及〈日出印象〉中「有鳥的鳴唱」（1999：30），還有〈眺望南斯拉夫〉中「讓

森林裡的鳥和人們一起歌唱」（1999：55），這些「鳥鳴」代表的都是祥和、慈善以及向上的力量；尤其在〈流亡的畫家〉中，斑鳩「咬著一片樹葉」「衝破紅旗幟／飛向天」（1999：84），更是象徵著追求幸福的向上提升的力量。不僅如此，在詩人心中，鳥甚至成了他理想國家的象徵（〈國家〉）。粗略的統計，鳥做為李敏勇詩裡的一個主控性意象，總共出現在他四十三首詩中，居所有主控性意象之冠。

最後，與「鳥」同樣頻繁地出現在李敏勇詩作中且與之息息相關的另一個主控性意象為「窗」，總共出現在他的三十七首詩中，僅次於「鳥」的意象。在西洋文學中，「窗」做為一個象徵語言，代表著「我們自己的意識向外觀看並詮釋這個世界」；它也象徵「上帝之光」（the light of God），做為人或事物與上帝溝通的通道（Fontana 77）。李敏勇的「窗」也有這樣的象徵涵義，例如〈鐵窗之花〉（「不知何時萌芽的／一株牽牛花／在鐵窗外／偷偷地開花」）（1987：30）、〈監獄〉（「打開窗子，讓陽光進來罷」）（1990b：70）、〈從有鐵柵的窗〉（「我們拒絕真正打開窗子／讓陽光和風進來」）（1990c：66）……這些「窗」的意象，除了有「神的光」的深層涵義之外，尚包含有自由、開放的意思——這又接近「鳥」的象徵意義了，而這也成了他政治詩主要的主控性意象之一。即以〈隱藏的風景〉一詩為例，末段詩人說：「我打開窗／看見綠色密林覆蓋鎮壓部隊的殘骸／自然光呈現耀眼的七彩／映照著藍天」（1993：128），原來窗外隱藏的風景中有鎮壓部隊在演習，拉上百葉窗雖然眼不見為淨，卻也「拒絕了自然的光線」，詩人唯有打開窗子才能看見陽光與藍天，畢竟把窗關

上，自由和良善便遭到封閉與阻絕。

第三節　詩的形式

一、定行詩節與並列結構

(一)定行詩節

　　如前所述，笠詩人向來不以意象語言取勝，正因為如此，批評者便認為其詩之字質不夠豐潤，導致「詩味」變得淡薄。然而，李敏勇於笠集團中卻能另闢蹊徑，以其特有的形式，反覆的節奏，維持其一貫的音樂性；也就是說，相較於其他笠同仁，儘管同他們一樣亦認同並且運用原初語言入詩，李敏勇卻以其一貫對詩形式及音樂性的關注，維持其「詩味」於不墜（詩初起時不就是一種音樂性的語言嗎？），也因而在笠集團中奠立其個人獨有的風格。

　　在詩的體制上，李敏勇一向偏好篇幅短小的一至二十行的短詩，他的第二本詩集《暗房》就是一本「小詩選集」（除了最末三首〈他愛鳥〉、〈從有鐵柵的窗〉與〈底片的世界〉超過二十行），只有在《心的奏鳴曲》與《自白書》中，長詩始有日增之勢，而這可能又與他日趨放鬆的語言有關。在小詩的體制下，李敏勇喜用固定詩行的詩節，其中以四行詩節（quatrain）最為常見，在上述七本詩集中共有四十七首詩作均

爲四行詩節，而且此一創作習慣從一九六八年的第一首〈秋·風景〉起到二〇〇八年發表的〈春祭·馬場町——紀念一位白色恐怖受難者〉，一直持續不斷。李敏勇採取的是廣義的四行詩節（狹義的四行詩節僅指由四個詩行組成的一首詩），即一首詩不論詩節多寡，只要其中的詩節均由四個詩行構成，便是所謂的四行詩節。四行詩節有多種格律形式，包括無韻體、一韻到底、易一次韻或易兩次韻的不同體式，最常見的是隔句韻（abab）（其他還有aabb, abba, aaba, abcb等）。李敏勇的四行詩節基本上並不押韻，由於是小詩體的緣故，詩節也都以三、四節（段）爲主。此一慣用詩體，從被他自己視爲創作「原型」的〈遺物〉一詩[7]便足以證明：

> 從戰地寄來的君的手絹
> 休戰旗一般的君的手絹
> 使我的淚痕不斷擴大的君的手絹
> 以彈片的銳利穿戳我心的版圖
>
> 從戰地寄來的君的手絹
> 判決書一般的君的手絹
> 將我的青春開始腐蝕的君的手絹

---

[7] 在《青春腐蝕畫》詩集的〈代序：沒有地圖的旅行〉中，李敏勇自承，〈遺物〉一詩「彷彿這是三十年間詩作品的原型」「正確地說，我的第一首詩，應該是出版了《雲的語言》以後才寫出來的〈遺物〉……。寫出了這首詩以後，我才真正感覺到寫出詩，感覺到自己走上詩人的道路，要在語言構築的經驗和想像的旅途上，不斷呈顯意義的體系。」（2004：10）

以山崩的轟勢埋葬我

　　慘白了的
　　君的遺物
　　我的陷落的乳房的
　　封條（2004：56）

　　這首〈遺物〉，歷來評論者甚多，但多以「內容」的角度
著眼（只張漢良觸及「形式」部分[8]），茲不復贅。基本上，
這是一首三個段落的四行詩節，為了維持每個詩節四行的固定
形式，第三詩節若照一般行文習慣，原可以寫成：「慘白了的
君的遺物／我的陷落的乳房的封條」兩個詩行，在詩行的長
度上也可與上兩段的詩行貼近，維持平衡的關係；但李敏勇
為了寫成固定的四行詩節，特意將末兩句各行切斷，形成迴行
（雖然如是作法，由於語意突被中斷而有凸顯「君的遺物」及
「封條」意象的效果），這可說是「形式至上論」。為了這固
定形式（詩行）的詩節，李敏勇常以迴行的方式將語意切開重
組（即將一行寫成兩行），類此例子不勝枚舉（如〈三月〉末
節：「一隻黃鶯從枝上飛開／多菁多靜呵！／而／又佇落在那
裡」，其中第三行一個「而」字，原應與末行成為完整的一

---

[8] 張漢良認為這首詩前兩段（詩節）分別有兩個平行的述語，各在該段的
最後一行，正因為被置於結尾處，中間被許多諸如狀句、喻詞等意象語
（「從戰地寄來的」、「休戰旗一般的」、「判決書一般的」……）切
開，這些分布在一、二、三段的平行的語意成分，除了「山崩」意象，基
本上皆屬於相同或接近的符號群，其文法結構與功能是相同的（張漢良、
蕭蕭239）。

句，爲了顧及四行詩節的緣故，遂被硬拆成兩行）（2004：38）。

除了四行詩節之外，較爲李敏勇所常用的還有兩行詩節，總共有三十二首詩採用了此一詩體，而且愈晚近兩行詩節出現的比例愈高。其他爲詩人所採用的詩節體式，包括三行詩節（計十四首）、五行詩節（計十首）、六行詩節（計五首）、七行詩節（計五首）與九行詩節（只兩首）。五行以上的詩節偏少的緣故，想必是李敏勇擅寫短詩的關係。至於未採固定行數詩節的其他詩作，詩人本身在形式上仍極爲克制，可以說完全「自由式」的詩相當罕見，只看底下這些隨手拈來的詩作即能一目暸然：〈夜的體裁〉採4-4-3-3詩節（1990a：47-48）；〈日落〉採4-4-4-2詩節（1990a：69-70）；〈指令〉採3-3-2-2詩節（1990c：51-52）；〈種子〉採1-3-1-3-1-3詩節（1990b：85-86）；〈寒流〉採2-4-2-4詩節（1990c：77-78）；〈因爲在旅行〉採2-5-2-5詩節（1993：32-33）；〈夏日午後〉採2-2-3-2詩節（2009：42-43），以及〈我們的朋友還在監獄裡〉採1-8-8-8-1詩節（1999：114-16）……類此例子在他的七本詩集中俯拾即是，要之，各詩節之行數或有不同，唯皆有規律可循。較諸向陽的「十行詩」與王添源的「十四行詩」在形式上的嘗試，李敏勇在定行詩節上的用心與堅持毫不遜色，而且「一路行來，始終如一」。

(二)並列結構

採取固定行數（或有規律可循之行數）的詩節，並非李敏

勇在詩形式上的唯一堅持,這只是外表可見的一種形式安排而已,假如我們把眼光再聚焦於詩節內詩行上的配置,可以發現他在語句以及詩行的安排上,傾向以並列結構(parataxis)的形式呈現。並列結構係相對於從屬結構(hypotaxis)而言,指的是不用連接詞而並列的句子,也就是單詞、短語、從句或句子按照並列的語法結構而排列,中國律詩講究對仗的三、四句與五、六句便是一種詩行的並列結構。一再重複使用並列結構的句型,是李敏勇從一開始就形成的一種慣用手法,反覆使用的結果,雖然不免令人覺得老套,略顯呆板,唯細細咀嚼,可以發現他在慣用的並列結構中不著痕跡地運用了不同的修辭伎倆,分析起來,他的並列結構約有底下幾種類型:

◆**首詞重複型並列結構**(anaphora parataxis)

首詞重複是指在兩個以上的詩行開頭,重複出現相同的措詞(例如一個單詞或短語)。李敏勇的〈噪音〉一詩,整首使用的就是此一首詞重複的伎倆(各詩行全以「他們」開頭)。屬於此一類型的並列結構包括:〈風景〉末段三行:「描繪出硝煙的風影/描繪出繡帶的風景/描繪出腐敗的風景」(1990c:14);〈他愛鳥〉第三段二、三行:「他不能想像鳥有這麼快樂/他不能想像鳥有這麼單純」以及第五段末兩行:「他用照相機拍攝鳥的一舉一動/他用錄音機記錄鳥的一言一語」(1990c:25-26);〈我們的朋友還在監獄裡〉第四段末二、三行:「他的心盤旋在故鄉天空/他的情溶入故鄉土地」(1999:115);〈三代〉第五段前三行:「台灣是有罪的/有罪的歷史/有罪的地理」(2009:85)……。此句型的並列結

構最常爲李敏勇所採用。

◆對語型並列結構（antithesis parataxis）

　　對語是指兩兩相對的詩行，包括所選用的單詞、短語，甚至於句子或意義，彼此形成強烈的對照或映襯，其語法結構基本上要相似。李敏勇亦擅用此種並列結構（並常與首詞重複連用），例如：〈在語言的森林〉第二段末兩行：「有時明亮／有時黝暗」（1999：34）；〈日出印象〉頭兩行：「翻過夜的書頁／越過夢的褶曲」（1999：29）；〈眺望南斯拉夫〉第六段前四行：「爲逝去的歲月撰寫的墓誌銘／鐫刻在墓園／爲苦難的時光譜就的鎮魂歌／瀰漫在教堂」（1999：52-53）；〈海峽〉第三段：「曖昧的風景／陰險的水域／警戒的陣地／模糊的國界」（1993：69）；〈我們的島〉第二段二、三、四句：「有時很溫柔／有時很暴戾／有時很冷酷」（1990b：91）；〈種植在心裡的紀念碑——焚寄給殉道者的鎮魂歌〉末兩段：「在一首鎮魂歌中／在一幅殉難圖裡／在你的墓誌銘／在你的備忘錄／我們跨越時代追尋時代／我們憧憬自由追尋自由」（2009：50）……。

◆首尾重複型並列結構（symploce parataxis）

　　首尾重複是指在上述的首詞重複之尾詞再予迭用的詩行，此一修辭手法偶爾亦爲李敏勇所採用，只是他率以簡單的陳述句爲之，不使用委婉語（euphemism）及附屬子句，好處是令詩行顯得簡捷、有力，但失之平庸（banality）與呆板亦成爲其害，這類詩例有：〈聲音〉第二段前兩行：「那是雨水滴落的聲音／那是淚水流下的聲音」（以及第五段前兩行、第七段前

兩行、第十段前兩行、第十二段前兩行）（1993：80-83）；
〈城市的色彩〉第二段：「那是警車的顏色／那是鐵窗的顏
色」（以及第四、六段）（1993：89）；〈一個雨天下午的閱
讀筆記〉第三段第五、六行：「窗翻閱時間之書／窗翻閱空間
之書」（2009：21）；還有上舉〈風景〉末段末三行等。

◆其他並列結構

　　除了上述三種主要的並列結構句型，李敏勇較少採用的並
列結構句型尚包括悖論式並列結構（paradox parataxis）——即
採自相矛盾的修辭法的並列結構，如〈風箏〉全詩：「風箏在
飛越天空／風箏不能飛越天空／／風箏在飛越死了的天空／風箏
不能飛越死了的天空／／天空在飛越風箏／天空不能飛越風箏／／
死了的天空在飛越風箏／死了的天空不能飛越風箏」（2004：
119）；以及重複強調式並列結構（ploce parataxis）——即將詩
行中某一單詞重複強調的並列結構，如〈縮影〉第十二、十三
句：「根就是根／葉就是葉」與末二、三句：「小草是小草／
蒲公英是蒲公英」（1999：44-45）；還有對應句式並列結構
（chiasmus parataxis）——即前一個詩行的前半部（單詞或短
語）對應著後一個詩行的後半部，而後一個詩行的前半部則對
應著前一個詩行的後半部；換言之，即兩個詩行的前後半部相
互對應，但順序正好相反的並列結構，如〈縮影〉倒數第六、
七行：「人世間的風景／風景中的人世」（1999：44），接近
對應句式的並列結構有〈片思〉的第二段：「隱私的臉在公共
的地方／比公共的臉在隱私的地方／更聰明美麗。」（1999：
106）

二、對比與反覆

(一)對比

　　對李敏勇而言，他所擅用的並列結構不只是類似句型或語法的平行並置排列而已，與並列結構同時併用的往往是他另一種擅長的對比（contrast）手法。有關他這種對比手法的運用，之前陳明台、林燿德等人即曾提及，如陳明台在〈鎮魂之歌——析論李敏勇的詩〉中便指出：「李敏勇常用另一種……方法即是藉著對比的敘述，而引導第三種存在。」（1990：103）接著，陳明台以〈夜的體裁〉一詩為例予以說明，認為詩中由對立的你我呈現出屬於第三者月光的存在，以證明他的論斷：「往往以三種主要的人或物，做為對比的因子而布置氣氛」（103-104）。但是陳明台這個說法似稍嫌大膽，也就是他舉的例證太少，不足以說明為何要有三方「人馬」來做對比的因子。關於這點，林燿德在「暗房的世界——李敏勇作品討論會」上的發言，倒是較為清楚：

　　　　李敏勇的詩常有套板式的辯證歷程，這「套板」並無批評的意思，而是說有相當的知性思考的脈絡。譬如〈底片的世界〉，有外在和內在的辯證過程；〈從有鐵柵的窗〉，鐵柵有裡外之分；在〈他愛鳥〉中，屋內的人和屋外的鳥又成為一組辯證；〈發言〉中沉默和發言也是截然相反東西。他企圖用明顯對照的二分法來襯托他要

表現的主題。（蘇甦 132）

　　按林燿德之意，李敏勇在上述諸詩中擬以二分對立「來襯托他要表現的主題」，這二分對立則形成一種辯證的關係，而或許正由於此一辯證的過程而導致陳明台所指謂的「第三者」的出現也說不定。事實上，李敏勇擅用的對比手法多以二分對立呈現，而且還可以進一步再細分為外表對比與內在對比這兩種方式。外表對比即如上述乃以形式上的並列結構方式呈現，一望即知，譬如〈詩〉中的末段：「腐敗的土壤／孕育著我的生／燦爛的花容／潛伏著我的死」（1990a：64-65），在外表的形式上，腐敗對燦爛，生對死，分別排成四行；其他例如「一面傷害／一面縫合」（〈逆航〉）（1990a：51）、「不斷地死／不斷的生」（〈匕首〉）（1990a：73-74）……類如此種以並列結構的形式形成對比的句子不勝枚舉。

　　但是更重要的應是內在的對比，這種對比隱藏在詩的文本裡，並非靠著結構而是依賴詩的字質本身而形成的，林燿德上所舉例子即是。即以前述所引的〈遺物〉一詩為例，詩中的「遺物」──君的手絹（有可能是君上戰場前「我」送他而讓他隨時帶在身邊的「禮物」，令他可以睹物思人），事實上與「我」形成一對比的關係；諷刺的是，這好不容易被「我」盼到的而且竟然是君所「遺留」的手絹，最後卻變成讓「我」的乳房陷落的封條。君的手絹在這裡可視為一種換喻（metonymy），也就是君的替代，因而也就形成君與我的對比關係，即如下圖所示：

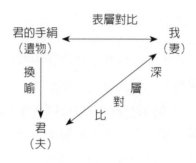

又例如較早期的〈鏡之意味〉與〈Image〉兩首詩，如果把詩中的「鏡子我」與「現實我」兩者的對比關係抽離，那麼這兩首詩可以說就無法存在了。再以晚近發表的〈對照〉一詩為例，這首詩基本上就建立在：女兒←→我（父親），以及音樂←→詩這兩層對比關係之上，以及從這一組對比關係再引申出另外一組兩層的對比關係：女兒←→音樂（「她面對樂譜呈現樂音」）；父親←→詩（「而我面對著世界尋覓著詩」）。進一步言，上面這兩組對比關係，彼此更隱含著另一層「意在言外」（understatement）的對比關係，亦即：女兒←→詩；父親←→音樂，意味著：女兒之不了解詩正如我不懂音樂一樣。上述兩兩相對的對比關係亦可以下圖示之：

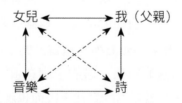

林燿德說，李敏勇的詩作「往往凸顯了巨大的對比和衝突，同時，也導致強烈的困頓與迷惑」（1988：107），主要就

是因為他採取了上述這種對比的手法有以致之；然而由於〈對照〉這首詩使用的是原初的日常用語（如上所述，此乃晚期李敏勇主要的詩作傾向），因此若把這對比關係抽離，就如〈鏡之意味〉與〈Image〉兩首一樣，〈對照〉便變成散文的分行。李敏勇晚近的大部分詩作，皆可做如是觀。

(二)反覆

反覆（repetition），簡單地說，就是一種依靠重複某一詞彙、詞組或詞句的修辭手法；廣義來說，它也可以包括利用不同的措辭（詞彙、詞組或詞句）以表達同一思想的手法，其目的在令人產生一種強調的效果，例如〈夜〉一詩的首段：「汽笛聲／從軌道的彼方傳來／從非常遠軌道彼方傳來」以及末段：「在夜企圖掩蓋一切的時候／在夜企圖推卸一切的時候」（1990b：61）；又如〈失語症〉一詩第四段：「我們已經不配持有語言／我們的世界已經不配持有語言」（1990b：65），上述這些詩段的末行較諸其上一行在詞彙上雖略有變更，但基本上只是加重語氣的強調，它們也都用並列結構呈現。李敏勇情有獨鍾於反覆手法的運用，已成為他詩作非常醒目也相當重要的特徵。關於這點，他主要以下列兩種方式來表現：

◆變奏式複沓句（repetend）

首先，就個別詩行來看，誠如吳潛誠在解讀《心的奏鳴曲》時所指出的，李敏勇「常用複沓句渲染氣氛以及其他抒情安排」（19）。所謂「複沓句」或「迭句」（refrain）是指措辭不變的重複的詩句／詩行，它可以是單獨一個詩行的重

複（如〈戀人喲〉末段重複的詩行：「黃金般灑落的旖那」）
（2009：155），也可以是分成幾個詩行的重複（如〈大地的
聲音〉每一段的頭一行：「我聽見」）（2009：138-39），而
最有規律性的複沓句，通常係出現在每個詩節（段落）的結尾
處。例如〈狗自由自在地跑〉一詩分成四個詩節，每個詩節的
首行均以複沓句「狗自由自在地跑」開頭（1990c：32-34），
以達成強調（語氣）的效果；類似的複沓句還有〈儀式〉中的
「他們釋放和平鴿」（1990c：43）、〈我們的朋友還在監獄
裡〉以及〈在紅外線瞄準具〉中與詩題完全相同的句子……。

　　但是李敏勇較常使用的是變奏式複沓句，這種複沓句出
現在詩節中的位置較不固定（有時在這一行，有時又在那一
行）；而且其措辭也可略做變動或調整，譬如〈雪〉一詩第
一、二段為：「夜輕輕地落下來了//在我們的屋子裡／雪靜靜
地落著／在我們的屋子裡／輕輕地罩下全世界了」（1990b：
20）；其餘像〈孤兒〉、〈臉〉、〈這一天，讓我們種一棵
樹〉、〈以櫻花妝點的墓誌銘——紀念一位政治運動的朋友〉
……都有變奏式複沓句。

◆反覆迴增（incremental repetition）

　　其次，就整個詩節（段）而言，李敏勇所使用的反覆形
式，乃是類似民謠風的一種「反覆迴增」，也就是類似的短語
或詩行透過變化了的不同詩節重複出現（就像民謠中略做變化
的重複性歌行），以連續性地增強它們的涵義；換言之，除了
個別詩行中略有不同的詞彙或短語之外，整個詩節在不同的段
落中有規律性地重複出現，其所訴求之主旨則因而逐次增強，

像上所舉〈遺物〉一詩的第一、二段，即是屬反覆迴增的一種反覆形式。最基本的反覆迴增形式，可以〈心聲〉的第三、四、五、六段為例：從開始「我夢想——／在島嶼的海邊／台灣的孩子們在那兒歌唱」，再到「我夢想——／在島嶼的山上／台灣的孩子們在那兒跳躍」，繼而「我夢想——／在島嶼的鄉村／台灣的孩子們在那兒成長」，以至於「我夢想——／在島嶼的都市／台灣的孩子們在那兒茁壯」（1999：126-27），一再反覆的形式中，只有若干詞彙做了更動。稍做變化的反覆迴增形式，則可以下面這首〈沉默〉為例說明：

　　現在是下著雪的時辰
　　整個國境
　　披著冷漠的衣裳

　　人們
　　不使語言溢出口舌
　　凍死在現實裡

　　現在是夜的時辰
　　整個國境
　　披著暗黑的衣裳

　　人們
　　不使語言溢出口舌
　　迷失在現實裡（2004：120）

　　在〈沉默〉中出現了兩個反覆迴增：即第三個詩節是第一個詩節的反覆迴增，第四個詩節是第二個詩節的反覆迴增，或者如果把第一、二個詩節與第三、四個詩節各自合起來看，那麼第三、四個詩節整個乃是第一、二個詩節的反覆迴增。餘如〈記憶〉、〈聲音〉、〈城市的色彩〉、〈自然現象〉、〈種植在心裡的紀念碑——焚寄給殉道者的鎮魂歌〉、〈敘述者不存在了〉……都有反覆迴增的詩節，出現的次數極為頻繁。由於李敏勇大量地使用反覆的形式，所以儘管他不刻意押韻，卻因此造成特有的節奏，並形成落點自然的韻腳，使得他的詩作具有很好的朗誦效果，這也是他的詩最迷人的地方。

第四節　結語

　　顯而易見，李敏勇詩作迷人之處正在於他向來慣用的修辭形式；而就語言的運用來看，在他向笠集團「歸隊」並使用笠詩人擅用的原初語言後，反而逐漸喪失自己原有的特色；換言之，此時的李敏勇無法再以意象語取勝。儘管如此，你卻不得不像鄭炯明那樣承認他的語言自有其一股魅力，鄭炯明說：「李敏勇所展現的語言的魅力，並不是建立在外在的傳統文字修辭，而是透過語言機能的瞭解與把握。」（99）——這句話只說對了一半。

　　李敏勇的確不在傳統的文字修辭上「舞文弄墨」，如上所述，現在的他畢竟已離意象語言很遙遠了，而「舞文弄墨」正是擅意象語言者之所長，就這點而言，鄭炯明的話是對的。

然而，正如上面筆者的分析，李敏勇詩作的魅力主要就在於他擅於操弄的語言形式，而這種語言形式也是屬於傳統的修辭伎倆，卑之無甚高論，你可以說，此係基於他對「語言機能的瞭解與把握」，但是他習於形式的修辭安排，則是不爭的事實。的確，他不「舞文弄墨」；不過，他卻以另一種「花腔」把詩唱將出來，就這點來說，鄭炯明的話便值得商榷了。

　　歷來有關李敏勇詩作的評論或研究，論及其語言與形式特徵者極少，容或有之，如黃恆秋（101-10）、陳明台（1990：79-117）、林燿德（1988：101-19）等，只稍加觸及，尤其是其形式問題，更未有深入探究者。大體上，李敏勇在思想及主題的訴求上，前後期確有一些轉變，如上所述，譬如晚近政治色彩的日趨濃厚，便是被詩壇公認的一個變化；可是若就其語言的使用情形來看，這種變化並不是很強烈，雖然他早期曾經嘗試經營意象語言，但是相較於另一集團創世紀而言，只能說是「小巫見大巫」（即便是李魁賢說他的語言有德國表現主義的味道）。縱然如此，我們仍舊可以追蹤出他語言日漸放鬆的一條軌跡。

　　再就形式看，李敏勇慣用的定行詩節、並列結構，以及對比與反覆手法，從頭到尾，可謂是「一路走來，始終如一」，這就形成他個人特有的語言風格，獨步於笠集團中反顯出他的與眾不同，亦因而較諸其他笠詩人，使得他的詩比較具「可看性」。郭成義說，在這方面李敏勇「已更站在『技巧』的前線，追求語言的力學計算」（94）。信哉斯言！他的形式深究之下，似隱隱然有經過「力學的計算」；但是過度地強調重複（如〈時間〉中一再重複的「構圖」、「暗喻」字眼），便難

免出現贅言（redundant），以致予人有平庸之感。所謂「過猶不及」，類似的形式與手法一再使用，久而久之，就會變成俗套；而俗套一經養成，又不易根絕，在詩作貴創新的要求下，詩人勢必面臨寫作生涯上一項重大的挑戰。然而，在演奏完「奏鳴曲」之後的李敏勇，並沒有以「自白書」來展示他的「變奏曲」，這似乎透露他仍無意做任何風格上的改變。

第三章　羅青論

羅青的嬉遊詩

- 前言
- 嬉遊詩的定義與特性
- 嬉遊詩的形式與結構
- 結語

第一節　前言

　　自一九七二年出版第一本詩集《吃西瓜的方法》被余光中譽為台灣「新現代詩的起點」以來（11），早慧型詩人的羅青就一直受到詩壇的矚目，出道甚早的他迄今仍創作不輟，儘管晚近作品雖未結集成冊，前後卻也出版了包括《吃西瓜的方法》在內的共六冊詩集（另五冊詩集為：《神州豪俠傳》、《捉賊記》、《隱形藝術家》、《水稻之歌》、《錄影詩學》）[1]，以及《不明飛行物來了》、《螢火蟲》、《我發明了一種藥》、《少年阿田恩仇錄》等童詩集與少年詩集[2]（也是詩配畫的「詩畫集」）。他的詩集本本皆具巧思，總想能夠推陳出新，以「突破自己固有文體和取材的表現」（林燿德 1986：3），企圖強烈，昭然若揭。

　　綜觀羅青詩作中的取材，誠如林燿德在〈前衛海域的旗艦

---

[1] 按羅青自訂的「創作年表」（參見《少年阿田恩仇錄》一書）所示，一九七四年他曾與紀弦合著詩集《飛躍與超越》（吳望堯現代詩獎基金會出版），也在一九七八年出版與攝影家董敏合著的詩與攝影作品合集《隱形藝術家》（崇偉公司出版），但這兩冊詩集似未在坊間流通（而且也僅國家圖書館收藏有《飛躍與超越》一書）。由於《飛》書並非羅青個人詩集，而《隱》書（收有三十一首詩）重要詩作後來也分別收入其他詩集中，是以本文不將該兩部著作納入討論。

[2] 其中《少年阿田恩仇錄》一書是羅青自謂的「少年詩集」。在該書的序文〈靈思出少年〉中，羅青認為：「在兒童詩與成人詩之間的『少年詩』，卻不見有人耕耘。」在他看來，少年詩「真是一片廣大的處女地等待開發」（1996：❸）。

——有關羅青及其「錄影詩學」〉一文所言，「自情愛思慕、家常瑣事、讀書生活、寫景詠物、政治歷史、哲思理趣、文明都市乃至武俠科幻，無所不包」（1986：3），端的是出入傳統與現代（以至於後現代）之間，上窮碧落下黃泉，縱橫經緯，遊刃有餘[3]。然則不管他擷取何種題材來加以表現，羅青大多數詩作都具有嬉遊的特性（playfulness），這些具有嬉遊（或曰嬉戲）特性的詩作即本文所謂的「嬉遊詩」。蕭蕭在論及羅青這些嬉遊詩時甚至爲之杜撰了「後兒童期」一詞，意謂羅青在「過了兒童期仍長年在詩中保有赤子之心，永遠以赤子之心嬉戲人間。但這種赤子之心，其實又非兒童期天賦的、無知的、無邪的赤子之心」。由於無以名之，遂以杜撰之「後兒童期」來描述他的這種「嬉戲本質」（2007：140）。

　　雖然羅青詩作的取材甚廣、題材至寬，然而就他的嬉遊詩來看，其所倚賴的以及所著力的主要在於「戲弄的手法」；而他的戲弄手法卻又主要視乎形式與結構的表現。關於此點，林耀德在前文中即曾指出，被目爲「前衛海域的旗艦」的羅青，「往往能苦思出前人未想的遊戲規則與形式表現」，他以異於前行代詩人「全新的語言思考模式」開啓了「新現代詩」的發展（1986：2）；而做爲這一「新現代詩起點」的關鍵所在，厥

---

[3] 白靈在〈藝術頑童冷眼看——試論羅青的新詩〉中則將羅青詩作的題材區分爲十五項：愛情、生活、都市、鄉土、政治、歷史、武俠、諷刺、哲思、理趣、幽默、詠物、科幻（實則這十五項中的諷刺、哲思、理趣、幽默與詠物等五項，應係詩作的表現手法，非屬題材範疇），並認爲他在拓寬題材上「開風氣之先」，譬如類如UFO（幽浮）這種題材的開發，在他之後倒可成爲後來者可以涉足的「幻境」（1994：225-26）。

為羅青詩作的這種嬉遊特性，蕭蕭於此一針見血地指出：嬉戲的本質就是羅青（詩作）藝術的秘訣（144）。

出於上述如是認知，也就是形成羅青嬉遊詩的關鍵在於他的表現手法而不在它的題材上，因之要窺探他的嬉遊秘訣，非得要從前者（表現手法）下手不可；換言之，即須自其語言的形式與結構著手以進一步剖析，始能真正一窺其嬉遊詩訣竅之所在。但是在分自形式與結構兩方面分析其嬉遊的戲耍伎倆之前，本章下首先要找出羅青嬉遊詩的特性，並試圖為嬉遊詩予以界定，劃出本文擬欲討論的範疇。

第二節　嬉遊詩的定義與特性

具有嬉遊特性的文學作品淵遠流長，以言詩歌，中國古代即有所謂的回文詩、盤中詩、疊字詩、寶塔詩、璇璣圖詩等，這類嬉遊性詩作雖然不登大雅之堂，卻也能博君一粲，成為文人茶餘飯後怡情悅性的遊藝手段。至若遠者如中國魏晉時期流行於文人之間的「同題競采」，以及近者如台灣日據前期於詩人之間盛行的「擊缽吟」，這類詩文創作活動，則更富「遊戲」（play a game）特性，其以文采、詩才較量高下，已非自娛娛人的嬉遊作品所能涵蓋。

一、嬉遊詩的定義

按照荷蘭語言學家赫伊津哈（John Huizinga）在《遊戲的

人》（*Homo Ludens*）一書所言，事實上就詩本身來說，它並不只是具有審美功能而已，例如所有的古代詩歌「曾經一度並同時是禮儀、享樂、藝術才能、制謎、戒律、勸說、巫術、占卜、預言和競爭」，其中詩歌的呈現往往和表演、競賽等活動脫離不了關係——也因之詩人本身常兼具多種角色，包括先知、牧師、占卜者、神祕主義的解釋者，所以赫伊津哈說古代詩人眞正的名稱是Vates，即他是著魔者、神靈照耀者，也是囈語者（132-33）。赫伊津哈更進一步考察指出，無論詩人所展現的（上述）創作活動究竟是神聖的抑或是褻瀆的，他的作用總是根植於遊戲形式之中（134）[4]。

　　赫伊津哈進而逐得出如下的結論：「所有的詩都產生於遊戲：神聖的崇拜遊戲，宮廷的節日遊戲，競爭的軍事遊戲，好爭辯的吹牛遊戲，嘲笑與辱罵、機智與敏捷的巧妙遊戲。」（142）然則，什麼又叫作遊戲呢？赫伊津哈接著爲遊戲做如下界定：

　　　　遊戲是這樣一種行爲，它在時空的界限之內，以某種可見的秩序，按照自由接受的規則進行，並且在必需品或物質實用的範圍之外。遊戲的基調是狂喜與熱情，並且是與那種場景相協調的神聖或喜慶式的。一種興奮和緊張的感覺伴隨著行動，隨之而來的是歡樂與輕鬆

---

[4] 赫伊津哈在書中還考察了不少古今世界各地的詩歌創作形式與活動，諸如古斯堪地那維亞文學thulr的講述、中世紀吟遊詩人的吟遊、東印度群島布魯島（Buru）居民的Inga fuka……乃至於日本俳句的應答、中國古代田園詩的男女詩賽等等，都具有遊戲的特性（133-37）。

（146）。

在定義遊戲的概念之後，赫伊津哈特別指出，上述所界定的遊戲特質也適用於「詩性創造」；換言之，上述賦予遊戲的定義也可用之於詩，他所持的理由是：詩的「語言有節律或對稱的安排，通過押韻或諧音造成的符號的妙用，對於感覺的精妙修飾，對於短語的人爲以及藝術的加工——所有這些都是遊戲精神的豐富表達」（146）。但顯而易見的是，詩歌自古代以後的演變與發展——就如赫伊津哈所指出的古代做爲綜合性角色的Vates在後來的分化一樣，已從遊戲領域跨出，也就是所有的詩並非都是遊戲之作，而這也使得一些仍舊保有遊戲特質的詩反而自成一獨立的文類範疇——也就是形成所謂的遊戲詩（game poetry）。若從這樣的角度來看，上述赫伊津哈所指出的（一般）詩的遊戲特質及其對遊戲所做的界定，在此不妨可視之爲「遊戲詩」一詞的定義。按此定義的遊戲詩即有如下幾點特性：一是它設定有某種「可自由接受的規則」，畢竟無規則即無遊戲；二是它「以某種可見的秩序」進行創作，畢竟有秩序方得以進行遊戲活動；三是遊戲不具功利意味，沒有實際的物質效用；四是它的基調是狂喜與熱情，基此伴隨而來的是歡樂與輕鬆——至少是閱讀與欣賞時的放鬆。

然而就遊戲的本質而論，如此定義的遊戲詩尙乏一個遊戲的參與者，前所謂「可接受的規則」自然是針對參與遊戲的人而發，既然如此，那就牽涉到參與者的互動，也即涉及遊戲詩的發端（詩人）與末端（讀者、評論家）兩邊的活動，蓋因遊戲總是互動的遊戲。事實上，赫伊津哈在《遊戲的人》中開宗明義探討

遊戲的本質和意義時即曾指出「遊戲共同體」的存在。遊戲共同體指涉參與遊戲的人，這些人共同遵守著「運作中的規則」，而一些觸犯或無視規則的選手（遊戲參與者）便是「破壞遊戲的人」——這些人必須被罰出場，因為他們損害了「遊戲共同體的存在」（不過，有時這些破壞遊戲者也會以他們那套方式創立一個有其自己規則的新共同體）（13）。有參與者參與的遊戲過程本身是互動的（interactive），而互動是你來我往、相互做出回應，一爭高下，而這就如同赫伊津哈所說的——易於造成緊張的氛圍，緊張則是遊戲相當重要的成分（12）。

　　從這個角度來看，羅青富有遊戲特質的詩作，不像夏宇、陳黎、焦桐、鴻鴻、林德俊等人的遊戲詩那樣具有互動（須讀者參與）的特性[5]，反倒像是詩人個人「自娛娛人」的自我戲耍之作，而這裡所謂的「自娛娛人」指的也就是讓詩人自己快樂同時也讓讀者感到愉悅——即是嬉遊之意。換言之，羅青的詩作具有自娛娛人的嬉遊成分，但不見邀讀者一起參與遊戲的意圖，此所以本文稱其具有戲耍特質的詩作為「嬉遊詩」而不以「遊戲詩」[6]名之。換言之，羅青的嬉遊詩展現的更多的是「單

---

[5] 例如夏宇的〈連連看〉（1986：27）、陳黎的〈為懷舊的虛無主義者而設的販賣機〉（1993：86-87）、焦桐的〈國文試題〉（2003：30-34）、鴻鴻的〈超然幻覺的總說明〉（1990：97）、林德俊的〈讀罷練習〉（2009：148-49）等，都是詩人主動邀請讀者一起互動的遊戲詩。

[6] 曾琮琇的《台灣當代遊戲詩論》（2009）可說是坊間首度出現的針對遊戲詩專論的著作，但該書對「遊戲詩」的界定太過寬鬆，也因此書中所探討的詩例，大部分只具有嬉遊而不見互動的遊戲特性；甚至若干詩例連嬉遊成分也不見。這或許與曾琮琇所持的「隨時代演進，遊戲變貌紛呈，我們甚至無法找到明確且完整描述『遊戲』的定義；可以確定的是，遊戲以各形各色的玩相存在……」如斯觀點有關（129）。

玩遊戲的技能」。

　　單玩遊戲的嬉遊詩也是有遊戲的參與者在內——只是詩人（羅青）自己一人在玩，這就像赫伊津哈指出的「猜謎、拼圖、積木、個人紙牌、射擊」這些單玩遊戲，仍舊會引發遊戲者的衝突與緊張。赫伊津哈雖然沒有明講，在此卻也暗示遊戲也可以是一個人自玩的遊戲；但是為了避免滋生爭議以造成誤解，本文將此一詩人自玩的詩作稱為嬉遊詩（或嬉戲詩），而將有互動特性的詩作稱為遊戲詩[7]。嬉遊詩雖未邀讀者參與戲耍，但如上所述，因其具有詩人自娛娛人的特性，讀者在閱讀之餘亦難免莞爾，頓生愉悅之感，即便未如遊戲詩將讀者的參與納入詩人創作活動的一部分，在讀者這一終端卻未始不生感受與回應（歡樂與輕鬆），而這或可稱之為「消極、被動的參與」吧！讀者的涉入及回應程度容或有高低之別，惟就詩人的創作來說，最重要的是自己如何以奇妙的詩想活動帶出樂趣來；基此，與其稱羅青的戲耍之作為遊戲詩，不如稱之為嬉遊詩來得恰當些。

二、嬉遊詩的特性

　　那麼，嬉遊詩究竟具有哪些特性呢？事實上，嬉遊詩的特性可以構成它的定義，亦即嬉遊詩一詞往往也從它所顯示的

---

[7] 在此，不妨可將「遊戲詩」一詞視作廣義（即包含創作者一人自娛的嬉遊詩），而把另一詞「嬉遊詩」當作狹義解。如此，遊戲詩即係通稱，而嬉遊詩則為特稱。

特性來加以界定，而這也是上述赫伊津哈在定義「遊戲」一詞時，爲何要煞費周章地去找尋遊戲的諸種特性以爲依據的理由。在上書中赫伊津哈提及一組在概念上互有鬆散聯繫的特性，包括：笑、愚、風趣、詼諧、玩笑與滑稽等等（7），雖然這些特性（經他分析之下）未能一項一項分別與遊戲（或嬉遊）相對應[8]，但是從語言的表意（signification）角度來看，正是由於這些特性在意義層面上形構了嬉遊的本質（essence）。換言之，要了解什麼是嬉遊詩，即可從找尋其特性著手。於此吾人則可進一步追問：羅青的嬉遊詩到底呈現了哪些特性？如是追問不啻在探究羅青詩作的「意義嬉遊」（有別於下述將探討的形式嬉遊）──此處所謂的「意義嬉遊」係指那些不在形式與結構上追求明顯的嬉遊目的，而於內容上可以充分表現嬉遊精神的詩作[9]。

綜觀羅青從早期至近期的詩作，可以發現一個顯然的事實，那就是他的嬉遊詩風一直持續至今未嘗改變，而其於意義嬉遊所呈現的詩作特性亦可謂始終如一。大體上，他的詩作呈現了一組在概念上極爲接近的特質：諧趣（pleasantry）、幽默（humour）、玩笑（fun）、理趣（wit）、童趣（children's fun）與戲耍（josh），羅青以這樣的特性在意義（內容）的建

---

[8] 譬如滑稽與遊戲的關係只能算是附屬性的，對遊戲者而言，遊戲本身並非是滑稽的；又，遊戲也不是愚蠢的，它超出智慧與愚蠢的對立之外（Huizinga 7）。

[9] 曾琮琇將遊戲詩分成「形式遊戲」、「意義遊戲」與「互動遊戲」三類（雖然她在上書中未從這三類分別加以論述），其中所謂的「意義遊戲」是「指那些不在形式上追求明顯的遊戲符號，而內容上可以充分表現遊戲精神的現代詩」（20），本文此處仿其說法。

構上形成他個人獨特的嬉遊詩風。底下進一步逐一加以檢視。

(一)諧趣

　　什麼是諧趣的特性呢？諧趣指的是詼諧的趣味。而所謂的「詼諧」，依字典的解釋是說「出言輕鬆戲謔，令人發笑」[10]。但是諧趣有時雖帶點戲謔成分，基本上卻是戲而不「謔」的；而且引人發笑的諧趣，也非由滑稽突梯的言行舉止所造成，蓋因滑稽（comic）比較傾向於幼稚可笑（例如卡通人物的誇張言行，令人發噱）。羅青的首部詩集《吃西瓜的方法》（1972）初現之時即有不少帶有諧趣特色的詩作，例如：〈春訊〉、〈玉山引——山道〉、〈玉山引——排雲〉、〈玉山引——下山〉、〈樹的寫法〉、〈泥土的軼事二：尾聲〉、〈司機阿土的月亮〉等。以〈玉山引——山道〉一詩為例，該詩敘寫通往阿里山的火車「山道」，一開筆即以「樹葉拍手，瀑布傻笑」俏皮地帶出「細細長長的鐵軌」環山繞道的情況，並用「繞口令似的繞著」來描摹山道的盤旋。小火車繞著鐵軌山道盤旋而上「輕快得像一支山愛哼的曲子」，而當它穿入山洞之時，羅青捉狹般地以底下的慧黠文字引出諧趣來：

　　　而每一座小山洞
　　　都是個調皮的夜
　　　狡點的，總喜歡趁山色大意時

---

[10] 參閱華立文化出版，由洪淑芬、林于弘、趙天儀三人合編之《辭海》（2003）。底下所引字典係出自本書；由於是字典（工具書），本書不列入本書書末之引用書目中。

迅速閃上車來，偷偷的

去蒙那座位上一對對

正對著窗外楞楞出神的眼睛

於是，就在這嬉戲開闔之間

竟把迎面綠過來的世界

給眨成了

另一個（1972：30-31）

　　上面這兩段文字有生動的比喻，而它的諧趣全靠（山洞）擬人化（personification）的技巧，以勾勒出形象化的動作（這是羅青招牌的招術之一），令人讀之不禁莞爾。自《吃》之後的詩集，具有諧趣的詩作仍不在少數，如〈左右窗：第一眼〉、〈望春〉、〈番石榴〉、〈蜘蛛〉、〈驃騎軍〉、〈亂世無名客〉、〈敲門記〉、〈黃山遊記——致瞎尊者石濤〉、〈畫夢記——致保羅‧克利〉、〈觀音記〉、〈囚人日記〉、〈炒菜記〉、〈化魚記〉、〈散心記〉、〈不瞞您說〉、〈水菓刀——獻給母親的詩〉、〈虎嘯〉、〈早起打呵欠所見〉、〈怎樣為自己理髮〉、〈讀不下書的時候——給要聯考的同學們〉、〈老松撈月〉等，這些詩作都有博君一粲的效果。

(二)幽默

　　幽默與諧趣一樣，兩者都易於引人發笑，字典以它來「形容有風趣或有諷刺意味的樣子」；但依提倡幽默甚力的林語堂之說，幽默雖與諷刺極近，卻不一定以諷刺或譏諷為目

的，「諷刺每趨於酸腐，去其酸辣，而達到沖淡心境，便成幽默」，因為幽默是出乎同情的，且是基於道理之滲透，而最上乘的幽默，自然是表示「心靈的光輝與智慧的豐富」，也就是屬於「會心的微笑」一類的（8-10）——這裡和字典所強調的「意思含而不露」就很接近了。

羅青的幽默詩作雖然也和上述具諧趣味道的詩作一樣讓人發噱，但所引發的就如前面所說的只令人感到「會心的一笑」——它的「會心」則是來自其語意的隱而不露，要讀者細心地去領會；而即便其中若干詩作帶有諷刺（或反諷）意味，卻也不尖酸刻薄，諸如〈春訊〉、〈玉山引——懸案〉、〈自白〉、〈報仇的手段：第三招〉、〈左右窗：第二眼〉、〈養雲齋讀畫記——致野遺生襲賢〉、〈杜甫訪問記〉、〈打蒼蠅記——魯男子智深外傳〉、〈掃葉記——贈掃葉珊房主人〉、〈龍磐崩崖〉、〈抱珠峽〉……都富有幽默的趣味，其中以慶賀余光中七十大壽的〈老牌長壽大颱風〉一詩以反筆手法來敘寫余光中最令人喝采。誠如蕭蕭所言，該詩「不以私情入詩，概論余光中造成的文學旋風，去舊病，除新弊，嘲諷土法搭蓋的虛無主義者，戲弄意識形態政治口號，為余光中的文學天空理出朗晴脈絡」，可謂「為現代頌贊之詩，另闢了一條蹊徑」[11]。這首〈老〉詩要能反過來體會詩人的「正話反說」（understatement），到最末段：「最後……疾厲的風勢慢慢減

---

[11] 羅青該詩發表於一九九八年十二月三十一日的《中國時報·人間副刊》，未收入任何一冊詩集中。蕭蕭上述的「賞析」之言則出自《八十七年詩選》（商禽、焦桐 199-200）。

速／化成一道溫和的熱帶性低氣壓／在墾丁國家公園上空／灑下一陣細細的春語」（商禽、焦桐 199），才能發出會心的一笑──而這才是上乘的幽默。

(三)玩笑

　　相較於諧趣與幽默，玩笑較為直接、袒露，不需要前兩者（尤其是幽默）的意領神會，它因為令人覺得有趣（funny）而發笑，在詩裡即是詩人明明白白地開玩笑──跟自己、讀者或詩中人開玩笑。當然，嬉遊詩的這種玩笑也非低級趣味，而且讀者一讀就明白，譬如《水稻之歌》中的〈就是大專聯考沒有錯〉一詩，羅青一開始劈頭就說：「大專聯考你沒錯／要錯錯在聯招會」，接著利用頂眞的連串手法先正（沒有錯）後反（有錯）地一直「狡辯」下去，到最末則以如此「結辯」方式作結：「錯錯錯／×××／錯來×去／就是大專聯考永遠沒有錯呀／沒，有，錯？」（1981：148-51）頗有數來寶的味道，玩笑開得既明且顯（《捉賊記》中的〈流水記──江上思夢蝶〉一詩亦具數來寶風）。《水》書另一首〈兩個孩子恰恰好〉（62-65）也有異曲同工之妙，並且較諸〈就是大專聯考沒有錯呀〉更有打油詩（doggerel）的味道（由於這首詩頗有反諷意味，以致其情趣不像一般打油詩那麼低下）。餘如《吃西瓜的方法》中的〈雞鴨的哲學〉，《神州豪俠傳》裡的〈狂飲十二拍〉、〈天籟〉、〈蒼蠅〉、〈請別看〉、〈劫後英雄吟〉，《錄影詩學》中的〈毛驢小將軍──加德滿都所見〉……乃至於少年詩集《少年阿田恩仇錄》裡的〈生活哲學〉等詩，都有顯而易見的玩笑

特質。

(四)理趣

　　理趣英文字爲wit，又譯爲巧智、機巧、機智，它涉及作者與讀者的智力，也就是大腦對於概念之間的關係的理解能力[12]。詩人往往利用雙關語、遁詞、警句、妙語以及其他形式的玩弄詞藻，以顯示詩的趣味來，而讀者則發揮他的理解能力來領會詩人埋藏的這種智性的趣味。余光中在〈新現代詩的起點〉中認爲，羅青的詩「甚具知性的秩序」，指出「他常在選好一個主題後，因題生題，就句引句，正正反反，側側斜斜，交交錯錯，構成一個多元空間的存在」（2002：80）——這正是他的詩富含理趣的來源。

　　理趣往往來自羅青對於詞藻的玩味，而如是玩味則又多依賴他對於機智的發揮（以形成其知性的秩序），例如〈故土・故土〉一詩有云：「如果天是您的海報／雲是您的試題／就請廣告我以雷雨／考問我以霹靂」（1972：19），其中第一行的海報對第三行的廣告，第二行的試題對第四行的考問，這是概念之間合理的連結；再進一步看，天下雷雨、雲閃霹靂，同樣依賴智性的推理，羅青就憑藉這樣知性的遊戲來製造趣味。其他諸如〈流水板〉、〈假如我沒有變成一棵松樹〉、〈面山〉、〈七星山夜宿記〉……這些詩作或多或少也都以理趣取勝。然而他的理趣有時是來自詭辯，像〈茶杯定理〉與〈吃

---

[12] 英美新批評派（the new criticism）認爲玄學派的詩（metaphysical poetry）將理性融於感性之中，最能展現理趣的特性。

西瓜的六種方法〉兩首組詩，其趣味幾得自詩人的詭辯。以〈吃〉組詩中的〈第五種西瓜的血統〉爲例，該詩即係以詭辯爲基調，羅青首先辯解說西瓜與星星是完全不相干的，卻又說地球（西瓜產生地）是星星的一種，所以就推論說西瓜具有星星的血統（1972：161）。這種詭辯的理趣得須讀者「腦筋急轉彎」才能會意。

(五)童趣

　　童趣指的是兒童的趣味，而兒童的趣味則帶有天眞（或純眞）及無邪的味道，當然這不需要詩人的詭辯，也毋須智性的推理。余光中在上文說，羅青這種童趣「依稀遙接楊喚的遺風」，甚至認爲他這樣的詩「又回到紀弦倡導革命以前的時代，回到那時代的『天眞』」，並以《吃》一書中的〈睡神〉爲例，說該詩「語氣柔婉，落筆很輕」，已接近童話詩（2002：78）。事實上，如前所述，羅青也寫童詩，並出版了《不明飛行物來了》等三冊童詩（以及一本少年詩集《少年阿田恩仇錄》），或許因爲如此（成人與兒童詩作左右開弓、雙管齊下），使得他的不少頗具童趣的詩作橫跨成人詩與兒童詩的界限──或曰「在成人與兒童之間」，例如：〈搖錢術〉、〈讀不下書的時候──給要聯考的同學們〉、〈石頭奇遇記〉、〈稻草人〉、〈牧牛圖〉、〈口哨〉……都是具有童趣而向童詩跨越的詩作。

　　以上這五種詩作的特性形塑了羅青詩作的嬉遊本質[13]，乃至讓他的所謂「嬉遊詩」自成一個現代詩的文類。而這五種形塑羅青嬉遊詩的詩作特性則又往往以戲耍（play）的手段來加以表現。所謂的「戲耍」雖是羅青自己的單玩遊戲，目的卻不無娛悅讀者的味道，例如〈老松撈月——遊畫中的黃山〉（1988：100-101）一詩開頭用白描手法說「一棵倒掛在／黃山蓮花峰的老龍松」，很平板地起筆，然後第二段接著交代：「每天傍晚／都忍不住把手／伸向天邊／想去撈那待升的明月」，亦即給了老龍松一個簡單的動作，但這個動作開始令人興起一點好奇感（想了解撈月會有何結果）。想不到第三段卻來了個急轉彎：「不料，每次都只／攪出團團滾動的雲霧／攪出漫天星星的灰塵」，讀者有被耍弄的感覺（被詩人「幽了一默」）。且看詩人最後如何作結：「星星們回頭看了看老龍松／相互神秘又惡作劇的擠了擠眼睛／然後合力捧出一輪明月」，在此，羅青以富含童趣的語言，以及戲耍的筆調，給讀者來個出其不意。

　　再以〈老松撈月〉一詩來看，由副題可以得知這其實是一首寫景詩，羅青寫來卻完全不靠語言張力（tension）來呈現，即不以極盡修辭之花枝招展爲能事（如多數現代詩人然），反倒用全篇的結構來經營（詳下節），余光中認爲這是羅青

---

[13] 事實上，羅青不少詩作不看詩本文而只看詩的題目，如〈打蒼蠅記〉、〈炒菜該放多少鹽〉、〈兩個孩子恰恰好〉、〈早起打呵欠時所見〉、〈朝我丟梳子的檳榔樹〉、〈字紙簍來嘍〉、〈都是那棵麵包樹惹出來的事〉……便極具趣味性，乃至連詩集名稱（如《吃西瓜的方法》、《捉賊記》等）本身亦具嬉遊

特有的詩風，他的詩雖非「句句動人，字字爭先」，但以局部與局部（語義）相互呼應，高潮則由全篇而非局部的字質（texture）構成，也因之他的語調（tone）不像之前的現代詩中習見的那麼迫切、緊張（2002：67）。

　　進一步言，類如〈老松撈月〉此種嬉遊詩之所以生動有趣，係因羅青慣以擬人化手法置入，擬人法將他物置換爲人（如此處的老龍松，以及上引〈玉山引──山道〉中的小山洞），代以人的視角，無生命的就變成有生命了，而靜的生命體也變成動的生命體──如此一來就易於讓詩人「玩」出各種花樣。然而如果綜觀全局，眞正讓嬉遊特性盡展其妙的關鍵，厥在於敘事（narrative）的巧妙運用，諸如〈盒子〉、〈柿子與我：第四回合〉、〈工友老宋的月亮〉、〈敲門記〉、〈夢遊博物館〉……尤其是《神州豪俠傳》中卷三（卷名同書名）的二十首詩作，或多或少都使用敘事手段，也就是在詩文本裡埋藏故事線（story line），並以之帶動詩的發展。可以這麼說，羅青詩作的戲耍成風，表面看如余光中所說妙在其全篇的形式與結構，內裡看則如此處所言功在其敘事手法的靈活運用，以或隱或顯的情節布局（plot）形成全詩的趣味所在；換言之，結構加敘事（即布局）乃是形塑羅青嬉遊詩風的不二法門。

　　余光中在上文中指出，羅青的詩並不屬「有句無篇」那一型（2002：89），也就是他的詩係「因句成篇」──重在那個「篇」字，如上所述，這也是成就其嬉遊風格之關鍵所在；若再從這點深一層看，此一關鍵的背後依賴的即是白靈在〈藝術頑童冷眼看──試論羅青的新詩〉中所提出的「詩想方法」（237）。「詩想」（idea of poetry）指的並非詩的想像

（imagination），而是關於詩的想法，這個想法包括詩的思想與構思，尤其是構思，因為構思是將思想以布局呈現，乃是「詩的語言和形式之先決條件」，亦即詩想先於詩的語言與形式，所以詩想變，整首詩就會跟著變，而「語言、意象、形式也都隨著變」（羅青 1976：132）。余光中說「羅青是一個肯想、能想，想得妙，想得美的詩人」（89），也因為他的重視詩想方法，使得他的嬉遊詩風偏向知性。

第三節　嬉遊詩的形式與結構

詩想方法如何玄妙終究要落實於詩語言的呈現。如上所述，羅青向來不去斤斤計較於語言如何展現它的精緻度，他是從大處而非小處著眼來展開他的嬉遊趣味；也因此他的詩不能從局部而要自全面讀始能嗅出詩味來[14]。關於此點，白靈在前文有一針見血的說法：「由於拒絕語言的繩環穿過詩想的鼻孔，乃轉而向結構、節奏、想像、主題等發展，如此一來，必得強烈要求節奏明暢、結構嚴謹、平中見奇、有所寄託，否則必然癱瘓為一堆無骨的肉堆。」（236）簡而言之，羅青在此主要以語言所展現的形式（form）與結構（structure）來架構他的詩想，也就是他的詩想主要以形式和結構來展開。

---

[14] 由於羅青詩作風格如此，余光中便感嘆在討論其文本時「引述起來是頗不方便的」，蓋其詩作非屬「有句無篇」那一型（89），所以很難局部引述其作，而這在寫作上就要耗掉大半的篇幅。

一、嬉遊詩的形式

　　詩的形式要倚賴設計（design），如同結構要講究布局。
按理，有關形式的設計也屬修辭學（rhetoric）的範疇（黃慶
萱 7），但是它和表意的修辭不同的是[15]，形式設計主要不在語
言本身「玩花樣」，反倒是依賴語言與語言之間的關係——譬
如辭句空間或位置的安排——以為語意的表現。相較於下述所
要討論的關於羅青詩作的結構，這裡有關形式的設計涉及的可
謂是句和句、行與行之間的「局部」布局（local design）；而
相較於前面所提語言的表意修辭，羅青詩作的形式設計則又不
僅限於單一語字或語詞本身的變造或「改頭換面」（乃至語調
本身的變換）。綜觀羅青所有詩集，最常使用的形式設計厥為
對偶、排比、層遞，以及頂真（少部分則用到倒裝，如《神州
豪俠傳》的〈吞聲曲〉，以及複沓，如《錄影詩學》的〈女媧
血戰大怪手〉）。事實上，對偶與層遞可說是排比手法的「縮
小」與「放大」，也就是排比可以包括對偶及層遞[16]，而從句子

---

[15] 黃慶萱在《修辭學》（1979）一書中將修辭方法分為兩大類，一種是表
　　意方法的調整，包括：感嘆、設問、摹寫、仿擬、引用、藏詞、飛白、析
　　字、轉品、婉曲、夸飾、譬喻、借代、轉化、映襯、雙關、倒反、象徵、
　　示現、呼告；另一種是優美形式的設計，包括：鑲嵌、類疊、對偶、排
　　比、層遞、頂真、回文、錯綜、倒裝、跳脫。

[16] 黃慶萱的《修辭學》中雖然將對偶、排比及層遞分章列舉討論，以為區
　　別；但是經其分說仍令人感到其間的殊異不大，只能說對偶與層遞兩者
　　係進一步從排比被區分出來罷了。兩兩相對，字數且須相等，並要力避字
　　同意同的對偶（470），只能算是較為對整的排比；而依序層層遞進的層
　　遞，也不過是讓排比前後做有層次的遞進（481）。換言之，對偶與排比

本身的結構形式來看，排比即是一種並列結構（parataxis）[17]，不論是嬉遊或非嬉遊詩作，羅青皆將此種排比手法玩弄於股掌之間，幾乎愛不釋手。

(一)排比

在詩作形式的設計上，若「用結構相似的句法，接二連三地表出同範圍同性質的意象」，這就叫作「排比」（黃慶萱 469）。排比若接二但不連三，且接連的兩句字數相等、語詞相對（乃至平仄相對）則成對偶。排比若連三乃至接四以上，且接連的句子在語意上又有依序層層遞進的情形則成層遞。羅青酷愛玩弄這種排比技法（含對偶與層遞），可謂無以復加，而他的嬉遊特質也往往要自此種排比（對偶、層遞）的形式設計透顯出來，這樣的嬉遊詩作可說是不勝枚舉，例如《吃西瓜的方法》中的〈雞鴨的哲學〉、〈樹的寫法〉、〈柿子與我：第三回合〉；《神州豪俠傳》中的〈睡前運動〉、〈蒼蠅〉、〈蚊子〉、〈蜘蛛〉、〈亂世無名客〉、〈劫後英雄吟〉；《捉賊記》中的〈捉賊記〉、〈打蒼蠅記〉、〈觀音記〉、〈黃山遊記——致瞎尊者石濤〉、〈畫夢記——致保羅‧克利〉、〈掃葉記——贈掃葉珊房主人〉、〈炒菜記〉、〈散心記〉；《水稻之歌》中的〈讀不下書的時候：三、紅燭〉、

兩者都不脫排比形式設計的範圍；緣此，西洋的語法學乾脆從句子的結構形式將之通稱為「並列結構」（parataxis）。
[17] 並列結構是相對於「從屬結構」的稱呼，指的是「單詞、短語、從句或句子按照並列語法結構排列」（林驤華 25）。

〈假如我沒有變成一棵松樹〉、〈不瞞您說〉、〈炒菜該放多少鹽〉、〈兩個孩子恰恰好〉、〈汽車怨〉、〈虎嘯〉；《錄影詩學》中的〈老松撈月——遊畫中的黃山〉、〈草台戲家庭〉、〈牧牛圖——南投郊外〉、〈女媧血戰大怪手——台灣速寫〉……至於其他大部分的非嬉遊詩作，排比手法更是俯拾皆是，簡直到了濫用的地步。

　　然則羅青如何利用排比的形式設計來透顯他的嬉遊趣味呢？由於排比使用的是相似的句法，但又不像複沓句法那樣單調、缺乏變化，所以可以造成語意的「正向遷移」[18]，若用於詩段之中，可以蘊積趣味以待爆發，如〈打蒼蠅記〉一詩開始寫道，在禪房打坐的魯智深（詩中以第一人稱視角敘事）突被一隻蒼蠅飛落在他的頭頂上，繼而飛停在他的鼻尖上，第四段接著寫：「念轉及此，頓覺一股無明燥怒——竄上心頭／竄入眼中，爆為火星／竄出鼻孔，噴成煙火」，末兩行的排比（即對偶）不啻在為下一段「而那廝竟逍逍遙遙閃身避過星火煙火／順勢一翻／翻進胸毛之間／像是鑽進一株倒斷欲腐的枯樹懷中／狀如撒嬌，弄得俺哭他笑他不得」（1977：14-15），先行孕育趣味。再如〈虎嘯〉一詩敘寫已會爬、會走、會說話的詩中人「我」的寶寶，晚上在「我」哄他入睡之際攀爬上高高的棉被堆，然後佯裝自己是小老虎發出吼叫聲，令在旁的「我」剎那間竟感覺床鋪在他的吼聲中「迅速向八荒延伸舒展」，接著是「棉被波浪而

---

[18] 黃慶萱認為「排比句的句法相似，顯示了前後句具有相同的原則；排比句的不避同字，顯示了前後句具有相同的元素。因此排比句在學習過程中便趨向『正向遷移』。」（471）此處「正向遷移」係仿自黃氏上述之說。

去成爲山巒峯巒／床單瀑布而來變成平原江河」兩行對偶句的出現，而也因這兩行對偶句的蘊積，其趣味始能於下面最末一段爆發出來：「朦朧中，我彷彿看到／一大一小，兩隻白色的老虎／結伴撕破重重黑色的夜幕／飛凌泰山的絕頂／齊聲奮力一吼——天下大白」（1981：136-37）。大致上來說，羅青嬉遊詩於詩節中出現的排比句法大多具有如是效果。

若是將排比句置於詩末或開頭出現呢？羅青擅用排比形式，排比句如上所述多出現在詩節的進行中，但亦有少數情況出現在詩的起句與末句，例如〈冤魂記——與蒲松齡夜談〉開頭便出現兩對對偶句：「陰風向琴弦索鳴／腐葉向長廊索步／雲異星邪／紙窗雪白，發出磨牙之音／木門無聲，裂開微笑一縫」（1977：17）。詩一開頭便使用排比（對偶）句難免予人有自縛手腳之感，蓋因在這之前並無其他語意的經營，難以造成「正向遷移」的作用，上述的〈冤〉詩事實上用得有點險（或也因此，羅青在起首句很少使用排比句）。再如〈捉賊記〉一詩（起首也用排比句），對於氛圍的經營以及「內在節奏的掌握」（白靈 233）幾乎無懈可擊，詩節中穿插的若干對偶、排比句收放有度（只有「書卷破舊陪侍一旁，抖擻肅立毫無倦意／書架之後廚灶之前，蚊蠅老鼠隱隱走動」這一排比句稍感牽強），而詩末結束前連三行的排比句：「星星垂查一切，欣然暗夜放光／在小偷偷詩人的時候／在詩人捉小偷的時候／在殘夜與黎明相互追逐的時候」（1977：4），不僅讓全詩的節奏在結尾時緩慢下來（予人有一切復常之感），而且將全詩主題「隱而未宣」地烘托出來（白靈 235），頗具畫龍點睛之效。餘如〈打蒼蠅記〉、〈養雲齋讀畫記——致野遺生龔

賢〉等詩結尾的對偶或層遞句法，也都具有如是「妙用」。

　　至於全詩最爲「妙用」排比句法的，可以《吃》書中的〈柿子與我：第三回合〉爲例說明：

> 那柿子
> 以其蛇行般的香氣
> 吞食了我的呼吸
> 潛入了我的血液
> 旋進了我的心中
> 旋出了一支歌
> 那遙遠而熟悉的歌聲
> 那屬於……
> 幼稚園的歌聲：
> 排排坐，吃菓菓
> 幼稚園裡
> 一條蛇（1972：179）

　　羅青雖「擅用」排比、對偶，但也過於「濫用」，似乎變成他賦詩寫作的一種慣性。陳啓佑（渡也）即曾指出，「對仗排比的句子，在羅青詩中，司空見慣」，然而他的「對仗過於工整，往往造成意簡言繁的同義相對，或機械乏味的對仗形式」[19]（118-19）。陳啓佑指摘的這種所謂「吃西瓜的壞方法」

---

[19] 陳啓佑所舉的機械性對仗（對偶）的例子（均出自《吃》書）有：〈夜班〉：「機器嘰啞，嘶喊口號／四壁盲目，反覆響應」（96-98）；〈夜〉：「孤獨一切，包容一切／瓦解一切，重建一切」（65-66）；〈故土‧故土〉：「用鳥聲刺，用瀑聲劈／令我方成千層之舟／廣成萬

（113-27），在羅青上述這首詩中全然不見。〈柿〉詩中首先以蛇行貌來形容柿子的香氣，進而連用四行層遞句造成語意「正向遷移」的推進，而且從第五行的「旋進」轉而至第六行的「旋出」，動作接續自然；接著又來兩個排比句：「那遙遠而熟悉的歌聲／那屬於……／幼稚園的歌聲」，其中第二個句子因為中間插入刪節號，反而予人流暢之感，一掃反覆排比的單調與乏味。料想不到的是，在這一行排比句之後竟又接上兩個排比性的短語（排排坐，吃菓菓），而由「吃菓子」及「幼稚園」的語意聯想，在詩末連接了（伊甸園裡的）「蛇」的意象（以扣合開頭「蛇行般的香氣」）。〈柿〉這首詩環環相扣的排比形式，用得妙，但也用得險，羅青卻樂此不疲，一再「玩弄」排比形式，迄今仍不改初衷[20]。

(二)頂真

　　頂真的形式設計由於是以前一句的結尾做為下一句的起頭，所以是語意連結的一種表達方式；然而由於它的語意連結係以同一語詞貫串前後句，所以和起著「正向遷移」作用的層遞形式有所差別，雖然層遞本身亦能產生語意的連結。進一步言，正因為頂真係以共用語詞來串連詩行，這一共用語詞就形成詩行之間的共通點，如果全詩詩行之間的連結或推進皆以頂

丈之廈」（17-21）。

[20] 譬如上文曾舉例的發表於一九九八年的〈老牌長壽大颱風〉一詩，起首赫然又是兩行對偶；二〇〇八年八月四日刊登於《聯合報・副刊》的〈三遊後慈湖〉一詩仍見這兩行對偶：「大葉桉高距框邊學太公垂釣／三葉楓大方臨水效西施梳頭」。羅青這一「排偶慣性」似難撼動。

眞句法串成（如商禽的〈逃亡的天空〉、張默的〈無調之歌〉
等），形成所謂的「連環體」，則此一共通點的頂眞語詞就可
以成爲全詩的中心觀念，發揮美學上所謂的「統調」（unity）
效應[21]。

　　按黃慶萱在《修辭學》一書中的分類，頂眞的形式設計可
以分爲兩種：一是聯珠格，即在同一段語文中，有連續或不連
續的幾句使用頂眞法者；二爲連環體，係單單在段與段之間使
用頂眞法者（502）。簡言之，句和句的連接用頂眞格即爲聯珠
格，而段與段的銜接用頂眞格則爲連環體；至於其間連接的句
與句、段和段則沒有定數。羅青嬉遊詩擅用的頂眞形式則可以
分爲底下聯珠格、連環體以及聯珠格與連環體併用三種：

◆聯珠格的頂眞句法

　　運用聯珠格頂眞手法的嬉遊詩包括：〈夢的練習〉、〈雞
鴨的哲學〉、〈報仇的手段：絕招〉、〈睡前運動〉、〈畫夢
記──致保羅・克利〉、〈炒菜記〉、〈不瞞您說〉、〈水菓
刀〉、〈假如我沒有變成一棵松樹〉、〈獨立文告〉……或前
後二句、或一連數句相互以頂眞格銜接，主要在起到橋樑及緊
湊的作用[22]。比較特別的是〈畫夢記〉一詩的第一段，其第五、
六行的頂眞格除了具有橋樑及緊湊的作用，更利用「克利」與

---

[21] 美學上的「統調」，「是指在許多複雜的事物中，以一共通點，來統率全
　體」。如以某種色彩遍布全體，便是色彩統調；如以某種形狀形成主要的
　圖案，即爲形象統調；如以某種主調統御全曲，即係音樂統調；而修辭上
　的頂眞句式則可視爲語文上的統調手法（黃慶萱 500-02）。
[22] 黃慶萱的《修辭學》中認爲頂眞格可以起到橋樑、和諧、緊湊、趣味四種
　作用（511-14）。

「顆粒」的諧音造成諧趣的效果，讓嬉遊的特色更加地鮮明。

◆連環體的頂真句法

運用連環體頂真手法的嬉遊詩包括：〈報仇的手段：第二招〉、〈蚊子〉、〈蜘蛛〉、〈星座記〉、〈蘋果記〉、〈汽車怨〉、〈聞立霧溪發電計畫取消——太魯閣國家公園〉……與前一類及後一類相較，這類純連環體的頂真句相對就少很多。羅青使用這個連環體的頂真格，通常只用來承接上下兩段（很少超過三段以上），目的在起橋樑的連接作用，也因而較乏緊湊感（與段和段的銜接有關）。但有時仍可見其趣味性，比如〈聞立霧溪發電計畫取消〉一詩表達詩人對「人定勝天」的（發電計畫）不滿與抗議，詩中的「我」代表人類、「你」代表佇立立霧溪畔的高山，而中間的段落（第七、八段）敘述：「你那巨大無比的頭顱／便不得不緩緩縮小／／縮小成一尊／青瓷製的／精緻盆景」（1988：112），以連環體的頂真格連接，頗有笑中帶淚的效果。

◆聯珠格與連環體併用的頂真句法

這類併用型頂真手法的嬉遊詩包括：〈報仇的手段：第二招〉、〈遠處傳來馬達的聲音——虎尾所見〉、〈養雲齋讀畫記〉、〈蘋果記〉、〈綠掃把〉、〈兩個孩子恰恰好〉、〈牧牛圖〉……可以起到或橋樑或緊湊或趣味乃至或和諧的作用。即以較少見的和諧作用來說，《神州豪俠傳》中的〈遠處傳來馬達的聲音〉自頭段至第四段以這種併用頂真格串連：「一隻黃狗趴在門口，看一隻水牛／一隻水牛臥在欄外，看幾隻鴨子／／幾隻鴨子伸頭入水／探探藍天，找找太陽／／而太陽藍天，卻高高

在上／垂罩一切，籠罩一切／／籠罩著無人的菜園，長草的水田／安靜的廚房，破敗的神案」（1975：13-14），除了發揮相連的橋樑功用之外，也讓景物（水牛、鴨子、太陽、藍天、菜園、水田、廚房、神案）的銜接能夠自然和諧[23]。由於它能起到較多的形式修辭的功能，所以這類併用型頂眞句法便成了羅青的「最愛」。

如上所述，不管排比或頂眞的形式設計，基本上它們都屬「局部的布局」，羅青依靠它們以彌補他大量口語化、生活化語言所帶來的平庸感（尤其他不避諱套用成語、俗語、俚語）；他前期的詩作即以這種手段如余光中所說翻轉之前對語言本身嚴加錘鍊的寫作方式，樹立了一個新的起點，換言之，羅青詩的張力不靠語言的表意修辭而依賴形式的設計。然而到了他創作的中晚期（約在一九八○年代後期），由於轉向後現代詩風的試探，原來賴以形成「另一種張力」的上述這種形式設計，卻也跟著「軟弱無力」了，原因無他：把它拿來當作無聊的戲耍，如《錄影詩學》中的〈又紫又粉的大紅頭巾——奧郎哥巴所見〉、〈毛驢小將軍——加德滿都所見〉、〈請把日光燈打開〉、〈都是那棵麵包樹惹出來的事〉等詩，雖然都用了排比（層遞）的形式設計，呈顯的卻是平板、無趣的嬉遊（乃至打油詩）味道，而其相對於語言張力的「形式張力」亦

---

[23] 這首詩的景物敘寫，頗有由攝影機的鏡頭利用推、拉、橫搖等運動將虎尾農鄉畫面帶出的味道，可謂爲一九八○年代末羅青倡導「錄影詩學」的初試啼聲之作，差別的只是它不用後設語言（meta-language）——也就是將攝影機隱藏起來罷了。

因此蕩然無存[24]。

二、嬉遊詩的結構

如前所述，羅青嬉遊詩作重在「篇章」而不在「語句」，除了形式的布局外，這其實無異於在說他的詩作重在結構的編排（亦即謀篇）。所謂的「篇章」係從全體著眼，指涉的是詩作整體（前後詩行）如何組織（organize）的問題；較之於前面的形式設計，這裡指謂的結構涉及的不只是詩句之間局部的布局而已，而是關乎整首詩如何組構，亦即包括所有不同段落的過渡與組合。

那麼羅青究竟如何來組構他的這種「嬉遊篇章」呢？在此之前，余光中曾率先提出「羅青式結構」的說法（常為後人所引用，如渡也，下詳）；白靈則在「羅式結構」說上進一步將它分為內在與外在兩種結構，所謂的「內在結構」是屬於詩人內心的、抽象的思考層次的，確切地說，就是詩人的推理辯證能力，並以此做為組構全詩的指導，簡言之，即組構詩作的詩想系統，而可以形成掌握全詩脈絡的一種靈視（241）。白靈此說顯得太過抽象，而且既為詩人腦袋裡運作的一種規範，旁人又如何能夠真正分辨出來？是以有無「內在結構」以及此一結構又如何於詩人腦袋裡運作，便都屬揣測之詞（蓋吾人只能看到外在而不能探望內在結構）。再者，所謂的「外在結構」

---

[24] 這不妨視作後現代式的「內容的反設計」。後現代創作以此來質疑寫實主義與現代主義的「嚴肅寫作」──羅青或有此之圖也說不定。

係「屬於較固定的規範，像古詩的格律，可方便作者在有限範圍內施展才能，一如舞池之於舞者」，白靈在此將它進一步分爲兩種結構型態：一爲所謂的「飛鳥體」，這種結構體式「乃以中間兩行如鳥之本體，首尾兩段如鳥之雙翼」[25]來架構脈絡的進行；二爲修辭學的句法排列，如對偶、排比、類疊（複沓）、層遞、頂眞、錯綜、倒裝、跳脫等手法（242-43），此即前文所說屬詩文本局部的形式設計。然則「結構」之說當指文體（在此指詩文本）之組織而言，也就是全詩的組織（即布局），而非僅爲語句與語句或詩行與詩行之間的安排──這只是局部的形式設計。有鑑於此，自全詩如何組織的角度來檢視羅青嬉遊詩的結構，可得而言者有下述三類：

(一)反覆迴增

反覆迴增（incremental repetition）的結構常見於民謠風的創作中，其指涉的是以反覆的形式重現不同的詩段或詩節，也就是類似的短語或詩行透過變化了的不同詩段（節）重複出現（類如民謠中略做變化的重複性歌行），以連續性地增強它們的涵義；換言之，除了個別詩行中略有不同的詞彙或短語之外，整個詩段在不同的段落中有規律性地重複出現，以造成其訴求之主旨逐次增強的效果。基本上，反覆迴增乃是複沓句型的擴大──複沓句是整句重複（重複句的措辭可略做變化，即

---

[25] 事實上，「飛鳥體」之說非白靈創見，這是白靈襲用羅青「夫子自道」式的說法（羅青 1976：138）；若不探「作者論」見解，羅青自述之說可不必盡信。

變奏式複沓句），而反覆迴增則是整段相似句法的重複。從相似段落的重複來看，它就形成一種組織的原則，亦即詩篇是以重複相似的段落來組建完成的。

　　羅青具有這種反覆迴增式結構的嬉遊詩包括：〈長短調〉、〈泥土的軼事——軼事一：序曲〉、〈狂飲十二拍〉、〈番石榴〉、〈辣椒書生〉、〈杜甫訪問記〉、〈鐵板燒專門店——台北大安區掃瞄〉、〈聞立霧溪發電計畫取消〉……或全詩全以反覆迴增段落形成結構，或僅以起首（和中間）若干段落以反覆迴增方式組織，尤其是開頭以反覆迴增方式銜接段落方便讓詩人起筆，然後在行進到中間部分時再轉而以其他（自由）形式接續——而這種突然放鬆（即放棄反覆迴增）的結構方式，有時會帶有語意轉折（reversal）以造成懸宕（suspense）或驚訝（shock）的效果。如〈杜甫訪問記〉一詩，其首兩段以反覆迴增形式開始，到第三段不僅語言一變爲白話，連反覆迴增的結構也放棄，相對地，語意跟著來個大逆轉，並以自問自答的假設句（「若你以爲他是唐朝人／那你就錯了／要說你們根本不認識／那更是荒唐」）形成懸宕效果（1977：3-4）。然而，若詩人太常以反覆迴增方式來組構詩作，未免予人有偷懶之感，因爲這種結構模式方便詩人套用，偏偏羅青對它卻情有所鍾，一再重複使用，使其詩作價值不免要大打折扣。

(二)定行詩節

　　所謂的「定行詩節」係指全詩的每一詩段（節）均由固定

的行數組成，譬如常見的四行詩節（quatrain）即每一詩段由四行組成。狹義的定行詩節指的是詩中每一段落的行數（如兩行、三行、四行等等）均固定不變（如《神州豪俠傳》中的兩行詩節）；廣義的定行詩節則指全詩的每一詩段行數雖未必完全一致，但會出現行數相等的若干詩段，且這些行數相等的詩段又以某種節奏反覆出現（如《錄影詩學》中的〈病眼一雙照恆河——瓦那拉西（Varanasi）之晨〉以5-5-1的固定行數反覆出現；〈大英博物館驚艷——遊古埃及〉以9-6-1的固定行數反覆出現）。

　　相較於上述的反覆迴增式結構，羅青似乎更偏愛這種定行詩節。反覆迴增的結構除了與外在形式的組織有關之外，其實還涉及內在意義的結構方式（也就是相似語意的再現）；而此處的定行詩節則僅限於外在形式的結構，除了段落行數固定（或節奏式）出現，此外與意義結構無涉，所以其限制性較少。羅青的每部詩集（包括《螢火蟲》、《少年阿田恩仇錄》等少兒詩集）隨處可見這種具定行詩節結構的詩作，端的是不勝枚舉，其中以《神州豪俠傳》為最。《神》書中分為三卷：卷一〈短歌行〉——收錄詩作全為兩行詩節（真是名副其實的「短歌」）；卷二〈人性實驗〉——收入詩作全為四行詩節；卷三〈神州豪俠傳〉——所收詩作則全為4-4-4-4-4-6-4七節的定行詩節，換言之，《神》書全是定行詩節的詩作，這在台灣詩壇上恐也是空前絕後的。

　　利用定行詩節形式來組織全詩固是方便之門，卻也容易落入「為定行而定行」的陷阱，變成僵化的「形式」主義，尤其羅青早期愛用的兩行詩節（或也因為宜於挪用對偶句的緣

故），由於兩行即成一段，往往詩意還沒走完便被硬生生切開，不僅語意因此中斷（畫面則被分割得支離破碎），語氣也無法連貫，試看下詩〈左右窗——台北所見：第二眼〉：

> 那朵失群的雲
> 總是愛偷偷的來探望我
>
> 在辦公室整齊的窗格上
> 冷不防，探出頭來
>
> 以一幅時而蒼白時而幽怨的臉
> 滿懷綿綿關注，凝視我
>
> 有如凝視他
> 入獄坐監的兄弟（1975：16-17）

這首詩本可以不用分段一氣呵成，卻由於羅青這種定行詩節的惡習，硬被拆成四節組構，致令詩中積蘊的諧趣感因為這種「分段的破壞」[26]而弄得「柔腸寸斷」的下場（類此例子，不可勝數）。

(三)換位法

換位法在此即是余光中上文所提出的「羅青式結構」。余

---

[26]陳啓佑指出的羅青「吃西瓜的壞方法」中有一項為「斷句的破壞」（122-26），此處仿其說法。

光中說：「所謂羅青式結構，有時是前後對稱，而在交互反映的過程之中，不知不覺，完成了首尾換位；有時是左顧右盼，旁敲側擊，在迂迴行進的過程之中，漸入漸深，形成高潮，且呈現主題。」（2002：77）他認為這其實就是一種「移形換位、陰陽交錯的手法」，並進一步解釋道：「在羅青的詩中，意象與意念互為表裡，開始的時候，表是表，裡是裡，猶判然可分，等到虛實之間幾經換位，虛者實之，實者虛之，已覺虛中有實，實中有虛，終於亦虛亦實，表裡融成一片，不復可分了。」（80）事實上，余光中所謂「羅式結構」此種換位法，不啻是一般作文結構所說首尾呼應法的升級版，詳言之，羅青詩作從頭開始經由詩想的層層推演（有時近乎詭辯，如〈吃西瓜的六種方法〉），以虛實交錯的敘事方式，在詩行走至末尾時反過來呼應開頭，惟此時的呼應已在推演的過程中被他「移形換位」，而其結果不是結尾對起始的超越，便是首尾融成一體，不復可分。

　　再深一層看，這種換位法的結構方式可以形成將「詩眼」（the eye of poetry）藏在詩末的效果，使全詩走到最後突然因此詩眼的出現而有神來一筆——也即畫龍點睛的效應，羅青多數的嬉遊詩作，諸如〈睡神〉、〈樹的寫法〉、〈螞蟻〉、〈觀音記〉、〈焚書記〉、〈織錦記〉、〈品畫記〉、〈假如我沒有變成一棵松樹〉、〈鐵板燒專門店——台北大安區掃瞄〉……都是這類移形換位法的佳例。即以〈觀音記〉一詩來說，該詩這樣起筆：「那天早上，我去看觀音山／相互以清涼風和深呼吸道過寒暄之後／就面對面的雙雙坐下／中間，隔著一片靜靜的淡水」，然後中間的詩節以詩中「我」和觀音山的互動（其實是

「我」的對望）鋪展，虛實交錯，最末結束於：「沒有寒暄／那夜，觀音山凌波而來／來看我是否泛成了一條不繫之舟／然後各自悄悄離去，留下靜靜的淡水一片」（1977：77-79），也即從寒暄到沒有寒暄、從來坐到離去，頭尾完成換位，而最後「留下靜靜的淡水一片」則已盡在不言中，詩眼乃躍然紙上。羅青的這種換位式結構，背後其實仰仗的是他的機智（也就是他的「巧」）[27]，以致上述這些寓有「羅式結構」的嬉遊詩，無一例外都帶有相當的理趣成分。

第四節　結語

自娛娛人的羅青詩作，自《吃西瓜的方法》問世以來，處處顯露戲耍讀者的伎倆（蕭蕭 2007：141），雖然他的這類嬉戲之作未有如若干後現代的遊戲詩作邀讀者參與文本的創作，但是自始至終從詩作透顯的諧趣、幽默、玩笑、理趣及童趣等等趣味性，以及由此而形塑的嬉遊風格已然成為他的「註冊商標」。羅青當然也寫作不少非屬嬉遊的作品，惟相較於他的嬉遊詩，總不如後者來得具有特色與代表性。

不論嬉遊詩或非嬉遊詩，羅青向以「張力遍布於全詩，而不在一字一句」獨樹一格，以此矯正了以往現代詩作「有

---

[27] 陳啓佑認為羅青詩作最大的缺點在於「過巧」，例如對仗、斷句、擬人化、說理等都用得太過浮濫（126），所謂「過猶不及」，陳啓佑的話不無道理。

句無篇」的弊病，也因之被余光中譽爲「新現代詩的起點」
（2002：67）。簡言之，羅青詩作重在謀篇，尤其力求形式布
局（局部）與結構安排（全篇），也正因爲如此，他的詩作具
知性秩序（所以少有感性抒情之作），講究「詩想方法」，乃
至於流露出蕭蕭所說的「詭辯的機智」（2007：141）。

　　然而也如上所述，羅青詩作處處流露機鋒，卻不以錘鍊
語言爲能事，反在語言的形式與文本結構上「大作文章」，所
謂「過猶不及」，他的「過度」創作也帶來破壞，誠如陳啓佑
於上文所指陳的：在語言上濫用口語、俗話與成語，嚴重威脅
到他詩中的韻趣；在形式設計上，對仗的運用則過於機械，令
人乏味；在行進的節奏上，斷句過於頻繁，淪於文字的遊戲；
最後在結構上，由於羅式結構讓他浪費過多的文字以烘托最
後主題的躍出，以致苦心經營的氣氛因而喪失，變成捨本逐末
（1983：114-26）──這些便是所謂「吃西瓜的壞方法」。事
實上，「吃西瓜的方法」並不壞，只壞在這些方法過度使用。

　　羅青在一九七〇年代初自現代主義的風潮中「突圍」，以
獨樹一幟的手法令人一新耳目，頗有「開風氣之先」的意味，
他的嬉遊詩作更因而能自成一體。然而時序走到八〇年代，在
他首揭後現代主義大纛之後，由於刻意追求反內容的詩風，致
使原以趣味取勝的嬉遊詩轉而變得平板、無趣，甚至是無聊[28]，
雖然仍保有他那一貫的形式與結構布局的手法，但顯然已喪失

---

[28] 例如《錄影詩學》中的〈又紫又粉的大紅頭巾〉、〈毛驢小將軍〉、〈請
　　把日光燈打開〉、〈都是那棵麵包樹惹出來的事〉等詩，已從趣味變爲無
　　趣、無聊。

那種「篇章的張力」，或許這也是另一個新詩發展的起點也說不定，畢竟在此他又爲新起的後現代詩樹立了一座新的里程碑。

第四章　蘇紹連論

蘇紹連的散文詩

- 前言
- 散文詩的外在形式
- 散文詩的內在形式
- 結語

第一節 前言

　　自民初白話新文學勃興，包括沈尹默、劉半農、焦菊隱、魯迅……等人開創散文詩以來[1]，歷經台灣當代詩人紀弦、商禽、管管、渡也、楊澤、杜十三等人的續予開拓[2]，散文詩（poème en prose）[3]做為一個獨立且自具特性的文類（genre），已獲得詩壇相當的共識，雖然對於它的命名或有爭議[4]，但是今天看來，它做為一個詩的類型已是不爭的事實。在台灣中生代詩人中，刻意經營散文詩這一文類的蘇紹連則是相

---

[1] 沈尹默是民初最先嘗試散文詩創作的詩人（渡也 1993），〈月夜〉是他發表的第一首散文詩作；焦菊隱的《夜哭》是中國的第一本散文詩集；而劉半農的《揚鞭集》與魯迅的《野草》各收有二十多首散文詩，前者被視為真正有意創作散文詩的第一人（瘂弦 1977：129-30），而後者該作則被譽為新文學中散文詩的壓卷之作（陳巍仁 46）。

[2] 據陳巍仁《台灣現代散文詩新論》一書臚列的台灣曾創作散文詩的詩人名單所示，前後加起來共有一百一十多位（截至二〇〇一年該書出版為止）（56-57）。

[3] 「散文詩」一詞來自法國象徵派詩人波特萊爾（Charles Baudelaire），在一八六二年八、九月間波氏陸續以「小散文詩」（petites poèmes en prose）為名發表了二十篇散文詩作品（後來累積到五十篇，於一八六九年以《巴黎的憂鬱》為名正式出版）（陳巍仁 13），此後散文詩做為一個文類便隨之不脛而走（葉維廉 102）。

[4] 主張將「散文詩」此一名詞取消者以紀弦為代表，蓋此一稱謂「太灰色了」：「不管它的『形式』怎麼樣，凡本質上的詩，就教它歸隊於詩，凡本質上的散文，就教它歸隊於散文，無所謂介乎詩與散文之間的『散文詩』。」（160-61）至於羅青向來即主張以「分段詩」代替「散文詩」的稱謂，其理由有二：一是散文詩一詞為外來語；二是它易與「詩散文」相混淆，而詩與散文兩者不單文體不同，其本質也不同（1978：45）。

當具代表性的一位，在他迄今出版的十一部詩集中，光是散文詩集就有三本：《驚心散文詩》（1990）、《隱形或者變形》（1997）、《散文詩自白書》（2007）[5]，若加上晚近出版收有散文詩占四分之三多的《變生小丑的吶喊》（2011），則共計總數有二九七首散文詩作，單就創作數量而言，現代詩壇恐無出其右者；或亦緣於此故，蘇紹連在台灣現代詩壇始終被定位為代表性的「散文詩詩人」——雖然他的成就不限於散文詩作[6]。

　　蘇紹連如何經營（或曰寫作）他的散文詩呢？就今天散文詩已然成為一個成熟的文類來看，蘇紹連所創作的散文詩作以及他如何表現這一類詩作，當中究竟可以透露什麼樣的訊息以及具備何種意義，確實值得吾人加以關注乃至進一步去探究。邇來探析與研究蘇紹連的論文不在少數，特別是對他的散文詩如何表現的看法，已逐漸形成共識，例如詩人洛夫、蕭蕭、李癸雲以及評論家張漢良等人提出的變形、物我交感（轉位）、戲劇性結構等說法（蘇紹連 1990：❷, 135, 138；李癸雲 184-90）。誠如上述，就散文詩做為一個獨立文類的發展來說，蘇紹連散文詩作的出現具有無比重要的意義，因此從文類批評（genre criticism）的角度來檢視他的散文詩便極其必要，然而迄今為止仍未見有人做此嘗試，殊為遺憾。有別於前人的研究

---

[5] 除了這三本散文詩集以及《變生小丑的吶喊》（卷一至卷三收有四十六首散文詩）之外，其他七本詩集為：《茫茫集》、《童話遊行》、《河悲》、《我牽著一匹白馬》、《台灣鄉鎮小孩》、《草木有情》、《大霧》等。這些詩集中也收有若干散文詩作。

[6] 事實上據蘇紹連自承，散文詩只占其詩作總數的五分之一（有感於詩壇只把他「定位於一位擅長寫散文詩的作者」）；縱然如此，他對於散文詩的偏愛以及刻意的經營（1990：141；1997：225, 227），卻是有目共睹的。

方式，本文即擬自文類批評的研究途徑入手，以探析蘇紹連的散文詩作。

　　散文詩是現代中國詩壇乃至台灣詩壇興起的一個新的文類，惟若自新古典主義的立場言之，由於其秉持「文類純粹」或「文類分立」（genre tranché）的觀點，即每一文類各有範疇，不能逾越到另一個文類的領域（蓋「其各有自己的職司與樂趣」，因此，「詩何必要試著去變得『如畫』或具有『音樂性』呢？而音樂又何必要去講一個故事或描寫一個場景呢？」[7]）。出於這種「審美純粹性」的要求（Wellek and Warren 234），新古典主義向來嚴守小說、戲劇及詩（抒情詩）三個文類的分際，於是散文詩這種逾越純粹領域而兼有混血特質的創作，便被視為不登大雅之堂而遭到排斥，因為它違背了清晰且明確（clarity）的原則（229）。

　　然而誠如韋勒克（René Wellek）和華倫（Austin Warren）二氏所言，現代的文類理論不但不強調文類之間的區分，反而「將興趣集中在尋找某一文類中所包含的並與其他文類共通的特性，以及共有的文學技巧與文學效用」（235）[8]，所以介乎

---

[7] 這一純粹性的審美原則甚至可以得出如下的結論：「一首交響樂要比一部歌劇或清唱劇『純粹』，因為後兩者既有合唱，又有管弦樂；而一首弦樂四重奏則更為純粹，因為它只使用管弦樂器中的一種，其他樂器如木管、銅管樂器以及打擊樂器等都不使用。」（Wellek and Warren 234）

[8] 韋、華二氏即指出，十八世紀之後的「文類史」傾向於被棄置不顧，因為當時人們已不再企求反覆出現的結構模型，尤其在「一八四〇年至一九四〇年之間，可能是一個文學上的破格時期」（232），因為新的文類不斷地出現，新古典主義信守的固定性與穩定性的原則已被削弱（Abrams 71）。

散文與詩之間的這種散文詩的出現也就能被接受了。況且文類的概念也會隨著時代的演進而改變，它本身更會因著文學史的發展而產生增生繁殖的現象，例如十八世紀的英國戲劇就衍生出神秘劇、道德劇、悲劇和喜劇，非韻文小說則被細分成小說與傳奇——這即是文類的再細分（Wellek and Warren 229）；而散文詩即使不將之視為一個獨立的文類，那麼把它當作一個新詩的次文類也說得通。文類本身就具有上下層的概念特性，所以次文類也是文類。就台灣散文詩而言，借用瘂弦的話：「散文詩……是借散文的形式寫成的詩，本質上仍是詩。」（1981：53）——幾已成為台灣詩人的共識（如紀弦、洛夫、蕭蕭、羅青、渡也、蘇紹連……）[9]，可以說本質上歸屬於詩的散文詩乃是新詩（或現代詩）的一個次文類[10]。雖屬新詩的次級概念，但散文詩仍有屬於自身的獨特屬性。

那麼要從什麼角度來看待散文詩獨特的自身屬性呢？韋勒克與華倫二氏認為可以從其外在形式（如特殊的格律或結構等）與內在形式（如態度、情調、目的，以及較為粗糙的題材和讀者、觀眾範圍等）兩方面來看待文學作品如何分類編組（因為文類就是作品的分類編組），本章底下的討論也援其觀

---

[9] 紀弦雖主張取消「散文詩」之名，但他只是表示不贊同這個太灰色的名稱罷了，並不否認它的存在；何況他自己也寫作散文詩。至於羅青，不過以分段詩之名取代散文詩，他甚至還以專文討論做為次文類的散文詩（1978：38-53）。

[10] 陳巍仁在《台灣現代散文詩新論》（2001）一書中雖極力論辯、主張散文詩獨自成為一個文類的地位（而且有別於詩散文），但仍看不出它可以跳脫出「詩」這一概念範疇，本質上如瘂弦所言，散文詩仍是歸諸詩這一文類的次文類。

點分從外在與內在形式，以文類批評的角度切入來進一步檢視蘇紹連的散文詩。

第二節　散文詩的外在形式

　　文類批評的研究係屬形式主義的批評（formalist criticism），在一九五〇年代初由於美國芝加哥學派（The Chicago School）的提倡，一度復興（該派因此也被稱為「文類批評派」）[11]。文類批評不像新批評只關注單一詩作如何運作，它更重視不同的文學類型如何發揮功能（Doreski and Doreski 76）；誠如芝加哥學派所主張的，文學批評中最應關注的是文類而非單一作品，蓋因一旦作家決定其作品該採用何種文類，比如是喜劇或悲劇、是史詩還是抒情詩，他就把他的作品最主要的特徵給決定下來了（Crane 84）。從這個角度看，當蘇紹連決定創作散文詩時，同時便給予自己限定：他須遵照散文詩的文類條件來寫作，而他首先要遵循的就是散文詩的外在形式。這裡就有兩個研究途徑，一是從文類的大範圍來看，蘇氏的散文詩作是否有符合散文詩文類的外在形式要求？乃至於他是否

---

[11] 芝加哥學派當時抨擊以耶魯大學為首的新批評（new criticism）派不遺餘力，文學史上被稱為「芝加哥－耶魯之爭」（Chicago-Yale controversy）。芝加哥學派想把文學理論回溯到亞里斯多德（Aristotle）的學說（文學分類），所以又被稱為「新亞里斯多德學派」（The New Aristotelians）（趙毅衡107-08），其學說及主張主要見之於一九五二年由克蘭（R. S. Crane）主編出版的論文集《古今批評與批評家》（*Critics and Criticism: Ancient and Modern*）（12-24, 546-63）。

有擴大甚或突破此一形式框限的企圖？二是從他自己的所有散文詩作中，可否如結構主義（structuralism）所主張的[12]，找出其背後共有的結構模式（或形式）？如是的文類批評就不單單只就其個別詩作加以析論，而是要宏觀地著眼於他的詩作整體（a whole），個別的散文詩作反過來只做為例證的說明[13]。

　　什麼是散文詩的外在形式呢？首先，由於台灣現代詩已採非韻文的自由詩體（free verse）形式，舊詩的格律限制已被釋放，所以這裡散文詩的外在形式與格律（如西洋的音步、中國的平仄、押韻等）無關。再者，林以亮在〈論散文詩〉中指出，散文詩「在形式上說，它近於散文，在訴諸於讀者的想像和美感的能力上說，它近於詩」（1976：45）。這句話上半段的意思是說，散文詩的形式即是散文的形式，而散文的外在形式，一言以蔽之，即係分段不分行——少數文本雖插入看似分行的對話體或分行詩，仍不影響它整體上（不分行）的外在形式；至於散文形式的分段則究竟要分成幾段？這倒沒有個定數，少則一段，多則數段都有，而就散文詩來說，二至四段較屬常見（如渡也的《面具》）[14]，其中又以二段為最大宗——陳巍仁認為這是散文詩詩人有意為之的結果（170-71）。

---

[12] 文類批評後來的發展已和結構主義文論混合在一起，並在一九七〇年代以後形成新批評的一個替代選擇，因為結構主義也以相同的方式關注不同的文學作品如何發揮效用（Doreski and Doreski 76）。

[13] 文類批評是反新批評的個體式（atomised）批評的，因為新批評只論孤立的作品，不顧及文學作品的群體，也就是它是不談文類的批評（趙毅衡107）。

[14] 商禽收在《用腳思想》中的一首散文詩〈蚊子〉長達二十八段，算是極罕見的特例（1988a：58-65）。

分不分行看似無足輕重，其實它影響乃至制約著詩人創作至深且鉅，因為詩一旦採分行形式，其語言勢必被壓縮，內在字質（texture）也就變得富暗示性、歧義性、跳躍性，充滿張力（tension）；反之，若採不分行的散文形式，則如羅青所言，一字一行不一定要求驚人，整個語言可以放鬆（1978：248），而將表達重心置諸整體的鋪設。

此外，散文詩的外在形式還指涉詩作的結構模式，「結構」（structure）在此係指一種特定的情節組織方式（散文詩或多或少都有情節成分），或者更寬鬆地說是指組合材料的一種方式；依韋勒克及華倫二氏之說，這裡的結構乃是詩律與詩節（段）之上的另一層「形式」——也就是散文詩不分行之上的另一層外在形式，而文類批評則必須從這一結構的形式特點出發加以研究（王先霈、王又平 186）。問題是這個結構特點如何被發現？俄國形式主義批評家托馬舍夫斯基（Boris Tomashevsky）在〈主題〉一文中指出，文學作品結構的手法（或程序）都聚合於某些可察覺的手法周圍，而在這些組織作品結構的手法之中有所謂「主導性的手法」，它（或它們）「支配著為創造藝術整體所必須的所有其餘手法」（143-44）；這意思是說，我們若要找出所有散文詩作的結構模式，則可從其顯示的主導性手法入手[15]。至於何者為台灣散文詩作的主導性手法——亦即其結構模式？曰戲劇性結構，進一步言乃

---

[15] 在王先霈與王又平主編的《文學批評術語辭典》裡提及文類（該辭條將genre譯作「體裁」）「總是將不重要的分歧點撇開不談，而著重作品結構中占統治地位的共同一致性的特點」（186），依此求同存異方式方能找出散文詩中共有的主導性手法（即其結構模式）。

情境逆轉的戲劇結構，而這也是多數論者的共識。底下即從上述這兩個外在形式的角度來加以考察蘇紹連散文詩的文類特性。

一、分段不分行的散文形式

　　散文詩基本上雖然分段不分行[16]，但由於形制（篇幅）短，其分段數也少，按陳巍仁在《台灣現代散文詩新論》中的統計歸納，以段落多寡區分為獨段式（只有一段詩節）、雙段式（兩段詩節）、多段式（三段以上詩節）、多節連綴式（再分為多節式與連綴式，前者冠以數字分節，後者則在分節外加上標題，近似組詩）（166-85）四種分段形式。其中獨段式極少見，最大宗者則為雙段式，而多段式較自由，數量亦不少，足以和雙段式分庭抗禮；至於多節連綴式亦罕見，卻是由多段式更加深化而來（166, 170, 174, 180）。依其分類，統計蘇紹連三本散文詩集共二五一首散文詩作的分段形式，可得出下表的結果：

分段形式 詩集名稱	獨段式	雙段式	多段式	多節連綴式	總計
《驚心散文詩》	0	58	2	0	60
《隱形或者變形》	1	88	41	5	135
《散文詩自白書》	24	24	8	0	56
總計	25	170	51	5	251

---

[16] 蘇紹連在《散文詩自白書》的自序中主張：「散文詩，它簡單的定義就是：用散文的分段形式寫出來的詩。此外，就不再規範它是什麼了，或它應是怎麼了，都不要再規範，則散文詩的創作會自由自在，海闊天空，無限可能的面貌都會出現……」（2007：7）此一說法頗能應和此處文類批評的觀點。

　　從上表中可以發現：蘇紹連最擅長也最喜愛的外在形式，厥為雙段式散文詩，共得一七〇首，占總數的67.72%；其次為多段式，占20.31%（其中三段式有三十二首，四段式有十六首），又以三段式居多（占12.75%）；獨段式則有二十五首，占9.96%；至於多節連綴式僅得五首，比率最低（其中多節式四首，連綴式一首）。若加上收有四十六首散文詩的《學生小丑的吶喊》（其中只有雙段式與多段式，前者有二十五首，後者有二十一首），則雙段式共一九五首，仍居最多數（65.65%），而居次的多段式有七十二首（24.24%），比率情況依然未變。如上所述，雙段式散文詩雖為所有散文詩作的最大宗，惟揆諸其他詩人，比如商禽、渡也等人，其多段式數量相較於雙段式亦不遑多讓，而蘇紹連居次的多段式散文詩作則無法與雙段式相提並論（少了41%），遑論其他獨段式與多節連綴式，顯見他對雙段形式情有獨鍾，青睞有加。

　　從文類批評角度來看，以雙段式為創作大宗的蘇紹連，如此的偏愛，有助於散文詩文類形制的形塑，甚至可以成為一種「經典」的模式，對於散文詩做為一種獨立的文類頗具鞏固的作用。但是以雙段式（甚或多段式）的「固定形式」形成散文詩的慣例性規則後，誠如韋勒克與華倫二氏於《文學理論》（*Theory of Literature*）一書中所指陳的：「這些規則強制著作家去遵守它，反過來又為作家所強制。」（226）或因此故，在晚近出版的《散文詩自白書》（2007）中，顯見蘇紹連即有企圖走出此一窠臼，不僅降低雙段式詩作的比率，也交出八首多段式散文詩，尤其是獨段式，一口氣增加了二十四首，〈輯三：微型散文詩〉即收有二十三首獨段詩，在極罕見獨段式散

文詩的台灣詩壇，蘇紹連此舉可謂別有用心。

二、情境逆轉的結構模式

　　不像分行的抒情詩（lyric）以「語不驚人死不休」的態度壓縮語言那樣，不分行的散文詩，如上所述，由於其篇幅形制加大，語言放鬆，形式向散文開放，敘述的功能也跟著增加，此時誠如眾多論者所說，有助於詩情境的營造[17]，而此一情境的塑造則有賴於其結構模式的完成。

　　如上所述，此所謂結構模式係指組織散文詩材料的手法，各種手法不一而足，而台灣散文詩中最常見的則為情境逆轉式的結構手法，由此一創作手法形成的結構模式最適宜雙段式的表現，這樣的結構模式幾乎支配乃至制約了台灣所有的散文詩詩人，可謂為散文詩形式上的一種主導性手法（dominant device）。張漢良則將此一情境逆轉式結構稱作「戲劇創造過程」，並以此描述蘇紹連（也包括洛夫）散文詩的結構形式：「他通常分成兩段，第一段很短，第一段點出戲劇情節，必要的意象關聯，第二段來個突然的逆轉，這個逆轉往往是變形作用……」（蘇紹連 1990：135）可以說，這種首尾兩截（以兩段為主）的情境逆轉形式，幾乎成為蘇紹連（也是大多數散文詩詩人）創作散文詩的支配性結構，茲試以底下〈葬影〉一詩為例說明：

---

[17] 蘇紹連自己也說：「營造詩的情境，是寫作散文詩最需要重視的一環，沒有詩的情境，必然成為散文，而不是詩。」（2007：78）

　　我帶領著，沿牆外水溝上行走的一群二十世紀末的影
子，一一倒映在溝裡的污水上，成爲雙重影子的行列，
默默前進。那些影子抬著一口棺材，棺材裡躺著我的淺
淺淡淡快要消失的影子。我引導影子做送葬的儀式，經
過家門，家門在哭泣，經過學校，學校在哭泣，經過市
府，市府在哭泣，經過黎明，黎明在哭泣。

　　在下葬之前，棺材裡我的影子已消失到剩下一個嘴，卻
突然張開說：「你是第一位進入二十一世紀的人，因爲
二十一世紀是一個沒有影子的世紀⋯⋯。」哦哦，我看著
我的影子終於消失，而只剩下我在哭泣。（1990：76-77）

　　這首詩的第一段旨在鋪設情境，利用擬人化技巧將象徵
虛幻的影子化身爲人，並讓這些影子一起抬著一口棺材，默默
前行，由「我」引導做著送葬的儀式，而這口棺材裡躺著的不
是別人，正是「我」那快要消失（暗示即將死亡）的影子；送
葬行列經過的地方都在爲「我」的影子哭泣——這些哭泣的地
方包括家門、學校、市府以及黎明等，都同時跟影子一樣被擬
人化。在這個送葬的情況裡，詩人給出了一條簡單的故事線。
到第二段開始，這一情境馬上逆轉，因爲敘述者「我」緊接著
告訴我們，下葬前只消失到剩下一張嘴的「我」的影子卻突然
開口說話，而這一句沒說完全的話則將原來（首段提示「一群
二十世紀末的影子」）送葬的空間移動逆轉爲時間的穿越，令
人驚駭，而且結尾處「只剩下我在哭泣」。在此，影子事實上
是「我」的分身，題曰「葬影」，指的是影子的消失，而影子
被葬在世紀之交，象徵的是未來二十一世紀「我」的身分的喪

失，是故為何最終只剩「我」在哭泣。

這首詩的敘事（narrative）近於極短篇，由於篇幅受限，所以它只用一條故事線（story-line），雖然裡面安置「人物」（影子）說話，卻只能聚焦（focalize）於「我」，並且只能以「我」講述（telling）而不能讓詩中「人物」展示（showing）。蓋因以展示敘事，需要大篇幅讓人物展演（尤其是對話與動作的描述），詩人更不宜涉入文本之中；若採由敘述者（「我」）講述，則詩人可藉由敘述者的陳述介入文本。散文詩即便是向小說（極短篇）靠攏，要求詩人從文本中隱退仍屬不可能，尤其是其中第二段（以後）所營造的逆轉情境，更需要詩人的介入。蘇紹連的多數散文詩都有這種類似的敘事手法。

事實上，蘇紹連這種情境逆轉的戲劇結構師法自亞里斯多德《詩學》（*Poetics*）中的悲劇逆轉（reversal）情節說。在《詩學》第十章提到，所謂「逆轉」是指「戲劇情節中轉入相反處境的一種命運的轉變」（這種轉變可以由好到壞，亦可從壞到好）（18）[18]。除了〈葬影〉，蘇紹連的其他大部分雙段式乃至多段式散文詩，諸如〈髮〉、〈削梨〉、〈七尺布〉、〈複印機〉、〈獸〉、〈布娃娃〉、〈鷹架〉、〈鑼聲〉、〈蜈蚣〉、〈窗戶〉、〈蝙蝠〉、〈小丑仔佇暗暝的空中監獄內〉……都出現有這種逆轉性的生命情境，其中不少詩作還

---

[18] 按亞里斯多德之說，逆轉發生的契機在劇中主角發現或察覺（recognition or realization）到迄今為止一直不為人知的消息──也就是情境的真實（the truth of the situation）（18-19）。

將這種逆轉的高潮延遲至末尾才迸發出來，如〈螢火蟲〉、〈芽〉、〈盒子〉、〈沙漏〉、〈石膏塑像〉、〈看不見的游絲〉、〈不明飛行物〉……簡言之，這種逆轉式結構即是把詩眼藏在最末句，尤其是他那些獨段式的「微型散文詩」，率皆如此，或許因為全詩只有一段的緣故，詩眼——也即逆轉式情境都出現在最末句。

從文類批評的觀點來看，蘇紹連散文詩所呈現的外在形式，例如上述所說的大量的雙段式詩作以及情境逆轉式的結構模式，為自己樹立創作的典型，也為散文詩成為一個獨立文類的可能性，做出極大的貢獻；然而從另一個角度看，這種反覆出現的結構模式及常用手法，難免也形成機械化操作的流弊，僵化散文詩的外在形式。關乎此點，林燿德早在〈黑色自白書——蘇紹連風格概述〉一文中分析蘇紹連「驚心散文詩」的結構形式時即曾加以指摘：「『驚心』系列的機械化結構可說是蘇氏早期詩作結構的極端典型，兩截式的暗喻構造，第一段為喻依，次段為喻旨。通常以後段為前段之辯證歸結，此種戲劇創造過程的公式運作於『驚心』系列中幾無例外。」（1986：25）文類的形塑與成熟，得賴公式化的結構；惟文類的更新與發展，亦得詩人走出既有形式的框限，做出新的嘗試。

對此，蘇紹連當能瞭然於心，撇開早期的散文詩不談[19]，

---

[19] 最早出版的詩集《茫茫集》（1978）中曾收錄四首半散文詩作：〈茫顧〉、〈秋的夢土〉、〈月升〉與〈地上霜〉四首，以及半首〈魂〉。〈魂〉一詩為何算「半首」？它應該算是一首分行詩，可是因為它前後插進三段不分行形式的文字，所以也兼有一半散文詩的外在形式；加上第一首〈茫顧〉第三段即插入兩個分行文字，形成夾帶分行的散文詩，可見

從《隱形或者變形》開始——例如〈布景〉、〈地下道〉、〈我在電腦裡養了一隻貓〉、〈比目魚〉諸詩，已可見他做破格的嘗試。〈布景〉第二段的分行擬仿劇本綱要；〈地下道〉分行的首段擬仿小說的內心獨白；〈我在電腦裡養了一隻貓〉與〈比目魚〉則雙雙夾帶分行詩作。到了較近的《散文詩自白書》，如上所述，書中所收輯三的「微型散文詩」全係獨段式，從上表的統計可以看出，這是蘇氏個人創作上極大的調整，如果加上同書中輯四出現的「回文散文詩」來看[20]，其企圖求變之心昭然若揭。韋勒克與華倫二氏在上書中認為，文類的發展要通過「再野蠻化」（re-barbarization）才能不斷地更新[21]，蘇紹連上述在形式上的求變不妨也可視為再野蠻化的一種嘗試，雖然他的跨步仍屬有限。

兩一出手即有「形式的自覺」。不過散文詩的創作於此時期的蘇紹連來說只能算是剛剛萌芽，若推論他起筆之際即做破格想，未免不符實情。

[20] 回文是一種形式的修辭；擴而大之，若文本的末句再接回首句，造成正讀與倒讀兼通的文體即所謂的「回文體」。蘇紹連這八首回文散文詩多以兩段為主，而第二段是第一段的倒寫，倒序的語句並不完全相同；惟後三首〈涉及〉、〈窗戲〉及〈詩人到此一遊〉（2007：45-47）則幾乎已至「回文體的變奏」（也可以說已非回文詩了）。

[21] 韋、華二氏舉的再野蠻化的例子包括：普希金（Alexander Pushkin）的抒情詩緣自題贈詩；布洛克（Alexander Blok）的抒情詩源於吉卜賽歌謠；馬雅可夫斯基（Vladimir Mayakovsky）的抒情詩則來自報紙漫畫欄中的滑稽詩（235）。

第三節　散文詩的內在形式

　　依上述韋、華二氏之說，文學作品的內在形式包括了：態度、情調、目的，以及較為粗糙的題材與讀者、觀眾範圍等，比如田園詩（pastoral）即係依據詩文本的內在形式（題材與態度）加以劃分的（指的是「以田園為背景，歌詠田園生活的詩」）；但由於其依據的不是外在形式〔也即一般文論習稱的「形式」（form）〕，因而如霍爾曼（C. Hugh Holman）與哈曼（William Harmon）二氏所言，我們使用此詞時常與其他詩型連用，如田園抒情詩（pastoral lyrics）、田園輓歌（pastoral elegies）、田園戲劇（pastoral dramas）或田園史詩（pastoral epics）（361）——後者的使用也就是將文類的外在形式考慮進去。

　　有鑑於此，韋、華二氏其實是不贊成只單以某種限定的與連續的題材或主題（即其所謂的內在形式）來劃分文類的，比如「把『政治小說』和『基督教會小說』當作文類就是不對的。這種區分方式似乎僅根據題材的不同，這純粹是一種社會學的分類法。循此方法去分類，我們必然會分出數不清的類型，如牛津運動小說、十九世紀描寫教師的小說、十九世紀水手小說以及海洋小說等」（233）。因而在此就必須把寫作技巧納進來考量（如附加的描寫、敘事的手法等），「總的來說，我們的文類概念應該傾向形式主義一邊，也就是傾向於將胡底柏拉斯式八音節詩（Hudibrastic octosyllabics）或十四行詩

（sonnet）劃為文類，而不是把政治小說或關於工廠工人的小說劃為文類」（233）。

一、語言的字質

　　循著韋、華二氏上述的說法，在此也不從文本的態度、情調、目的（或者總括的說，風格）以及題材和主題以為論述蘇紹連散文詩內在形式的依據——因為做為文類的散文詩並不從這個面向來劃分。這裡所說的「內在形式」指的是散文詩的語言形式，誠如論者所言，文類本來就是由語言材料予以體現的一種結構模式（王先霈、王又平 187），其中所謂的結構模式就是文類的外在形式，而所謂的語言材料（包括其如何呈現）即係文類的內在形式；套用新批評健將藍塞姆（John Crowe Ransom）的話說，前者的外在形式即為散文詩的架構或結構（structure），而後者的內在形式則是散文詩的字質（texture）[22]，端賴詩語言如何展現。於此，就要回溯到關於散文詩語言特質的討論上來。依英國詩論家李維斯（James Reeves）在探究詩的語言特質時所指出的：

---

[22] 這裡只是套用藍塞姆提出的術語名稱而已。藍氏在《新批評》（*The New Criticism*）一書中主張一個詩人必須同時做兩件事，即一面要搭建一個邏輯結構，一面要創造韻律。所謂的結構指的是詩歌的意義（推而廣之，即作品的情節框架），而所謂的韻律就是詩歌的字質（推而廣之，包括作品的細節、格律、隱喻、想像、主調色彩等等）（148）。本文所稱的結構並非藍氏所說的意義內容，因為無法從意義內容（題材與主題）為散文詩分類。

> 詩是語言，這是不能迴避的。它可以包含思想，但它不
> 是思想；它可以講述一個故事，但它不是故事。它可
> 以表達人所有面向的情感，然而除非它的語言是生動的
> （vital）、新鮮的（fresh）與奇特的（surprising），否則
> 這些情感將會是模糊不清的，也不能產生預期效果的。
> 因而詩是生動的、新鮮的與奇特的語言。陳腐的語言將
> 是無效的；平庸的語言將不會產生衝擊（176）。

　　詩語言既然要講究生動、新鮮且令人驚奇，反向的要求
就是不能平庸（commonplace），這對以分行為表現形式的現
代分行詩來說確屬如此（西洋的抒情詩是分行的），由是分行
詩所使用的語言乃有別於生活化、散文化的語言，不但語義被
壓縮，甚至呈現非邏輯的斷裂或跳躍，並極盡修辭之能事。然
而同樣屬於詩之家族的散文詩，做為一個次文類，卻不能如是
觀，由於它在外在形式上採取了不分行的呈現方式，較之於自
由的分行詩，更是降低音韻節奏的表現要求[23]，而且它的篇幅加
大、文字增多，其語言自然而然要比分行詩語言放鬆，也就是
降低它的稠密度（density）。換言之，俱屬詩之家族的分行詩
與散文詩，兩者的語言具有不同的密度。

　　根據伊戈頓（Terry Eagleton）在《如何閱讀一首詩》
（*How to Read a Poem*）中所說，歷來認為詩的特徵就在語言
本身（如上述的李維斯），因為詩關注的與聚焦的就是語言

---

[23] 上文提及採取自由詩體的分行詩已無格律（押韻）的限制，但並不表示
它不重視音韻與節奏。依羅青所言，新詩之所以分行，還是為了音韻節
奏的緣故（以分行的方式暗示讀者它的音韻節奏）（1978：48）。

自身；或者進一步說，關注的是本身意符（signifier）優於意旨（signified）的語言。問題是，有很多所謂的詩似乎並不依照這樣的認知來寫〔如羅威爾（Robert Lowell）、史威夫特（Jonathan Swift）、歐唐諾修（Bernard O'Donoghue）……的詩作〕，其所展現的語言的意符並未優於意旨，或是語言的字質並未凌駕其意義，有很多的情況，它並不聚焦在意符上（41-46）；甚至有不少詩展現了它們平淡的與透明的長處（the virtues of plainness and transparency）（44）。以此角度看，降低意符物質性（materiality）的散文詩，誠如伊戈頓所言，也可創造出優秀的作品。

然而稠密度與物質性降低的散文詩的語言，究竟如何呈現它與分行詩不同的特質呢？蘇紹連自己的體認是：

> 分行的詩，或不分行的詩，雖同樣是詩，但在寫作時，由於語言及形式的處理不同，的確也會導致一些思考取向的不同。分行詩的斷句技巧，在不分行的散文詩中就較難以發揮；而散文詩的前後連句，雖然較無法做到跳躍式的思考，卻也造成語意的縝密性。（1997：225）

散文詩這一前後連句的語言特性，用羅青的話說就是「以散文的、合乎文法的分析性語句來表達非散文的、多跳躍性、多暗示性的詩〔指狹義的分行詩〕的神思」（1978：52-53）。對此，同樣也寫作散文詩的劉克襄更有一番見解：

> 散文詩所欲架構的意象、鋪陳的義理，若全然似新詩既有的分行，有時過於強勢、粗暴，偶爾也難以完全地呈

現，或者明確地支撐。連節奏都有相似的困境。散文詩的音韻較少出現切割、跳躍的緊張和迫切。它在紮實地旋律裡，小心地一氣呵成；或者，形成一堅固之曲譜篇章。但相對地，它也喪失了留白、停格、圖像等多種美學表達的機會。（2004：4）

用此標準來檢視蘇紹連的散文詩作，顯然較諸其他分行詩作，如林燿德指出的「茫茫集」及「河悲」系列分行詩作來得「淺白易解」，緣由於其增加了語言的合理化敘述功能，已掙脫後者那種「詩語言系統在字詞與詩句間的連結均十分稠密凝鍊」的傾向；換言之，後者那種「充滿被壓抑的語言暴力，語言的串連如同一幕幕非理性的夢魘鏡頭，在乾澀的客觀描敘下進行幻象演繹和事物變形」的情形（1986：26），在他的散文詩作中獲得了緩解。從內在形式亦即語言的肌理來看，《驚心散文詩》、《隱形或者變形》與《孿生小丑的吶喊》（卷一至卷三）三部詩集，的確可以成為語言被稀釋後但仍維持詩味的散文詩的創作標竿。它們不像商禽早期《夢或者黎明及其他》那種以超現實主義（surrealism）式的乾澀語言來考驗讀者的智力與耐力[24]，而以較為溫潤且帶魔幻寫實（magic realism）魅力

---

[24] 商禽《夢或者黎明及其他》中較為可解的佼佼之作包括：〈火雞〉、〈躍場〉、〈長頸鹿〉、〈滅火機〉、〈鴿子〉等等（1988b），均係拜賜於其增加敘述功能（同時也降低語言的稠密度）之故；其中〈滅火機〉一詩更成為影響蘇紹連後來散文詩創作的「原型」（小孩與眼淚的意象）。其餘太為乾澀、密度過高，以及以超現實主義自動語言（automatic language）操作的散文詩作，如〈水葫蘆〉、〈海拔以上的情感〉、〈界〉……都難以成為經典。

的語言征服讀者。

　　話雖如此，最早期收在蘇紹連第一本詩集《茫茫集》中的四首半散文詩作，其語言暴力傾向太濃，如底下徵引的〈秋的夢土〉（第一首）與〈魂〉（第二首）兩首詩的首段，其語言稠密度直逼其他分行詩[25]：

> 拋棄方向的風使孩童多麼的不想活動，有如癖性不再構成幼稚的潛意識了。打開手掌裡的秋，繫風箏的線竟斷成一根根鬼魂的髮絲，讓你的雙手久久地停在淚光中。河啊河。河淺了，把淤泥都暴露出來，像我們的心臟，逐漸龜裂。河淺了，水萍都跑到他的眼睛裡浮棲著。（1978：11）

> 我的血降在鞋裡。就降下的路，樹與房屋不得不升得滿天。就升起的星座，我的髮不得是一窩死亡的黑貓。什麼事是夜車。什麼水是船隻。什麼愁是燈火。什麼愛是山嶺。什麼土是樹木。什麼心是琴棋。（1978：106）

　　由於這幾首發表在一九六〇年代末與七〇年代初的散文詩是蘇氏初試啼聲之作，商禽式的鑿痕太深，就文類批評的角度言，此時仍屬青澀，以言蘇紹連個人，僅止於文類的嘗試階段，以言台灣散文詩做為一個獨立的文類，由商禽、管管等人奠定的傳統仍未完全成熟（要到蘇氏的《驚》與《隱》兩部詩

---

[25] 其中成名的詩作〈地上霜〉雖然敘述功能被增強，但它的成功與討喜，主要緣自其生動儡人的意象（1978：17-18），使得其語言顯得生動、新鮮與奇特。

集問世，以及渡也、杜十三、楊澤、劉克襄……等人相關詩集與詩作的問世始粲然具備），亦屬隱隱然過渡階段。然而在文類成熟期二〇〇七年出版的《散文詩自白書》，如前所述，由於其試圖突破文類的框限，亟思加以變造散文詩的語言，以擴展散文詩的表現力道，在該書自序〈散文詩的新身分證〉中即有如下的表白：

> 創作散文詩，我愈來愈謹慎，尤其對語言的錘鍊，認為散文詩的語言絕不是放鬆到成為散文，也不是偏向散文的流暢敘述層次，而是回到詩語言的轉折隱喻層次，堅持詩的質地空間，散文詩才會呈現它的優質詩貌而受到重視。（2007：8）

如上所述，因為蘇氏自己的「轉折」與「堅持」，遂使該集詩作的「質地空間」變緊加硬，其中輯五的九首「無形散文詩」最為明顯，就散文詩的內在形式而言，雖然增強了它語言的字質，卻也讓它們回過頭來再向分行詩靠攏，所謂過猶不及，於文類的成敗而論，得失之間還難說得準。

二、形式的手法

散文詩的語言字質既然要維持詩的特質，而且又要如上所說與分行詩「保持一定的距離」以稀釋其密度，卻又不能淪為散文一族，對於詩人而言很可能面臨兩面不討好的尷尬境地。台灣的散文詩人或者就蘇紹連來說，如何克服這樣的挑戰，對於形塑散文詩成為一個獨立的（次）文類而言，可謂事關重

大，這當中的竅門就在於若干文學手法的運用。誠如托馬舍夫斯基在〈主題〉一文所說：「文類（體裁）的本質在於，每種文類的手法（程序）都有該文類特有的手法的聚合，這種聚合以那些可察覺的手法或者說文類特徵為中心。」[26]（144）換言之，台灣散文詩也聚合了若干此一文類特有的手法，由於這些手法的聚合，使得語言放鬆後的散文詩仍能維持「詩的身分」，使詩之字質不墜，亦即蘇紹連自己所說「它的形式類似散文，但字字句句所構成的思考空間卻完全是詩」（1990：141）。

那麼以文類觀點言，究竟可以找到多少種手法以構成散文詩的內在形式？按照蕭蕭在〈台灣散文詩美學〉一文中的歸納，證諸蘇紹連的創作實踐，可得而言者主要有下述兩項手法（121-23, 126-27）[27]：

(一)虛實間雜

如上所述，蘇紹連擅於以虛構的單一故事線營造情境，即以情境來帶出故事，而一開始出現的通常是現實中的情境——也就是所謂的「實境」；緊接著出現的則是由實轉虛的「虛

---

[26] 大陸譯者姜俊鋒譯（方珊校）的這一段譯文，筆者在此的文字略有調整，大陸學界向來習於將genre譯為體裁，茲從台灣譯法改為文類。

[27] 蕭蕭在該文中說明，他是「根據閱讀台灣三百多首散文詩的經驗」加以歸納得出的（1997：121）（筆者閱讀的數量則倍增於此）；他所得出的散文詩家最常運用的手法（途徑）共有四項，可視為散文詩文類共有的創作手法。這四項手法除了下文所討論的兩項外，還有「情與境逆轉」以及「時空交錯」兩項，但前一項特徵與結構形式有關，故筆者放在上一節討論，而後一項手法則不常見（較多的只是空間異位），故此省略不贅。

境」，而虛境不在現實的人生中，這種虛境的造設又往往以魔幻場景（magic scene）出現——這或許是他「偷學」自中南美洲的魔幻寫實主義，也說不定是「私淑」自商禽的眞傳[28]。限於篇幅，茲僅舉底下〈蜈蚣〉一詩爲例說明（餘如〈獸〉、〈放大鏡〉、〈鞋子〉、〈窗戶〉、〈歸鄉〉……均爲異曲同工）：

> 門口一雙雙凌亂的鞋子，正沉默的休息著，張開大大的嘴巴，吐出疲憊的氣。而我也在屋內，躺在沙發椅上歇著，好累好累的走了一段人生之路，也該把雙腳擱高一點，讓腳趾透一透氣。
>
> 忽然赴約的時間到了，我衝到門口穿鞋子時，竟然變作一隻蜈蚣，那些橫七豎八的鞋子也驚醒了，張開口套上我的腳，而我數不盡的腳足夠讓我花一生的時間，才能爲它全部穿上鞋子啊！（1997：139）

這首詩是蘇紹連標準的雙段式散文詩，並以情境逆轉式的結構形式鋪設場景，首段是生活中的實景，敘事言簡意賅；後段出現的卻是虛景，因爲現實人生的「我」不會變作一隻蜈蚣，而且無生命的鞋子也不會驚醒主動去張口將「我」的腳套上它的身；何況蜈蚣的腳雖多也不可能一生數它不盡。但是這首詩眞正想表達的卻是「我」的虛景，而頭一段的實景反倒只

---

[28] 其實出現在商禽散文詩中較多的是使用自動語言的超現實主義畫面，但是像〈流質〉、〈冷藏的火把〉、〈烤鵝〉等詩則出現令人意想不到的魔幻場景，依靠的不是僵人、斷裂的破碎意象，而是語言的敘述功能。

是引子，亦即實是虛，而虛才是實，詩人想要訴說的正是生命沉重的負擔，乃至於「對自身存在強烈的茫然感受」，顯現的是命定的存在主義的生命意識——也即「存在的悲劇感」（李癸雲 177-83）。

(二)物我轉位

　　蘇紹連的散文詩往往以第一人稱敘述，這或許受到散文這一文類多以第一人稱我說話的影響，畢竟散文詩援用了散文的外在形式。然而這個詩中人的「我」卻經常在裡面「變形」，詳言之，即「我」通過變形為他物（生物、無生物），諸如螢火蟲、獸、蜈蚣、電視機、直升機……形成物與我的轉位，例如〈獸〉、〈電視機〉、〈搜尋〉、〈瓶〉、〈菸灰缸〉、〈窗戶〉……，以及上所引的〈蜈蚣〉等詩，詩中「我」宛如卡夫卡式的「蛻變」，轉化成各式各樣的物件（生物）；也由於這樣的轉化，蘇紹連完成了令人「驚心」的魔幻式畫面，而魔幻畫面得以完成，並非依賴洛夫所說的超現實手法的運用（❾），超現實主義雖也運用人物變形的伎倆[29]，其語言卻是跳躍且天馬行空的。蘇紹連則一反商禽式的自動語言，以敘事性筆法營造變形的場景，試看底下的〈獸〉一詩：

> 我在暗綠的黑板上寫了一個字「獸」，加上注音「ㄕㄡˋ」，
> 轉身面向全班的小學生，開始教這個字。教了一整個上午，

---

[29] 洛夫認為蘇紹連散文詩物我的變形（換位），與其常用的「物我交感」表現方式有關（❼）。其實這是他善用擬人化手法有以致之。

費盡心血，他們仍然不懂，只是一直瞪著我，我苦惱極了。背後的黑板是暗綠色的叢林，白白的粉筆字「獸」蹲伏在黑板上，向我咆哮，我拿起板擦，欲將牠擦掉，牠卻奔入叢林裡，我追進去，四處奔尋，一直到白白的粉筆屑落滿了講台上。

我從黑板裡奔出來，站在講台上，衣服被獸爪撕破，指甲裡有血跡，耳朵裡有蟲聲，低頭一看，令我不能置信，我竟變成四隻腳而全身生毛的脊椎動物，我吼著：「這就是獸！這就是獸！」小學生們都嚇哭了。（1990：11-12）

〈獸〉一詩沒有以天馬行空方式驅騁那「牛頭不對馬嘴」般的自動語言（相當於意識流小說的語言），從頭至尾使用的都是小說的敘事語言，這種語言也不像分行詩那樣「生動、新鮮、奇特」，呈現的是散文式的平淡，但是這個故事及其釀造的情境在小學老師變形為一隻獸從黑板裡奔竄出來後，情節便急轉直下，看到「衣服被獸爪撕破，指甲裡有血跡，耳朵裡有蟲聲」立即令人驚駭，可是一俟「變成四隻腳而全身生毛的脊椎動物」一句出現，則簡直令人驚愕至不能言語。由於這樣的變形，有了省敘（paralipsis）這一個環節（詩人扣留住一些情節不說），使得它不至於像〈蜈蚣〉那樣由敘述者直接道出（變形），不僅顯得較為自然且更具詩味，比諸〈蜈蚣〉更勝一籌。

第四節　結語

　　文類批評認為「一部文學作品的種類特性是由它參與其內的美學傳統所決定的」（Wellek and Warren 226），所以檢視蘇紹連的散文詩作，不僅要宏觀地找出他所有散文詩的文類特性，從中尋繹出其共同的形式與結構（如此一來即近似結構主義的批評手法），以之做為解析其個別作品的基礎；還要放大到（自民初以來，尤其是光復以來的台灣詩壇）整個散文詩的美學傳統來看，因為如上句話所說，要了解蘇紹連的散文詩作──不論是任何一首，都要著眼於它所參與其內的散文詩美學傳統，也就是散文詩這一文類。所以重要的是蘇紹連所呈現的散文詩做為一個獨立文類的共性，而這一共性可以從詩的外在與內在形式著手予以尋繹；不重要的是他個別一首首的單一詩作，蓋如前所言，一旦蘇紹連決定創作一首散文詩時，該詩最主要的特徵，包括形式、結構、語言與手法等等，均已被事先決定。

　　顯然，蘇紹連散文詩所展現的結構形式自非情境逆轉的結構模式所能全部涵蓋，例如〈孤坐〉、〈帆船〉、〈圓桌思考〉、〈時代〉……諸詩皆非這種逆轉式結構，也出現若干多節連綴式詩作，只是這種不具文類共性的作品仍屬少數。又如他在內在形式上所運用的手法，並非僅限於虛實間雜、物我轉位、魔幻寫實以及講述性敘事等，像古典新鑄（《隱》書中的〈擴音器〉，以及《散》書中的輯二「古典變奏散文詩」十

首）[30]這種手法的嘗試，仍能令人一新耳目，惟此亦僅屬於文類共性之外的偶一為之。另一方面，若是從文類的求新求變來看，蘇紹連上述這些在共性之外的嘗試，不妨也可視之為一種文類「再野蠻化」的努力。

然而，若從上述文類批評的角度來看，則可以解釋為何晚近出版的《變生小丑的吶喊》在形式手法上會「脫軌」演出。《變》書中所收錄的四十六首散文詩，除了〈小丑仔佇暗暝的空中監獄內〉、〈小丑仔恰受傷的樓仔厝〉與〈小丑仔扑最後一個結〉等少數幾首詩運用了情境逆轉式的結構模式，餘如虛實間雜與物我轉位手法全被棄置不用。何以如此？這是否蘇紹連本身企圖予散文詩「再野蠻化」的結果？事實上，據蘇紹連自己所言，這些「小丑系列」的散文詩原先是以分行詩寫就，後來成書前才一一重新改寫成散文詩（2011：173）；換言之，在他初寫這些詩作時是以分行詩的文類創作的，制約他寫作的並非散文詩。雖然後來將之改寫成散文詩，但事先以文類規範他創作的卻是分行詩，也因此最後成書時儘管以散文詩的面貌出現，但散文詩創作的結構模式與形式手法，已難再規範他寫作，因此，該書所收錄的這些散文詩，可以視之為蘇紹連文類創作的例外。

韋勒克與華倫二氏認為，要研究現代（新起的）文類並給

---

[30] 收入書中的這十首，二〇〇六年一月二十五日最先以〈漂流集〉為總名發表在《聯合報・副刊》，但其中若干詩作的題名略有差異，如詩集中的〈礦中作〉，在副刊發表時原名為〈旅人〉。另外，或許考慮副刊的讀者屬性，〈在獄詠蟬〉（〈詠蟬〉）、〈女人不該為男人搗衣〉（〈搗衣〉）等詩於其發表時，都刪除了其中表現較為「另類」的一段。

予界定，最好是「從一部特定的、有影響力的書或者一個這樣的作者著手」（235）。依循如是信念，本文認爲檢視蘇紹連的散文詩乃是研究（同時界定）當代台灣散文詩的最適切途徑之一，因爲蘇紹連於散文詩作迄今所交出的成績，不論在質與量上，對於散文詩文類的形塑與推展均有相當的裨益，而他著名的若干代表性詩作在商禽之後亦足以成爲散文詩文類的典型。

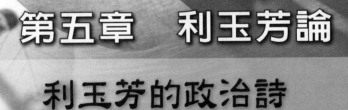

第五章　利玉芳論

利玉芳的政治詩

■ 前言

■ 台灣意識

■ 母性思考

■ 女體語言

■ 結語

第一節　前言

　　從一九七八年加入笠詩社開始創作並發表詩作以來，利玉芳的詩齡已逾三十年，迄今共出版有五本詩集：《活的滋味》（1986）、《貓》（1991）、《向日葵》（1996）、《淡飲洛神花茶的早晨》（2000）與《利玉芳集》（2010）；其中《貓》所收錄十一首詩作係自第一本詩集《活的滋味》（共四十九首）抽出，加上英日譯文重新整編排印出版，而最近一本的《利玉芳集》也是從《活》、《向》、《淡》三冊詩集選錄其中四十三首重編出版而來[1]。所以嚴格說來，利玉芳結集出版的詩作僅得三冊，衡諸其半甲子詩齡，可謂為少產的詩人了。

　　利玉芳早期作品（即第一本詩集《活的滋味》寫作時期）中，由於有不少表達女性情慾之作，諸如〈貓〉、〈水稻不稔症〉、〈古蹟修護〉、〈給我醉醉的夜〉等詩，從詩論家鍾玲一開始以「描寫情慾官感經驗」的女詩人為其定調以來（1989：324），大多數論者咸以此角度來看待她的詩作，認為

---

[1] 《貓》所收十一首詩如下：〈鞋子〉、〈水稻不稔症〉、〈貓〉、〈遙控飛機〉、〈憑弔〉、〈布滿血絲的眼球〉、〈古蹟修護〉、〈給我醉醉的夜〉、〈保溫箱〉、〈男人〉、〈嫁〉；並分別由錦連日譯、李篤恭英譯。本章不將《貓》計入為她的第二部詩集。至於《利玉芳集》共收入四十四首詩作，除最末首〈濛紗煙〉之外，其他四十三首全係選自上述三部詩集。本章亦不將之列為她的第五部詩集。

其擅於抒發「情慾的聲音」（莫渝 1999；2007）。如果僅以上述這樣的角度來為利玉芳立論乃至定調，則可以說只見其一，不見其二，對詩人而言未免不公平。

若只就表現的主題及選取的題材來看，可以說利玉芳創作的「政治傾向」遠大於其「情慾取向」，亦即其政治詩的數量遠多於所謂的情慾詩（或情色詩）。關於這個特色，在一九八八年笠詩人為利玉芳舉辦的「作品賞析」座談會中，白萩、洪中周、陳千武等人即曾提及，惜乎僅點到為止，未予深論（利玉芳 1996：221-33）。事實上，利玉芳的政治意識極為濃厚，且在她第一部詩集中即有此表現（例如在笠詩人座談會中被其同仁多次論及的〈遙控飛機〉一詩），證諸後來的第二及第三部詩集，政治詩作的比率大為提升，我們或可如此認定：政治詩儼然成為利玉芳在情慾詩之外的一個被刻意經營的文類，而這樣的一個特徵，放眼當今的台灣女詩人，已為她樹立起一個鮮明的標幟。

然則何謂「政治詩」（political poetry）？此即涉及對「政治」（politics）如何界定的問題。在進一步討論利玉芳的政治詩之前，有必要對此問題先予交代，同時也藉此瞭解利玉芳個人到底為政治詩劃出什麼樣的範疇。筆者在拙著《當代台灣新詩理論》一書中曾論及，向來政治學界關於如何界定「政治」主要有三種不同的說法，意謂政治指涉的：(1)即政府（government）——表示政治是在國會、部會、縣市政府和議會內發生的事；(2)即權力、權威或衝突（power, authority, conflict）——顯示政治與權力或衝突關係有關；(3)即為社會所做的權威性的價值分配（the authoritative allocation of values for a society）（孟樊 1998：168-70）。這三種定義指涉三個不同的範疇（第一種最窄，第二種最寬，第三種較爲適中），政治詩亦因其所表現的政治範疇之不同而有與之相應的三種界說。那麼，利玉芳的政治詩究竟採取了上述哪一種界說？

按史奎兒絲（Judith Squires）在《政治理論中的性別》（*Gender in Political Theory*）中所指陳，向來政治不是被界定爲「政府的體制」（institutions of government）便是被定義爲「權力的關係」（relations of power）[2]。前者範圍明確，不必贅言；後者所指涉的「權力關係」則是與「政治權力」（political power）與「政治決定」（political decisions）有關，並且將其他非政治權力與政治決定的權力關係排除在外，劃下界限（1999：8-9）。前者也即爲上面的第一種界說，而後者即等同於第三種界說——而此一界說所指謂的「權力關係」說穿了也就是「公權力」的關係，可以說不啻就是公領域（public sphere）的權力關係。

然而史奎兒絲指出，邇來政治學研究傾向於提出一個較爲寬廣的界說，亦即將上述「權力關係」的範疇予以擴大，蓋因所謂「政治權力（決定）」與「非政治權力（決定）」關係的劃界不易確定，而政治學者所提出的這種「解政治化策略」（strategies of depoliticizations）正吻合女性主義者所呼籲的「女性不能被排除於公領域之外的主張」（9, 17）。因爲權

---

[2] 史奎兒絲說，第一種「政治體制」的政治，係一種制度性的概念（the institutional conception of the political），而第二種「權力關係」的政治則是一種工具性的概念（the instrumental conception of the political）（1999：8）。

力關係不只發生於公領域——它是同時橫跨公共與私人生活之中的，就女性而言更是如此；所以政治的範疇有必要將私領域（private sphere）涵括進來。依此說法，前述所說的第二種政治界說，便可權充爲政治詩的界定前提，而所謂的政治詩乃是指主題或題材涉及權力關係的詩作。

但是利玉芳的政治詩，大體而言，並非這種（在女性主義思潮興起之後）最爲寬廣的定義——亦即指涉私領域權力關係的政治詩；換言之，她謹守的仍舊是上述第三種指涉公領域範疇（爲社會做權威性的價值分配）的政治界說，即便在她少數涉及私領域權力關係的作品中，例如〈給我醉醉的夜〉一詩，流露的傳統女性矜持的意識，仍要乞求男性給她勇氣，才能「擊破那處女起來的虛僞的牆」，顯然並沒有翻轉男女兩性在性關係上的位置，亦即她的「政治」依然沒有跨入男女兩性的私領域中。迴避了女性主義的訴求，利玉芳創作的可謂是較具傳統也較爲保守的政治詩，她的政治詩基本上指涉的範疇均爲公領域的權力關係。

準此以觀，利玉芳的政治詩並不意欲闖進私領域中，以圖顚覆那傳統的「男尊女卑」（主動vs.被動）的權力關係；惟若循女性主義的批評角度進一步予以解剖她的政治詩[3]，除了底下所欲討論的於其詩中流露的鮮明的台灣意識（Taiwanese consciousness）之外，其餘兩項特徵，也就是母性思考

---

[3] 這裡必須辯明的是，利玉芳的政治詩——乃至於她的所有詩作，並非女性主義的文本；但是面對即便是不具女性主義味道的女性詩作，吾人仍可以自女性主義的批評角度入手予以深究（女性詩作與男性詩作之不同點）。這是兩個不同層次的問題，不宜搞混。

（maternal thinking）與女體語言（language of female-body），
顯然均具有不同於男性詩人的陰性特質（feminine）。利玉芳的
政治詩正具現在這三項特徵上，下面即依序分述之。

第二節　台灣意識

　　什麼是「台灣意識」呢？這裡所說的台灣意識是指具有台
灣族國認同（identification of Taiwan nation-state）或台灣人身分
（Taiwanese identity）意涵的意識。由於真正所謂的「台灣人」
只有原住民族，而不包括從中國大陸渡海移居來台的漢族人氏
（包含閩客及其他省籍人氏），而自一九八〇年代起「台灣文
學」一詞逐漸被正名為「台灣人所寫的文學」，且其所謂「台
灣人」也被指涉為「居住在台灣地區的人氏」，並包括移居的
閩客漢族與原住民族，「台灣人」一詞涵義如是的擴充，顯然
是經由身分的建構而來。這種身分的建構雖是日積月累慢慢形
塑而成的，然而在民進黨取得政權開始執政之後，透過其公權
力的運作（如中小學教科書課程內容的調整等），台灣人身分的
形塑儼然有政治學所說的「族國締造」（nation-state building）
的意味──這也就使其進入一種具有權力關係的公領域範疇；
換言之，所謂的「台灣意識」在此時此地的台灣，並不只局限
於私領域的範疇，它具體地指涉公領域中的權力關係。

　　利玉芳濃厚的台灣意識，其實並非從第一本詩集即顯現
出來，但是翻閱她後兩部詩集，可以說台灣意識幾乎是無所不
在，而且還把它上綱到國族／族國的認同。在《活的滋味》

中，〈難圓的夢〉、〈憑弔〉、〈信徒眾〉與〈海鷗──給光復後語
文受阻的爸〉等政治詩雖涉及台灣意識，但是極為隱約含蓄，
如〈難圓的夢〉（1986：61-63）只強調台海兩岸各有不同的
「兩種睡姿／兩種夢」，尚未凸顯台灣相對於中國大陸的主體性
或主體意識；至於其他三詩則只是從台灣語言（方言）的角度切
入──最多也只強調台語較國語優先（如〈眾信徒〉中說，眾信
徒先以「台語禱告完畢」再用「國語禱告」），並未顯露強烈國
族認同的台灣意識。

　　利玉芳第二、三部詩集中遍處無所不在的台灣意識，
從〈瓦窯〉（客語詩）、〈月亮也繫上黃絲帶〉、〈眠月線
形影〉（兩詩皆為旅遊詩）等詩即可窺其全貌。〈瓦窯〉
（1996：115-16）一詩以瓦窯側寫（詩人）「莊下」（鄉莊）
生活的記憶與感覺，那是「𠊎嫁來莊下以後／分𠊎毋會感覺著
生分个所在」，而且這座瓦窯更是代表著祖先傳承的記憶；只
是瓦窯生產的瓦，詩人卻要強調是「台灣瓦」，以致末段會做如
此陳述：「識生產台灣瓦个瓦窯／像三月開得泛紅个木棉花／蓋
等台灣紅又紅个土地」。綜觀全詩，如果把「台灣」兩字拿掉，
並不損及「文化傳承」的原意，但是利玉芳一定要加「台灣」
兩字，說這紅瓦是「台灣瓦」，土地則是「台灣紅又紅个土
地」，台灣意識之刻意展露可見一斑。而〈眠月線形影〉一詩
（2000：57-58）詩人表現的手法亦同。該詩敘寫詩人與同好遊
阿里山賞櫻，在山上他們還「想看一看高海拔的石猴是個什麼
樣子」，最後則以反諷式口吻作答兼結尾：「卻讓石猴窺見／

因為喜愛一葉蘭／象徵台灣堅貞的植物／而伸手採擷的人」[4]，令人納悶的是，為什麼詩人在此非特別用「象徵台灣堅貞的植物」來修飾一葉蘭不可呢？她是否在暗示：缺乏環保意識的人也一定缺乏台灣意識？這首旅遊詩原可以單純地寫成生態詩或環保詩，但是利玉芳在此則故意將它展現為具有台灣意識的政治詩，同時批判了欠缺台灣意識的人也缺乏生態意識。

　　有趣的是，利玉芳的台灣意識特別喜歡展現在她為數不少的旅遊詩上，使得她的旅遊詩多半都成了「政治旅遊詩」。這種旅遊詩涉及的如果是「異域」（出了國門）之旅的旅遊詩，則其顯露的台灣意識就頗具族國認同的意味，換言之，也就比上詩〈眠月線形影〉更具有公領域的政治意涵。如果就這樣的角度來看，那麼利玉芳這些「政治旅遊詩」，其實應該說成「旅遊政治詩」，也就是「旅遊」只是詩的表面義／淺層義，她想藉旅遊而寄寓台灣國族的認同省思才是其深層義，諸如〈笛音〉、〈路〉、〈小白花知道〉、〈愛染橋上的沉思〉、〈出席證〉、〈在月球陰影下〉等詩——乃至於屬國內旅遊的〈台灣最南點〉一詩，都可謂典型的旅遊政治詩。而這些旅遊政治詩如果抽掉其政治義（亦即台灣意識）只剩「紀遊」部分，可以說多半無足觀哉，譬如底下〈愛染橋上的沉思——一九九六年三月於東京〉這首詩：

---

[4] 這首詩有副題「一九九八年七月十六日遊阿里山」，標示詩人阿里山之遊的時間是在盛夏季節，盛夏之際，吉野櫻與大島櫻早就凋謝（櫻花在初春時盛開呀！），詩人於此時上山怎可能看到櫻花？當然得「感嘆」、得「等待」明年再來。此詩主要用白描手法，語言太過淺白，如果不是結尾末四句神來一筆似的嘲諷，這首詩就完全不足觀哉。

塗上亮光口紅的唇

累累地閉著

說不出

【中國て"はありません台湾て"す】

申請完外國人登錄證

走出板橋區役所

夕陽癱在愛染橋上

我也鬆了一口氣

順利

爲女兒辦成了這件事吧

三月中旬

石神井川的櫻花

顫動如粉紅蓓蕾

欲言又止（2000：69-70）

　　嚴格而言，這首〈愛染橋上的沉思〉是紀「行」（旅行）詩而非「紀遊詩」，末段擬人化的「石神井川的櫻花／顫動的粉紅蓓蕾」呼應首段詩人「塗上亮光口紅的唇」，而粉紅蓓蕾欲言又止的情形正如詩人說不出口的尷尬，說不出的話：「中國て"はありません台湾て"す」（中國不是台灣）——其實是被詩人在詩中「脫口而出」；但也正因爲這句方括號中的話所顯露的台灣族國情結，讓這首以白描兼敘述爲主的旅行詩一變而爲政治詩，遂有了深意。

　　從這首〈愛〉詩更可以發覺，利玉芳的台灣意識幾乎都將它置於與中國（中共統治的大陸地區）意識相對立的地位來呈現的，換言之，她筆下的台灣族國（或國族）乃是在和中國取得一個對照的角度下來加以觀照與反思，而較少涉及島內的「政治族譜」；說穿了，這也就是李登輝與陳水扁主政時期「兩國論」（中國是中國，台灣是台灣）具體而微的顯現，例如〈劫機〉、〈透明的牛墟〉[5]、〈餘震〉、〈笛音〉……利玉芳抱持的都是這種「兩國論」的台灣意識。〈透明的牛墟〉（1996：37-39）以北港牛墟的牛隻交易暗諷辜汪的新加坡會談，指出「丟人現眼的台灣牛／含著老淚」，「縱容和不耕的新牛主談判／出賣自己」（新牛主此處暗指中國），詩人最後鐵口直斷其「後市／是一條不歸路」，顯然交代了她的政治立場。這種反統的政治立場在〈黑面媽祖〉與〈餘震〉兩詩中表現得更為坦白露骨。前詩假借媽祖的口吻直接挑明台灣統派「棺籃仔燒金給北京是為了哪一樁」，質疑他們訛傳祂的旨意以「宣揚一個正統媽祖」[6]；後詩提到九二一大地震，「江澤民

---

[5] 同樣描寫牛墟，林宗源的〈牛墟〉（趙天儀等編 2001：269-70）顯露的鄉土意識批判的是現代化的文明，不像利玉芳選擇用台灣意識來呈現；對比之下，顯見台灣女詩人的「政治性格」並不亞於男詩人，這是個有趣的發現。

[6] 〈黑面媽祖〉首段先是說媽祖「行過黑水溝」（台灣海峽），「領航咱的祖先離開怒海神州」投奔新樂園台灣，末三段卻說祂「金身落難中國」，然後於末尾感嘆說不如歸去，回到祂的「娘家福爾摩沙」。利玉芳這樣的寫法有點奇怪，以歷史及血統而言——乃至於從本詩行文的脈絡觀之，媽祖的娘家應在神州（福建）而非福爾摩沙台灣——祂是從神州渡海來台，娘家自然在大陸；台灣自然可以成為媽祖的「許應之地」（甚至比娘家更合適祂安居）。利玉芳其實不必顛倒邏輯去強調台灣比大陸好。

透過衛星／也傳送中國的同情」，但是詩人卻說「他們替中國台灣省／同情／他們爲台灣是中國的一部分／同情」，並批評說這不過是「貓哭耗子假慈悲」（「我聽見／一隻貓／慈悲的哭聲」），畢竟「這隻貓／從不會／爲了同情／而鬆散自己的筋骨呀」。利玉芳甚至在記述南韓漢城（現易漢名爲首爾）之旅的〈笛音〉（1996：47-48）一詩中直接坦然地唱出「中國就是中國／台灣就是台灣」的論調。

就因爲抱持這種「兩國論」的台灣意識，利玉芳往往以此來抵禦中國意識的「入侵」，她在〈向日葵〉一詩（1996：82-84）中寫到，即連有著童稚般臉蛋的美麗的向日葵花，待她長大後才知道那是「岸邊歌頌的國花」，反而變得不敢親近，「深怕中了花粉散播的毒素」，只敢「壓低嗓子唱它的乳名——日頭花」，甚至用英語唱sun flowers，以日語唱ひまわり，就是不願再用「向日葵」三個字；而其第二部詩集故意以「向日葵」爲書名，不言可喻。或因如此，利玉芳於一九九四年赴大陸旅遊返台後所寫的十一首系列詩作，展現的是中國予她的格格不入之感，台灣意識仍能於其到訪之地隨時出現（如〈珍珠米〉中的「今晡日捧个係大陸碗／食个毋係台灣米」）（1996：118），例如她到羅浮山寺廟「拜揶」時也要「淨淨愛求一項／保庇人侪等平平安安轉台灣」（〈拜揶〉）（1996：120），說明她對中共的不放心。

利玉芳這種具有台灣族國認同的政治意識，在台灣的國際地位曖昧不明，而國內政治「猶然籠罩在統獨的陰影下」，令她不免感到焦慮，在〈在月球陰影下〉一詩中，她即以日全蝕所形成的「月球陰影」，表達出對台灣「眞正的名分」的憂慮

（1996：109），但這也是持「兩國論」主張者在國際政治上無法解決的難題。由於如是身分的焦慮乃國內政治（統獨未解）有以致之，使得利玉芳不少的政治詩作均將批判的焦點集中在統治階級／國民黨政府的施政上，諸如〈祈雨〉、〈一個不是很特殊的日子〉、〈賴抱〉、〈素描三太子〉、〈お化け〉、〈仙人掌王國〉、〈賞鷹〉、〈神木復活了〉、〈喜宴〉……這些批判現實政治的詩作已非台灣意識所能概括；然而其中〈神木復活了〉一詩（2000：33-35），除了意有所指地批判了國民黨政府的兩代政權（蔣經國與李登輝主政時期）（「枯萎的二代木背上，又長出了新綠／告示牌稱三代木重生」）外，更以台灣意識指斥其為外來政權（「非來自台灣紅檜的血統」），而且還要持續腐化（「然而神木繼續腐朽」）[7]，預言它的未來「危在旦夕」（二〇〇〇年第一次政黨輪替終獲實現）。一言以蔽之，台灣意識可以說是利玉芳政治詩作的底蘊。

第三節　母性思考

除開強烈台灣意識的表達——這在大多數笠詩社男性詩人的政治詩中可謂司空見慣，利玉芳的政治詩則顯現一種一般男性詩人所缺乏的特質，也就是前言中所說的「母性思考」

---

[7]但詩人在詩中說她要「尋找台灣的故事／獲知另一棵老紅檜／繼承了神木的尊嚴」，暗指台灣人總統李登輝繼承政權（神木的尊榮），則亦出於其持以的台灣意識的政治立場。

（Ruddick 1983）。「母性思考」係以「女人做為女人」的經驗為基礎，主張政治應首重女性做為母親的身分，應該將女性這樣的身分特質從原屬於家庭（私領域）的範疇放進屬公領域的政治範疇，這是因為家庭是我們人類人性主要的形塑來源，有人性共同的基礎，也就是具有相當的道德優越性（Elshtain 138）。魯迪克（Sara Ruddick）即指出，母性思考乃起源於母親對孩童的關懷與保護，係以關懷的愛（attentive love）為其中心；由於這是一種由愛、親密，以及對他人的具體關懷所引導的政治（227），所以母性思考可以提供我們一個可資替代自由主義的新政治道德觀，蓋向來關於公領域的政治主張，都是基於自由主義（liberalism）那種抽象的正義（justice）觀，而其關懷的對象則是普遍抽象的個人（周嘉辰 54），可以說不切實際。

　　身為一位女性詩人，利玉芳的確展現了與男性詩人不同的母性思考風格，例如〈懷念的竹田火車站〉、〈嬰兒與母親〉、〈保溫箱〉、〈孕〉、〈紅樹林之㈡〉、〈子宮樹〉……這些詩所展現的母職或母性（motherhood）心緒，是所有男性詩人不願也不能呈現的[8]。其中〈嬰兒與母親〉（1986：27-30）一詩描述一位離開神州大陸（「美麗的山河」）已三十年的老人（「邁著顛跌的腳步」），在電視螢光幕播出家鄉的景象時，令他回

---

[8] 在利玉芳作品賞析的座談會上，李篤恭也說他「可以感觸到陳秀喜和利玉芳兩位女士的詩充滿著母性的性靈，但兩者迥然不同。前者以母性自然的感懷觀望自身與四周，而後者卻是以龐大而亦裸的母性懷抱事件。這樣的母性女心的潛在意識」，在男性的詩作中沒有見過，而這也是女詩人可貴之所在（利玉芳 1996：229）。

憶起故鄉及故鄉的母親，而思鄉思母的情緒只能讓他「做一個澎湃的嬰兒」，但是遠方的母親仍能化為「溫柔的影子」，令啼笑如嬰兒般的他可以「醉在她的胸脯裡／吸吮快遺忘的自慰」。另外像〈紅樹林之㈡〉一詩（1986：90-91）則把紅樹林比喻為「產後的母親」，說「自己虛弱的子宮／不能照顧擁擠的人類」，因為她排除不了「漁人搭起自私的蚵架」所造成的傷害，她那「原始的（母）愛」已「被人類踏破」。利玉芳有如是的比喻與造境，亦同樣出自其母性思考。上述諸詩的母性思考，主要仍如傳統般局限在私領域的範疇內。

　　然而，利玉芳的政治詩卻有另一種企圖，而此一企圖則讓她的政治詩擺脫了一般男性詩人的陽剛風格，呈現出其女性特質的一面，那就是她嘗試將上述的母性思考從私領域帶進屬公領域的政治詩的創作內，在她第一部詩集《活的滋味》中即透露出這樣的端倪。例如〈讓果園長草吧〉一詩（1986：36-37）即隱約有母性思考的色調在內，首段說：「過去／我們一直認為／果樹底下／不應該長出雜草的風景／應該把它鏟得乾乾淨淨／果樹才會有好的生態／好的收穫」，暗示威權的政府體制容不下異議分子的存在，前者以為只有把後者「鏟除」，才能有益於其統治的政體。但是詩人則認為民主社會應該容納不同的反對意見，所以第二段的敘述即以對照（contrast）的口吻逆轉首段的假「命題」：

如果
讓裸露的坡地長出綠
而不去拔除它

> 那麼土壤的肌膚就可以減少損傷
> 如果
> 讓百喜草在原來空空的心上
> 滋長
> 那麼在草根產生有機之後
> 果樹可以獲得額外的
> 營養

利玉芳在此雖然使用的是「如果」的假設句，但明眼人一看就知道，這不過是一種委婉語（euphemism）式的表達（不要忘記她這首詩的題目），她的主張是：反對意見反而有益於社會與國家的健康；而如此的包容胸襟正是女詩人母性思考具體而微的一種特質。

在政治詩比率益顯加重的第二本、第三本詩集，利玉芳的母性思考展現得更為淋漓盡致，例如副題標為「二二八高雄追悼會」的〈蠟炬的淚〉一詩（1996：52-54），將在二二八追悼會中點燃的燭火所滴下的眼淚（即詩題所示）喻為那是「不散的英靈」，詩人默禱：「請從被遺忘的角落甦醒／邁開灑脫的腳步／向我這盞閃亮的星光靠近」——這是她母性思考的「前導」，而留到最末段始予以完全發揮她那母性關愛的情操：

> 是否因悲喜交集
> 才叫你淚流滿面
> 哭泣吧！紅色的蠟炬
> 此時此刻能緊緊依偎我的
> 僅有你

被我的震驚和同情擁抱過的
生命受創的傷口
今夜
就會在我溫潤的胸脯中癒合

　　詩人在此以她的「震驚和同情」來「擁抱」那些「生命受創的傷口」（二二八的英靈），希望這樣的擁抱可以在她「溫潤的胸脯中癒合」──這樣的動作（擁抱）和意象（溫潤的胸脯）似乎不可能出現在男詩人的筆下；而如此「同情」（與英靈同其情）的母性思考姿態，也就是女性主義者艾絲坦（Jean Bethke Elshtain）所說的一種「同情的政治」（a politics of compassion）。艾氏認為母性思考的具體內涵就是同情的政治。她以美國黑人民權領袖路德金（Martin Luther King）被暗殺一事為例說明，當初羅伯・甘乃迪（曾任美國司法部長，後來也被暗殺）在此事件發生後對印地安那州的黑人社群公開發表談話時，即希望憤怒的聽眾（甘氏並未輕忽他們的憤怒）能夠超越這樣的情緒：「我們所需要的不是憎恨或暴力，而是愛、智慧，以及同情憐憫，對那些仍然在受苦的同胞表達正義之情。」（Elshtain 350）

　　〈蠟炬的淚〉一詩所發揮的「同情的政治」到了也是與二二八有關的〈淡飲洛神花茶的早晨〉一詩（副題為「一九九九年二二八和平紀念日」）（2000：48-49），則進一步轉化為詩人對於和平的渴望。該詩第三段（末段）說：「屬於我淡飲洛神花茶的早晨／逢二二八紀念日／洛神花茶有辛酸的滋味／木棉花染著悲哀的色彩／異樣的幻覺／是我追悼的一

種儀式嗎／一群白鴿正好飛過」，詩在末句出現「白鴿」的意象（飛過的一群白鴿正好成了詩人「追悼的一種儀式」），象徵的是和平的希望，和平的意念來自憐憫或同情，政治衝突不應以劍拔弩張、相互毀滅的方式來呈現，「而應以憐憫的方式相互了解、相互說服，以愛與關懷替代競爭與對抗，以母性思考替代政治領域的舊有原則。」（周嘉辰 55）「白鴿」正是出自母性思考的一種象徵。

進一步從反面來看，如果缺乏愛與關懷，這樣的「衝突的政治」（a politics of conflict）就會遭受詩人的質疑，底下〈漣漪——讀一則選戰廣告〉一詩，不啻就是利玉芳政治詩母性思考最為典型的「宣示」：

「變天就是暴動」
你寫著特大號的愛
刊登在報紙第一版
公開你對我的真情

但你輕率粗野的追求
嚇走我的愛
我夢裡安定的心湖激起了漣漪
有如被一陣陣冷風煽動
吹皺我倆一圈圈分裂的情（1996：36）

選戰廣告文案「變天就是暴動」，代表的其實不是「特大號」的愛，而是如詩人所感受到的一種「輕率粗野的追求」，嚇走的反而是女詩人的「愛」，由此可見「愛」在政治中所占

的份量；換言之，政治裡頭若缺少愛，那麼是引不起詩人的感動的（只會「吹皺我倆一圈圈分裂的情」），而這乃是出於詩人的母性思考有以致之。陳亮在上述笠詩人的座談會中表示：「政治詩總令人想到抗議、譴責、吶喊，血氣賁張叫人喘不過氣」，但是利玉芳這些詩「卻顯見女性的溫柔」，也令另一位男性詩人蔡榮勇「深深地感受到她母性的愛」，甚至認為「她母性的愛不是自私的女性之愛，乃是對全台灣人民的關懷之愛」（利玉芳 1996：222-23）[9]；一言以蔽之，利玉芳這些在男性詩人口中具有「母性之愛」與「關懷之愛」的政治詩，均係源自她的母性思考。

第四節　女體語言

與母性思考連帶相關的是女詩人所使用的語言，因為詩人所有的思維均必須以語言來呈現。在此，令我們感興趣的是，身為女詩人的利玉芳在語言的表現上究竟有何異於男詩人之處？關於女性與男性在語言使用上的差異，已為多數女性主義者（feminists）所指出，雖然人類學家及語言學家的研究顯示兩性用語確有不同之處（如若干美國的原住民語言、世居巴芬領地的愛斯基摩人語言），但是兩性用語的差異並不能視為

---

[9] 笠詩人這場關於利玉芳作品賞析的座談會，席中列出的合評詩作有：〈蠟炬的淚〉、〈含羞草〉、〈遙控飛機〉、〈給我醉醉的夜〉、〈古蹟修護〉，非僅限於政治詩；惟與會中人所討論者亦不限於提交會上的這五首（利玉芳 1996：213-33）。

絕對性的概念，只是使用程度上的不同，也就是某一性別對於某種語言形式較諸另一性別更常或更少使用（Brouwer 46）。縱然兩性用語的差異並非一個可以截然劃分的領域，然而語言學家如拉克福（Robin Lakoff）（1975）與凱依（Mary Ritchie Key）（1975）二氏卻也指出，基於女性本有的特質，她們觀察到，女性在構句（syntax）上較諸男性顯得更不確定，但也更優雅、客氣（polite），女性往往以提問來代替做出明確的斷言，很少下達直接的指令。將這種女性用語（構句）的殊異性放到寫作上來看，就可以發現有不同於男作家的所謂「陰性書寫」（écriture feminine），關於此一女性書寫的殊異性，法國女性主義三巨頭：伊莉格蕊（Luce Irigaray）、西蘇（Hélène Cixous）與葛莉絲多娃（Julia Kristeva），在她們相關的著作中已經為我們特別指明（Sherry 18-19）。

　　女性用語之所以區別於男性，向來有兩種不同的說法：一說是出自生物學（biology）的主張，認為這是因為男女兩性在「生物上的性」（biological sex）之差異所致；另一說則是基於文化（culture）的考慮，也就是由文化導致男女兩性的「性別」（gender）差異。前說認為男女的「性」（sex）差異是先天固有的，因為「生物的性」的不同，所以才被區分為男人與女人（male and female）；而後說則主張男女「性別」的差異是後天形成的，由於社會「文化」的作用，所以才產生所謂的男性與女性（masculine and feminine）。綜而言之，「我們的性是生來的，而性別是獲得的。」（We are born with sex, but we acquire gender.）（Sherry 18）。

　　從這個角度來觀察利玉芳政治詩的語言，發覺她用了極

為豐富的女體（female body）意象，形成與一般男性詩人相當不同的一種女體語言。一般男性詩人的「政治語言」都較偏向理性、陽剛（如李魁賢的〈愛情政治學〉即是顯例），即便如利玉芳一樣運用到身體意象，也極少有「母性思考」在內，例如李魁賢的〈酒瓶蘭〉，即以「酒瓶肚」而不以「孕婦肚」（只能埋藏不能說的話）來象徵「言論的不自由」；甚至有不少男詩人則是將女體視為「意淫」的對象（如余光中的〈鶴嘴鋤〉、林燿德的〈時間晶石〉等），女體在他們的筆下變成客體而非主體的對象物。

利玉芳的女體語言自然是出自於「生物上的性」，諸如：胸脯、乳房、子宮、火母（產後留在子宮內的血塊）、產道、恥部、經痛、懷胎、害喜、唇……這些女體意象，完全是基於不同於男性（生物學的）身體的思維，不易在男性詩人的作品中出現。譬如〈暈機〉（1996：59）一詩，利玉芳別出心裁地以女人的害喜來比喻暈機所造成的「作嘔」，很難想像男詩人會從這樣的角度出發；而該詩第二段寫道：「懷了思念土地的胎兒吧／痛子一樣／作嘔怕被人瞧見／緊緊地依偎著窗邊／偷偷地　害喜／美麗的白雲不知」，將出國搭機引發的暈機（生理現象）聯想到思鄉（「懷了思念土地的胎兒」）的心理癥象，並且特別強調思念的是那「土地的胎兒」，加上與首段「出國」之說相對照，如同本章前面第二節所述，讓利玉芳的女體意象與台灣（本土）意識在此巧妙地做了結合。

以女體意象語言來展現台灣意識，在利玉芳其他幾首出國的「旅遊（行）詩」中有著更進一步的表現，如〈小白花知道——一九九七年五月歐洲紀行〉、〈愛染橋上的沉思——

一九九六年三月於東京〉、〈溫泉浴——一九九八年七月秋田縣厚生掛溫泉手記〉、〈出席證——一九九八年七月一～十九——岩手縣北上市東亞詩書展〉等詩；詩人由於身在異國，比較容易面臨引發國家認同情結（也就是國籍問題）的場合，例如〈出席證〉中記載她參加日本岩手縣北上市東亞詩書展，而別在她胸前的「黃金出席證」寫的是CHINESE TAIPEI，令她「遇到國際交流的目光／亭亭的焦點／不能玉立」——畢竟自己的國家名字叫REPUBLIC OF CHINA（或者叫「台灣」也可以），最後讓詩人強烈地感受到：「失去了彈性的我底乳房／垂喪地／識別自己墮落的模樣」，以特殊的女體意象（垂喪的乳房）做「無言的抗議」，從中也委婉地流露出詩人的國族認同思維。利玉芳這種以女體語言來展現台灣（國家）意識的詩作，底下〈小白花知道〉較諸上面〈出席證〉一詩有著更為強烈的表達：

　　鋪蓋阿爾卑斯山麓
　　綠色的地氈
　　繡滿了亮麗的小白花

　　扮演國界的小白花呀
　　也是店裡的商標
　　印著小白花的賣品
　　因而有了價值
　　年輕的女店員泛起小白花的酒渦
　　親切地問我

來自哪個國家
強忍著
週期性帶來的經痛
回答我的國家

【我知道台灣這個國家】
微笑的小白花知道（2000：66-67）

當詩人的國籍情結被異國女店員不經意地「挑」（詢問）起時，所引發的卻是屬於女人生理的那種「週期性的經痛」──「週期性」一詞顯已透露：詩人面對這種「痛」並非「只屬這次」的單一案例；而也由於詩人選擇了這種女性生理用語，致令其台灣意識被身體化。這類「台灣意識被女體化」的詩作不獨國外旅遊詩如此，包括她少數屬國內旅遊的詩作，如〈台灣最南點〉（2000：50-53）一詩，一樣可以看到她使用的女體語言（第二段）：

瑪沙露！台灣最南點
島嶼的恥部啊
海茄苳深情地根植這一片綠色肌膚
南國的濕地　然而
縫縫裂裂　裂裂縫縫
彷彿生了許多小孩的女人
產道留下的傷痕

這裡，利玉芳顯然把「台灣最南點」的地景化為女人的身

體，說它就像女人的「恥部」，縫縫裂裂，裂裂縫縫，「彷彿
生了許多小孩的女人／產道留下的傷痕」。但是若該詩只是以
女體語言來描寫「台灣最南點」的地景，則詩到此也不過是一
首紀遊詩或地景詩罷了。在該詩最末段，利玉芳一反之前的地景
敘述，以下面濃烈的台灣意識作結，讓它跨越到政治的領域來：

> 佇立原點
> 我的子宮內
> 火母不禁隱隱作痛起來
> 想生一個
> 生一個咱們島嶼的小孩
> 瑪沙露

　　利玉芳在此使用的是標準的女體語言──男詩人絕對不會
有那種「子宮內隱隱作痛的火母」的感覺（而只會有這種侵略
性的「女體」語言──類如林燿德〈危峰〉中這樣的詩句：「容
我思維的觸角輕輕伸入妳波詭雲譎的子宮／，伸入好內在的海
洋／，那盛放無垠乳汁的海洋／，那多綺思艷的海洋……」）
（1988：185-86），這樣的女體語言背後其實是根植於女詩人
的母性思考，也是西蘇所謂的「白色墨汁的書寫」。在〈美杜
莎的笑聲〉（"The Laugh of the Medusa"）一文中，西蘇即指
出：「女人從來未真正遠離『母親』的身分……在她的內心總
是至少存留有一點那母親美質的乳汁。她以白色墨汁書寫。」
（251）在利玉芳佇立「台灣最南點」的同時興起「想生一個台
灣島嶼的小孩」的念頭，無異於女詩人母愛（亦即母親身分）
精神的發揮，在此，如同西蘇上文所說的，「母親」乃是一個

隱喻，也就是「她把自己的菁華由別的女人給予女人，這使她能夠愛自己並用愛來回報那『生』她的身體」（251），而這就是爲什麼我們的女詩人要用「白色墨汁」來寫作。白色墨汁隱喻女性（母親）的乳汁，這樣的身體寫作是男詩人不能也不想嘗試的。

若將本節與上一節合而觀之，我們或可進一步做這樣的論斷：利玉芳的母性思考往往以女體語言來加以表述，這不僅如非政治詩作〈子宮樹〉等詩如此，大部分帶有母性思考成分的政治詩作亦皆如是，例如上所舉的〈蠟炬的淚〉一詩末尾說出的：「被我的震驚和同情擁抱過的／生命受創的傷口／今夜／就會在我溫潤的胸脯中癒合」，可以說就是一種白色墨汁的書寫——以女性的身體語言顯現母愛的精神；而政治詩作若臻於此境，忿恨之情終將弭平。

第五節　結語

或許出於母性思考的緣故，利玉芳強烈的台灣意識往往被緩解於其中，而這多半又得力於她所用的女體語言；反過來說，呈現較少女體語言的政治詩作，其尖銳的筆鋒直陳台灣意識，可以令人嗅出嗆鼻的煙硝味，諸如「忍受不住民族自尊被欺凌之痛」（〈缺失的賴和先生病歷表〉）、「唾棄共產主義的鳥踏仔」（〈劫機〉）……這類句子，對抗的情緒與批判的聲音即袒露無遺——但是，如是政治詩作往往也都是她的敗筆之作。

白萩在笠詩社的「利玉芳作品賞析」座談會中即指出，利玉芳「說明性的語言還是太多」，並且詩「整體機能的考慮還不足，因此詩的焦點，清晰度不夠」（利玉芳 1996：225）。白萩的這個看法主要應該是針對她較早期的第一、二本詩集的作品而發[10]。整體來看，她那些「袒露無遺」的政治詩作，多半皆因說明性語言用得太過浮濫有以致之。例如上所舉〈小白花知道〉、〈台灣最南點〉，以及〈黑面媽祖〉、〈餘震〉……諸詩，加上大量鋪陳的白描手法，令人一覽無「餘」，很多地方「詩味」就跑掉了；蓋詩人在「詩」中已把它說得明明白白，不留餘韻，如〈詩兩首・公園裡的藝術〉一詩，前兩段用白描手法，而後一段則又以說明性語言將旨意和盤托出，完全嗅不到詩味，類此例子都屬敗筆之作，儼然與散文分行無異。

　　這些說明性太重的政治詩作，主要出現在利玉芳的第二、三部詩集；換言之，她後來寫的政治詩作，在詩藝上反而不如她的處女作《活的滋味》。而從另一個角度看，或許她早期呈現私領域關係的作品未及讓政治權力跨足進駐，雖然從女性主義的角度來看，如是詩作稍嫌保守，但是卻也因而保有較為豐富的詩味。就利玉芳的政治詩來說，其清晰度以及詩的焦距不僅不像白萩上述所言有「不夠」的情況，反倒是由於所給的畫面過於清晰（焦距的準確度夠），以致一覽無餘而失去閱讀的樂趣，「滋味」就是差了些。顯而易見，詩人在「淡飲洛神

---

[10] 該座談會提供的作品（利玉芳，1996：213-20），除第一首〈蠟炬的淚〉與第二首〈含羞草〉收入她第二本詩集外，餘三首都屬她早期第一本詩集中的作品。如上所述，該場作品合評的座談會所討論的並不限於這五首作品，但論及的應該都算是她較為早期的創作。

花茶的早晨」，雖然空氣中瀰漫著「向日葵」的花香，但是卻不見昨夕那隻有著銳利眼睛的「貓」，就再也嗅不到那熟悉的「活的滋味」，難免叫人抱憾。

第六章 陳義芝論

陳義芝的家族詩

- 前言
- 家族的追尋
- 家園的護持
- 家人的眷戀
- 結語

第一節　前言

　　陳義芝從一九七七年出版第一本詩集《落日長煙》以來，迄今共交出七本詩集的成績單，《落》書之後的詩集依序為：《青衫》（1985）、《新婚別》（1989）、《不能遺忘的遠方》（1993）、《不安的居住》（1998）、《我年輕的戀人》（2002）、《邊界》（2009）[1]。他的詩作向來具有溫婉的抒情風格（尤其是早期作品），楊牧說他（早期）大半作品，「總透露出一種嘗試宣說卻又敦厚地或羞澀地想『不如少說』的蘊藉，一種堅實純粹的抒情主義，尤其植根於傳統中國詩的理想」[2]（1985：❹）他的抒情詩則來自那「善感多情的心性」；也緣於如斯心性，誠如柯慶明所說：「因而家族與個人的『生活』經歷，遂成為陳義芝之詩心，所一再發覺與探索的寶庫與根源。既不嗟嘆，也不迴避，只是一一轉為意象，一一收入相簿，一一凝結成詩。」（2000：❷❽）

　　是以我們檢視陳義芝這七本詩集，可以發現與大多數詩人不同的是，他敘寫不少關於自身家族的詩作——本章在此將之

---

[1] 除了上述這七冊詩集外，尚出版有童詩集一冊《小孩與鸚鵡》（1998），以及三本綜合詩選：《遙遠之歌》（1993）、《陳義芝・世紀詩選》（2000）與《陳義芝詩精選集》（2010）。

[2] 楊照在為《我年輕的戀人》寫的序文中，對楊牧此說有進一步的補述。他認為陳義芝的詩雖可歸為「抒情」一路，卻由於其逼近現實與擅用敘事手法，很難被視為浪漫主義詩人。詩中存在著太清醒的敘事者，終究會稀釋掉詩的熱情（15）。

名為「家族詩」（family poetry），這或許不是詩人刻意經營的一個創作類別，然而這一類詩屢屢於其詩集中出現，便別具意義，依上述柯慶明之說，此係出自其詩心有以致之。然則什麼是陳義芝寫作家族詩的詩心？追溯這個問題的答案，正是本文底下所要考察的所在。

自二十一世紀伊始，家族書寫（family writing）似乎成了台灣作家（主要是小說家與散文家）創作的熱門「寵兒」，蔚為一股風潮，相關著作源源不斷地出現，惟獨詩壇對此一新崛起的書寫文類似無太大回應，大多數的詩人抒寫個人生活與情感，卻不太述說家族之事。惟其如此，陳義芝書寫的家族詩反因而令人側目。那麼，家族書寫（或者家族詩）究竟在寫些什麼？家族書寫基本上以家庭（家人）為背景，描寫家人的親情、愛情（包括婚姻）及其之間悲歡離合的關係，小則聚焦在一個家族的生活，大則可以敘寫幾個家族的生活；此外，它「既寫兩代人以上的家族本身及生活，甚至追溯家族的歷史，也涉及同代人中幾個成員和幾個家庭之間的關係」（張華君64）。重要的是，經由家族書寫的過程，作家或詩人以此找尋自我的家族認同，乃至重構家族歷史，藉此「折射出豐富的歷史內涵和鮮明的時代特徵」（64）。

家族書寫或家族詩係作家或詩人以文字敘述，透過他的記憶回溯重新反芻家族的生活與歷史，既是文學的敘述與創作，其中不免有虛構的想像在內，因而以此書寫所追尋的家族認同（family identity）以及家族歷史的追溯，顯而易見即有「重構」（rebuild）的意味；然而，也恰恰是由於這樣的重構，作家或詩人才能像海德格（Martin Heidegger）所說的「向本己之

物返回」。

　　做爲藝術作品的家族詩如何令其「向本己之物返回」？於此，本章底下擬從海德格的現象學（phenomenology）思想來觀看陳義芝詩作的家族書寫。如果說現象學指的就是「從顯現的本身那裡，如它從其本身所顯現的那樣被看到」——也就是說「面向事物本身」，那麼海德格對詩作本源的考察，便是讓詩作回到自身的顯現當中去，因爲海德格認爲「文學作品做爲文學作品，獨一無二地居於它自身敞開的領域（realm）」，而「作品的作品存在（work-being）顯現於而且只有顯現於這種敞開之中」（1975：41），如果不敞開怎會有文學作品？而海德格便是要通過現象學的還原（reduction），讓我們回溯到藝術作品（詩）的根源中去（蔣濟水 87），就此而言，海氏對藝術作品的考察方法乃是現象學的（蔣濟水 78）。

　　依海德格所信，所謂的「現象」（phenomenon）意指「在自身中顯現自身的東西」（shows itself in itself），其中介詞「在……之中」具有關鍵意義，它表明現象是從潛藏狀態中「出來」或「被揭示出來」的（Magliola 62）；而做爲藝術品詩這一現象，並非讓我們去追問它之所以做爲「物」的特性，因爲詩不是一般物品，不能只將它視爲「能夠在我心靈中引發此種或彼種狀態的對象」（Heidegger 1996：290），如此作法只是「憑認識論的理性分析、解釋去肢解作品」（蔣濟水 92），而將詩作視之爲如一般物品的對象物（恰如英美新批評對詩作的分析那樣）。爲了排除對詩作做對象化的解釋，海德格要我們現在不再追問物的因素問題，而要讓我們設身處地去領悟作品之詩性；至於作品的詩性如何到達？那就是要我

們「置身於其中」（instandigkeit）；惟當我們「置身其中」才能「知道」（wissen）[3]，這也即是對作品本身的保藏或守護（bewahren, preserving）[4]。而所謂的「保藏」，簡言之，即是「讓作品成為作品」。如何「讓作品成為作品」？那就是要我們去傾聽（hören）──傾聽即是讓語言自己道說，我們聆聽。現象學主張面對作品時要排除先入之見（foresight），只是直觀地看，如此才能看出「存在或存在物的實質」，海德格上述之說，正是現象學式的一種批評方式[5]。

　　從海德格的現象學思維出發，那麼陳義芝的這些家族詩如何向我們敞開？依海德格之意，陳義芝的家族詩是由他的詩語言在說（die sprache spricht），而我們是在詩作中尋找語言之說[6]。陳義芝的家族詩又如何說呢？它以命名（nennen）說，

---

[3] 海德格指出這種置身於（作品）之中的「知道」，「並不在於對事物的單純認識和表象」，「這種知道……並沒有剝奪作品的自立性，並沒有把作品強行拉入純然體驗的領域，並不把作品貶為一個體驗的激發者角色」。於是這種意義上的「知道」，與一般鑑賞家對作品的形式、品質與魅力的鑑賞相去甚遠（1996：288-89）。

[4] bewahren，英文譯為preserving，中文除譯為「保藏」、「守護」外，也譯為「葆眞」。

[5] 按美國普渡大學馬格廖拉（Robert R. Magliola）教授的看法，海德格早期著作《存有與時間》（1927）所提出的存在狀況的理論，是沉思性的玄學，與沙特（Jean-Paul Sartre）的存在主義（existentialism）較接近，並不屬於現象學的範疇。到了晚期，由於一再強調經驗的「顯現」以及「活動性存有」，其理論可說是現象學了（63-64）。

[6] 海氏在《走向語言之途》（Unterwegs zur Sprache）中說，語言本身就是語言，而不是任何其他東西；但語言本身究竟為何？亦即語言如何成其本質？答曰：語言說。我們對語言本身加以深思，便是「要求我們深入到語言之說中去，以便在語言那裡，也即在語言之說而不是在我們人之說中，取得居留之所」（1993：2）。詩的語言之本質既是在「語言說」，那

命名是把某種語言的詞語掛在那些可想像的、熟悉的對象和事件（諸如巴川峽山、草堂竹影、獨明江船、麻辣小麵、破爛家譜、隱形疹子……）之上嗎？非也。蓋「這種命名並不是貼標籤，運用詞語，而是召喚入詞語之中」（Heidegger 1993：10）。陳詩召喚我們什麼呢？曰：家族的追尋、家園的護持，以及家人的眷戀，它用此命名向我們、也向他自己召喚。海德格說：「命名在召喚（das nennen ruft）。這種召喚把它所召喚的東西帶到近旁（näher-bringen）。」（1993：10）底下我們就循著它的命名，以被邀請的方式涉身入詩[7]，進入被召喚的到達位置（der ort der ankunft），也就是到達它的近旁去體會陳義芝家族詩的世界。

第二節　家族的追尋

前言提及，一般家族書寫往往會追溯家族的歷史，而

麼海氏乃有如下主張：「這裡，誰是作者並不重要，其他任何一首偉大的詩篇都是這樣。甚至可以說，一首詩的偉大正在於，它能夠掩蓋詩人這個人和詩人的名字。」（7）如斯一來，家族詩是否由陳義芝創作就不重要了。但海氏在做實際批評時，例如他解讀賀德齡（Fr. Hölderlin）等人的詩作，卻是常常引用他們的書信及相關著作加以論述，有傳統傳記式批評（biographical criticism）的取向，這意味詩人的名字並沒有被詩作本身給抹殺，所以馬格廖拉（Robert R Magliola）說他的理論並沒完全付諸實踐（64）。

[7] 詩之說是一種命名，海氏說，命名即是在召喚，而命名著的召喚令（詩之）物進入這種到達（ankunft）；而這種令（heissen）乃是一種邀請（einladen）（1993：11）。所以詩之說就是一種命名、召喚、邀請。

追溯家族歷史的背後又潛藏著作者對自我認同的尋求；這裡所謂的「家族」已非上下兩代或三代的家人可以涵蓋，其向上延伸乃至三代以上的先祖（而其旁系也可能擴及四等親以外），追尋這樣的家族血脈，不啻就是在「返祖」（go back to ancestors），而「返祖」的意義也就是在尋根。就小我而言，詩人尋根的意義在追求自我的認同；但就大我來說，尋根之義已擴及廣大的文化認同。

　　然則陳義芝的家族詩如何尋根？如何返祖？就時空向度而言，欲返之「祖」已在過去，欲尋之「根」則遠在對岸遙遠的川蜀（陳義芝祖籍爲四川忠縣），所以早在他的首部詩集《落日長煙》（1977）中收錄的諸如〈鄉愁印象〉、〈焚寄一九四九〉、〈瞳中月〉等詩，即抒發他對那片廣大中國土地的鄉愁。這樣的鄉愁自始至終即在召喚他，收在《青衫》中的〈思舊賦〉說：「烽火亂離的臉／你捧著／一本雁南飛的書／西風打葉／頁頁哆嗦／止不住心底那股傷情／年年漲潮似掀痛／已二十八年了！／從第一頁到眼前這頁／好長的歲月啊／令人心慌」，如此的心慌令詩人「夜來，取舊報生火／小鍋爐溫一壺酒／叫點點滴滴對千腸百轉／從頭話起／自蜀至台灣」（1985：94-96），一本「雁南飛」自川蜀向正值青年的詩人召喚，喚向何方呢？海德格說：「向遠處（die ferne）」，在遠處那裡，被召喚者做爲不在場而逗留，且這樣的不在場往往通過喚往（hinrufen）保持在遠處──就像雁南飛已二十八年。〈思舊賦〉的召喚喚入詩人自身，「並因此總是往返不息──這邊入於在場，那邊入於不在場」（Heidegger 1930：10）。於是，「雁南飛」此時此際在詩中向詩人（也向我們）說話了，它在

召喚中現身在場（anwesen）[8]。

「雁南飛」的召喚時在一九七七年十二月（此詩發表的日期），而這來自家鄉的召喚從《青衫》開始便持續不斷，如〈四川水患〉一詩寫道，四川的「山河決堤了／百姓跟著痛哭」，詩人「掏出那副新配的眼鏡／在台灣八月的早報上／在多霧的蜀地／梭巡／一個字一個字／恍恍惚惚／尋我家鄉的消息」（1985：132-33）。這時間則在一九八一年八月（發表日期）。到了一九八四年九月發表的〈醉翁操──寫東坡〉一詩，對著千年前的詩翁仍說：「秋盡，雪落時／且歸去山的童巔，想／我是你千年前的兄弟再世／緊隨銅琶鐵板的歌聲／扶你溯行千里回川自海南」（136），詩以語言不斷地向詩人招手，而被命名的蘇東坡化身為召喚者，召喚被召喚者的詩人來到他不在場的近旁。

然而被召喚的詩人如何到達他的位置？海德格說，這種到達是「一種隱蔽入不在場中的在場」（1993：11），詩的語言向詩人道說，詩人傾聽詩說，就是去「應和」詩的召喚、邀請，因為「應和乃是聽」（1996：1003）。語言在向陳義芝招手邀請回鄉，終於在近四年後，也就是一九八八年五月，陳義芝陪他父親同回四川忠縣老家探親（陳義芝 2010：308），遂有〈川行即事〉組詩十首之作。事實上，在應和詩本身對他的邀請之前的一年甚至兩年，陳義芝即率先有了「神遊」之作

---

[8] 楊牧在《青衫》的序文〈雪滿前川──讀陳義芝詩集〉中說：「陳義芝籍貫四川，但他生長在台灣；四川是他沒有看到過的故鄉，而既然是故鄉，則無論看過沒有總是故鄉。四川遙遠，但故鄉是現實。」（1985：❼）

〈一種茶〉與〈出川前紀〉[9]；而前詩〈一種茶〉甚至較諸他返
鄉後所作〈川行即事〉更能道出那種歸鄉返祖的心境：

離開根土就日漸縐縮
堅持不隨時間朽化乃因
比年輕更耐得住煎熬
焙芳封裹五十年，一種茶
裝罐前猶有未了的心事：

怎樣啊怎樣讓家鄉的浮雲出山
也籠覆流盪在別省冬開似梅的花
怎樣啊怎樣讓青嫩的記憶始終叫得出名字
輕飆拂水，寒夜裡傳熱
傳香

書上說，巴川峽山有兩人合抱的茶樹
劍南上清峰的蒙頂茶為天下第一
可是我出川
已五十年的老父告訴我：

有一種，書本未記
是軍靴、草鞋、砲火烤焦的那種茶

---

[9]〈出川前紀〉一詩有副題曰：「秋天聽一位四川老人談蜀中舊事」，詩中
訴說的雖是四川老鄉出川從軍的往事，卻也道出不在場詩人的邀請，從這
個角度看，此詩不妨視之為陳義芝兩年後的「入川前紀」。

> 藏在斗櫃裡，浸泡開
>
> 灑落報春鳥的啼鳴
>
> 飲而醒焉
>
> 醒而醉焉夢焉（1989：4-75）

　　四川自古以產茶聞名，川茶向來愈久藏愈芳醇（「比年輕更耐得住煎熬」），「焙芳封裹五十年」尤為精品，但這種老茶，「裝罐前猶有未了的心事」，道出的卻是詩人對家鄉的想念：「怎樣啊怎樣讓青嫩的記憶始終叫得出名字／輕飆拂水，寒夜裡傳熱／傳香」；而這一種茶的「懷鄉」心事最後則由「出川已五十年的老父」為詩人命名：它浸泡開的滋味恰似「灑落報春鳥的啼鳴」，令人「飲而醒焉／醒而醉焉夢焉」[10]。

　　然而，詩人終究是由懷鄉而返鄉了。〈川行即事〉的第一首〈西飛重慶〉說：「一千六百公里，自上海飛重慶／俯瞰河流蜿蜒／如掌紋為大地注入生命／牽引我痙攣的血管／凌風拖住遏抑不住的／奔突的心」（1989：78），並說：「而今在另一陌生的路上／遼天以棉花糖迎我／喚我，帶著童稚的心／儘管滄桑早已成形像皺紋無法消除／難以成眠的夜正以我奔向家鄉的速度／奔向我」（79），令我們感受到詩人心中那種遏止不住的喜悅，因為詩人夢寐以求的「近在咫尺」了，這是對極

---

[10] 詩中所云，天下第一的產自劍南上清峰的蒙頂茶，名列中國十大茗茶之一，唐朝時即被列為貢茶——也因之得名「蒙頂皇茶」。唐代白居易詩云：「琴裡知聞唯淥水，茶中故舊是蒙山。」以及明代陳洛的詩句：「揚子江心水，蒙頂山上茶。」後來皆成為蒙頂茶最好的廣告用語。在此詩中封蒙頂茶為天下第一，恐係詩人一己的讚譽。

樂的切近，而且是對一切喜悅的本源的切近，讓「成渝線上」
「金色織錦的平原外／一縷牽絲纏藤的思念／終於一起入夜」
（81）。對於喜悅的本源的切近，終令詩人「把沉睡的親情一
寸寸搖醒／將四十年隔離之憾一滴滴簁成灰／眼花並耳孰都不
許再來擾夢」（81-82）。

　　這種親情的體驗乃是一種神秘（geheimnis）的經驗，但
在詩人離開成渝線（火車）後來到家鄉，面臨的卻是一本「破
爛的家譜」，而所謂的「家鄉」則只餘一堆無碑的土墳，使得
詩人「隱忍的蕁麻疹又火飆飆／攻上心來」（89）。這「隱形
的疹子」就是詩人返祖之後的所得嗎？若果如此，夫復喜悅可
言？其實，返鄉就是「返回到本源近旁」，對被召喚、邀請而
來的詩人來說，故鄉最本己和最美好的東西就在於：它唯一的
成為這種與生命本源的切近——此外無他。唯有這樣的人才能
返鄉，做為一位求索者返回，向著本源穿行，也「因此就在那
經驗到他要求索的東西的本質」（Heidegger 2000：24-25）。
陳義芝如此的返鄉，用海德格的話說就是：

> 詩人返鄉，是由於詩人進入切近（nähe）而達乎本源。詩
> 人進入這種切近之中，是由於詩人道說那達乎臨近之物
> 的切近的神秘。詩人道說這種神秘，是由於詩人詩意地
> 創作極樂。詩意創作並不首先為詩人做成歡樂，相反地，
> 詩意創作本身就是歡樂，就是朗照（aufheiterung），因為
> 在詩意創作中包含著最初的返鄉。（2000：26-27）

　　〈隱形疹子〉、〈長江之痛〉、〈待決的課題〉等詩，明
顯都抒寫了詩人的「痛」與「癢」，這些痛、癢則是出自詩人

的憂心，惟誠如海德格所言，詩人的喜悅（歡樂）其實就是詩人（歌者）的憂心；而這樣的憂心（或者悲傷）也就是那種為極樂而得到朗照的歡樂或喜悅（freude）[11]，只要這種極樂還自行隱匿和躊躇（2000：27, 28）。進一步來看，在〈長江之痛〉中，陳義芝猶疑地道出：「長江，是母親剖腹生我的臍帶／還是一條時常作痛的刀疤」（1989：90），這樣的疑問，讓他和祖國也就有了「親緣關係」的連結（蓋長江象徵著祖國文化），也透露他的憂心其來有自──海德格說，如此產生的憂心忡忡，使「那隱匿的發現物也依然會隱匿著」（2000：32）。然則由於與祖國產生的「親緣關係」，此時這種返鄉表述的乃是「中國人歷史性本質的將來」。〈待決的課題〉一句「江山信美而不能為家」，並非詩人對於祖國家鄉的失望，而是他「『向』祖國的他人發出的神祕召喚，要他們成為傾聽者，使得他們首先學會知道故鄉的本質。『他人』必須首先學會思索那有所隱匿的切近之神祕」（Heidegger 2000：32），那種隱匿「則像癬疥一樣令人痛癢／不敢深抓／又不得不抓」（陳義芝 1989：97），而陳義芝對於家族的追尋，最終也在這樣的「追憶」中告終。

---

[11] 海德格曾解讀賀德齡的〈返鄉──致親人〉一詩，在該詩中詩人將返鄉的祖國稱之為強大的「天穹」（äther），並與大地、光明合稱為「統一的三方」，說他與他們的紐帶永不斷裂。海德格認為這天穹乃「在光明之上」的至高之物，係光芒照耀的澄明（lichtung）本身，它就是明朗者，做為一切喜悅的本源，它也是極樂；而其本質即為朗照，因而它喜愛去「開啟」與「照亮」（2000：17-19）。

第三節　家園的護持

　　家族書寫除了從追憶中去回溯家族的歷史，去返祖尋根，追求自我乃至文化的認同（或身分）外，作家往往還有一種與空間、地理連結的血脈情結，也就是其所喚發的家族意識，通常具有雙重的時空向度。陳義芝的家族詩，一方面除了表述他對於中國大陸「父母之鄉」、「先人之土」一種歷史的、文化的鄉愁之外，另一方面相對於大陸的「迷惘鄉情」，也抒寫了他所認同的、成長的台灣海島的經驗[12]（余光中 1989：10,17），後者則流露出他對「家園的護持」的家族意識。在《新婚別》的後記〈一九八九年六月隨想〉中，陳義芝如此表示：

> 時間——近四年來我比較用心經營的主題，台灣中部鄉村的童年，或父親成長後遠離的長江邊，人與事、情與景，無一不成為我的鄉愁。
>
> 我一面寫「從前的家」，一面寫「現在的家」，空間延展，時間拉遠，多少映出了一點時代的心影。（1989：184）

---

[12] 余光中在《新婚別》的序文中又說，對於像陳義芝這類「第二代的外省作家來說，大陸雖是生父，孺慕之中卻有點陌生，台灣才是朝夕相處的養父，恩情更深。相對於大陸的迷惘鄉情，台灣的鄉情有童年和少年的切身記憶來支撐，顯得落實可靠。」也因此陳義芝乃能寫出像〈雨水台灣〉這樣具泥味土氣的詩（1989：17-18）。

　　從上文這段自剖顯示，詩人撰寫家族詩乃同時在進行家族的追尋與家園的護持（preserving），而表達他對家園護持的詩心的相關作品，多數集中在《新婚別》與《不能遺忘的遠方》兩本詩集裡。「從前的家」指的是他對返祖尋根的追尋，「現在的家」則是他土生土長的台灣家鄉；前者的「返己之物」已另成「異域」（或原鄉），後者的生長之地才是詩人的「棲居之地」（現在的家鄉）。或因此故，陳義芝家族詩的語言在道說它所命名的不在場的隱匿之物的同時，也開啓了它對現在家園的護持，這類詩作最早出現在《新婚別》卷二「綠色的光」中，如〈雨水台灣〉、〈綠色的光〉、〈流水注疏〉、〈甕之夢〉⋯⋯已經細緻地勾勒出家園的輪廓，其寫作時間則介於一九八五年至一九八九年之間，也是詩人尋根意識開展之時。

　　詩人的家園（hausses）乃是如母親般的大地，它是朗照之本源，它的光輝首先傾瀉在大地之上。詩人如此描寫他的誕生地花蓮：「河水是流動的花氣／雲是沒有腳的飛天」（〈蛇的誕生——一九五三，花蓮〉）（1993：132），那時「疾風鑽入濃密的樹林／掀動一牀綠色的被褥／翻飛的樹葉像海／像千萬個兵士的盔甲／反照出微紅的光彩」（131）——這是詩人出生的地方，「從天而降的／一道光」朗照這樣的大地，這般的家園。

　　花蓮是陳義芝誕生之地，也是他最早的生長之地，是他三歲之前童年的家園（陳義芝 1989：195）。在〈居住在花蓮〉一詩中說花蓮是「我的父親和逃離戰場的梅花／我的母親和神秘的月宮寶盒」，又是「我的父親和悽惶的同鄉會／我的母親和德國神父的天主堂」，更是「我的父親和小小的雜貨店／我

的母親和門前的橄欖樹」；還有「我的哥哥和逃學的明義國小
／我的姊姊和拜拜的城隍廟」，而且「哥哥在鐵道上堆雞蛋／
姊姊在戲台下撿紅辣椒」。至於詩人自己則是「跐了一雙膠鞋
走去大街／抓了一副紙牌站在家門口／跟著父親過河去山村換
小米／跟著母親去車站送紅眼睛的小白兔」（1993：23-27），
這裡已經片段地描繪了詩人幼年的生長環境，同時也述及置身
於其中家人的活動，我們彷彿看到一幀幀發黃的照片在陰暗的
角落被人翻閱，反覆低徊的詩句，散發一種催眠的節奏，引領
我們進入詩人的回憶（張芬齡 1993：130），透過追憶，詩人
（領我們）來到他童年生長的家園，誠如他在《不能遺忘的遠
方》一書的〈自序〉所言：

> 時間的遠方，在記憶裡變成眼前；空間的遠方，在內心
> 中也會變成近處。我喚取它，創造它；更在赤道以南的
> 小島度假，體會那說不出來的空虛、歡愉……海是深沉
> 的！我用詩篇記下一次次思想情感的冒險，通過自己對
> 生命凝視角度的修正，完成心靈的洗禮。（1993：1-2）

　　時間的遠方再走遠一點，我們發現在陳義芝完成〈居住
在花蓮〉與〈蛇的誕生——一九五三，花蓮〉兩詩之前，早已
寫就「大肚溪流域」組詩共七首，包括：〈溪底村〉、〈保安
林〉、〈氓〉、〈八卦山〉、〈對映的臉〉、〈重探〉、〈甕
之夢〉，這些詩的寫作時間從一九八四年持續至一九九一年，
其中如〈重探〉與〈甕之夢〉兩詩甚至寫在〈川行即事〉之
前，說明詩人在萌發返祖與尋根的家族意識之前（或同時），
護持台灣家園的意識已經出現，所以他有「不能遺忘的遠方」

的詩作，這些詩作帶他先回三至十四歲的童年與少年的住居之
地[13]（1989：195），後又帶他回更遠的三歲之前的花蓮。

　　從花蓮來到彰化大肚溪流域的伸港，陳義芝以「大肚溪流
域」組詩追憶了他童年與少年時代的家園，這是他「渴望看到
的從前」。而他追憶中的「從前的家園」又是什麼樣的棲居之
所？這一組詩從〈溪底村（一九五九）〉拉開序幕，背景則從
悲苦的冬天遞轉至帶有希望的夏天：母親的愛溫暖了家，煙燻
的燈罩「愈擦愈亮」，「空氣愈來愈透明」，前景看來是明亮
的（李瑞騰 1993：145）。此時〈保安村〉銳嘯的風於子夜削
過林梢，削過河川地，挾著刺人的棘藜，「剷去了青色蘆筍的
三角地」，「風是蒙蔽人心的一面黑網」（1993：146-48）。

　　這黑風透過童年的家鄉向著詩人召喚，令詩人置身於他的
歷史性本質的命運之中。這風還在〈氓〉中「從塗葛窟吹來／
烏秋搖晃在木麻黃顛／村尾來的那群人站在灰濛濛的天空下／
遠看像樁頭，一截截／落盡風霜之葉的樹」；而風帶來的「雨
水打濕了黑色的屋瓦／蓬鬆的沙／走過泥牆和竹編的門／有
人，扛著沾血的牛軛／一步步走過」（150-51）。這令詩人印象
至深且成為他形象化描繪的黑風、海風，乃是出自天命的遣送
（schickung），是詩人隱蔽的本質意志的真理，也就是他的本質
意志被邀請的事物，這風不是他熱愛而是憎惡的東西[14]；但風召

----

[13] 在《陳義芝詩精選集》書末所附〈寫作年表〉中記載，詩人三歲時移居
彰化縣伸港鄉（2010：307）；而之前出版的《新婚別》中〈關於本書作
者〉的說明，也提到詩人於三歲至六歲時居住在伸港鄉的泉州村，六歲
至十四歲時則移住同鄉溪底村（1989：195），而該村地屬大肚溪流域。

[14] 所以在〈保安林〉中，他直陳「風是蒙蔽人心的一面黑網」，還讓他「夢

喚他對時空予以安置——在這種時空中，詩人的本質意志乃是到來者的意志，而到來的則是「我意願的」。這裡所謂的意志乃是對歸屬於命運這回事的自覺準備，這種意志惟意願到來之物，因為到來者已經憑一種知識對這種意志有所呼應，且「令」這種意志置身於召喚的海風中（Heidegger 2000：104）。「我意願」受風召喚的詩人終將來到他昔日的家園：

> 青澀的日子如含羞草蹲在田埂邊
> 許多人的影子遮護你，拉拔你
> 影子是時間的身體，心靈沒有說出的話
> 父親手握電筒光
> 母親肩上墜著藍背帶
> 蟬聲向密林劃一縷長長的破折號
>
> 生活的腳印像綠葉夾在厚書裡
> 故事接近尾聲，顏色轉黃
> 但葉脈留有清晰的敘述句，見證
> 蜻蜓流連出生的河
> 蝴蝶飛過愛情的曬衣架
> 芒花蓬蓬燒著的
> 秋天壯麗的火（1993：158-59）

這首〈對映的臉〉表明，在詩人的家園裡，他被許多人

到閩南語『阿山仔——豬！』的詈罵」（1993：148），這或可回溯為何他作此詩之前的三年有一趟回川蜀的「返鄉之旅」。

護持著（遮護、拉拔）；但詩人說護持他的是這「許多人的影子」，而「影子」又是什麼呢？詩說「影子是時間的身體，心靈沒有說出的話」，正因為是前者（時間的身體），童少的詩人才得以受到護持；也由於是後者，詩人的靈魂才能感受潤澤得到慰藉。詩人透過追憶回到童年獲得時空的安置，見證「蜻蜓流連出生的河／蝴蝶飛過愛情的曬衣架／芒花蓬蓬燒著的／秋天壯麗的火」——這火是朗照著的光明，是詩人的「家園天使」（engel des hausses），海德格如此解釋：

> 在這裡，「家園」意指這樣一個空間，它賦予人一個處所，人唯在其中才能有「在家」之感，因而才能在其命運的本己要素中存在。這一空間乃由完好無損的大地所贈與。大地為民眾設置了他們的歷史空間。大地朗照著「家園」。如此這般朗照著的大地，乃是第一個「家園」天使。（2000：15）

如上所述，這天使朗照、護持的家園，係經由詩人的追憶而獲得（歷史）時空的安置，在〈重探〉中，詩人以回想的口吻說：「童年，我回來了／二十五年如一場大夢歸回／離去時六歲今已三十一／沿歲月編織的竹籬／回來看你／跋涉雄奇和詭魅」（1993：160），而這二十五年的跋涉雖只「靠一點螢光在前／微弱而又不甘地引逗」（160-61），這一點螢光毋寧說是來自海德格所謂的「年歲天使」（engel des jahres）的引領並致以祂的問候（2000：15）。詩人回溯了舊時時光，令他「一點一滴揭下煙塵泥塗的面具」（1993：162），以返其本己之物，這也因為他的靈魂沒有在一開始安居在家園——也就是沒

有依於源泉。家鄉存在之所以爲家鄉存在，是透過那種源出於故鄉本身並且保持著故鄉的與故鄉的鄰近。故鄉是靈魂的本源和本根，由家園護持著。「如果說靈魂沒有居於開端，那麼，靈魂在其開始（也就是開端）之際，也就沒有依於源泉。」（Heidegger 2000：109-10）詩人唯有藉由追憶重返護持的家園，以重返故鄉（居）向它再度敞開，重新把握那一度被閉鎖的家園，使憔悴的靈魂重新敞開──否則靈魂就不是靈魂[15]。

第四節　家人的眷戀

在家族書寫中，家人或家屬（family）始終是作家念茲在茲的核心所在，不論是對家族的返祖或尋根的追求，追尋隔代（以上）的身分認同，或者秉持著切近（鄰近）的信念，來到家園的棲居之地護持其可親的家鄉，由於其與家族血脈的相連，當中家人之間親情的聯繫，形成家族書寫中聚焦的所在。陳義芝的家族詩也不例外地抒寫他對家人的眷戀之情，如收在《青衫》中的〈蠶生〉一詩，在竟夜苦讀《詩經》的〈蓼莪〉時即如此表述：「父兮生我，母兮鞠我，拊我，畜我……／猛覺心痛難忍，鮮血透濕了前襟／我如蛾般驚惶地破繭掙出／犁

---

[15] 陳義芝另以流水比喻流光，時光的流逝，帶他回二十多年前的少年時代，追憶昔時的家園，慨然有曰：「人生嚐盡／塑膠空瓶翻滾的徬徨／也許我終能了解／迷迭香喚不醒的那個夢啊／它原名叫年少──無知／其勢渾洶洶／又叫它生、叫它賭／拚上最後一押／長溝流去無聲，那時管它叫漩渦吧」（1989：116-17）。

田插種那樣，艱辛地嘔著／想嘔出母親生我的痛苦」，所以詩人說：「今生的恩情永生感激」（1985：74-75）。

除了早期創作的〈母親的臂彎〉（1985：154-55）、〈釋母愛〉（156-58）與〈子夜辭〉（1989：139-42）抒發詩人對他母親、長子與姊姊的思念之外[16]，陳義芝的家族詩流露的對於家人的眷戀，其作皆寫於上述的返鄉詩、家園詩之後。若從詩歌的行吟或者詩人人生的歷練過程來看，陳義芝家族詩對於家族的召喚所應和的，自返祖、尋根的追求到生長之地（即家園）的守護，最終仍回歸到家人的眷戀（attachment）上。因為無論是家族或家園，都是有家人置身其中，始能令親密性之實現（der austrag der innigkeit）到來（Heidegger 1993：15）。

在家族詩的寫作上，陳義芝對於家人情感的眷戀，可說是在他「離開花蓮」之後（是寫作上的而不是生活上的「離開」），家人或者說是親人才一一陸續躍然紙上，如〈居住在花蓮〉一詩末二、三段所言：

> 離開花蓮，終於
> 越過山越過海
> 父親到遠方去墾荒地
> 離開他的同袍、同鄉的夢

---

[16] 〈子夜辭〉敘寫子夜時分突接詩人姊姊打來的電話，從她的嚶泣不語中，令詩人無端憶起從前，結尾說：「想，當年自小暱近／魂夢相牽我頻呼／姊姊，庭前綠楊樹下／原是結髮未成的夫妻」（1989：141-42），竟以夫妻之情代入姊弟之情，其情愫頓生曖昧；但或亦可從這裡解釋，此姊恐非親姊，怕是（舊）情人的暱稱，而若又是「自小暱近」，則又有「兩小無猜」之嫌。

母親到遠方去幫傭

　　忘記她曾經是千金，翰林家的曾孫女

　　越過山越過海

　　哥哥到遠方去讀未完成的小學

　　姊姊到遠方去傷心地哭泣

　　我到遠方去做什麼呢（1993：127-28）

　　詩人要到那「不能遺忘的遠方」去做什麼呢？他在回想中「不斷地翻揀」他的記憶，到了一九九○年代中期，終於讓他翻出「家族相簿」，成為《不安的居住》詩集的第一卷，其中敘寫家人的詩共七首，包括：〈鑄幣術——側寫改行務農的父親〉、〈故夢的房屋——想念父親時〉、〈操場——陪父親散步有感〉、〈在大風雪之夜——母親告訴我〉、〈遲學——寫就讀補校的母親〉、〈野餐——父母年輕時的事〉、〈舊照〉[17]。前三首寫的是父子情感，第四與第五首則是寫老年的母親與她對父親和兄弟的思念，末兩首回想父母年輕時流離的往事，最後一首描繪的是父親、母親、姨媽、舅舅、哥哥、姊姊、妹妹、表哥等家人的「大合照」。

---

[17] 「家族相簿」除上述七首詩作，還收入〈草房——己亥年除夕夜記事〉（敘寫分居兩地的孩子在除夕夜的歡聚）、〈坐在霧動的屋瓦上——寫於花蓮老厝火燒後〉（回想花蓮重慶街老厝火燒的過往）、〈維炳一家人——桃山下的沉思〉（如詩題所述，敘寫了四川老鄉維炳的曾祖父、祖父、父親、大哥、二哥等人，但維炳是否為詩人的親屬，詩中並未交代）、〈女兒——未曾誕生的〉等四首詩作，但這些詩作或寫家園或寫身分不明的親屬（如〈草〉與〈維〉兩詩）乃至寫不存在的親人（想像中未出生的女兒），與「家人」的眷戀不太相關，故此不列入內文討論。

　　事實上，陳義芝敘寫父親的詩還有後來收入《我年輕的戀人》裡的〈四月二十一日，大埤湖〉與〈海濱荒地〉兩首，前詩寫父親在辭世前最後詩人陪他在（大埤湖）湖邊吃飯、散步的情景（2002：118-22）；後詩則讓時光倒溯至四十年前寫改行務農的父親在田中鋤地的景況（146-48），情深至切。而較早的敘寫母親的也有一首〈母親的臂彎〉，收入第二本詩集《青衫》中[18]，母親被命名為詩人煩惱、失望與倦意來襲時的避風港（1985：155）。較特別的是，詩人寫給自己妻子的只得一首〈摯愛——送紅媛〉[19]，陳義芝寫給其他女子的詩不在少數（如收在《我年輕的戀人》中的多數詩作）——不論這個女子是用第二人稱或第三人稱入詩，而寫給孩子的也有三首（〈釋母愛——給康兒〉、〈一筏過渡〉、〈焚燬的家書〉），難道詩人吝於給自己的妻子以情愛？

　　陳義芝寫母親時，說她是躲避風雨的港灣，像一尊流淚的菩薩（1998：42）；寫父親時則說他是「黎明時化成地平線上升的光」（並以光的移動從父親傳到他再到兒子）（34），

---

[18] 這首〈母親的臂彎〉未必是寫詩人自己的母親，因為從敘事者的視角看，這位母親的「身分」不明（1985：154-55）。但即使她是一般人的母親，當然也包括詩人自己的母親。

[19] 《不安的居住》中另有〈冬夜〉一詩，從第三人稱寫結婚十週年的夫妻，詩中的妻似有情慾難訴（「她用顫顫的肌膚，一雙溫馴發燙的胸乳／逼他落下淚來……」）（1998：81）。但這首詩未輯入卷一「家族相簿」中，擺明詩人敘寫的是「他人」的夫妻情事。此外，《我年輕的戀人》中〈我們一起〉一詩，以烹飪情事寫鶼鰈情深（2002：48-50），雖用「我們」第一人稱複數為敘事視角，卻也未必可視為詩人的「夫子自道」（以詩人的工作情況來看，很難想像他們有下班後總是趕回家「一起暖灶一起做飯」的可能）。

父親在詩中出現，常伴隨著這「光」的景象，如〈四月二十一日，大埤湖〉中，詩人陪伴父親走那人生最後一段路程時出現的「那日的陽光還不錯」（2002：120-121）。母親是家園的避風港，如海德格上述所說，此一空間是由完好無損的大地所贈與，而父親則係朗照著的光明；前者由「家園天使」而後者則由「年歲天使」所守護[20]，祂們即是大地與光明的守護神（2000：15），這也意味著家園的護持來自朗照著的大地與光明的守護。然則對於臥榻相守的愛妻，陳義芝的詩中又道說些什麼？試看他寫給妻子的〈摯愛〉這首詩：

> 最後一眼望著的你，
> 給我一個微笑的死：
> 一抹迅速隱去的陽光，
> 在頰上飄移；
> 一隻紅胸的彩鳥，
> 在淚中低飛；
> 一個畫框用影子框住
> 枕邊人，你的低語。
> 你的眼神是我眼神的家。

---

[20] 海德格在解讀賀德齡的〈返鄉——致親人〉這首詩時，提出「家園天使」與「年歲天使」的說法；後者被海氏稱之「為季節的時間設置空間」，季節有冷熱、光華與黑暗交替變化，萬物則欣榮開放又幽閉含藏，而明朗者本身也因此交替變化，在這遞嬗變化之中，「年歲」乃在光明的遊戲（交替變化）中致以祂的問候。海氏說，「家園天使」是朗照著的大地，而「年歲天使」則是朗照著的光明（2000：15）。

最後一眼望著的妳，

給我來生也難安的安息：

窗簾請記得拉起，以便望見我

在星空中還望著妳；

以免一陣風來把我

回家的步履聲蓋住。

摯愛，妳是我最後的逡巡：

神滅前眼光所凝注，

身體所徘徊。（1998：10-11）

這首詩副題「送紅媛」，但觀諸文本，這只是指首段的情景，至於第二段反而倒過來應由葉紅媛（詩人之妻）[21]來送陳義芝——尤其是詩中所說「給我來生也難安的安息」以及「妳是我最後的逡巡」；詩以送（親人）終的口吻抒寫，此時「送」就有訣別的意味在內（所以有「最後一眼望著」的句子）。何以詩人於此時竟寫出此一出乎尋常、耐人尋味的詩作？是否在一九九七年的九月之間（或之前）兩人的婚姻或感情起了什麼變化？這首詩道說的重點不在此，而在它說出「你的眼神是我眼神的家」以及「妳是我最後的逡巡」，所以妳或你才會是「神滅前眼光所凝注，／身體所徘徊」，而如此所凝望的最後一眼，即使有來生，也給詩人「難安的安息」[22]。在此，摯愛

---

[21] 按《青衫》書末所附〈陳義芝寫作年表〉的記載，一九七七年一月陳義芝與葉紅媛結婚，並由楊昌年證婚，林文義擔任司儀；婚後兩人賃居台北景美（1985：195）。

[22] 〈摯愛〉一詩在《不安的居住》中並未被收入卷一的「家族相簿」，反而收進卷二的「愛情地圖」裡。妻子是親人也是愛人，但詩人在此更為看

（夫或妻）其實是異己之物，這不是詩人的本質天命（wesens schickung），因為愛的對象非己之物；然而唯有通過對於這異己之物的把握或護持，始能占有詩人的本己之物。對陳義芝而言，這一護持的過程是令人難安的，也因而他所棲居其中的家園是一種「不安的居住」──如其第五本詩集的書名所示。

　　然而他真正的不安在此尚未出現。在〈摯愛〉寫作的近六年後，詩人的么兒不幸在留學的加拿大艾德蒙頓（Edmonton）因車禍而往生（2006：15-16），在〈異鄉人〉一文中他說：「我知道我真實的悲哀才正要展開」（28），詩人對於家人（兒子）的眷戀於此受到了嚴重的挑戰；在〈焚燼的家書〉中，詩人表示：「無法救活你（兒子）的悲傷，從此孤單地／孤單地，使我不再能說什麼話」，使得詩人「只能去聽長風的嘆息霞光的嘆息」（2009：151-52）。詩人在福隆靈鷲山的無生道場以詩作代家書燒給往生的孩子聽。這封「焚燼的家書」一開頭就說：「我怎能再和你說話／和雪花飄落說，和冰河融溶說／和北緯五十三度杳冥的雲煙／一條電話線一陣白楊林的亂風說」（151），自相矛盾的是，詩人在「家書」中說了很多的話，而這白髮人送黑髮人的悲傷，豈能令詩人的居住不會「不安」呢？詩人對於兒子的眷戀之情何以紓解？〈一筏過渡〉道說了詩人的體悟：

　　一筏過渡似紅蓮
　　消失在霧中

重的是夫妻之間的愛情。

　　　「兒女情，原泡影也」
　　　此話遽爾成真

　　　看西天海域夕光搖顫
　　　時間無所住
　　　記憶無所藏
　　　情識如霧亦如電

　　　誰人不似一筏
　　　流浪生死
　　　忍聽愛慾沉沉的經懺
　　　斷橋斷水斷爐煙（2009：144-45）

　　好個「斷橋斷水斷爐煙」！妻兒本身本為詩人的異己之物，詩人要透過對異己之物的護持以返回本己之物，眷戀到頭來終須斬斷，因為如詩所云：「時間無所住／記憶無所藏／情識如霧亦如電」，而人生竟如「一筏過渡」，如此本己之物始能藉由家人的眷戀之情向詩人召喚，詩人的應和則是從「一個山洞一尊菩薩一群梵唄聲開始」（148），始悟「這一生的發生」「一切從零開始」（146），詩人對於家族的追尋、家園的護持，以及家人的眷戀，都是自此源泉嚆矢，而詩人自身此在（dasein）的存有（being），最終似在宗教的啟悟中得以證成[23]。

---

[23] 海德格在解讀特拉克爾（Georg Trakl）的〈冬夜〉一詩時提及，詩寫之物乃是詩人命名之物，也就是被召喚之物，它把天（himmel）、地（erde）、人（sterblichen）與神（göttlichen）四方聚集於自身，而這四方

第五節　結語

　　陳義芝的家族詩，不論是表現出他對家族的追尋、家園的護持，或是家人的眷戀，恰恰顯示詩人的靈魂並沒有在開端中居家——也就是沒有依於源泉。因此海德格說，「故鄉使人憔悴」（2000：110）。為此，詩人以家族詩展開他的追尋之旅，而這樣的趨向，讓他的意志在靈魂中甦醒，並「專門為故鄉之故尋找非家鄉存在，後者已經把自身鎖閉的故鄉帶向靈魂近處。這一點之所以發生，是由於靈魂在其本質意志中，占據了那種本質上保持非家鄉存在的東西」。這就是異鄉，而且是那個同時讓人思念故鄉的異鄉（111）。或許有了這樣一層體認，陳義芝在〈我要一個旅程〉中即曾表示：請給他一個旅程「永遠就是——永遠／不要固定的家」（1993：25）。

　　進一步言，遙遠的川蜀之地，記憶中的花蓮以及中部大肚溪流域的家園，乃至於眷戀著的魂留異國的親人，都屬「異鄉」；但是若以海德格的話來說，藉由詩人的家族詩來探究詩人生命史的「歷史性本質」，乃在於詩人向本己之物返回，

是一種原始統一的並存，令它們棲留於自身。海氏稱此棲留的天、地、人、神的統一的四重整體（geviert）為「世界」（welt）。被命名的物在詩中展開（ent-falten）世界，物也在世界中逗留（weilen）（1993：11）。從宗教獲啟悟的陳義芝，是否亦以召喚之物（雪花飄落、冰河融溶、雲煙杳冥、長風與霞光嘆息、經文爐香、跪拜菩薩）（2009：151-52）將「神」聚集於詩中世界，則可進一步令我們讀詩時再加深思。

而「這種向本己之物的返回惟有做爲向異鄉的行駛才可能是返回」（2000：113）。以詩道說，詩人又如何返己？看看陳義芝怎麼表述他的詩心。他自己說：「『行到水窮處，坐看雲起時』是一種詩心；『人生有情淚霑臆，江水江花豈終極』又是另一種心。詩心，無非掌據生命中最難言的枝節，像是飄飛在時間中的光影，從中發現了一些什麼，並且精確地傳達出來。」（2000：❹）如此這般的詩心頗有返璞歸眞的味道，也像是在預示後來他在喪子之痛之餘由宗教所體悟出來的「先見之明」。

以海德格讀詩的進路（approach）來解讀陳義芝的家族詩，並非要我們像對物件一般去分析、拆解作品——特別是像新批評（new criticism）那樣去分割詩作的構成要素，海德格的闡釋方式是「一種詩意地入詩（思）方式的描述」（蔣濟水 95）；面對詩作，我們「只能緩緩地發現、通達和深思詩。通達、深思詩不是去分析、理解詩，而是只要求聽，傾聽詩歌做爲純粹所說」（92），因爲在海氏看來，詩的語言並不是爲詩人所用，而是詩的語言自身在說話。正是秉持這樣的信念，海氏在解讀詩作時，如馬格廖拉（Robert. R. Magliola）所指出的，往往進行創造性的解釋，賦予詩的意象以原來沒有的價值。我們看他讀賀德齡的詩作，由於他本身與文本「相互溶浸，隨意自如」，以致無法分辨何者爲賀德齡原有，何者又爲海氏自己所加（76）。以此衡諸本章上述對於陳義芝家族詩的解讀，或可做如是觀。

再者，馬格廖拉更進一步指出，海德格的實際批評其實是與他自己所提出的理論有距離的。按海氏之說，詩人一旦完

成了詩文本，就徹底地銷聲匿跡了：「作者是接受存有的途徑，他將存有納入語詞之後，就自毀絕跡了。」但是海氏的批評實踐並沒有將詩人純粹視爲工具，而是參照作者個性化的生活世界（lebenswlt）來考察作品，甚至相關的傳記材料和私人信件之類的文獻都不輕易放過，在他的批評裡，「彷彿賀德齡、里爾克和其他詩人都活靈活現，音容俱在於文本的背後」[24]（Magliola 73-74）。正因爲海德格本身的批評融匯了傳記材料，所以本章上述對於陳義芝家族詩的解讀，也從傳記的面向切入，輔以形上學式的詮釋。

　　事實上，海德格的現象學批評是輕視文本語言字質的──恰巧陳義芝的詩語也非靠緊密豐厚的語言字質（verbal texture）取勝[25]；他的詮釋方式偏重在主題論，且避口不談形式（技巧）（Magliola 77），因而本章上述詮釋陳義芝的家族詩，基本上亦循此進路探戡。海德格詮釋詩作只挑他所說的，借題發揮，以提出他那形而上的美學創見，而本章上述對於家族詩的解讀，有關的美學意見則全係來自海氏的見解，亦即以海德格的話語來詮釋陳義芝的詩作；而無論此種批評實踐是否獲致存有

---

[24] 海德格在解讀賀德齡的〈追憶〉一詩時，曾表示反對以賀氏的書信當作他生活經歷的原始資料來解讀詩作，認爲這種致力於「內容」的做法是一種誤用（2000：99），如此看來，他是反對傳統的傳記式批評的。然而在他自己實際解讀〈追憶〉一詩時，卻運用不少賀氏的書信以資詮釋的依據（104,135），難怪馬格廖拉會有如上的批評。馬格廖拉便指出，海德格在闡釋詩作時，一再使用「里爾克說」、「賀德齡說」，但「該詩說」或「存有說」之類的話卻從未出現過（77-78）。

[25] 陳芳明即認爲，抒情的陳義芝「從未創造石破天驚的句法」，雖然其語言仍能「開出令人意外的想像之花」（2009：16）。

的洞見（wessensblick），陳義芝的家族詩終究揭示他自己在詩中的存在。

第七章　陳黎論

陳黎詩作的語音遊戲

第一節　前言

　　迄今出版有十一本詩集的陳黎[1]，在一九九〇年之前早期偏現代主義的詩風，與之後趨向現實的探索，乃至後現代前衛式的試探[2]，雖然前後風格有所變異，惟誠如林燿德所言，仍可以找到「一道逐漸清晰的軌跡」（1992：253）。這當中可以發現，從《島嶼邊緣》開始，在他逐漸向後現代「超前衛」（trans-avantgardism）[3]語言風格傾斜的同時，文字的物質性（materiality）（字音、字形、字義——尤其是前兩者）越發受到重視，以致文字的嬉遊於其晚近的創作中（如《輕／慢》）

---

[1] 這十一本詩集為：《廟前》（1975）、《動物搖籃曲》（1980）、《小丑畢費的戀歌》（1990）、《親密書——陳黎詩選（1974-1992）》（1992）、《家庭之旅》（1993）、《小宇宙》（1993）、《島嶼邊緣》（1995）、《貓對鏡》（1999）、《苦惱與自由的平均律》（2005）、《輕／慢》（2009）、《我／城》（2011），不包括詩人綜合的自選集《陳黎詩集I：1973-1993》（1997）與《陳黎詩選：1974-2000》（2001）兩冊。

[2] 余光中在〈歡迎陳黎復出〉一文指出，陳黎於一九九〇年以奪得時報文學推薦獎的《小丑畢費的戀歌》復出詩壇（距離他第二本詩集《動物搖籃曲》出版的一九八〇年已十年之久），呈現了一種「對於社會與政治現實的明快批評」的新風格；並認為「陳黎的舊作不脫現代主義的詩風，而其新作卻能在寫實與象徵之間取得平衡」（1992：251）。

[3] 佛斯特（Hal Foster）在他主編的《後現代文化》一書中所寫的緒論〈後現代主義序言〉（'Postmodernism: A Preface'）開宗明義即表示，後現代的狀況是要超越現代計畫（the modern project），他以疑問的口吻提出：「我們如何能超越（現代主義）前衛派的意識形態？」（ix）由於他的這個說法，筆者曾以「超前衛主義」來泛指台灣當代的後現代詩詩人（1988：132）。

日益占有重要的地位。蓋因文字的嬉遊所形成的風趣，至少有一半是出自文字的物質性[4]。

於是，廖咸浩在爲陳黎《島嶼邊緣》所寫的序文〈玫瑰騎士的空中花園——讀陳黎新詩集《島嶼邊緣》〉即有如是的觀察：「在陳黎的文字嬉遊中，詩的『發現』來自文字物質性（字音、字義、字形等）的重組、來自對陳腐的『諧擬』（parody），但詩質的誘發則非幽默感無以爲之。陳黎每一首成功的後現代風……都有充分的幽默感。」（1995：12）而我們循線追蹤，從《島嶼邊緣》、《貓對鏡》、《苦惱與自由的平均律》到《我／城》等詩集，不僅其中散發的幽默感或風趣性日益突出，而且進一步還可以發現其所仰仗的文字嬉遊，尤其是具有後現代風趣性的詩作，大半都來自他精巧的語音遊戲（voice game），而這也是陳黎凸顯文字物質性最重要也最常見的手法。

屬於語詞遊戲（或文字嬉遊）之一的語音遊戲，事實上也是一種修辭學（rhetoric），如上所述，在詩語言的表現上往往可以展現詩人特有的幽默感或風趣性。法國文論家托多羅夫（Tzvetan Todorov）在〈佛洛伊德的修辭學〉一文（收入《象徵理論》一書）中，曾以修辭學角度檢視並重建佛洛伊德（Sigmund Freud）《風趣話及其潛意識的關係》一書關於風趣性的語言學研究[5]。依他之說，佛洛伊德將風趣性話語分爲

---

[4] 佛洛伊德（Sigmund Freud）在《風趣話及其潛意識的關係》中指出，風趣話（來源）可以分爲語詞的風趣與思維的風趣，而前者主要是由於語詞（文字）的物質性（字形、字音、字義）所引起（qtd. in Todorov 316）。

[5] 本章參考與援用的托多羅夫《象徵理論》（*Théories du Symbole*）

「語詞的風趣」與「思維的風趣」這兩組對立的類型（各自又包含若干種次類型）。佛氏說：「風趣引起的愉快有兩個來源：語詞的遊戲和思維的遊戲；由此引出語詞的風趣和思維的風趣。」（佛氏原書209頁）[6]（316），而任何風趣話都不可能擺脫雙方中的任何一方（318）──這當然也包括底下我們將要分析的陳黎大量的風趣性詩語。如果按托多羅夫的話來說，上述這兩種涉及「語言表達」及「思想表達」不同風趣的對立，其實也就是能指（意符）（signifier）與所指（意旨）（signified）不同表達的對立（318）。陳黎凸顯文字物質性的語音遊戲則屬於風趣性語詞（能指）的表達手段。

依托氏對佛洛伊德上書說法的重建，屬於「語詞的風趣」這一範疇的風趣話還有四個次類型：「凝聚」、「相同材料的多種用途」、「雙關意義」以及「諧音遊戲」（前三項各自可再細分為若干次次類型）（316, 334）；由於這些類型均涉及字音、字義、字形（尤其是前兩者）的「類似與同一」以及「一次出現和多次出現」的問題，所以托氏主張以後面這兩個相對的範疇（字詞的相似或同一，一次或多次出現）為基礎，重分為：兼用（syllepse）、複詞連用（antanaclase）、近音詞連用（paronomase），以及諧音（homophone）遊戲（含錯合）四組，以取代佛氏上述的四個分類（341）。托多羅夫的這四個類

（Éditions du Seuil, 1977）一書係中國學者王國卿的中譯本（2004），其將Sigmund Freud譯為「弗洛伊德」，並將unconsciousness一詞譯為「無意識」。本章從台灣譯法，底下行文一律改為「佛洛伊德」與「潛意識」。

[6] 此處，托多羅夫援引的佛洛伊德原書，係由法國加利瑪（Gallimard）出版社於一九五三年出版，底下所稱佛氏原書均指該版書。

型可以下表示之：

能指近似的程度 ＼ 能指出現的次數	一次出現	多次出現
同一	兼用	複詞連用
類似	錯合	近音詞連用
	諧音遊戲	

　　上表第一種類型所謂的「兼用」，其實指的就是一般修辭學所說的雙關語（pun），亦即同一個能指（語詞或字彙相同）同時指涉兩種不同的意思（一用作實義，一用作虛義）[7]，且於句子中只出現一次。由於這種兼用的雙關語凸顯的是語義而非語音的物質性，加上陳黎很少使用它以加強詩語的風趣性[8]，因此不在本章底下探究的範圍內。再者，屬於「相似能指的一次出現」的第三個類型的風趣話語，除了諧音遊戲外，還包括一個「錯合」（complexants），錯合其實就是語言學上的集聚詞，指的是「一個包含兩個所指的由不同成分構成的能指」（Todorov

---

[7] 托多羅夫從佛洛伊德書上所舉的例子為：「瞎子遇到了癱瘓者（瘸子），問道：『你好嗎？』（法語可逐字譯成『你走得怎麼樣？』）後者回答說：『我像你看到那樣。』」由於其中動詞「走」（aller）與看（voir）都只出現一次，卻同時具有詞典意義與短語意義，所以這是一個具雙關意義的兼用語（而非佛氏自云的「相同材料的多種用途」）（338-39）。

[8] 雙關語的例子有〈春歌〉中的「遠屋扶疏，眾鳥有託／我亦愛我的鳥我的筆，而無蔭可棲／無女牆溼地可恣意噴寫生之標語」（陳黎 2005：139），其中「鳥」與「蔭」都屬一語雙關的兼用。另外〈輕騎士〉中的「我們的靈魂騎著我們的身軀，輕輕騎過這世／界凹凹凸凸的山嶽河谷高樓低田陰道陽貨日日夜夜」（2009：11），其中「陰道」一詞也有兼用的語義。

340）⁹；就中文來說，如此的集聚詞就要變成詩人自創的複合字／詞（compound），而且這種錯合字詞的使用，基本上與語音遊戲較無關聯，揆諸陳黎詩作更未見使用這種錯合手法，所以也不在本章討論之列。

有鑑於此，本章擬從托多羅夫上文檢視佛洛伊德風趣話的修辭學所提出的有關語音遊戲的分類，加上筆者對於托文的再重建，做爲下述分析的依據，分別自複詞連用、諧音遊戲、近音詞連用三個層面，一一探究陳黎後期詩作（從《島嶼邊緣》起）具有風趣性的語音遊戲修辭手法，進而窺探其文字物質性的底蘊。

第二節　複詞連用

什麼是複詞連用？佛洛伊德對它所下的定義是：「重複使用同一單詞以表達不同意義。」（原書第348頁）托多羅夫對它的解釋是：「相同材料的多種用途。」（338）也就是相同的詞彙（或單字）多次出現（在同一語段）──即「複」詞「連」用，但是它的重複出現（使用）卻有不同的意義（用途）。佛

---

⁹托氏舉的例子是：「希爾施—雅辛特〔詩人海涅遊記中所描寫的一個漢堡的修腳工〕吹噓自己同豪門羅思柴爾德男爵關係密切，說了這麼一通話：『博士，上帝賜恩於我，讓我坐在薩洛蒙·羅思柴爾德的旁邊，他以famillionnaire的方式同我平起平坐。』」（佛氏原書第21頁）其中只出現一次的能指famillionnaire，同時表示familier（親密的）與millionnaire（百萬富翁）兩個所指（340）。

洛伊德爲此舉的一個例子是："Put not your trust in money but put your money on trust."（原書第46頁），直譯則是：「不要將你的信賴放在金錢上，而要把你的金錢放在信託上。」（337）句子的trust（能指）出現兩次，意義（所指）卻是不同的[10]。

在陳黎慣用的語音遊戲中，複詞連用是他在創作的較早期便曾嘗試的手法之一，如同時收在《小丑畢費的戀歌》與《親密書》的〈爲吾女祈禱〉與〈蔥〉兩詩：前詩末段出現的「立立啊，立立／我期待你能獨立地站立在自己的土地上，／冷眼觀世，熱情做人；」（1992：123）其中出現在「立立」、「獨立」與「站立」的「立」字，指涉意義分別都不同（人名、不依賴、站著）；後詩第四段末四行提到的「到達蔥嶺／我用台灣國語說：『給你買蔥』／廣漠的蔥嶺什麼也沒有回答／蔥嶺沒有蔥」（126），其中蔥嶺的「蔥」與詩人想買的「蔥」，也是同一個能指卻指涉不同的所指（山名與菜名），它所製造的風趣（從中引發出認同的反思）正是來自複詞的連用。

然而，從陳黎後期益趨頻繁運用的複詞來看，顯然較諸早期偶一爲之的複詞連用更強調字詞本身的物質性。原先佛洛伊德及托多羅夫所說的「重複使用同一單詞以表達不同的意義」

---

[10] 複詞連用與佛洛伊德所說的另一種屬於「思維的風趣」的移置（displacement）有相近之處：兩者都造成思路的偏離，也就是心裡重點從原始主題移置到另一個不同的主題；但不同的是：移置需要有不同的交談者（至少）兩段對話，而且讓思路產生偏離（即推理錯誤）的詞彙不必像複詞連用那樣再次出現。此外，移置造成的風趣或幽默係出自思維的結果，而複詞連用雖也與思維運作有關，但其風趣性更多地是與語音的重複使用有關。

的複詞連用，雖被歸之於「語詞的風趣」一類，由於其用同一單詞（雖經多次使用）同時指涉不同的意義，這當中便包含有思維的成分在內——因其語義的誤差係出自思路的偏離，就這一點而言，難怪它與被佛氏歸屬在「思維的風趣」的「移置」有相似之處；簡言之，佛、托二氏所說的複詞連用，指謂的其實就是「複詞異義」，以陳黎的「到蔥嶺給你買蔥」為例，前「蔥」之義不等於後「蔥」，這裡所營造的風趣性，至少有一半是來自思維的誤差，即後思維對前思維的偏離，也就是由語詞本身所指所產生的效果。

但後期陳黎對於複詞的使用，往往不再兼顧「異義」的表達，以形成所謂的「複詞同義」，亦即讓語詞回歸語詞——進一步言，讓能指回歸能指，以語詞本身的物質性（語音）來凸顯詩的風趣或幽默；而關於同義複詞的連用則是佛、托二氏上文所未言及的。事實上，這裡所謂的「複詞同義」也就是一般修辭學所說的反覆性或重複性（repetition）修辭手法，即將某一字詞、詞組乃至句子（句式）重複使用的方法[11]，這種複詞同義手法除了有強調及象徵的作用外[12]，如佛、托二氏所言，亦有製造風趣的效果。然則，陳黎是如何使用這種複詞連用手法

---

[11] 重複性修辭手法包括疊字（同音）、複沓句，乃至排比與對偶。

[12] 劉世生與朱瑞青編著的《文體學概論》中提到，重複性修辭（包括單詞或意象）往往可以形成一種象徵的意義，如佛洛斯特（Robert Frost）膾炙人口的這首〈雪夜停佇在森林〉（'Stopping by Woods on a Snowy Evening'）中如下的重複性修辭：「The woods are lovely, dark, and deep, / But I have promise to keep, / And miles to go before I sleep, / And miles to go before I sleep.」後兩行的重複不無有如此象徵的意味：Long, long way to go before I die.（134-35）。

呢？底下分兩頭進一步討論。

一、複詞異義

　　「複詞異義」即佛、托二氏上述所指陳的複詞連用（也即筆者認為的狹義的複詞）。陳黎的《島嶼邊緣》有〈絕情書──代B女士回A君・之二〉這樣的例子：「我心持平／平如信用卡」（1995：99）；《貓對鏡》有〈巴洛克〉如此的句子：「葡萄葡萄葡萄／忽然吐出葡萄芽」（1999：57）；《苦惱與自由的平均律》有〈達達之歌〉的「毛主席露著毛從無力的膀胱滴下的，達達」（2005：57）、〈馬桶之歌〉的「你們是大都會博物館，我呢，我想每個人每天『大都會』來本館遊覽好幾回」（95）、〈六醜〉的「讓他們發春，叫春／春天是什麼？恕我／直言，春天比一張擦／屁股用的衛生紙還薄」（103），以及〈春歌〉的「我的枝幹無法幹出我欲望的春色」（138），這些詩行中重複出現的複詞（相同字詞），前後都是指涉不同的意義。

　　陳黎上述這種複詞異義的語音遊戲，到了近作《輕／慢》陡然倍增許多，諸如〈一首容易讀的難詩〉、〈跨年〉、〈開羅紫玫瑰〉、〈愛蘭台地〉、〈狂言四首〉、〈三合〉、〈十種援ㄐㄧㄠ的方式〉、〈慢城〉、〈我的疏花高〉、〈八德〉……都是使用複詞來製造詩的風趣性，如〈狂言四首：1.馬克白夫人〉起首即言：「我是馬克白夫人／我臉皮白，乳房白，臀部白／腹部白，腿白，腳白」（2009：45），以及同首之〈3.茱麗葉〉的末三行：「羅密歐如果不是叫羅密歐／是不是一樣教茱麗葉

落葉／失魂顛倒？」（48）兩首詩中的馬克白夫人的「白」與
茱麗葉的「葉」都做人名（部分）用，與隨後出現的「白」做
顏色義與「葉」做樹葉義迥然不同；再如〈十種援ㄐㄧㄠ的方
式：焦〉：「第一焦，我友焦桐，號稱詩人／兼美食家，治文
字如烹飪，亂編／食譜，焚琴煮鶴，良桐其焦乎」（91），拿
詩人焦桐為題材入詩，並以複詞（異義）運用：「我友焦桐」
（焦桐，人名）與「良桐其焦乎」（桐，樹也；焦，義燒焦）
以傳達其風趣味，令人不覺莞爾。

二、複詞同義

「複詞同義」即指相同意義的同一字詞的反覆使用（或
多次出現），屬重複性的修辭手法（即筆者認為的廣義的複
詞）。陳黎運用此種同義複詞手法的詩例有[13]：《島嶼邊緣》的
〈牡鹿〉：「我們都喜歡吃蚵：蚵仔煎，蔭豉蚵／蚵仔麵線，
蚵仔酥……你記得我們／一起吃生蚵沙西米的情景了嗎？」
（1995：55）以及〈四重奏〉前後兩段最末一行各出現四次的
「不打噴嚏」；《貓對鏡》的〈巴洛克〉一再重複出現的「葡
萄」與「蘿蔔」，以及〈紅豆物語〉中從頭至尾反覆出現的

---

[13] 早期此類詩例有收在《廟前》的〈都城記事〉（第二段「也是開汽水開冷
氣開獎開玩笑之類的如果還有感覺委託行過去是銀樓過去是／皮鞋店過
去是布店花店是算命的是冰淇淋咖啡店門前請勿停車」）（1992：8），
以及〈李爾王〉（第二段前兩行「口水送給獅子會鼻水送給翰林院淚水
送給殯儀館尿水／送給自己」）（10），其中重複出現的「開」（動詞）
與「水」（名詞），前後意義皆未變。

「紅豆」（包括紅豆湯、紅豆湯圓、紅豆冰、紅豆冰淇淋、紅
豆餅、紅豆麵包、紅豆涼糕……）（1999：117-19）；《苦惱
與自由的平均律》的〈車過二結〉出現的「藍蝴蝶」與「黑蝴
蝶」（2005：63），以及〈肥盟〉的「從此君主不早朝／而
改做早操//他早也操我／晚也操我」[14]（99）重複兩次的「操
我」……這些詩例中重複使用的同一字詞前後義均不變，除了
有強化的口吻，也多少帶有風趣性。

　　如同上述的複詞異義，複詞同義的詩例在陳黎的《輕／慢》
一書中同樣大量出現，諸如〈荼蘼姿態〉、〈愛蘭台地〉、〈狂
言四首〉、〈十種援ㄐㄧㄠ的方式〉、〈慢郎〉、〈慢陀螺〉、
〈慢城〉、〈我的疎花高〉、〈回陳黎email〉……都可找到不少
同義複詞，其中以〈開羅紫玫瑰〉一詩表現最為醒目：

　　　　那小開開一台直升機來
　　　　說要帶她去找盛開在
　　　　夜裡的開羅紫玫瑰
　　　　半路他腰痛，吃了兩粒
　　　　醫生開的胃藥，說找個
　　　　開闊的地方休息
　　　　他熄了火，點根菸
　　　　打開座位前的收音機
　　　　收聽某個開發中國家
　　　　電台傳來的搖滾樂

---

[14] 其中「早操」與「操我」的「操」字，前後義有別，故亦屬複詞異義的例
　　子。

他倒了一杯熱開水

沖泡了咖啡，打開

話匣子。他信口

開合，她眉開眼笑

他開了一個有色玩笑

她開心極了。他說

我們開工吧

他沿著她微開的兩腿

一路開採金礦銀礦煤礦

用他的舌頭，直到跌落

濕黑的坑底。我在寫

《舐工開物》，他說（2009：30-31）

　　是詩共五十八行，總共出現三十七個「開」字。這裡取其前二十二行（足可見一斑），其中共出現十七個「開」字，半數以上屬上一類的複詞異義連用形式，如「小開」、「開一台直升機」、「盛開」、「開羅」、「開的胃藥」、「開闊」、「開發中國家」……當中的「開」字或做動詞，或做名詞，或做形容詞解，即同一詞彙連續使用，但彼此意義不盡相同。然而，這些「開」字除了上述做複詞異義解之外，其他包括：「打開」（連用兩次）、「開合」、「眉開」、「微開」等卻也都屬複詞同義連用的形式。這首描寫男女婚外偷情的詩（詩末敘述者「我」以後設語言說明這椿偷情事件是「在網路上我的朋友新開的部落格上讀到」的），可以說是陳黎運用複詞連用最典型的作品，他以同音的語言遊戲，半諧趣也半諷刺地批

判了時下不貞的愛情（婚姻）倫理。

依照語言學家李奇（Geoffrey N. Leech）的說法，類如複詞連用這種將單詞（或意象）加以重複使用的手法（還包括其他排比、對偶，乃至頭韻與尾韻這類同語音的重複），即其所謂的「前景化的規則性」（foregrounded regularity）（62-68）。「前景化」原爲美學術語，指繪畫中從背景突出的部分，李奇藉此以說明語言的前景化（被注目的部分）現象，並認爲語言的前景化不僅要歸功於語言本身的變異，而且也要歸功於那些沒有變異但卻十分突出的語言現象。陳黎於晚期詩作中大量運用的複詞連用，即是以重複的突出手段擷住讀者的眼光，讓同音的複詞連用在一堆詩行中跳脫出來，吸引讀者的注意，以達成其前景化的功用，在幽默或突梯的風趣背後，進一步去省思我們的人生或批判我們的現實。

第三節　諧音遊戲

相較於其他文字遊戲，佛洛伊德在上書中認爲：「諧音遊戲是一種蹩腳的風趣話，因爲它不是把語詞看作語詞，而是把它當作聲音來玩弄。」（原書第66頁）沒錯，諧音手法也屬文字遊戲的一種，但它只是其中一個小類，而眞正的文字遊戲才是其中最高的典型（原書第67-68頁），也即「文字遊戲是高雅的，諧音遊戲則是低下的」，理由是後者的表達技巧極爲簡單，而前者卻要求最高雅的技巧；佛氏這樣說明諧音遊戲的技巧：「只要兩個做爲媒介的詞具有相似性（一般結構上的

相似、半諧音或頭韻等）並相互暗示就可以了。」（原書第64頁）（Todorov 334-35）

根據佛洛伊德的分類（參看前言一八三頁表），諧音遊戲屬於（在一個句子或語段中）只出現一次的相似性能指類型，簡言之，即能指一被另一個近似的能指二所取代。按托多羅夫的話說，諧音遊戲指的是：「在使人聯想起能指一的上下文裡，用能指二代替能指一。最簡單的情況是在短語、諺語或為人熟知的引文這類上下文裡一個詞被它的近音詞所替代。」（340）「用一個語音上相近但語義上不同的詞來代替成語或格言內部的某個詞，然而被替代的那個詞因為有上下文所以大家還能記得。」（341）¹⁵

陳黎近期詩作則恰恰偏愛佛洛伊德所貶抑的這種蹩腳的諧音遊戲。具有諧音遊戲手法的例子可以說不勝枚舉，包括《島嶼邊緣》的〈午間雪〉、〈一首因愛睏在輸入時按錯鍵的情詩〉；《貓對鏡》的〈十四行〉（第七首）；《苦惱與自由的平均律》的〈木魚書〉、〈馬桶之歌〉、〈肥盟〉、〈夏夜微笑〉；《輕／慢》的〈盆地頌〉、〈澀水〉、〈狂言四首〉（〈奧菲莉亞〉）、〈隱私詩〉、〈字俳〉、〈廢字俳〉、〈我的疎花高〉（題目本身即有諧音效果）、〈八德〉

---

¹⁵ 佛洛伊德在原書中舉的其中一個例子（第28至29頁）：「一位年輕人一直在國外尋歡作樂。在很長時間沒露面後，他去看一位朋友。後者看到他戴著結婚戒指，驚訝地問道：『怎麼？你結婚了？』那人回答說：『是的，trauring aber wahr。』」原來德語 traurig aber wahr 直譯為「可悲，但是事實」，這個年輕人卻用諧音 trauring（訂婚戒指）來代替 traurig，這句話就表示「真是訂婚了」（Todorov 340-41）。

（〈信〉、〈平〉）；《我／城》的〈香港‧二○○九〉、
〈繪畫〉、〈布丁〉、〈每日C〉、〈mp3〉、〈寶特瓶〉……
其中以〈一首因愛睏在輸入時按錯鍵的情詩〉最爲典型，整首
「情詩」玩的便是諧音遊戲的手法：

> 親礙的，我發誓對你終貞
> 我想念我們一起肚過的那些夜碗
> 那些充瞞喜悅、歡勒、揉情秘意的
> 牲華之夜
> 我想念我們一起淫詠過的那些濕歌
> 那些生雞勃勃的意象
> 在每一個蔓腸如今夜的夜裡
> 帶給我雞渴又充食的感覺
>
> 侵愛的，我對你的愛永遠不便
> 任肉水三千，我只取一嫖飲
> 我不響要離開你
> 不響要你歇性搔擾
> 我們的愛是純凈的，是捷淨的
> 如綠色直物，行光合作用
> 在日光月光下不眠不羞地交合
>
> 我們的愛是神剩的（1995：121-22）

這首詩題目雖曰「因愛睏在輸入時按錯鍵」，實則詩人一

點都不愛睏，更沒按錯鍵[16]，因為詩中出現的這些諧音字，如：礙、終、肚、碗、瞞、勒、揉、秘、牲、淫、濕、雞、蔓、腸、食、侵、便、肉、嫖、響、搔、晬、捷、直、羞、剩，都是意有所指的——除了指向「鹹濕」的男歡女愛之外，更有意在言外地暗示對忠貞之愛（礙？）的欺瞞，如果真如詩題所云「按錯鍵」，則也是詩人的有意為之，這些錯鍵均係出自詩人的特別挑選，尤其是末行「我們的愛是神剩的」，這種因諧音形成的風趣性，頗有反諷的味道：我們的愛既然是神「剩」的，那麼也就一點都不「神聖」（不純粹、不潔淨）。

就陳黎上述那樣的詩作看來，顯而易見，諧音遊戲不像佛氏上文所說的只是以一個能指代替另一個能指那麼簡單，亦即諧音遊戲未必僅僅止於純粹的能指遊戲，也因此未必即如佛洛伊德所言，諧音遊戲的技巧不如文字遊戲，托多羅夫對此便有進一步的闡釋：

> 詩學實踐已經使我們習慣於下列現象：只要兩個詞一押韻，或者只是簡單地放在一起就會產生一種語義效果來。因此，在話語中就不存在沒有所指間關係的能指間的關係。從這意義上說，也就不存在「諧音遊戲」與「文字遊戲」的區別；我們所能看到的只是語義關係是否豐富，以及能指關係上的理據性或大或小而已。（337）

---

[16] 從解構式閱讀（deconstructive reading）來看，詩人在此不啻是自打嘴巴，以自己的語言瓦解自己的語言（詩題），因為這些諧音字都是詩人故意挑的錯字，顯見詩人一點都不愛睏。

畢竟語言的能指關係總會產生某種所指關係，托氏說：
「這是分析諧音遊戲時得到的一個重要收穫。」[17]（336）陳黎
所有諧音遊戲的詩作皆可做如是觀，他的諧音性能指皆會有意
在言外的所指，如一樣寫錯字的〈夏夜微笑〉（組詩）中的第
二首〈立可白的夜〉，該詩提及有一輛「黑色的火車穿過黑漆
漆的隧道／撞上不知名的小站的夜」，站長乃「在夜空的黑板
上」寫下底下這三行有著許多錯字的字（雖然這些錯字在他打
瞌睡時被路過的精靈好心地用立可白幫他塗掉）：

> 「×時×分，一列沒有車次的禍車
>
> 載著不詳的貨霧，從火車時嗑表外
>
> 闖過夢的瓶交道，進入笨站⋯⋯」（2005：143）

　　詩中的「貨車」、「貨物」、「時刻表」、「平交道」與
「本站」被置換為「禍車」、「貨霧」、「時嗑表」、「瓶交
道」和「笨站」，暗示原先載著貨物的貨車或因誤點（「從火
車時刻表外」）而在平交道上出了車禍——使得火車即將進入
的「本站」也顯得愚笨不堪（與站長打「瞌睡」有關）。恰好
由路過的黑夜精靈好心地幫了個大忙，終讓火車倖免於難，一
場車禍像被立可白塗掉那樣被天使化解於無形，於是最後「我

---

[17] 佛洛伊德其實對自己做出文字遊戲較諧音遊戲高明的論調有時也不見
　　得贊同。在原書中第66至67頁他就提及，文字遊戲本身也和諧音遊戲
　　「存在同某個意義聯繫著的半諧音。日常語言不在兩者之間做出明確的
　　區分，如果對諧音遊戲表示蔑視，而對文字遊戲又表示尊敬的話，乃是
　　因為這種評價似乎並不取決於技巧，而是出於別的考慮。」（Todorov
　　335）。

們在天空中看見一些閃爍的星」。該詩能夠得出以上如此的所指涵義，正是陳黎施用了諧音的伎倆以風趣性的筆調達成的；如果將其錯字改正，該詩飽含的詩性至少要減去一半（所幸，天使只是把錯字塗掉而已），足見諧音的能指為用大矣，未可（如佛洛伊德）視之為雕蟲小技。

第四節　近音詞連用

相較於上述的複詞連用與諧音遊戲，近音詞連用可謂是陳黎最為酷愛的語音遊戲手法，原因無他，乃因近音詞連用的使用數量占居最多，且在他停筆後復出的第二本詩集《親密書》中即現出端倪，如〈共和國〉一詩（第二段前兩行）中的「德謨克拉西／得摸時，自然會讓你摸東摸西」（1992：216），即以近音詞連用（德謨──→得摸）形成風趣性話語，以批判所謂的「共和國」乃至所謂的「民主」（democracy，音譯德謨克拉西）。

然則什麼是「近音詞」？托多羅夫說這也是一種修辭格，意謂「在同一句子裡集合語音幾乎相同，但意義卻全然不同的語詞」（337）。近音詞連用與上面所說的複詞連用都同屬能指多次出現的類型，其間的差別主要在類似（前者）與同一（後者）的不同（338）。套用上述複詞連用的解釋，近音詞連用乃是「相似材料的多種用途」，詳言之，即在一個語段中以多次出現相似的近音詞（能指）表達不同的意義（所指）。

如上所述，複詞連用的「複詞」是指完全相同的字詞──

字詞相同，當然也就是「同音」；而此處的「近音詞」則是指發音相似的字詞──是音似而非形似或義似。由於音似的近音詞可以選擇的範圍較複詞來得廣泛，或因此陳黎對之較諸其他語音遊戲手法更加青睞，運用上也更得心應手，如《島嶼邊緣》的〈不捲舌運動〉；《貓對鏡》的〈十四行〉（第七與第十首）；《苦惱與自由的平均律》的〈肥盟〉、〈世紀末讀黃庭堅〉、〈我怎樣替中文版花花公子寫作愛的十四行詩〉、〈阿房宮〉、〈硬歐語系〉、〈春歌〉；《輕／慢》的〈一首容易讀的難詩〉、〈跨年〉、〈五行〉、〈澀水〉、〈狂言四首〉（〈奧菲莉亞〉）、〈三合〉、〈兩拍〉、〈隱私詩〉、〈字俳〉、〈閃電集〉、〈八德〉（〈平〉）、〈染髮的理由〉；《我／城》的〈香港・二○○九〉、〈冰箱〉……其近音詞之選擇，幾乎已到隨手拈來的境地。

　　這些詩作中最令人印象深刻者厥為〈不捲舌運動〉、〈阿房宮〉與〈硬歐語系〉三首。前兩首如〈不〉詩的「念念看：／石氏嗜詩，嗜食死屍，使十侍／適市，施施捨十四死獅／四獅屍實似石獅，十獅屍濕／似濕柿，石氏撕獅嘶嘶食／是獅，是屍，是史詩……」（1995：116），以及〈阿〉詩的「阿爸拉瓦／阿媽塔瓦，阿拉巴巴怕怕。他趴他爬，拿那沙拉傻傻刷啊刷。他掐他壓，怕瓦塌下。他頗發麻牙辣辣，大閘蝦夾他韃靼鴉嚇他。他大剌剌滑下。他家仨拿沙拉加瓦搭華廈。啊霞塔，大廈，他家」[18]（2005：112），由於詩中近似音（字，詞）反

───────────

[18] 〈阿房宮〉亦可視為一行詩與圖象詩，只是它的「開頭」──「阿爸拉瓦」與「阿媽塔瓦」分別排成叉字頭的斜行形狀，在朗讀上從右至左應先讀「阿爸拉瓦」再讀「阿媽塔瓦」，接著從上往下直至讀畢全詩。

覆再三地重複，形成繞口令的遊戲——這也是當代新詩創作中極為罕見的「繞口令詩」，尤其〈阿〉詩全詩韻母全押「ㄚ」音，與同書中接著的另一首〈硬歐語系〉韻母全為「ㄡ」音，確實令人一新「耳」「目」，朗讀起來更能凸顯後現代語言詩（the language poetry）的語音物質性。

然而，再以上述三詩為例，吾人可以進一步發現，〈不〉、〈阿〉與〈硬〉所凸顯的語音物質性，除了得力於近音詞的模擬效果之外，也與同音詞的反覆出現有關，在讀音上與近音詞同樣營造出「魚目混珠」的效應（如〈不〉中的嗜、氏、適、市，詩、施、獅、濕……；〈阿〉中的壓、鴉，頰、夾，辣辣、刺刺，下、嚇、廈……；〈硬〉中的受、獸、狩、瘦、壽，夠、媾、購，後、候，逅……）。同音詞連用的戲作還有《島嶼邊緣》的〈牡鹿〉；《貓對鏡》的〈十四行〉（第十首）；《苦惱與自由的平均律》的〈世紀末讀黃庭堅〉、〈春歌〉；《輕／慢》的〈字俳〉、〈閃電集〉、〈八德〉（〈孝〉、〈和〉）；《我／城》的〈翩翩〉……。同音詞不同於複詞的是，它只是音同而字不同；也和諧音遊戲不同的是，諧音是字詞（能指）的互為取代，並只出現一次，而同音詞雖同為諧音，卻是在句子中多次出現，在運用上它更接近近音詞連用（只是音同與音似之異），所以不妨可將之歸屬在近音詞連用類型——關於這一點，則是佛洛伊德與托多羅夫二氏所未言及者。

近音詞連用較諸諧音遊戲，在所指的繁衍上也不遑多讓，差別的只在前者是不同能指的同時「在場」（the present），而後者則是另一不同能指的同時「缺席」（the absence）；但是近

音詞由於同時在場的「碰撞」，其衍生的語義便更為凸顯，陳黎多數的近音詞連用戲作都能掌握其間的要領，試看〈八德〉（組詩）中的末首〈平〉：

> 平平是人
> 為什麼他有錢，我沒錢
> 我胸平，她胸不平
> 他金毛，我烏毛
> 他媽美如西施，我媽每拉稀屎
>
> 平平是乘法
> 為什麼你一坑乘八根
> 他一根乘八十坑
> 我一根乘自己一根
> 她自己坑自己
>
>
> 去他的空平交易法！（2009：143）

　　這首詩的首段末行「他媽美如西施，我媽每拉稀屎」以近音詞的反諷語調形成「人的不平」的對照。陳黎懂得如何於選擇軸（axis of selection）中慎選「每拉稀屎」的近音詞字眼，將之投射到（句子本身的）組合軸（axis of combination）上，造成語義（所指）的反差，以表示他對人間不平的抗議（「公平交易法」在此則成了代罪羔羊）。按語言學家雅克慎（Roman Jakobson）的說法，一般語句由組合軸與選擇軸構成，前者指的是語句中出現的詞的前後鄰接、相互連貫的關係，而後者則

指的是語句中所出現的字詞是從許多可以互換的對等字詞中挑選出來的關係（如陳黎上詩〈平〉中的「我媽每拉稀屎」，可以選擇的對等詞語有：每拉稀屎、媚如西獅、美如西柿……）；詩人寫詩則係「將對等原則（equivalence principle）從選擇軸投射到組合軸」（qtd. in Innes 147-55）。不只是近音詞連用，包括諧音遊戲與複詞連用——尤其是諧音遊戲，陳黎大力發揮他在選擇軸上的挑字（詞）長才，並在組合軸上巧妙布置（如上一詩行讓美貌的他媽與拉屎的我媽並置，以形成有趣的對比）。

　　事實上，陳黎上詩〈平〉中所運用的語音遊戲手法不只是近音詞連用與諧音遊戲（末行「去他的空平交易法！」的「空」音）兩種，還包括反覆出現的同音排比法（homeoteleuton）以及倒置複說（epanodos）。所謂的「同音排比法」即係採用一連串以同樣發音結尾的短語，排比使用，可以增強印象或使文字更加生動。陳黎的〈我怎樣替中文版花花公子寫作愛的十四行詩〉（「讓他們／拔掉智齒，羞恥，拋開多餘的西班牙／葡萄牙，還有蛀牙，咬緊中文的牙根」）（2005：118）、〈一首容易讀的難詩〉（「他去過波蘭，芬蘭，尼德蘭／但沒有聽過我住的台灣花蓮鄰近的宜蘭」）（2009：9）、〈愛蘭台地〉（「酒廠製成清酒萬壽酒介壽酒／紹興酒愛蘭酒流到荷蘭波蘭／愛爾蘭人的酒杯……」）（2009：37）、〈馬克白夫人〉（「我臉皮白，乳房白，臀部白／腰部白，腿白，腳白」）（2009：45）、〈智利〉（「補寫捉迷藏頌，銅礦頌，耐心頌，良心頌，黑暗頌」）（2011：109）……都用了同音排比法，其中以〈輕

騎士〉一首最為典型[19]。所謂的「倒置複說」指的是在句子的
起首、中間或末尾同一字詞（或詞組）的迴環重複。陳黎的
〈中秋逐詩〉（「雙塔陰影間，我同樣不能安眠。不能安眠，
一如／一首積欠自己多年，一直沒有寫出來的／秋天的詩」）、
〈冬歌二題〉（「我所在的床鋪，床鋪所在的島嶼／全成了他
的砧板」）、〈翩翩〉（「她翩翩如蝶，我亦如蝶翩翩」）
（2011：135）……都有倒置複說的味道。以上所引〈平〉一詩
而言，有錢／沒錢、胸平／胸不平、金毛／烏毛等都屬排比的
同音短語，而「你一坑乘八根／他一根乘八十坑／我一根乘自
己一根」運用的是倒置複說的手法。同音排比和倒置複說兩種
修辭手法亦應屬語音遊戲之一，此則佛洛伊德與托多羅夫未加
以分類而缺漏的兩項，在此可以陳黎的詩例做為補述說明。

第五節　結語

　　奚密在為陳黎詩集《貓對鏡》所寫的序文中指出：「一位
優秀的詩人必然是一個語言癡、文字癖。他對語言的種種特性
——包括聲音、形象、結構、字義——有一份異於常人的敏感
和迷戀，它使詩人耽於『文字遊戲』而且樂此不疲。」並認為
陳黎「像一個馴獸師，在他的訓練下，文字服服貼貼地做出各

---

[19] 〈輕騎士〉中出現的同音短語有：「植物性、動物性、礦物性、寵物性、
　精神性、肉體性、宗教性、哲學性、嚴肅性、趣味性、商業性、學術性、
　結構性、策略性、理論性、臨床性」、「祝福與束縛」、「臉皮與眼皮」
　（2009：11），而這些同音話語又往往以相似結尾的方式呈現。

種讓人歎為觀止的特技表演」（1999：16-17）。確實，從《島嶼邊緣》開始，陳黎似乎染患文字癖，迷戀於語言的物質性，往往將語言的字音、字形予以前景化，誠如奚密所言，教文字本身「服服貼貼地做出各種讓人歎為觀止的特技表演」。以本文所分析的為陳黎鍾情的語音遊戲而言，他至少表演了複詞運用、諧音遊戲以及近音詞（含同音詞）連用等三項文字（語音）特技——外加（佛洛伊德及托多羅夫二氏未及分類的）同音排比與倒置複說。在這些他所擅長運用的語音遊戲中，除了諧音遊戲（諧音詞於語句中只出現一次）外，其他包括複詞與近音詞連用，以及同音排比和倒置複說，可說都屬一種廣義的重複修辭法（palilogy），只是陳黎的重複性修辭目的不僅在強調語意，更且在試圖營造一種風趣的語調——也就是佛洛伊德上書中所說的「風趣話」。

有趣的是，佛洛伊德上書對於風趣話所做的修辭性研究，歸根結柢最後還是落在他的精神分析上，他仍然試圖從心理學的角度為這些風趣話的創作與閱讀加以解釋。依他所信，風趣話給人感到的愉悅，可以節省我們心理的消耗（原書第188頁）。但是托多羅夫在上文中對此提出質疑：「通過一個詞（而不是兩個詞）的音而省下的體力，不是被為了尋找一個能恰當地表達這些意義的語詞所必須花費的腦力抵消了嗎？」（342）那麼，風趣透過它的技巧到底節省了什麼呢？「它省掉了在大多數情況下很容易就可找到的幾個新詞，相反它卻要我們煞費苦心地尋找能夠包括兩種思想的語詞；經常它還先要我們為其中的一個概念找出某個很少用的，但能同另一個概念發生聯繫的表達方式」（343）——這不就意味風趣話在心理負擔

上一點都沒節省？

　　若循此追問陳黎，想必得出的答案亦同。但本章（以及托多羅夫的解讀）探究陳黎詩作的語音遊戲，雖然循著佛洛伊德上書的立說，卻無意追尋其精神分析的步伐為詩人找出創作的心理學式源頭，而僅是就其修辭格來分析詩人的語音遊戲手法。若就這一點而論，最後吾人可以這樣一句話總結：陳黎較為晚期的詩作，擅長以後現代風趣的語音遊戲展現其修辭伎倆，但其骨子裡滲發的則往往具有反諷或批判的現代精神。

第八章　羅智成論

羅智成詩中的情人形象

第一節　前言

　　迄今出版有十本詩集（包括：《畫冊》、《光之書》、《傾斜之書》、《擲地無聲書》、《寶寶之書》、《黑色鑲金》、《夢中書房》、《夢中情人》、《夢中邊陲》、《地球之島》）的羅智成[1]，其詩作向以充滿哲思、極富神祕與深邃的意象聞名[2]；而在這些具有奧義又富神祕氣息的意象之中，異性（女性）情人的形象則尤顯特出，從他第一本詩集《畫冊》現身的女性情人（化名為寶寶、愛麗絲、R、奈帶奈露），以至於晚近出版的《夢中情人》（第一人稱的「我」）、《夢中邊陲》（有R、Q、ㄅ等）以及《地球之島》中出現的女性身影，始終縈繞在他多數的詩作裡，其出現頻率之高，現代詩人中恐

---

[1] 按羅智成二〇〇八年出版的詩集《夢中邊陲》封面後摺口作者簡介所列之詩集共有十一冊（連同《夢中邊陲》一書），除本文上所舉九本詩集（不計《地球之島》一書）外，尚包括《寂靜布拉格》與《祕教》兩冊；此外，博客來網路書店（http://www.books.com.tw）對於《夢中邊陲》該書的作者簡介，提到的羅智成所著的詩集名單與冊數則稍有差異，除本文上所舉前九冊詩集外，還包括《祕教》、《透明馬》與《肉眼看不見之書》三本，卻少了《寂靜布拉格》一冊。事實上，《寂》書是攝影家萊赫（Jan Reich）的攝影集作品，由羅智成配以短詩出版，嚴格而言不能算作羅智成自己的詩集；而另三本《祕》、《透》、《肉》則遍尋國內圖書館館藏，均不見有該三書書單，有可能是羅氏著作完成但尚未及出版之詩集。有鑑於此，本文不將這四本詩集列入他出版的詩集名單中。

[2] 寫在《夢中邊陲》一書封面後摺口的「廣告詞」有如下的文字：「羅智成作品風格神祕、深邃、語法迷人，充滿哲思，富於創意，對年輕一輩創作者有巨大影響力。」

無出其右者[3]。可以說，若想探究羅智成詩作意象之奧義，則非自其女性身影著手不爲功；而且更令人感興趣的是，這些不時出現的女性身影幾乎均以情人的角色現身。

古往今來，女性陰柔的形象始終是詩歌中被引以爲創作的題材，詩人藉之或發抒或感喟或讚歎或憐惜……（蕭蕭 1987：100），揆諸羅智成詩中出現的女性情人似乎也不例外。然則羅智成筆下這些女性情人究竟如何陰柔法？以及他是如何創造出他的女性情人？這問題倒引發本章探究的興趣。如上所述，由於女性情人於羅智成詩作頻頻出現，因而勢必對其詩作形式乃至風格造成一定的影響，以此視之爲羅詩的主控性意象（controlling image）當不爲過。所謂的「主控性意象」在此係指貫穿詩篇並決定或影響詩作形式與性質的一種意象（或形象化比喻）；不只如此，它會多次地從頭至尾或隱或顯出現在詩作裡。令吾人好奇的是，羅詩中這個頻繁現身的主控性意象到底是如何形成的？

從精神分析學家榮格（Carl G. Jung）的主張來看，羅詩中做爲主控性意象的情人形象可以被視爲相當接近或等於他所說的原型意象（archetypal image）；原型意象也就是原始意象（primordial image），其內容則來自人類的集體潛意識（collective unconsciousness），而羅詩中這位帶有神祕氣息的異性情人到底如何形成，也唯有透過原型分析始得窺其全貌。

---

[3] 在楊澤較早出現的兩本詩集《薔薇學派的誕生》（1977）與《彷彿在君父的城邦》（1979）中出現的女性瑪麗安，或可與羅智成詩中的女性情人相媲美；可惜楊澤在《彷》之後幾乎停筆，詩作少產之際，瑪麗安的身影終不復見。

如依榮格之說，詩作的實踐是一種心理活動，因而可從心理學角度加以考察，但是「可以成爲心理學研究對象的，只是那些屬於創作過程的方面，而不是那些構成藝術本質屬性的方面」（1966a：65）；換言之，底下從心理學的原型意象對於羅智成詩中情人形象的檢視，所要探究的並非其詩作的本質——因爲那只能從美學的角度予以考察，而是如上所述，著重在情人形象如何被形塑的探究上，亦即榮格所言，「將被限制在藝術創作過程的問題上」（1966a：66）。話雖如此，榮格也做了個比喻，說「個人原因與藝術作品的關係，不多不少恰好相當於土壤與從中長出的植物的關係。藉由對植物產地的了解，我們當然可以知道植物的某些特性」（1966a：71）。準此以觀，心理學研究的雖說是「詩人的原因」（poetic causes），但在了解了詩人之後，當也能掌握其詩作的若干特性，也就是在經過原型的考察之後，或多或少能同時呈顯羅詩中女性情人的風貌。

第二節　情人阿尼瑪

羅智成向來喜歡在他的詩作裡安置一位女性情人已如上述，從首部詩集《畫冊》開始直到《夢中情人》、《夢中邊陲》與《地球之島》等近著，不乏可以看到始終出現的丰姿綽約的女性倩影——不管她們被喚作：寶寶、愛麗絲、R、奈帶奈靄、Q、W……更多的時候，這位女性情人只被稱爲「妳」（或「她」），詩人並未給予特定的名字，儘管有名字的情人往往

（如楊澤筆下的瑪麗安）被詩人當作呼告法使用。例如R和寶寶的現身，多半是被詩人以「召喚」的方式帶出場；又或者如論者所言，詩人只是藉由情人（「妳」）的存在，單純來抒發己懷（李泓泊 168）；然而，羅智成詩中的這些情人，並不只是擔負抒發己懷與呼告的修辭功能而已，「她們」簡直可以說是詩人阿尼瑪（anima）的化身。

　　阿尼瑪是榮格心理學中用來描述人的內在人格（inner personality）的一種說法。內在人格關涉到一個人內在心理過程的行為方式，是朝向潛意識（the unconscious）的一種性格面貌，這種性格面貌又可分為屬外在態度或外在面貌的假面（persona）[4]以及屬內在態度或內在面貌的阿尼瑪或靈魂（soul）[5]，而阿尼瑪（或靈魂）與假面之間，彼此具有一種互補的關係，且這種互補關係更與性別特徵相連，如榮格所說：「一個嬌滴滴的女人卻有一個男子氣概的靈魂，一個英俊的男人反倒有一個女子氣的內心。」也就是說，若假面是理智的，則其靈魂便會是感情用事的（1976：468-69），就男人來說，這就是他的阿尼瑪靈魂；反之，若假面是感性的，則其靈魂便會是理智的，就女人而言，這就是她的阿尼瑪斯（animus）靈魂。榮格認為，不管是在男性或是女性身上，都蟄居著一位異

---

[4] 內在人格的外在態度或外在面貌，榮格稱之為假面（或人格面具），它是我們為了適應外在社會或個人便利的原因而存在的一種功能性情結（a functional complex），就好像我們在人生的舞台上表演時所戴的面具（1976：465）。

[5] 榮格在《心理類型》（*Psychological Types*）定義「靈魂」一詞時，用法似有點混亂，有時指稱它為一種人格的功能情結（廣義）（1976：464），有時又說它如同假面（465-67），也有時說它就像阿尼瑪（467-68）。

性形象（1969a：27）。

羅智成的詩中則始終蟄居著一位異性情人，儘管他的這位女性情人在不同的場合（文脈）有不同的化身。雖然論者說他這位女性情人有著「謎樣的身姿」，往往帶有「浮光乍現、神祕奇異的氣氛」（李泓泊 169），如《畫冊》裡的愛麗絲、奈帶奈靄，《光之書》中的R、寶寶，《黑色鑲金》中的「妳」等；但是也如羅詩中自己的描述，我們仍能找出那「謎樣身姿」的「柔情、美貌、神采」——這是羅詩中早期較常出現的情人形象，試看《黑色鑲金》的第五十三首[6]：

> 就這樣
> 我把妳安置在第五十三首
> 每當我翻開這一頁時
> 妳必翩然出現，以我不曾用文字寫下的
> 那種柔情、美貌、神采……
> 而別人翻開這一頁時
> 妳翩然消失
> 除了文字什麼也不是（1999：53）

是詩中具「柔情、美貌、神采」的「妳」只有在詩人召喚時才「翩然出現」（以致別人反而無法捕捉）。而這個「妳」究竟是誰？一言以蔽之，不啻就是詩人內在的阿尼瑪，詩人的「我」此刻正是在對著阿尼瑪的「妳」訴說。也正因為「妳」

---

[6] 《黑色鑲金》共收一○一首短詩（0-100），每首詩全打上注音符號，本文引自該詩集的詩例全刪去注音符號。

是詩人的阿尼瑪，所以當「別人翻開這一頁時」，「妳」會「翻然消失」。於是詩人在同書第二十七首繼續說：「一個太精確、太接近自己想法的想法／怎可能和別人的想法契合？除了被我杜撰出來的／妳」，雖然詩人於此之際也曾懷疑：「妳算不算別人呢？」（1999：27）畢竟這位想法「太精確、太接近自己想法」的「妳」並非「真正的」自己，只是被詩人「我」杜撰出來的女子，但是被自己「杜撰」出來的女子又能算是別人嗎？榮格說阿尼瑪係獨自存在，並迫使我們面對生活；她是意識背後的活體（亦即來自潛意識），無法與意識完全整合在一起，但意識卻必須由她產生，而她總是預先存在於人的情緒、反應與衝動之中，存在於精神生活中自發的其他事件裡（1969a：27）。羅智成詩中這位阿尼瑪「妳」，說穿了並非是他自己的杜撰，而是老早已預先存在於他的「情緒、反應與衝突之中」了。事實上，這位詩中的阿尼瑪「妳」，到了詩人中年以後，她的面貌更加為自己所肯定。收在《夢中邊陲》中的〈妳〉一詩，幾乎可說是詩人為他的情人阿尼瑪「驗明正身」：

> 「妳」永遠是最靠近我的
> 只要我有話想說
> 「妳」總是第一個知道
> 或第一個不知道
> 正如此刻
> 一個被濕冷的寒流所宵禁的夜晚
> 一張被疲憊盤踞的電腦桌前

我尚未啓齒
而妳
已經在句中守望
不管知道或不知道

不論我要妳知道或不知道
我總知道
妳總會
以妳所含糊象徵的
近處或遠處的幸福
注視著最憂鬱的那一行詩句
以妳的美麗與寂靜
梳理著我中年的感傷

雖然妳一直懷疑
文中的「妳」不全是妳
即使重點的描述符合
憑著女性的直覺
妳相信隱隱然有一些「妳」
並不是指妳

但，正如此刻
我所極力傾訴
極力杜撰的
不一直都是妳嗎

只要妳

　　持續那無可比擬的

　　美麗與憂傷

　　持續在詩中聆聽

　　又持續在詩外讀我

　　妳永遠都是妳啊（2008：144-45）

　　〈妳〉詩中雖然採用的是獨白體（monologue），但這個獨白體卻以虛擬的對象「妳」為說話的對象，而這位「妳」不但是和詩人最為靠近，並且在詩人尚未啓齒之前已經下意識地預先「守望」在他的詩句裡，以致詩人有話想說，「妳」總是第一位知道或不知道；「妳」甚至在詩裡或詩外，以她「美麗與寂靜」的如影隨形，梳理著中年詩人的感傷。「妳」以阿尼瑪之姿現身的其他詩作包括：《黑色鑲金》中的第三、四、九〇首，《夢中邊陲》裡的〈夾在書中的NOTE〉，以及同樣在《夢中邊陲》中以第三人稱「她」出現的〈天文名〉、〈市集不再的荒涼廣場〉等詩；尤其是後詩〈市集不再的荒涼廣場〉，阿尼瑪不只是化身為詩人「愛戀的女人」，並且一直隱身在他的後宮，儘管他們彼此未曾遇見，詩人卻始終可以感覺到「她憂傷的眼光」在巡視他「貪歡的國土」（2008：99）。

　　依榮格所信，阿尼瑪往往透過對異性的偏愛將自己投射出來（亦即使自己外象化），從而導致出魔術般複雜的各種關係形式來（1969a：29）。由於阿尼瑪來自人類集體潛意識的自然原型（a natural archetype），而隨著阿尼瑪原型，榮格說：「我們進入了神的國度，或者更切確地說，進入了形而上學為自己

保留的國度。阿尼瑪所觸及的一切事物都變得神祕起來——變成不受限制的、危險的、禁忌的、魔幻的事物。」（羅智成詩作向以具神祕與深邃性聞名，或因此故）以致最接近人類原始意象的阿尼瑪乃化身爲「擁有良好決心、懷著更爲美好意圖的那天眞無邪者所居住的樂園中的蛇」（1969a：28）。

然而，在羅智成早期詩作中出現的情人阿尼瑪——尤其被喚作「寶寶」的情人形象，多屬天眞無邪者，如〈點絳脣〉（1975：42）、〈一支蠟燭在自己的光焰裡睡著了〉（1979：96-97）、〈寶歌集〉（組詩）（1982：165）等詩中的寶寶，尚未見有「樂園中的蛇」（the serpent in the paradise）；象徵荒淫與魅惑的蛇原型意象，則要等到《夢中情人》出版後始現蹤影，如其中第二十三首提到，以第一人稱「我」敘述的「夢中情人」（詩人）的情人，與詩人的其他新戀人閒聊「雌性動物的戀愛本能」，並說到：「整個下午／我們的言談／幾乎無法見容於／一夫一妻制的／文明／那是一種溫和的荒淫嗎／還是被水瓶世紀的本質／所鼓動的一種逾越的友誼／一種清澈似水無所不在的／情慾」（2004：63-64），這樣的阿尼瑪形象，活脫脫是蛇的化身，已遠離順從的、天眞的「寶寶時代」了。

第三節　情人的面貌

阿尼瑪情人徜徉在神祕的神的國度，這使得羅智成的詩作始終瀰漫著一股具迷人奧義的氛圍；在這一神的國度裡，她的原型意象首先是「那天眞無邪者所居住的樂園中的蛇」，

則已如上述。然而，這位詩人藉由阿尼瑪原型所投射的情人形象，亦如上所說，可以魔術般產生各種複雜的關係形式，也就是說，除了以「一種溫和的荒淫」的蛇之身姿出現外，她還可以化身為其他不同的異性形象以展現不同的情人面貌，譬如在〈集體潛意識的原型〉（"Archetypes of the Collective Unconscious"）一文中，榮格便提及（除了蛇之外）為原始人類所信仰的美與善的阿尼瑪，這種緊抱著人類早期習慣不放的阿尼瑪，「喜歡罩著古裝，表現她對希臘和埃及的偏愛」（1969a：28）。

　　榮格上面所說的這類返祖歸真型的阿尼瑪情人，在羅詩中則一直要等到《夢中情人》才依稀彷彿讓我們遇見。在該部詩集中，羅智成一反他「一貫潔癖的題材、態度與風格」，投身於「進化、文明與情慾彼此之間的關聯性的思索」（2004：172），將代表詩人自己的「夢中情人」及他的異性情人所置身的場景，藉由神話、史詩與典故的包裝，拉回古文明的時代，包括中國史前巴蜀文明（三星堆文化）及先秦（《詩經》）文明、古埃及（尼羅河）文明、巴比倫古文明、古希臘文明等（第四、六、八、十、十四首）；而來到信仰美與善的古文明的阿尼瑪，則不知是否返歸到人類（文明）最原始的時代，其情慾因而也徹底解放？詩人潛藏於其靈魂深處的情慾當也跟著一併釋放？此一屬於「情慾檔案」的祕密，該詩集第十二首末尾，詩人藉由敘述者「我」（夢中情人的情人）的話小心翼翼地告訴我們：「我和夢中情人的祕密／將被溺斃於比潛意識／更深的海洋——／那加倍動人的／史詩的虛構裡」（2004：36）。若依榮格之說，要探究其情慾祕密，唯有往遠古（史

詩）的集體潛意識裡去尋找。

　　榮格在上文中又提及，阿尼瑪對古代的人還顯形為女巫或女神（在中世紀之後，女神形象則被天國之后與母教會所替代）（1969a：29），但這種遠古文明的女巫或女神（包括中世紀後的天后）的阿尼瑪原型，則在羅詩中未見現形，雖然在《畫冊》的〈以夢為冠〉一詩中曾出現這樣的句子：「我進。我夢見花園崛起的曠世雄主／收掠各教女神為其禁臠」（1975：83），唯這位曠世雄主在夢中花園所收掠為禁臠的各教女神並非詩人「我」的情人[7]，而所謂的阿尼瑪情人則係詩中那位別嫁後突然來訪的「妳」。

　　這位別嫁後再次造訪的「妳」至少是一位「少婦」——少婦（或情婦、夫人）的形象（或角色）只在最早期羅智成的詩中現身（《畫冊》與《光之書》），極為醒目，如〈童話致W〉中的那名貴婦（她完美地進駐詩人的記憶裡）（1975：51）、〈光之書〉中的Dear R（她奪走了詩人的「爵位」，但詩人仍企盼在她寬愛的丈夫枕邊，能成為她多事的守護神）（1979：49, 51-52）、〈風象〉中挽著詩人特立獨行的情婦（78），以及〈儇夜二三首〉裡那位貴潔的夫人（要慌亂的夫人為詩人維持髮型）（31）——夫人或貴婦的年紀，想當然耳，應年長於少婦許多；而如果我們再盱衡羅詩中大量出現的童年意象[8]——尤其對照《夢中情人》第十五首以及《黑色鑲

---

[7] 在《畫冊》的〈九歌〉一詩中，詩人即曾坦言：「我想一個女孩不該和一個神，神／這麼接近的。」（1975：10）依此看來，不得和神接近的女孩（異性情人），她本身更不會是一位女神。

[8] 例如《夢中邊陲》中的〈永樂國小〉（2008：52）、〈葡萄園〉，《夢中

金》第十九首中詩人本身所出現的「小飛俠（或彼得潘）症候
群」（Peter Pan syndrome）意識（例如在前詩中，阿尼瑪情人
即說她的夢中情人：「他是個彼得潘／總是在初戀／我卻愛他
愛得／太衰老」，並指出他太耽溺於自己曾有過的「美少年」
肉體）（2004：44）[9]，那麼就可以肯定，這樣的貴婦或夫人乃
是如榮格所言一位隱藏在母親支配力量中的阿尼瑪，她可以使
他產生一種感情上的依戀（雖然在另一方面，她又可以刺激他
遠走高飛）（1969a：29），也因此，詩人在〈光之書〉中沈溺
於惡夢的「光之海」深處，會赫然發現「母親安穩的手掌就在
海底哪」（1979：38）。但是榮格提醒我們，如此具感情依戀
面貌的阿尼瑪，卻非母親的替代物；相反，促使這種母親成像
（mother-image）具如此致命力量的神祕特質[10]，係產生自阿尼

情人》的第十五首（2004：44），《夢中書房》中的〈夢中厝〉（2002：
28-31）、〈夢中孩童〉（50-51），《黑色鑲金》的第十九首與第七十二首
（1999：19, 72），《擲地無聲書》中的〈唐吉訶德像致W〉（1989：132-
134），《傾斜之書》中的〈野兔〉（1982：28-32），《光之書》中的〈寶
寶之書〉（1979：172），《畫冊》中的〈碑之聯想〉（1975：38-39）……
均可找到童年意象的蛛絲馬跡，其中《黑色鑲金》中的第十九首短詩表達
得再明顯不過了：「我的童年／其實是禁錮在／被過度回顧而愈加／不確
定的記憶裡／遺忘想釋放它／它卻不忍離去」（1999：19），看來羅智成
頗有嚴重的童年鄉愁。

[9] 「小飛俠症候群」指的是拒絕長大的小孩所出現的一些不成熟的行為特
徵，雖然在現代精神心理醫學上它不算是精神官能症，但這一症候群的行
為於人際關係上仍會帶給當事人或大或小程度不等的困擾。《夢中情人》
第十五首提到，夢中情人他有時會端詳自己「刻意填滿穿衣鏡的／赤裸形
象／溫柔專注／宛如要在平滑的鏡面／追溯多年前／不告而別的／十七歲
少年／的肉體線索」（2004：44），恐懼少年時光的逝去，多少顯現小飛
俠症候群的特徵。

[10] 所謂的「成像」（image）係指於幼年時形成後一直保存未變的所愛之人

瑪的集體（潛意識）原型，並且會一再地在每一個男孩身上現形（1969b：14）。

荣格還繼續論證，除上所述及的諸種面貌外，如果阿尼瑪不著古裝或變成母親成像，她也能現形爲一位光明的天使（an angel of light），如我們在《浮士德》（*Faust*）中所見，她成爲一種指向通往最高意義之路的心理形態（1969a：29）；不過，這樣的光明天使阿尼瑪並未在羅詩中現身。在《傾斜之書》曾出現Poneé天使長（〈哄Poneé入睡〉、〈幻想二號〉），但這位天使長（或〈幻想四號〉中的天使）形象雖然「光明」，卻是一位長相甜美連咳嗽也會染紅雙頰而且須被呵護的情人「你」[11]，或者像是生長在童話中而童心未泯的「她」，這樣的天使情人則無法爲詩人「指出通往最高意義之路」[12]。

最終，阿尼瑪的面貌不再化作女神、天后或天使走過我們的道路了，荣格說她可能會「化作一種最緊密的個人的不幸，或者化爲我們最好的冒險」——這就是魔鬼（女）型的阿尼瑪。荣格「舉了個例子，當一位聲譽卓著的教授在他七十歲時拋棄他的家庭，和一位年輕的紅髮女伶私奔，我們知道神們

的理想化身。

[11] 羅智成雖常以第二人稱「妳」做爲阿尼瑪情人的化身，但偶爾也刻意用另一個「你」稱呼他的情人，如《擲地無聲書》中〈情詩〉一詩的「你」（1989：152-57）。

[12] 在《傾斜之書》中曾出現與天使相對照的精靈情人——夏天精靈（〈夏天精靈〉）與冬天精靈（〈冬天精靈〉），詩中透露了兩位情人（精靈）令詩人難以抉擇與誘惑的心境；其中描寫冬天精靈的眼眸那一段文字，特別生動有趣，她那閃爍著野火的眸光散發的究竟是煽情之火抑或是更進一步的性的挑撥？但不管是情火或性火，都不具有爲詩人「指出通往最高意義之路」的智慧之美。

又捕獲了另一個受害者。這就是魔鬼的力量將她昭示在我們面前。」（1969a：30）然而，如同上述，羅智成詩中所呈現的阿尼瑪情人的面貌，不僅缺乏女神（天后）、天使（光明），也沒有女巫和魔女，她們的性情大體是：稚氣、溫柔、馴服、浪漫、優雅、甜美、恬靜、賢淑、寂寞、受呵護、愛哭，有時還會鬧一點小脾氣，像寶寶和R，也像「薔薇科戀人」（2008：60）；形貌則不外乎：長髮（〈敘事詩〉、〈流蘇墜地〉）、美目（〈異端邪說〉）、粉頸（〈敘事詩〉）、雪白的胸脯（《夢中情人》第三首）、豐滿又柔軟的唇（〈異端邪說〉、〈她〉）、纖瘦的脊背（〈敘事詩〉）、半透明的肌膚（〈哄Poneé入睡〉）……。

　　榮格將阿尼瑪原型的發展分成四個階段，這也是愛洛斯崇拜（Eros cult）的四個分期[13]。第一個階段是夏娃型（Hawwah, Eve）的阿尼瑪，這樣的阿尼瑪純粹是生物性的，她是生物本能性關係的人格化；女性在此被視同為母親，她也僅止於再現受胎的事物。第二個階段是（特洛依）海倫型（Helen）的阿尼瑪，她還受到性的愛洛斯所支配，但是已提升至美感與浪漫的層次，而女性在此也獲得做為個體的某種價值。第三個階段是聖母瑪莉亞型（the Virgin Mary）的阿尼瑪，在此，瑪莉亞是天

---

[13] 榮格在〈對點——阿尼瑪與阿尼瑪斯〉（"The Syzygy: Anima and Animus"）一文中指出，男人擁有的阿尼瑪係來自母性／系的愛洛斯（Eros），而女人所擁有的男性心象的阿尼瑪斯（animus）則出自父性／系的邏各斯（logos）。在女人的意識中，愛洛斯的關係性特質要大於具分辨性與認知性的邏各斯；反之，在男人的意識中，愛洛斯的關係性功能通常要少於邏各斯（1969a：14）。

堂的人格化，她將愛洛斯提升到宗教奉獻的高度，並予男性的他以精神意義，亦即夏娃被神聖的母性（spiritual motherhood）給取代了。第四個階段則為索菲亞型（Sophia）的阿尼瑪，她表現為永恆的女性，甚至出乎意外地超越了難以凌駕的第三階段的瑪莉亞。她的智慧無與倫比，可這智慧的阿尼瑪如何能夠逾越最為神聖與純粹的阿尼瑪？有可能她僅僅藉由（有時少就意味著多的）真理而獲致，而無論如何，這個階段更是再現了海倫的精神化（1966b：174）。

那麼，羅智成詩中現身的阿尼瑪情人究竟發展到榮格所說的哪一階段？如前所述，於其早期詩作中出現的情人身影多屬天真無邪的小女人，而這樣的小女人給出的至多僅是「吻」的性誘惑（如〈以吻為冠〉）而已，她雖然具「浪漫的美感」，但渾身尚未見愛洛斯的氣質，直到《夢中情人》出現，阿尼瑪情人始搖身一變為具自省、自知、執迷、迷惑、縱容、好思索且是瘋狂於性愛具個性的女人，尤其是她與夢中情人（詩人他）的性愛既猥褻又率性，試看其中第三首如此粗暴的性愛場面：

> 有時
> 他像疲憊於覓食的獨行獸
> 回到久違的地盤
> 鑽進我的被窩
> 濃重的鼻息像地雷探測器
> 沿著我的頸項、胸脯、胯下
> 尋找並引爆我肉體中的誘餌

有時

像被安詳的衣縷所激怒

他會剝脫我的睡袍

把我推出陽台把我

溫熱脂白的胸脯

壓在冰冷帶露的

鑄鐵欄杆花紋上

面對著樓下一部黑車

剛轉進來的明亮巷弄

狂亂推擠甩動

我半熄半醒的肉體焰火（2004：13）

　　至此，羅智成的阿尼瑪情人不再像昔日那樣不食人間煙火了，他讓我們看到她那全身散發出來的性魅力，並且還熟於與她（詩中的「我」）的夢中情人的性愛（乃至來者不拒）[14]。阿尼瑪情人發展至此，愛洛斯的海倫型形貌總算底定。至於瑪莉亞和索菲亞阿尼瑪──類如上述所提及的天后、聖母，或智慧女神，則未曾於羅詩中現形。

---

[14] 《夢中情人》第七首的性愛過程較諸第三首甚至更為粗暴：「夢中情人把我拉到／陌生宅第的樓梯間／布滿灰塵的落地窗前／／像捆捕我腰間的奔鹿／爪掌在我圓滑的胴體上／忙亂攀登　失足／最後以刻不容緩的熱情／把我的下半身壓制成／走獸的角度／／他從後面鑽探著我所有／可能的感觸／恥骨打樁機一般／執意要把他的足跡／釘入他急於造次的宅第／／我的耳飾頸飾激烈晃動／如示驚的風鈴／香檳色絲質襯衫鬆卸／裙扣翻轉」，詩中且提及上述這一切只在「我」與情人談話「無以為繼的一瞬發生」（2004：21-22），可見情人的急切與「我」的來者不拒。

　　按榮格的說法，阿尼瑪原型意象在此係做為（詩人的）一種投射的對象，她讓詩人產生絕對地感情連結；惟如果她沒被投射，就會發展出一種相對上非適應的狀態，佛洛依德乃將之描繪為自戀（narcissism）。只要阿尼瑪對象的表現與（詩人）內在的靈魂意象（soul-image）[15]和諧一致，那麼其投射（projection）就將使（詩人）對內在過程的過度專注得到釋放，而（詩人）主體也因此獲得使其外在的人格面具得以生存並進一步發展的能力（1976：472）。以此角度來看，羅智成在詩中所形塑的阿尼瑪情人，正是他內在靈魂的投射對象，藉由他的創作過程，讓他有了感情的聯繫，同時緩解了他心理的內在壓力，走出不適應的自戀狀態。

第四節　幻覺型情人

　　羅智成的阿尼瑪情人所展現的面貌已如上所述，接下來令我們感興趣的——這也是榮格心理學更為關注的所在，則係其如何形塑他的阿尼瑪情人。詩的創作是一種心理活動，正是因為這樣，榮格認為才能從心理學的角度來加以考察（1966a：65）。榮格將藝術（當然也包含詩）創作分為底下兩種模式：
　　一為「心理的」模式（the psychological mode）。這類創

---

[15] 靈魂意象即係由潛意識所產生的一種特殊的意象，而其意象通常由一些具有與靈魂（潛意識的內在態度）相應性質的特定人物所代表。就男人而言，其靈魂意象即女性阿尼瑪；就女人來說，則就是男性阿尼瑪斯（1976：470）。

作模式的素材來自人的意識領域，例如人生的教訓、情感的震驚、激情的體驗，以及人類普遍命運的危機──這一切便構成人的意識生活，尤其是他的感情生活；簡言之，其創作來自日常生活前景的經驗（the experiences of the foreground of life）。詩人在心理上同化了這一素材，把它從普通地位提高到詩意體驗的層次，並以有力的自信來表現它們，透過讓我們充分覺察到那些我們易於規避忽略的日常事件的方式，使我們更深刻地洞察人性（1966a：89）。在〈論分析心理學與詩的關係〉（"On the Relation of Analytical Psychology to Poetry"）一文中，榮格如是描述這類模式的創作過程：

> 有一些文學作品，散文以及詩歌，完全是從作者想要達到某種特定效果的意圖中創作出來的，他讓他的材料服從於具有明確目標的特定的處置方式；他給它增添一點，減少一點；在這兒塗上一筆色彩，在那兒塗上另一筆色彩；自始至終小心翼翼地考察其整體效果，並且極為注重風格與形式規律。他運用最敏銳的判斷，在遣詞造句上享有充分的自由；他的素材完全服從於他的藝術目的，他想表現的是這一事物而不是其他事件。他與創作過程完全一致……不管是哪種情況，藝術家都完全符合其作品，使得他的意圖與才能無法和創作行為本身區分出來。（1966a：72）

　　榮格說這類文學作品多得不可勝數，包括許多愛情小說、家庭環境小說（novel with the family milieu）、犯罪小說、社會小說，以及說教詩（didactic poetry）、大部分的抒情詩、

戲劇（悲劇與喜劇）作品（1966a：89），並以歌德（Johann Wolfgang von Goethe）的《浮士德》第一部爲此類「心理」模式的代表。這種「心理」創作模式即席勒（Friedrich Schiller）所說的「感性的」（sentimental）藝術，也是「內傾的」（introverted）藝術，而內傾的創作特徵是「主體對於反客體要求的一種具自覺意圖和目的主張」（1966a：73）。

　　二爲「幻覺的」模式（the visionary mode）。在「幻覺的」模式這裡，藝術表現提供素材的經驗已不再爲人所熟悉，這是來自人類心靈深處某種陌生的事物，「它彷彿來自人類史前時代的深淵，又宛如來自光明與黑暗對照的超人世界。這是一種超越了人類理解能力的原始經驗（the primordial experiences）……它自永恆的深淵中崛起；迷人、著魔與古怪，它徹底粉碎我們人類的價值與美學形式的標準，是永恆的渾沌中一個可怕的糾結……」（1966a：90）。因此這類藝術作品「或多或少完美無缺地從作者筆下湧出，它們好像是完全打扮好了才來到這個世界，就像雅典娜從宙斯的腦袋中跳出來那樣」，把自己專橫地強加給作者，榮格對此一創作過程也有如下的描繪：

　　　　他〔指作者〕的手被抓住了，他的筆寫的是他的心靈驚奇地沉思於其中的事情；這些作品有著自己與生俱來的形式，他想要增加的任何東西都遭到拒絕，而他自己想要拒絕的東西卻被擲回給他。在這一現象面前，當他的意識精神處於虛閒狀態之際，他被洪水一般湧來的思想和意象所淹沒，而這些思想和意象是他從未打算創造的，他自己的意志也無法加以實現。然而他卻不得不承

認，這是他自我的表白，是他自己的內在天性在自我昭示……他只能服從他自己這種顯然外來的衝突，任憑它把他引向哪裡。（1966a：73）

　　看來如此的創作模式，詩人本身並不與創作過程保持一致，也就是他從屬於自己的作品，感到作品要大於自己，行使著一種不屬於他、不能被他掌握的權力，席勒所說的另一種「素樸的」（naive）藝術即屬於此類；而這種「素樸的藝術」也是「外傾的」（extraverted）藝術，其創作特徵則係「主體對作用於他的客體要求的服從」。榮格認為《浮士德》第二部乃是此種「幻覺模式」的代表，因為這第二部的材料讓作者本人難以駕馭（73）。此一創作過程中難以駕馭的部分，也就是有著獨立生命的自主情結（autonomous complex），它在意識的階層體系（the hierarchy of consciousness）之外引領著自己的生活，可以純粹地只對意識活動加以干擾，也可以做為無上的權威去馴服自我（the ego）以達到它的目的（75）。

　　以上之所以不厭其煩地介紹榮格關於創作（過程）的兩種模式，乃是擬藉此說明做為進一步考察羅智成如何形塑阿尼瑪情人的基礎。依榮格所信，詩人並非擁有自由意志以尋求實現其個人目的的藝術家，而是一位允許藝術通過他以實現藝術目的的作家（1966a：101），由是榮格說了一句常被引述的名言：「不是歌德創造了《浮士德》，而是《浮士德》創造了歌德。」然而，《浮士德》到底是什麼？榮格說它基本上是個象

徵（a symbol）[16]，但它所代表的東西雖根深柢固地存在，卻尚未認識清楚，它被召喚爲一種「原始意象」，而這種原始意象自歷史的黎明時分開始以來，便深藏在人類集體的潛意識裡，每當我們的意識生活明顯地具有片面性和某種虛僞傾向時，它們就被激活（103）。有鑑於此，我們可以說，羅智成詩筆之下的情人阿尼瑪並非由他自己所創造，反倒是阿尼瑪情人創造了羅智成詩人。畢竟詩想在詩人筆走龍蛇之際並未完全受到他的掌控，它甚至有著自己獨立生長的世界，羅智成在《夢中邊陲》的〈序言〉中即如此自承：

> 每當我這樣想時
> 就會覺得，我書寫的文字另一頭
> 有一個被創造出來後
> 便不再消失也不再受
> 我們早先的想法控管的世界
> 它們會生長、改變，並發生一些
> 我們寫詩時並沒有說到或想到的事（2008：13）

事實已經很明顯，被詩人「創造」出來的這些文字，它們本身「會生長、改變，並發生一些」在詩人「寫詩時並沒有說到或想到的事」，這也就是說，它們是詩人創作時未被控管（說到或想到）的東西。在之前出版的《夢中書房》的〈序

---

[16] 榮格說，做爲一種象徵的《浮士德》並不是寓言，它活在每一個德國人的靈魂中，歌德只是促成它的誕生。這部作品從德國人靈魂裡召喚出「原始意象」（1966a：103）。

言〉中，羅智成也提到，在他的創作回顧裡，「即使在最被現實困境壓制的時候，內心中那狂野未馴的想像與憧憬仍不時會從夾縫中探頭出來，不時岔進某種美好的思維裡」，而這正是發生在他寫詩的時刻（2002：8-9），因此，他的詩是「當意義形成」，文字自然「前來認養」，而「靈光一閃」，他便將這詩的咒語「脫口說出」（2004：37）。如是自述，無異於說是詩的繆思在寫羅智成，而非羅智成在操持他的繆思。儘管該〈序言〉中一開始他表示，在面對各式特殊或平凡的對象時，詩人創作的任務「就像賦予生命一樣地，賦予它們意義，把它們帶入文學（6）。在此所謂的「賦予意義」其實是指作品藉由詩人之手將它領進文學，因為〈序言〉的後面接著說：「但詩創作的悲劇性無聊之一正是：我們太專注於創造信徒、取悅文學，而太無能去創造有趣的，甚至是有意義的意義了！」（6-7）所以創作不在為生命的題材創造意義，詩人於此瞭然於心，故曰此係詩創作之悲劇。

那麼創作又是什麼呢？羅智成在《夢中邊陲》的〈序言〉中如此回答：「創作等同作夢／我們刻意而為／創作混雜眞誠與欺瞞／也是某種表演與僞裝／就像薩滿教武師的靈動儀式／我們不惜逾越自己、逾越禁忌／把修辭學與催眠術混用／讓內在自我的所有可能／應驗為夢，／夢以文字為病媒／傳染／主詞與主體脫節，達到／心靈置換的溝通境界」（2008：17）。由於持此創作觀，羅氏於其詩作中遂逐步建構他的「夢想詩學」，而創作的幻覺經驗便是這種夢想或幻想的產物，榮格說，「它令人遺憾地帶有幾分晦澀的玄學色彩」（1966a：93），而這可以說明為何羅詩一貫維持著深邃與神秘的風格。

　　當然，羅智成的深邃與神祕同時也說明爲何一開始他詩中
的阿尼瑪情人便經常以「夢中情人」的姿態現身。譬如〈點絳
脣〉中的寶寶在睡夢裡傳遞溫暖的睡意給詩人（1975：42）；
〈以夢爲冠〉裡詩人「夢見妳是我帶到荒城裡的一支笛子」，
瞧見星輝下死亡擁著「妳」，突地醒悟「這是夢這是我們熟
睡時闖的禍」（85）；〈西狩獲麟：蒹葭〉中的「妳是播夢
的種子／是我昨夜枕在髮下的那顆／深深的睡意」（1979：
126）；〈寶寶之書〉中的寶寶則是「來自夜的白日夢裡」，
讓「我熄去所有星光等候」(176)；〈哄Poneé入睡〉中，詩人
以催眠般的絮語引領情人進入夢鄉（1982：168-70）；〈搖籃
練習〉裡的愛人因事先睡去，使得遲了一步未入夢鄉的詩人由
於與她失去聯繫以致憂心忡忡（1989：144-45）；而《黑色鑲
金》的第十六首反而是「直到夢見她進來／我才安然入睡」
（1999：16）；〈夢中之城〉裡的詩人則送給在夢中城市等
候他到達的情人W一本「剛出爐的詩集和一個臨時起意的吻」
（2002：34）；而以「夢中情人」反寫詩人異性情人的《夢中
情人》第四十八首則說，詩人（夢中情人）只是情人「孤獨與
失眠的解藥」（2004：135），這豈不表示唯有詩人才能領他的
情人入夢？〈在最悲涼的夢裡〉短短的四行詩句僅說：「在最
悲涼的夢裡／妳的美麗與青春／屢屢和我的愛情／錯身而過」
（2008：108）；至於在〈隱藏〉中的詩人則牽著情人「妳走在
灰綠色氣化風景中」，且「相信／這稀薄的夢境足以抵擋咫尺
之外的喧嘩」（2010：45）……如此詩例簡直不勝枚舉。

　　從上述列舉的詩例看來，羅詩中的阿尼瑪情人就是他的
夢中情人，而他的夢中情人則係出自榮格所說的「幻覺型」創

作；換言之，也就是「幻覺型情人」。榮格認爲「幻覺的」創作「並非使我們回想起任何與人類日常生活有關的東西，而是令我們回想起夢、夜間的恐懼，以及黑暗——這些神奇的人類心靈之幽深處」（1966a：91）。羅智成於《夢中情人》的第十二首（末段）遂謂：「我和夢中情人的秘密／將被溺斃於比潛意識／更深的海洋——／那加倍動人的／史詩的虛構裡」（2004：36）；原來詩人及其阿尼瑪情人所沉溺的比潛意識更深的海洋就來自「人類心靈的幽深之處」，即榮格所說的集體潛意識，它是人類的原始意象，也就是原型。

第五節　結語

　　榮格認爲人的創作力來源於他的原始經驗，而這種經驗深不可測，因此需要借助神話想像——或者像羅智成這種「夢想詩學」，來賦予它形式（1966a：996），他的阿尼瑪情人則只有在意識黯淡無光的夢中始得浮出意識創作的紙頁上，緣由於她來自集體潛意識中的原始經驗，以致其類如海倫型的原型意象本身誠如榮格指出的「往往具有一種原始性質」，讓我們猜測她可能來自古代的秘密教義（1966a：97），對於詩人羅智成來說，阿尼瑪情人可謂是他的意識自覺傾向的補償；換言之，羅智成與在他詩中現形的阿尼瑪情人，彼此之間有著一種互補的關係，如同《夢中情人》第二十五首中所說：「他不停添加我本來／不以爲屬於我的事物／我也漸漸透過他來看見我所／不曾是我的自己」（2004：71）。理性善辯的羅智成，其潛意

識態度總有一種女性的溫婉柔弱與多愁善感。

在羅智成的創作過程中浮現的阿尼瑪身影，則是來自榮格所謂的「自主情結」，而自主情結係從意識裡分裂出來，並成為詩人創作的中心力量，詩人藉由集體潛意識的原型將之展現出來（Wright 62）。詩人個人的潛意識（因不受歡迎）則被壓抑並停留在意識閾之下，雖然詩作藝術也可從這一領域接收其貢品，但榮格說這是不潔的貢品（muddy tributaries），其優勢只可使詩作成為一種病兆（symptom）[17]，而無法使之成為一種象徵（symbol）（Jung 1966a: 80; Wright 62），亦即詩作的象徵來自集體潛意識（而個人潛意識則只能使作品顯示他的病癥），它召喚著詩人的情人原始意象，打開羅智成神祕與深邃之鎖的鑰匙就在這裡。

對上面這樣的斷言如果還是有所質疑，我們不如就用羅智成自己的鑰匙來開鎖。在《夢中情人》第四十一首中他已坦言：「是的／在詩中／地位崇高如祭司的／夢／其實是最單純原始的／心智活動」，蓋夢「在彼／所有矛盾都被／未經整理就加以收留」（2004：114）；不僅如此，在上一首第四十首他更說，這未竟之夢「不免是人類心智／最幼稚原始的／素質的混合體」（113），出現在夢中的情人阿尼瑪就是如此「最幼

---

[17] 推榮格之意——雖然在此他沒明說，「病兆」應是佛洛依德的說法。佛氏認為人一些不符合現實原則（the reality principle）或道德原則（the morality principle）的念頭、衝動，尤其是性慾求，會被壓抑到個人的潛意識裡，這些被壓抑的慾望會在睡夢之中，或者在藝術家創作之際以偽裝的形式再度現形；如果是在精神官能症病人身上，則以病兆的形式出現。可參閱王溢嘉編譯的《精神分析與文學》，該書對此有扼要的說明（38-39）。

稚原始的素質的混合體」，她來自人類的集體潛意識最原始的
一種意象或象徵，使得他「必須不時回到自己／神秘的源頭」
（〈最初的戶籍〉）（36），羅智成乃宣示這即是他的「夢
境的本體論」（114），最終「而我們的夢中情人／或許／將
從中走出來／自行消解那些／我們的慾念賦予他的／矛盾吧」
（115）。

第九章　向陽論

向陽的亂詩

- 前言
- 亂詩的創作軌跡
- 亂詩的創作內容
- 結語

第一節　前言

　　從一九七七年出版首部詩集《銀杏的仰望》開始，到
二〇〇五年《亂》的出版，向陽前後總共出版有十四部詩集
（含三部自選集與三部童詩集）[1]，若扣除掉包括六本在內的
自選集與童詩集，則向陽迄至目前為止共撰寫了八冊詩集，
除了上述最早與最近出版的兩部詩集外，尚包括：《種籽》
（1980）、《十行集》（1984）、《歲月》（1985）、《土地
的歌》（1985）、《四季》（1986）、《心事》（1987）等六
部[2]。依向陽自述，前七部詩集總計花了他十年時間予以完成
（一九七七至一九八七年）（2005：10），平均約一年五個月
出版一部詩集，創作量不可謂不豐；然而令人驚訝的是，自第
七部《心事》出版後迄至二〇〇五年的十八年歲月，則僅得詩
集《亂》一冊而已，這當中落差之大令人咋舌，也讓人好奇：

---

[1] 三部自選集為：《在寬闊的土地上》（1993）、《向陽詩選》（1999）、
《向陽台語詩選》（2002）；三部童詩集為：《鏡底內的囝仔》（台語
童詩集）（1996）、《我的夢在夢中作夢》（1997）、《春天的短歌》
（2002）。

[2] 這八冊詩集所收詩作，有若干重複收入，如前兩冊《銀杏的仰望》與《種
籽》部分作品後來按其內容或形式之相近，分別輯錄於《十行集》、《歲
月》與《土地的歌》。此外，向陽個人網站《向陽工坊》（http://tea.ntue.
edu.tw/~xiangyang/xiangyang/p1d.htm）上收有未輯入《亂》中的十一首詩
作，包括：〈雨聲〉、〈詠阿勃勒〉、〈月的分離式〉、〈雄鎮北門〉、
〈舊打狗驛〉、〈舊城曾家〉、〈明鑑〉、〈哀歌黑蝙蝠〉、〈禁〉、〈講
互暗暝聽〉、〈快樂頌台語歌詞〉（瀏覽日期2011年12月1日）。

向陽在《亂》出版前的這一大段「詩生涯」究竟是如何度過的？而這樣的「詩生涯」又怎樣反映在他這本《亂》詩集中？

　　如斯疑問，不得不讓人想從歷史－傳記式研究取徑（the historical-biographical approach）入手，以尋繹其答案。歷史－傳記式研究取徑即是傳記式批評（biographical criticism），而此種批評方法乃是西方十九世紀以來最具典型的一種傳統研究方法[3]。按古耳靈（Wilfred L. Guerin）等人的說法，這種傳記式批評方法「視文學作品主要（若非絕對的話）為作者之生活與時代或是其人物之生活與時代的一種反映」（22），是以研究作品自非從作者的生平（及其所處時代）著手不可。韋勒克（René Wellek）與華倫（Austin Warren）二氏在《文學理論》（*Theory of Literature*）的說法亦如出一轍：「詩人的作品可以是一種面具，一種戲劇化的傳統表現，而且這往往是詩人本身經驗、本身生活的傳統戲劇化表現。」這是因為詩作的背後有「一個人」，亦即詩作本身烙有詩人一己的標記。因而韋、華二氏認為傳記式批評方法是有用的，即它「可以幫助我們研究文學史上所有真正與發展相關問題中最突出的一個，就是：一位作家藝術生命的成長、成熟和可能衰退的問題。」[4]（79）除

---

[3] 依古耳靈（Wilfred L. Guerin）等人在《文學批評方法手冊》（*A Handbook of Critical Approaches to Literature*）中所說，這一研究方法在十九世紀法國批評家鄧納（H. A. Taine）的《英國文學史》（*History of English Literature*）中即得到充分的實踐。他提出的術語：種族（race）、環境（milieu）與時代（et moment），便顯示了文學的「遺傳與環境的決定論」（a hereditary and environmental determinism）（1999：22）。

[4] 韋、華二氏指出傳記式批評方法的效用，除了上述一項外，還包括：它具有評註上的價值，可以用來解釋作家作品中的典故與詞義；還可以為解決

此之外，它也「爲系統地研究詩人的心理與詩的創作過程提供了材料」（75）。

　　基於以上的考慮，本章底下擬從傳記式批評入手，來考察向陽詩集《亂》中的詩作呈現及其創作過程，試圖尋繹在一九八七年《心事》出版後迄至《亂》的問世之間，這十八年的「詩生涯」如何反映，乃至影響其詩創作的表現[5]。本章將《亂》中的詩作通稱爲「亂詩」，而這些亂詩，據向陽在該詩集的〈亂序〉中所言，乃「印證了從一九八七年到二〇〇三年這十六年間我在人生路上步出的凌亂腳跡，留存了三重身分轉換過程中，我和變動的台灣社會亂象對話的聲軌」[6]（2005：13-14）。若依循其說法，則傳記式批評最能翔實地檢視他這一段「對話的聲軌」，加上向陽創作向來保有註記寫作日期的習慣，同時爲自己也爲讀者編製了一份鉅細靡遺的寫作年表，足供做爲傳記式批評的基本材料。

　　從歷史－傳記式的研究取徑解讀詩人的作品，可以自詩人的生平背景、創作理念、時代環境等不同的角度加以分析（孟

文學史上其他問題積累資料，例如一位詩人所讀的書、他與文人之間的交遊、他的遊歷、他所觀賞過和居住過的風景區與城市等（79）。

[5] 《亂》書所收詩作最晚寫於二〇〇三年七月，所以嚴格說，這持續的「詩生涯」總共十六年（向陽自述）（2005：13-14）。惟查其後來未收入《亂》中而登錄在《向陽工坊》網站上的十一首詩作，創作時間約在二〇〇六至二〇〇八年之間，是故二〇〇三年至《亂》出版的二〇〇五年之間，向陽並無詩作發表，因而上文說這中間持續了十八年（詩生涯），即十六年寫作時間再加兩年「無詩的日子」（也是詩集等待出版的時間）亦言之成理。

[6] 這三重身分即文學人、新聞人與研究者，其轉換過程依序爲：文學人→新聞人→研究者。

樊 2007：191-201），本章亦從這些角度考察向陽這四十三首亂詩。首先擬探究的是，這十多年創作量高低的趨勢走向，如何表明向陽的創作軌跡？乃至他的生活與工作（生涯與職涯）的轉換如何反映或顯示其創作軌跡？其次則進一步檢視其詩作內容與詩人生活兩者的關係，乃至詩人的理念如何呈現在他的創作上？底下依此分述之。

第二節　亂詩的創作軌跡

　　傳記式批評側重於對詩人的閱歷與思想發展的研究，從檢視其生活經歷的資料下手，可以有效地解釋和說明詩人的創作背景（周忠厚編 220），從中替詩人找到他創作演變的軌跡，再進而從其創作軌跡來考察作品的表現，由此得以窺知一個詩人的寫作風格。

一、創作的走勢

　　前言中提及，韋勒克與華倫認為傳記式批評可以探究「一位作家藝術生命的成長、成熟和可能的衰退問題」；面對《心事》之後的創作瓶頸[7]，總計十八年的創作歲月，向陽才交出

---

[7] 事實上，自一九八七年之後，向陽的創作力依然持續不輟，除開童詩創作不談，這其間還在各大報副刊開設專欄，並陸續出版散文集《世界靜寂下來的時候》（1988）、《一個年輕爸爸的心事》（1988）、《暗中流動的符碼》（後於二〇〇三年易名為《為自己點盞小燈》重新出版）

《亂》中的四十三首詩作，平均一年只得2.38首，相較於之前十年中出版七本詩集的創作高峰，不可不謂這是向陽詩創作的大幅衰退。於此，從傳記式批評切入，所要檢視的也就是向陽詩創作於此一將近二十年的「詩生涯」中面臨的衰退（如上所述，且是大幅衰退）問題。

有別於其他詩集的分輯方式，《亂》中的分卷（即「卷一：1989-1993」、「卷二：1995-1999」、「卷三：2000-2003」）及其詩作的排序，係按編年史的方式以寫作時間的先後依次編目，想必這是詩人有意爲之的一種編排方式。向陽在〈亂序〉中即坦言：「這本詩集的分卷，因此也以寫作年代爲序，藉以呈現我的人生行路、身分變動和心境轉折。」（14）而此舉則方便吾人從中找出他的創作軌跡。按照該書的目錄配上寫作的年代，可以編製成下表，得窺其詩創作盈虧之走勢[8]：

寫作年份	詩作	首數
1987	——	0
1988	——	0
1989	〈一首被撕裂的詩〉、〈一封遭查扣的信〉、〈血淌著，一點聲息也沒有〉	3
1990	〈我有一個夢〉、〈野百合靜靜地開〉、〈月亮已經回家去了〉、〈海的四季〉	4

（1999）、《日與月相推》（2001）、《跨世紀傾斜》（2001）、《月光冷冷地流過》（《流浪樹》重版）（2002）、《安住亂世》（2003）、《我們其實不需要住所》（2004）等；此外還有文學論著《喧嘩、吟哦與嘆息——台灣文學散論》（1996）、《書寫與拼圖——台灣文學傳播現象研究》（2001）等書的面世，只是這些書均非新詩創作。
[8] 表格中所列詩作均略去副標題。

寫作年份	詩作	首數
1991	——	0
1992	〈發現□□〉、〈火與雪溶成的〉	2
1993	〈亂〉、〈春秋兩題〉、〈龍的文本以及它的四種變體〉、〈×與□的是非題〉、〈掌中集〉	5
1994	——	0
1995	〈日的文本及其左右上下〉	1
1996	〈在大街上走失〉、〈暗雲〉、〈咬舌詩〉	3
1997	〈依偎〉、〈凝注〉	2
1998	〈光的跋涉〉、〈遺忘〉、〈想念〉、〈世界恬靜落來的時〉、〈我的姓氏〉、〈城市，黎明〉	6
1999	〈囚〉、〈黑暗沉落下來〉、〈烏暗沉落來〉、〈迎接〉	4
2000	〈嘉義街外〉、〈春回鳳凰山〉、〈與海洋一樣〉、〈在砂卡礑溪〉	4
2001	〈戰歌〉、〈山路〉	2
2002	〈印象花蓮〉、〈出口〉、〈指月〉、〈雲說〉	4
2003	〈在陽光升起的所在〉、〈被恐懼占領的城堡〉、〈銘刻〉	3
2004	——	0
2005	——	0
合計	43首	

　　從上表顯示的創作量高低來看，可以發現這十八年詩創作歲月中（一九八七至二〇〇五年；若一九八七年獨算一年，則有十九年），其中有五年（一九八七、一九八八、一九九四、二〇〇四、二〇〇五）是向陽創作的空白期[9]，未繳出任何

---

[9] 於網站《向陽工坊》（〈向陽詩房〉）登載的十一首詩，有五首未註明寫作日期，分別是〈月的分離式〉、〈雄鎮北門〉、〈舊打狗驛〉、〈舊城曾家〉與〈講互暗暝聽〉，前四首是接續在二〇〇六年寫作的〈詠阿勃勒〉之後，按向陽編目向依寫作時間先後排序的習慣推之，其寫作時間當

一首詩作；此外，僅寫作一或兩首詩作的低量期也有三年（一九九二、一九九五、二○○一），換言之，這七年的產量均低於其創作的平均值（2.38首）。若將上表改製成下述（創作）趨勢圖，從曲線顯示的高低走向，更能讓人一目瞭然：

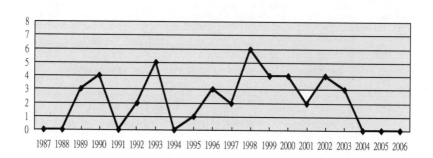

上圖的創作曲線走勢顯示，一九九三年與一九九八年為（大體）呈顯衰頹走勢（幾乎探底）的亂詩創作中較為高峰的兩個波段，分別的創作數量（Q）為五首與六首；至於探底（創作數量為零）的波段，如上所述，也有四個年份，其產量高低雖略有起伏，然而相較於之前十年所出版的七本詩集來看，震盪幅度其實並未太大，除了那兩個高峰波段，其餘時間或年份（T）的曲線幾乎貼近水平線行走，向陽亂詩的創作頹勢昭然若揭。

在二○○六年之後（或不早於二○○六年）；後一首則註明發表於二○○八年（《印刻文學生活誌》第57期），並編排在二○○七年寫作的〈禁〉與〈快樂頌台語歌詞〉二詩之間，推測其寫作時間亦當同在二○○七年。由此進而可以推之，《亂》出版前的二○○四年與二○○五年兩年，向陽亦無任何詩創作，否則若屬《亂》的遺珠，亦當登載於《向陽工坊》網站上。

二、詩生涯與創作走勢

　　向陽亂詩的創作走勢既已如上表與上圖所示──大體上呈現一種創作量衰頹的現象，則吾人意欲進一步探究的是：這裡頭到底如何呈現詩人「人生行路、身分變動和心境轉折」的詩生涯的過程？或者反過來說，詩人的人生經歷與生活如何影響其創作走勢？關此，從向陽這一段生活經歷與時代背景來解讀其創作走勢，也即自歷史－傳記式研究途徑入手，毋寧是一種最為有效的方法。

　　在一九八七年之後，不論是台灣社會的變動，抑或向陽個人生活及工作的變遷，亦即從大我時代的宏觀面或小我詩人的微觀面來看，皆可曰一個「亂」字能夠涵蓋。向陽說，屈原的《離騷》頗有理心治亂的用意，其詩末「亂」字之出，係「出以歌的形式，寓以心亂於亂世之煩憂」（2005：8-9），將詩人的心亂與世亂綰合起來解讀，頗有借彼喻己之意，在這一段時期，他的創作量降低係來自他的「心亂」，而其「心亂」則又出於「世亂」之故；所謂的「世亂」，又包含時代、社會的亂與個人生活、工作的亂。

　　首先，從一九八七年之後，隨著戒嚴的解除，近二十年政治板塊的挪移，使得台灣社會因此處於猶疑、晃動、焦慮與急切的震盪之中，「從黨內黨外的纏鬥，而本省外省的區分，到泛綠泛藍的對峙，乃至於台灣和中國之間的統獨爭議，在在訴說著台灣社會的動盪。板塊挪移、碰撞、搖晃，人心也跟著驚惶、錯愕、難安」（2005：11），台灣這個島上所有的人──

包括詩人自己，心頭哪能不「亂」？〈一首被撕裂的詩〉、
〈暗雲〉、〈嘉義街外——寫給陳澄波〉三首題材有關二二八
事件的詩作，便是出於政治之亂的反映：朝野雙方於此之際，
對於二二八事件的眞相及其歷史地位問題仍在爭論不休；而另
一首〈一封遭查扣的信——致化名「四〇五」的郵檢小組〉則
以反諷的口吻透露詩人對解嚴後民眾仍受情治單位郵檢監控的
極端不滿，可謂爲詩人的「理心治亂」。然而如此的世亂與心
亂，令詩人不禁怒曰：「這顯然不是詩的年代」；向陽便自剖
說，一九八七與八八這兩年他原來旺盛的創作力會突然瞬間熄
火，乃與此一「亂」字不無關聯（2005：11），而亂詩的產量
之如此稀少，或於此可獲得理解。

　　其次，再從向陽個人此一階段的「人生之路和職場生涯」
來看，由於職場生涯的變換（連帶也影響個人生活）——這段
期間他遭逢「三重身分的轉換過程」，試看底下向陽這兩則自
述：

　　　　來到一九八七年忽然有了巨大的轉彎。在這之前，我擔
　　　任《自立晚報》副刊主編，儘管工作忙碌，都與文學有
　　　關，因此尚能悠遊於想像的大洋和隱喻的峰口之間；在
　　　這之後，我轉任報社總編輯、總主筆，面對高度政治性
　　　的新聞工作，隨著台灣政治與社會的變化，跌宕起落，
　　　蹦緊神經，詩的想像之巢已爲政治的鳩鳥所占，隱喻也
　　　已被直言批判所瓜代。編報紙、寫社論，從一九八七年
　　　到一九九四年自立報系轉移經營權風波發生，整整七
　　　年，僅得詩作十四首，且多與政治新聞事件有關。從一

個文學人到一個新聞人，詩與新聞對話的結果，是虛構
的美在現實的醜陋和政治的亂象之中，逐漸遭到侵蝕、
掩埋。（2005：12）

接著又是另一個變動。就在自立報系轉移經營權風波發
生的同時，我考上了政治大學新聞研究所博士班，離開
新聞工作之後，重返學院，開始另一個階段的學術研究
生涯，直到二○○三年取得博士學位為止。前後九年，我
學習如何由一位批判時局的新聞工作者，收斂、沉潛、
省思，在冷僻、枯乾的理論和書堆之中轉型為研究者
……學術研究和教學，占滿了我的日晷，也剝去我的閒
情，而詩需要時間、需要閒情，這九年間，煩亂、蒼茫
如霧中行路，詩僅得三十首[10]。（2005：12-13）

　　依上述向陽的自述，過去這十六年由於自身工作的變動，
先是從文學人轉變為新聞人，再由新聞人轉型為研究者，也
就是他自謂的「三重身分的轉換」。在前一個七年的階段，
「詩的想像之巢已為政治的鳩鳥所占」，所以這段期間寫的政
治詩最多，包括一九八九年所寫的〈一首被撕裂的詩〉、〈一
封遭查扣的信〉、〈血淌著，一點聲息也沒有──致北京／台
北的學生〉，以及分別於一九九○年與一九九二年所寫的〈野
百合靜靜地開──寫給參加三月學運的台灣青年〉和〈發現

---

[10] 向陽自述這一階段前後兩期（1987-1994，1994-2003）總共得詩四十四首
（十四首加三十首），但查《亂》中所收詩作只有四十三首（有若干首為
組詩），這當中尚差一首（可能未被詩人收入詩集中）；由於未明何詩，
故本文不予納入討論。

□□〉。其中一九九一年與一九九四年是這一階段的創作谷底,向陽的詩作成績是零,前者或因其於茲年考上中國文化大學新聞研究所碩士班就讀,給原就繁忙的新聞工作加上課業的重擔,暫時只能跟繆思絕緣;後者則因是年發生自立報系經營權轉移風波,身陷事件之中的詩人難免焦頭爛額,其詩思「遭到侵蝕、掩埋」,自是意料中之事。然而一九九三年他通過碩士論文口試,當中交出五首詩作的成績,則形成這一段前期創作的高峰。通括來說,九三年的〈亂〉詩,可以看出向陽擬藉此詩「以諷世亂、以理心亂」的企圖,而詩集以此詩名為題,不言而喻,不妨將之視為詩人此一時期的生活與心情的寫照。

再就後一個九年的階段而言,向陽從一九九四年考入政治大學新聞研究所博士班,並自自立報系退休,離開新聞工作,重返學院,也由一位批判時局的新聞工作者轉換身分成為一個沉潛的研究者。與此同時,在這九年當中,前兩年由於博士班要求專職學生,而最後一年因為撰寫博士論文需要辭掉教職在家,計有三年讓他遠離職場;除了這三年他自嘲為「無業遊民」的時間,其中有六年先後任教於靜宜大學和真理大學,可謂身兼教師與學生的雙重身分(2005:13)。也正因為艱苦的學術研究和教學占去他大半的時間,甚至剝奪他的閒情,詩作少產並不令人訝異。

這一時期的前三年(尤其是一九九五與九七年),或許緣由博士班修課的壓力,讓向陽竟也延續一九九四年的「無詩歲月」,仍處在創作的低潮期,三年僅得詩六首(平均一年兩首,低於亂詩寫作的每年平均值)。另一個低潮期則出現在他轉換工作的二〇〇一年(亦只得詩兩首),這一年元月他先辭去

靜宜大學中文系教職，又在八月進入眞理大學台文系專任[11]，而這兩首詩〈戰歌〉與〈山路〉則又都寫於他轉換教職後的十一與十二月，可見工作轉換之際紛亂不定的心情極不適合提筆賦詩。

　　然而令人最爲好奇的是，不論是前期或後期，一九九八年可謂是向陽這十六年（或十八年）亂詩寫作的最高峰（雖然仍不能與《心事》之前的創作量媲美），這一年創作的六首詩爲〈光的跋涉〉、〈遺忘〉、〈想念〉、〈世界恬靜落來的時〉、〈我的姓氏〉、〈城市，黎明〉。爲何這一年詩作的創作力會較爲旺盛？若注意向陽慣於詩末附記的寫作地點，可以發現，當中除了〈城市，黎明〉一詩寫於台中外[12]，其餘五首詩均作於基隆暖暖，若再加上前一年（九七年）的〈依偎〉與〈凝注〉，以及後一年（九九年）的〈囚〉，則寫於暖暖的詩作合共八首，這在詩創作力日趨衰頹的晚近階段，對於詩人而言不能不說是個「異數」。而這裡所顯示的影響詩人創作表現的，則不只是時間因素一項而已，尚與空間因素有關，易言之，係避居於城市邊緣山區的暖暖，令他重拾詩筆的熱情，請看下述向陽自己的說法：

　　　這一年中，陪伴我的，多是漫漫長夜，多是暖暖山居的寒暑。遠離白天，遠離都市，我也遠離了十多年媒體生

---

[11] 參閱網站《向陽工坊》的〈向陽寫作年表〉，瀏覽日期2010年7月7日，http://tea.ntue.edu.tw/~xiangyang/chro_5.htm。

[12] 此時向陽仍在台中靜宜大學中文系執教，該年開設有「文學與傳播」、「新聞採訪寫作」、「報導文學」、「台灣文化概論」等課程（參見〈向陽寫作年表4〉），此詩推測係於靜宜大學執教之餘的「偶拾之作」。

活的迷亂，重新拾回年輕時與文學靠近的熱情、純眞，以及孤獨。因此，這一年來，我總是與孤燈相伴，坐在電腦之前，遠望陽台之上的星空，月空，雨空，雲空，下筆爲文。詠黎明的鳥聲，嘆亂眞的人造花，歌滋肆的大洋，念成長過程的舊友，刺亂離年代的政治，傷人世促不及防的隕逝，頌山海土地的壯美，析當代文化的錯置紛陳，哀弱勢族群的瘖啞難語，述網路世界的迷蹤離路……。人生、自然，文化、政治，流行、符號，伴隨著鄉郊的山澗清風、暖陽麗日、秋月疏星、冬雨寒霜，進入我的書寫板塊之中[13]。（2003a：7-8）

追索詩人行走的軌跡以尋繹他的創作過程，並進而據此解讀詩作文本意涵，乃至於評價其藝術生命的表現，可謂爲傳記式批評的奧義。而我們從上面的引文可以發現，詩人所移居置身的場所氛圍，對於詩人創作力的表現不免有著莫大的影響，甚至支配著他對於題材的選擇。作於暖暖的向陽這八首詩，除了〈我的姓氏〉與〈囚〉（前者爲後殖民詩，後者爲圖像詩）之外，盡皆爲典型的抒情詩（lyric）。這絕非巧合之作，以〈光的跋涉〉一詩而言，其云：「夜皎皎兮既明／抗拒黑暗的燈／在沉沉的夜裡犁出了燦亮的／池塘。」（111）顯然就是上

---

[13] 這一段出自《爲自己點盞小燈》一書〈代序〉的自述，交代的雖是他寫作《中國時報‧人間副刊》「三少四壯集」專欄的緣由以及將之集結成該書的過程，但是這些他撰寫的所謂「暗中流動的符碼」（該書重版前的原書名），當也包括在此所寫的詩作，不啻側面說明暖暖山居令他重拾詩筆的「熱情、純眞，以及孤獨」。

引文最佳的寫照。於此，我們或可斷言：追尋詩人的行跡，可以獲得一把開啓文本奧秘的鑰匙。

第三節　亂詩的創作內容

　　依照艾布拉姆斯（M. H. Abrams）在《鏡與燈——浪漫主義文論及批評傳統》（*The Mirror and the Lamp: Romantic Theory and the Critical Tradition*）中的主張，探究文學（藝術）與作者（個性）相互關聯的變量——亦即傳記式批評，可以有三個途徑，其中的第一種即係根據作者來解讀其作品[14]，而這個研究途徑基本上屬於文學致因（literary causes）的類型，也就是此一方法著名的倡導者聖柏夫（Sante-Beuve）所說的：「有其樹，必結其果。」（tel arbre, tel fruit.），即藉由參照作者的性格、生平、家世、環境等特質，試圖將其作品的特性孤立起來並加以解釋（227）。在此，本章底下亦將循此途徑以進一步探究向陽亂詩的內容。

一、政治的亂詩

　　一九八七年政府宣布戒嚴解除，這在台灣憲政發展史上

---

[14] 第二種途徑係反過來自作品中解讀作者——其目的在撰寫作者個人的傳記；第三種途徑則是藉閱讀作品來發現作者，與第二種方法的差異在於，它主要是以審美與欣賞做為目的，蓋其認為作品的審美特性是作者個性的投射，也就是把詩作視為直接通向詩人靈魂的透明入口（227）。

可謂是劃時代的一年，可是解嚴伊始，並不表示威權政府嚴密
管控的統治馬上放鬆，尤其國安情治單位綿密的布建與監控仍
然鋪天蓋地，譬如與一般庶民關係密切的郵局，其內部仍存在
「四○五」郵檢小組監管民眾來往信函，向陽的〈一封遭查扣
的信〉，從副標題「致化名『四○五』的郵檢小組」即可一目
瞭然：這是詩人以反諷語調對情治監控手段的控訴。

　　向陽對初解嚴政局的不滿尚不止於此。接下來的〈血淌
著，一點聲息也沒有——致北京／台北的學生〉一詩更拿北京
（一九八九北京五二○）與台北（一九八八台北五二○）的學
運兩相比較，在第三段以表格打破詩作形式窠臼，列舉兩場學
運的不同場景與媒體反應以為對比（26-28），暗示大陸戒嚴手
段儘管較諸台灣更趨嚴密（甚至更為血腥），但是人民與新聞
媒體卻比號稱已解嚴的台灣對於統治權力的反抗更具力道。兩
相對照之下，台北的學運似乎未得民眾的奧援，以至於一九九
○年三月展開的「野百合學運」，再度觸動向陽的心弦，為
之寫了一首〈野百合靜靜地開——寫給參加三月學運的台灣青
年〉（34-37），聲援學運的意圖昭然若揭。

　　於此之際，緊接而來的政治亂局則還包括藍綠（國民黨
vs.民進黨）的對立、戰爭的威嚇（恐懼）、核電的爭議、環
保的無解等等，在在都令即便處於百忙之中的詩人難以無動於
衷，遂有記錄此一心情的〈亂〉詩之作，同時還企盼「我有一
個夢」：「夢見咱們鬥陣維護這片土地／提愛心，拍開仇恨的
枷牢／抱希望，行離鬱卒的暗房／醒過來就是萬里無雲天／和
平的花蕊散放出久長的清芳」（〈我有一個夢〉）（32）。

　　這些政治詩作大多保有向陽向來慣用的形式手法及修辭

伎倆，諸如定行詩節、反覆迴增（incremental repetition）、排比、對偶、複沓等，在他早期嘗試創作的十行詩與台語詩中即大量使用這些形式與修辭手法——向陽也自剖其詩作（尤其是台語詩）特別重視形式化與格律化[15]（林淇瀁 2002：304-10）。但是在上述這些政治亂詩中卻也出現之前向陽難得一見的形式與語言，譬如〈一封遭查扣的信〉一詩，形式是分行詩與書信體散文的綜合，其語言又是絕對散文化的；〈血淌著，一點聲息也沒有〉一詩則如上所述中間竟插入一個三欄的表格，而詩末特意加註的一行字：「表格由『一國兩府』聯合製作。」（28）則不無後設語言（meta-language）調侃的意味；再如〈一首被撕裂的詩〉（18-20）與〈發現□□〉（46-49）兩首[16]，詩人以同樣手法在文本中置入空白的方格以取代若干詩行與字詞，□做為無言的表示，對抗壓抑的意圖至為明顯：前詩第二段被挖空的方格，原來的文字其實是被「撕裂」到下面的第三、四段，而後詩詩行中出現的兩個方格，其答案應填「台灣」兩字則已昭然若揭。然而空白方格的置入，顯有後現代主義的遊戲味道，若說其為「後現代政治詩」亦不為過。

---

[15] 可以《十行集》（1984）與《土地的歌》（1985）為代表，這兩冊詩集特重形式化與格律化的表現。

[16] 〈一首被撕裂的詩〉除了文本版（原詩）之外，在向陽的《台灣網路詩實驗室》網站（http://tea.ntue.edu.tw/~xiangyang/workshop/netpoetry/）上還有動畫版、gif版、拼貼版等各種「數位版」。向陽於一九九八年開始於網路上架設《向陽工坊》網站，因此也從事網路詩（或稱數位詩）的寫作，在一場與李順興的對話中他即表示：「我相信網路文學不該只是貼文章、設計版面，而應該結合詩的語言和網路的語言，呈現新的文本與風格……」於是〈一首被撕裂的詩〉在一九九八年才出現有它的數位版（2001b：42）。

　　向陽於此政治亂詩出現的帶有後現代傾向的形式與語言，仍得從一九八○年代末期與九○年代初期台灣詩壇（乃至文學界）的大環境來看，始能真正了解爲何在向陽的亂詩中會出現這種新的語言及形式。從一九八○年代中期起，西方後現代思潮已然登堂入室，羅青、夏宇、林燿德、林群盛……等人率先嘗試帶頭寫起後現代詩；而國內學者的相關論述也於一九八七年起相繼出版，直到向陽寫作〈發現□□〉一詩的一九九二年爲止，包括蔡源煌的《從浪漫主義到後現代主義》（1987）、羅青的《詩人之燈》（1988）與《什麼是後現代主義》（1989）、孟樊的《後現代併發症》[17]（1989）、鍾明德的《在後現代主義的雜音中》（1989），以及葉維廉的《解讀現代‧後現代》（1992），都一一在坊間面世，而從向陽於九○年代前期與中期所撰寫的論文中，已然可見他早已接觸相關的後現代論述（如蔡源煌、羅青、林燿德、孟樊等人的專書或專論）[18]，緣於此故，受此後現代新起詩潮的影響，向陽不甘於舊有語言形式的襲用，當能爲吾人所理解。

---

[17] 孟樊另一篇針對台灣後現代詩綜論的長篇論文（約三萬多字）〈台灣後現代詩的理論與實際〉則在一九九○年發表，收入他與林燿德合編的《世紀末偏航──八○年代台灣文學論》（1990）一書。向陽的《書寫與拼圖──台灣文學傳播現象研究》（林淇瀁　2001a）曾參考孟樊該文。

[18] 再以向陽寫於一九九九年的論文〈長廊與地圖──台灣新詩風潮的溯源與鳥瞰〉爲例，該文提及一九八○年代的都市詩風潮時即指出，此與當時後現代詩的提倡有關：「後現代主義的登場，使都市詩人群找到理論與創作的根據」，並引用了林燿德與羅青的說法（2001b：42, 56），足見向陽接觸後現代論述其來有自。

二、社會的亂詩

　　相較於政治亂詩，向陽取材於台灣社會（現況）的社會
亂詩，顯見更易涉入詩人的感情。這些社會亂詩的題材（如政
治亂詩一般）不一而足，如有對於九二一災變（一九九九年
九月二十一日）的哀戚與感懷的〈黑暗沉落下來〉（134-36）
與〈春回鳳凰山——寫給九二一災後四個月的故鄉〉（150-
52）；有對深夜不歸還留連在燈紅酒綠的青年呼喚的〈月亮已
經回家去了〉（38-40）；也有對凌晨城市黑暗角落掃描的〈城
市，黎明〉（128-31）。無疑地，這些社會亂詩都來自於他對
當今台灣社會「亂」象的解讀，其中又以一再被向陽於公開場
合朗誦的〈咬舌詩〉最具代表性——代表詩人對社會亂象的印
象與觀感[19]：

> 這是一個怎麼樣的年代？怎麼樣的一個年代？
>
> 這是啥麼款的一個世界？一個啥麼款的世界？
>
> 黃昏在昏黃的陽光下無代誌周掠目睭相咬，
>
> 城市在星星還沒出現前已經目睭花花，鮑仔看作菜瓜，
>
> 平凡的我們不知欲變啥麼蜢，創啥麼碗糕？
>
> 孤孤單單。做牛就愛拖，啊，做人就愛磨。
>
> 拖拖拖，磨磨磨，
>
> 拖拖磨磨，有拖就有磨。

---

[19] 此處引文以原詩字體出現（原詩包括細明體與楷體兩種字體）。

這是一個喧嘩而孤獨的年代，一人一家代，公媽隨人差的世界。

你有你的大小號，我有我的長短調，

有人愛歃DoReMi，有人愛唱歌仔戲，

亦有人愛聽莫札特、杜布西，猶有彼個落落長的柴可夫斯基。

吃不盡漢堡牛排豬腳雞腿鴨賞、以及SaSiMi，

喝不完可樂咖啡紅茶綠茶烏龍、還有嗨頭仔白蘭地威士忌，

唉，這樣一個喧嘩而孤獨的年代，

搞不清楚我的白天比你的黑夜光明還是你的黑夜比我的白天美麗？

拖拖拖，磨磨磨，

拖拖磨磨，有拖就有磨。

這是一個快樂與悲哀同在的年代，七月半鴨不知死活的世界。

你醉你的紙醉，我迷我的金迷，你搔你的騷擾，我搞我的高潮，

庄腳愛簽六合彩，都市就來博職業棒賽，

母仔揣牛郎公仔揣幼齒，縱貫路邊檳榔西施滿滿是。

我得意地飆，飆不完飆車飆舞飆股票，外加公共工程十八標，

你快樂地盜，盜不盡盜山盜林盜國土，還有各地垃圾隨便倒，

唉，這樣一個快樂與悲哀同在的年代，
分不出來我的快樂比你的悲哀悲哀還是你的悲哀比我的
　　快樂快樂？

快快樂樂。做牛就愛拖，啊，做人就愛磨。
平凡的我們不知欲變啥麼蜩，創啥麼碗糕？
城市在星星還沒出現前已經目睭花花，鮑仔看作菜瓜，
黃昏在昏黃的陽光下無代誌周掠目蝨相咬，
這是啥麼款的一個世界？一個啥麼款的世界？
這是一個怎麼樣的年代？怎麼樣的一個年代？

（2005：102-04）

　　這首〈咬舌詩〉可謂呈現了一九八○年代以來台灣某些
層面的「社會百態」——在詩人眼中看到的都是社會亂象，卻
也是台灣這一階段很真實的社會面貌；對於向陽來說，〈咬舌
詩〉不過是他以詩作如實地反映社會真實而已，底下他在《安
住亂世》書末的跋文〈四十二盞油火小燈〉所說的一段話，正
好可以拿來為自己上詩做註解：

　　九○年代迄今的台灣社會，是一個在政治、經濟、社會
　　與文化等諸層面都陷於混亂、渾沌、灰暗的階段。政治
　　上的民主轉型，尚未帶來相對穩定的秩序；經濟上的泡
　　沫發展，則隨著國際經濟頹局而破滅；社會在解除戒嚴
　　禁錮之後，一夕開放，眾聲喧嘩，而無規無矩；文化發
　　展也因為多元衝擊，加上政治上的意識形態對立，無法
　　建立既有主體性，又有包容性的對話機制——這十多

年來，改革愈改愈亂，從政治到教育、從社會到人心，彷徨、恐懼、驚慌、害怕、焦躁、鬱悶、暴戾、絕望，不但顯現在政黨惡鬥、金權混淆、社會失序的整體結構上，也流露在自焚、自殺、自虐、自閉的邊緣人的最後人生選擇，甚且登堂入室，進入多數人夜半驚醒的惡夢之中——這是個亂世，亂字寫滿世間、亂字寫在多數人的心口上。（2003b：194）

在形式上，〈咬舌詩〉基本上承襲了向陽慣用的手法，包括定行詩節（尾段除了以「快快樂樂」置換「孤孤單單」外，事實上是頭段的倒寫）、反覆迴增、排比、對偶、複沓、疊字等，幾乎是向陽慣用形式手法的集大成。然而本詩如前所述由於受到當時後現代詩潮的影響，致使詩人亦試圖走出桎梏，思以語言及形式的創新。向陽在該詩題下特別註明「楷體為台語」，係因原詩以細明體和楷體打印，而前者須以國語而後者則用台語發音，因此詩人要特予標明。所以〈咬舌詩〉是一首雙聲帶的（bilingual）詩歌——餘如〈我有一個夢〉、〈黑暗沉落下來〉與〈烏暗沉落來〉（後兩首為一組）等亦為雙聲帶詩歌[20]——而雙聲帶則係出自後現代「眾聲喧嘩」（heteroglossia）的概念，即個人表述的話語具有異聲雜陳（heteroglot）的色彩。如前所述，由於向陽亦不能自外於

---

[20] 此外，另一首呈現社會亂象的〈城市，黎明〉在形式上也有創新之處，首先，在詩行的排列上，它同時是一首齊頭詩也是一首齊尾詩；其次，除了頭尾兩段以及中間第三段，是詩還呈上下或兩截或三截的排列，上下兩截或三截可以連起來讀，也可以彼此分開讀，形成另一種「多聲帶」的演出，這種不定的形式也具有後現代的特色。

一九八〇年代後期以來的後現代詩潮，而這讓他反而在亂詩的
創作上找到「新瓶裝舊酒」的契機，亦即嘗試將後現代的形式
（新瓶）套用在寫實的抒情詩（舊酒）上。

三、生活的亂詩

　　若是從創作的數量來看，向陽《亂》詩集中的生活亂詩仍
是占他詩作的最大宗。前述提及的政治亂詩、社會亂詩，乃至
向陽做為一個新聞人、一位詩人無法自外於外在世界政治與社
會的變遷、思潮的遞嬗而有所感的寫作，可以說是他對這一階
段時代環境的回應與反映，如其在《跨世紀傾斜》的〈自序〉
中所言：「面對著社會、土地與人，一個文學人寫作時如果只
是沉溺在個人的悲喜愛恨之中，經之營之，渾然無視於與他一
起在同一個時空中呼息的讀者，這樣的文字固然也有存在的
理由，但也可能只被當成擺設之用。我寫作，我存在，是為我
所存在的時空。」（2001a：8-9）一言以蔽之，他這些政治亂
詩、社會亂詩頗有「以諷世亂、以理心亂」的雙重意涵。

　　話雖如此，《亂》中所呈現的多數詩作──也就是生活亂
詩，反映的卻無非是與詩人「悲喜愛恨」諸種個人情緒（或情
感）較為相關的生活體驗，譬如寫於暖暖的大多數作品：〈依
偎〉、〈凝注〉、〈光的跋涉〉、〈遺忘〉、〈想念〉、〈世
界恬靜落來的時〉，就以最後列舉這一首詩來看：

　　　　世界恬靜落來的時
　　　　就是思念出聲的時

窗仔外的風陣陣地嚎

天頂的星閃閃啊熾

世界恬靜落來的時

我置醒過來的暗暝想起著你

我置睏未去的暗暝想起著你

想起咱牽手行過的小路

　　　火金姑舉燈照過的田墘

　　　竹林、茫霧和山埔

猶有輕聲細說的溪水

世界恬靜落來的時（116-17）

　　這是一首典型的台語情詩，寄託的是詩人相思的情懷，反映的是詩人一己私密的情緒。其餘諸詩反映的亦盡皆詩人「一方天地」的私密情感。這種「小情小愛」的寫作自然與暖暖山居有關，是暖暖的創作空間及其場域氛圍影響了詩人的寫作，誠如向陽在〈繁星在天〉一文所述：

　　暖暖實在是四時如春的所在，特別是靠近水源地的山邊，夏天只要打開電風扇就涼爽宜人，晨昏之際，日升日落，太陽移動的光影變化，在屋舍和牆壁、庭院之中移動，坐在書房讀書寫字，偶爾抬頭望向窗外，看到這些光影又與稍早不同，也是一種樂趣；入夜之後，整座山村寂靜下來，花香游移空氣之中，蟲聲起落田疇之上，野趣橫生；遇到月圓之時，黃澄的月光照亮山居前方的山巒、人家，也照亮了舒坦的心境。（2004：82-

83）

　　令詩人舒坦的感覺尙不止如此，「山區的空氣一如往常般，清爽宜人，家宅前後的花樹似乎也都偷偷地長高了，秋天在這個依山傍水的所在，相對分明，連人也有神清氣爽的感覺。」（2004：82）試問暖暖山居如此令人舒坦清爽的感受，怎會再讓詩人「心亂如麻」呢？「小情小愛」的詩作自然洶湧而出，不難理解。不過，如果我們再進一步檢視亂詩便會納悶：爲何上述這些感性的抒情詩竟然連一首也未曾發表[21]？有趣的是，同樣寫於暖暖的另兩首詩〈我的姓氏〉與〈囚〉，前一首發表於《中外文學》，後一首則刊載在《台灣詩學季刊》，偏偏這兩首亂詩皆非「小情小愛」之作，而這是否說明表達「小情小愛」的抒情詩就不登大雅之堂？如果援引上述向陽於《跨世紀傾斜》一書的〈自序〉所說的話，答案已不言而喻。

　　如果這是正確解答，推於極端，向陽也就不必於暖暖有如斯抒情之作了；何僅止於暖暖所作，作於其他地方的諸如：〈海的四季〉、〈火與雪溶成的〉、〈春秋兩題〉、〈掌中集〉、〈在大街上走失〉、〈在砂卡礑溪〉……這些抒情詩，也就統統不登大雅之堂了——問題是這些詩事先皆已在報刊登載發表。換言之，向陽亦不認爲非得表達大我關懷的詩作始足以登載簡編史冊，如他早期的詩觀所述：「詩人只須忠於他所

----

[21] 向陽出版詩集，向來習慣在每首詩詩末附記寫作及發表日期與登載報刊。作於暖暖的詩作，除了二〇〇〇年的〈與海洋一樣〉（也是抒情詩）註明發表於《自由時報・副刊》，以及〈春回鳳凰山〉發表於《聯合報・副刊》之外，上所舉諸詩皆未表明登載報刊。

立足的土壤，反映他所來自的生活。」（1984：22）足矣！試看向陽於〈紮根在生活的土壤中〉所表述的詩觀：

> 用詩反映生活，這是詩人的紮根；讓詩照映生命，這是詩人的結果。詩人以愛做為導管，以智做為篩管，因此強韌了自己的枝幹。透過愛的導管，生命中的喜怒哀樂都是詩人取材的泉源與關懷的焦點，詩人付出了，因此擁有；通過智的篩管，生命中的悲喜善惡都是詩人汰取的目標與思考的對象，詩人擁有了，因此成長。（1984：22）

也許正是基於這樣的創作信念，所以他於二〇〇〇年一月二十九日應《聯合報》之邀，回南投故鄉參與九二一災變後「春回鳳凰山」活動（朗誦己作），於行前遂有〈春回鳳凰山〉一詩之作（寫於同年一月二十二日）[22]。九二一地震發生的翌日凌晨，向陽由於心繫山中母親安危，知悉仍有一條產業道路可通，立即開車疾馳返鄉一探究竟，散文〈暗暝走奔〉即描述當時連夜回奔家園的心境（2004：78-81）；同時他也隨手賦詩一首〈黑暗沉落下來〉，可與該文對照參閱[23]。不論是災變發生時即刻的回應，或是在若干時日後的應邀寫作[24]，咸係出

---

[22] 參閱〈向陽寫作年表5〉，見《向陽工坊》。

[23] 本詩於同年十月二日另以台語版發聲，並以〈烏暗沉落來——獻互九二一集集大地動著驚受難的靈魂〉為名發表在《中央日報·副刊》，形成一詩二寫的「雙聲帶」創作。

[24] 《亂》中若干詩作均出自這種應邀寫作的「逼稿成篇」，如〈戰歌〉一詩係二〇〇一年十一月應《自由時報·副刊》「戰爭與和平」特輯之約而作；餘如〈在砂卡礑溪〉（可與收入於《我們其實不需要住所》中的〈不

於上述詩人秉持的「詩乃『紮根在生活的土壤中』」的創作信念，簡言之，即「詩從生活中來，也要回生活中去」（1984：21）；緣於此故，向陽的生活亂詩，皆可從這樣的信念得到合理的解釋。

第四節　結語

　　傳記式批評首重之事即要探究作家（詩人）生活的歷史背景和時代環境；除了要整理作家相關的生平經歷資料，對於作家自己的創作自白與文學見解（即文學觀或創作信念）也要予以了解；不僅如此，還應進一步站在時代的高度，「歷史地、發展地看待作家生活的社會主流方向，分析作家所受到的思想和藝術影響的性質」（周忠厚編 218-19）。本章上所論主要亦從這三個面向切入，並從而尋繹向陽亂詩創作的歷史軌跡。基本上，這種歷史－傳記式的研究取徑是一種外緣研究，與注重內緣研究後來新起的形式主義（formalism）、新批評（new criticism）、結構主義（structuralism）、符號學（semiotics）等研究途徑有著極大的差異。以外緣探索文本的傳記式批評雖為傳統的老方法，然仍具一定的研究價值與效用，比如說彌爾頓（John Milton）的名作〈詠失明〉（"On His Blindness"）一詩，讀者如果知道他四十四歲即已完全失明的話，對該詩將可

動與動〉一文彼此互文參照）、〈雲說〉等詩，亦不無有為活動逼稿成篇之嫌。

獲得最佳的了解（Guerin et al. 22）。同理，對於向陽自一九八〇年代末期至二〇〇五年之間他個人三重身分的轉換以及對當時台灣社會變遷的理解，同樣有助於吾人賞析他這四十三首亂詩[25]。

韋勒克與華倫在《文學理論》中將詩人分爲兩類：一是客觀的詩人，諸如濟慈（John Keats）和艾略特（T. S. Eliot）這類詩人，強調的是詩人的「消極能力」（negative capability），他們對世界採取開放的態度，寧可使自己獨特的個性消泯；另一種是主觀的詩人，其作旨在表現自己的個性，繪出自畫像，進行自我表白，做出自我表現（77）。上述以傳記式批評所得出的向陽塗繪的亂詩圖像，個人色彩鮮明，正是主觀詩人的典型。

何故如斯認定？在《亂》書的自序中向陽特地表示，其《亂》書之「亂」係引自屈原的《離騷》（詩末有「亂曰」之說，意指詩人調節樂調使其詩作收束於高峰的終章），並進而解釋所謂的「亂」，「似乎還不只是詩歌終章的代稱，似乎

---

[25] 如上所述，向陽的詩創作於此階段呈衰頹的走勢；然若從其他文類如散文、文學論述來看，向陽在這段期間所繳出的創作成績仍極爲可觀，不僅各報副刊專欄寫作賡續不輟，光是散文集就出版有《世界靜寂下來的時候》（1988）、《一個年輕爸爸的心事》（1988）、《暗中流動的符碼》（1999）、《日與月相推》（2001）、《跨世紀傾斜》（2001）、《安住亂世》（2003）等六冊，遑論其他包括童詩、譯著、文學／文化論述、學術論著等著作，因此放大來看，這段期間他仍保持相當旺盛的創作力，只是寫作焦點轉移。吾人或可如此推定：世亂而至於心亂的生活與時代，並不適合寫詩（雖然仍能寫作其他文類），蓋向陽在〈亂序〉中已斬釘截鐵講得再明白不過：「這顯然不是詩的年代。」（2005：11）

也還有著屈原藉此以諷世亂、以理心亂的雙重意涵」。如斯解釋，旨在闡明，「亂」字之出，於其亂詩係「出以歌的形式，寓以心亂於亂世之煩憂」（2005：8-9）。顯然這段表明他創作心迹的話頗有明志之意圖，而經由上述以傳記式批評切入解讀，當可做如下結論：這些亂詩自然不是向陽創作的終曲，毋寧是他「作爲亂世之記」，同時也給做爲詩人的他排除掉個人的「煩憂愁苦」。如是一來，向陽做爲韋、華二氏所說的「主觀詩人」，殆無疑義。

第十章　夏宇論

夏宇的後現代語言詩

- 前言
- 語言的物質性與非指涉性
- 構句的隨興與反敘事
- 意符遊戲和讀者參與
- 結語

第一節　前言

　　夏宇從十九歲開始寫詩，於一九七〇及八〇年代陸續在
《草根》、《消息》、《藍星》與《創世紀》等詩刊發表作品
（張默編著 1987：236），由於她的詩作獨樹一格，表現形式
與語言風格頗具新意，乃至於悖離傳統的詩學觀與批評法則，
令人眼睛為之一亮，很快即贏得早先亦以前衛聞名的創世紀詩
社的嘉冕，獲得《創世紀》創刊三十週年詩創作獎[1]。但這位
在當時被詩評家蕭蕭視為近十年來「已經不再出產」的「純詩
人」（引自林燿德 1986：128），卻也因為其語言難以理解[2]，
意念不易捕捉[3]（張默編 1981：231），使得其作品甚至被視為
「壞詩」（引自林燿德 1986：128），而受到「批評家們瞠目
以對」（129）。究其實，夏宇的這些所謂的「壞詩」，是詩
人「在對詩的創作或詩的存在本身提出質疑」（129），誠如
她自己所言，此係出於在創作方法上「以暴制暴」（1997a：

---

[1] 夏宇得獎的評語是：「以冷靜自嘲的語調反抒情式的抒情。語言頗見鍛鍊
之功，語法與邏輯切斷等技巧運用成功，意象準確，且富暗示性。作者潛
力深厚，實為一傑出的現代女詩人。」（本社 36）這段評語，五位評審委
員（白萩、余光中、洛夫、張漢良、瘂弦）其實只說對了一半。夏宇詩的
語言既未見「鍛鍊之功」，其意象亦未必準確。詳見內文底下的討論。
[2] 在《Salsa》中的〈聽寫〉一詩詩末小記，夏宇自舉一例，坦言連周夢蝶
「自己說他看夏宇詩集二十遍還是看不懂」（1999：110）。
[3] 張默在主編的《剪成碧玉葉層層——現代女詩人選集》中，對夏宇有這樣
的評語：「她的詩極富說服力，往往從平淡單純的意念中，令人有捕捉不
到的驚喜。」（1981：231）

105）。

夏宇這種「以暴制暴」的創作意圖[4]，本身即寓有文本政治（textual politics）的意涵，而文本政治一向被認為「幾乎是後現代獨有的文化現象」（廖咸浩 1995：120），夏宇因而被歸為台灣代表性的後現代詩人（林燿德 1986：129；孟樊 1995：241）。在當代的英美詩壇中，各式各樣的後現代詩派諸如：紐約詩派（the New York School）、敲打派（the Beat Generation）、舊金山文藝復興派（the San Francisco Renaissance）、黑山詩派（the Black Mountain School）、自白詩派（the Confessional Poets）、運動詩派（the Movement Poets）以及語言詩派（the Language Poets）（Allen and Butterick 9；Neil 2003），紛紜並呈，頗有「眾聲喧嘩」的氣勢，其中要屬語言詩派——無論是理論或創作方面——在文本政治上走得最為前端；而在後現代潮流中其之所以受到矚目，不只是因為他們反主流，更為重要的是他們造就了獨樹一幟的文本政治的風格（廖咸浩 1995：122）。夏宇大半的詩作與語言詩派這種反主流詩風的訴求若合符節，尤其她想寫的那些乾淨的「極低限的詩」（只留下字音與字形，不帶修飾，沒有情緒）（夏宇 1997b：無頁碼），簡直就是美國語言詩的翻版。台灣的語言詩人為數不多，

---

[4] 夏宇在與萬胥亭所做的一次筆談中提及，她認為語言本身應該有其規則體制，但也因有了規則體制，伴隨有「獨特專制以及被無限質疑的魅力」，對於這一點，她贊成語言遊戲（雖不認為自己的詩都是語言遊戲），而「在方法上有點傾向於『以暴制暴』」，並驅使自己去經營這樣的規劃（1997a：105）。

而夏宇可說是當中最具代表性的詩人[5]（孟樊 2003：229）。

語言詩人以「反對政治」（oppositional politics）之名將他們自己區別於在此之前所謂後現代的「新美國詩人」（the New American Poets）[6]（Shetley 138），他們吸收了形式主義（formalism）、後結構主義（poststructuralism）、女性主義（feminism）及馬克思主義（Marxism）等當代理論，特別宣稱自己是「馬克思主義的激進者」（Marxist radicals），欲以形式策略（the formal strategies）重探詩之本質或語言自身，以爲解救深陷於「私有本身詩學」（a poetics of the private self）之囹圄的美國新詩（136, 138）。相對而言，夏宇個人從來就沒有這麼「偉大的計畫」（the grand project），她的詩也嗅不出「左派」的氣息，如其所云，她只是「不相信所謂『寫實』這件事」（1997a：103），未有如語言詩派擬以詩做爲對抗現存資本主義武器的企圖。但在對「寫實」不信賴這一點共識上，夏宇轉而擁抱語言（做爲符號）本身，則與美國語言詩人如出一轍，使得崛起於一九七〇年代的美國語言詩人隔了太平

---

[5] 除了夏宇，其他從事語言詩創作的詩人有：陳黎、林燿德、田運良、林群盛、江文瑜等，他們並未集結成「派」，而是「各自以自己實驗性的寫作方式向主流詩潮挑戰，對抗素有文化霸權地位的現代主義與寫實主義，提出關於詩創作的新觀點，以一種迥然不同於以往的表現形式，重鑄詩語」（孟樊 2003：229）。

[6] 「新美國詩人」此一稱號係來自艾倫（Donald Allen）主編的詩選集《新美國詩》（*The New American Poetry*）（1960）；後來於一九八二年由他與巴特瑞克（George F. Butterick）再合編新版的《後現代者：新美國詩（修訂版）》（*The Postmoderns: The New American Poetry Revised*），直接在書名即冠予這些「新美國詩人」爲「後現代者」，惟仍未收入任何一位語言詩人的作品。

洋在對岸的寶島一隅找到了知音。夏宇所特具的這種「困難詩作煉金術本質」（the hermetic nature of difficult poetry）[7]，可謂爲語言詩人的「不傳之秘」，以致把不少前輩詩人及詩評家都給「考」倒。惟如果從語言詩學（the language poetics）的觀點來加以梳理夏宇的這些「壞詩」，相信在閱讀過程中所遭遇的「難」題，即可迎刃而解。底下本章即試著從這一角度，分別探討夏宇語言詩所呈現的三個面向：語言的物質性與非指涉性、構句的隨興與反敘事，以及意符遊戲和讀者參與，以窺其「後現代秘戲」的底蘊。

第二節　語言的物質性與非指涉性

前文曾指出，語言詩人質疑「寫實」的可能性，這是因爲他們「不滿於之前資本主義美學太過信任文學（語言）的指涉功能，尤其是寫實主義崛起之後，文字之拜物教（the festishization of word）清楚可見，而這正是語言詩人所要撻伐的」（孟樊 2003：255）。語言詩人對於語言的指涉性（referentiality）的懷疑，可說是承襲自德希達（Jacques Derrida）的解構理論（deconstruction），他們像德希達那樣認

---

[7] 「困難詩作的煉金術本質」是美國詩論家謝里（Vernon Shetley）在〈被壓抑者的重返：語言詩與新形式主義〉（"The Return of the Repressed: Language Poetry and New Formalism"）一文中的說法。在該文中他是這麼說的：「〔語言詩〕對於資本階級工具性論述（bourgeois instrumentalist discourse）的批評，換言之，先天上即具有困難詩作的煉金術本質。」（1993：139）

為，語言的意符或符徵（signifier）難以追蹤到其所對應的意旨（signified），就如語言詩人安德魯斯（Bruce Andrews）所說：「個別的意符並沒有自然的關係對應於個別的意旨或心靈的想像，當然也沒有對應於個別的指涉項（referents）。」（157-58）安氏會有這樣的看法，係出於語言詩派對「語言做為媒介」的革命性認知，在他們看來，語言本身不像傳統寫實主義（realism）所認為的那樣具透明性（transparency），可以指涉（也即對應）作品外在的世界，寫實主義所謂的「自然性」（naturalness），即其相信「（寫在）紙頁上的字給日常生活的世界提供了一扇透明的窗戶」，在語言詩人看來實是不可思議之事。語言詩派的掌門人伯恩斯坦（Charles Bernstein）便堅信「不把語言視為透明性的東西，而它也不是那種可以分解為一張世界圖畫的事物，以致讓你在閱讀文本時幾乎一點都覺察不到語言自身」（qtd. in Perril 2003: 222）。

對！就是語言自身──這才是詩人最應關切之點。語言詩派認為詩人最主要關注的是直接面對或體驗語言本身，就如他們的一句口號：「我們不是透過詞語去看，而是看著詞語。」（Bernstein et al. 84）換言之，詩的語言本身是自足的，不必非要再現（represent）外在世界或現實不可，詩的語言要指向自身，讓語言本身變回寫作與欣賞的對象及主角，也即伯恩斯坦所說的：「詞語不應當是指代事物的傀儡。」（1992：145）依此看來，詩的語言便要切斷意符與意旨的聯繫，也就是切斷語言與外在世界的關係──此即語言的「非指涉性」（non-referential）；而此時回到語言自身之後，不透明的語言只留下它的物質性（materiality），留存的意符構成其一己自足的世

界，這是詩所要「創造的一個盡可能具體的世界，當中對詞語的高度意識是其自己的感官回報」（Bernstein 1992: 56），而這也是夏宇在〈伊爾米弟索語系〉一詩中所經驗到的一種詩語言的感官性：「……可以寫詩了當滑膩的／音節逼近喉嚨通過舌尖／引發出純粹感官感官感官　的／愉悅」——而這愉悅係來自她「發現對字的肉慾之愛」（1997a：32）。夏宇對「字的肉慾之愛」，正是出於她對語言物質性的關注。

　　夏宇這種對於「字的肉慾之愛」，可以說是語言詩人共通的特徵，例如安德魯斯的〈戰慄的吹捧〉（"Tizzy Boost"）一詩——詩評家葛瑞爾（Michael Greer）便認為「挑戰了我們對於『意義的溝通力』（the communicability of meaning）的堅實信念（shockproof faith）」：「cash downy / stricture wish looks ratty, the bluff / basically buried due to games, drugs & pesticides / cashiered glory blood convicted to distance / shockproof faith.」[8] 葛瑞爾在讀這首詩時，只能迫使他將注意力放在shockproof faith這個詞彙或片語上，如他所言：「我們發現我們自己無法建構一個單獨的『框架』或『語境』（context），以便能夠將個別的片語改為一個更大的、具指涉性的整體。」（1991：153）此係緣由於安氏這首詩語言的不透明性（或可謂對外指涉不明），使得讀者在閱讀之際不得不將注意力集中在它的語字或片語上，比如cash downy的downy（與down的細微區別），抑或cashiered（第四行頭一個字）與cash（第一行頭一個字）的相關性等等；相對於這些語字或片語的非指涉性，詩

---

[8] 這首詩若譯成中文將原味盡失，所以在此直接引述原（英）文，不再翻譯。

語言本身的意符（也就是它的物質性）反而被凸顯出來，而這也就是夏宇所謂的「字的肉慾之愛」。

然則，夏宇如何展示她對於「字的肉慾之愛」呢？先看較「簡單」[9]的這首〈某些雙人舞〉（後二節）：

> 當她這樣彈著鋼琴的時候恰恰恰
>
> 他已經到了遠方的城市了恰恰
>
> 那個籠罩在霧裡的港灣恰恰恰
>
> 是如此意外地
>
> 見證了德性的極限恰恰
>
> 承諾和誓言如花瓶破裂
>
> 的那一天恰恰恰
>
> 目光斜斜
>
>
> 在黃昏的窗口
>
> 遊蕩的心彼此窺探恰恰
>
> 他在上面冷淡的擺動恰恰恰
>
> 以延長所謂「時間」恰恰
>
> 我的震盪教徒
>
> 她甜蜜地說　她喜歡這個遊戲恰恰恰
>
> 她喜歡極了恰恰（1997a：8-9）

在這首詩中，夏宇用了交叉剪接的鏡頭（cross-cutting

---

[9] 這裡所謂的「簡單」指的是詩的閱讀與理解不致引發太大的「困難」，也就是指「易懂的詩」；換言之，「簡單的詩」較具對外（世界／現實）的指涉性，也就是較具意義，或可看出作者意圖表現什麼。

shot）來呈現性愛的「雙人舞」場景。一個畫面是：「去到遠
方的男人，在霧裡的港灣尋歡」；而另一個同時出現的畫面則
是：「在家彈琴的女人也在延長另一個男人的擺動中享受遊戲
的甜蜜」。對照引自李清照〈鳳凰台上憶吹簫〉的第一節文
字：「香冷金猊／被翻紅浪／起來慵自梳頭／任寶奩塵滿／日
上簾鉤」（描述了古代百無聊賴的孤寂女性處境），誠如陳義
芝所說：「逼出了其後熱烈的、具有解放性意識的現代『雙人
舞』夢幻。」（2006a：164）然而，這首詩令人感興趣的卻不
在這指涉性清晰的場面，而在第二節一、二、三、五、七行以
及第三節二、三、四、六、七行行尾的「恰恰」或「恰恰恰」
的疊音字上，這些疊音字的出現固然有指涉其為「恰恰雙人
舞」之意，惟若將這些「恰」字全予刪除，卻一點也不妨害原
意，足見「恰」字的出現與全詩符旨無關，但其突兀又橫暴地
現身，則攫住了讀者的視線，而其字音節奏式的重複也捕獲讀
者的聽覺，因而逃脫不掉對其符徵（字音及字形）──亦即其
顯現的物質性的關注[10]。

　　夏宇這種對字音的肉慾之愛到了〈嚇啦啦啦〉更顯突出[11]。
相較於〈某些雙人舞〉，〈嚇〉詩的指涉性則顯得模糊不清，除

---

[10] 收在最新詩集《詩六十首》中的〈高達〉一詩，也具有類似上詩刻意突出
符徵（字音）的效果：「當高達把一切都變成高達的／剩下不是高達的／
也自動變成不『是高達』的／喜歡高達的人也喜歡／德希達米蘭達／聶魯
達珍芳達／保力達百視達／千里達／速克達」（2011：84），其中第五行
至最末行的八個詞項可以說彼此之間之沒什麼關聯，只不過它們的語音
都有「達」字。夏宇喜歡它們，只因她太愛這個「達」字了。

[11] 夏宇在與萬胥亭的筆談中即曾表示：「雖然我那麼喜歡字，喜歡音節，
喜歡字與字的自行碰撞後產生的一些新的聲音。音響的極端的快樂。」
（1997a：106）

了第二節與第四節隱約透露的一對怨偶（可能將永遠仳離）般的男女關係（1997a：23-24），這首詩的符旨不易摸索，讀者最大的印象恐怕就是詩中的「他們」一再重唱的「嚇啦啦啦」的歌——此時「嚇啦啦啦」字音的重複出現，反讓該詩所指涉的意義逐漸消失，套用語言詩人奚理曼（Ron Silliman）的話說，即「文字出現，世界消失」（appearance of the word, disappearance of the world）[12]。然而如上所述〈嚇〉詩儘管語義模糊，但仍具「若干」外在指涉性；夏宇對「字的肉慾之愛」則在底下的〈降靈會Ⅲ〉（1997a：45）與〈另外一種道德〉（1997b：無頁碼）兩詩中顯現出無以復加的程度。先看〈降靈會Ⅲ〉一詩（1997a：45）：

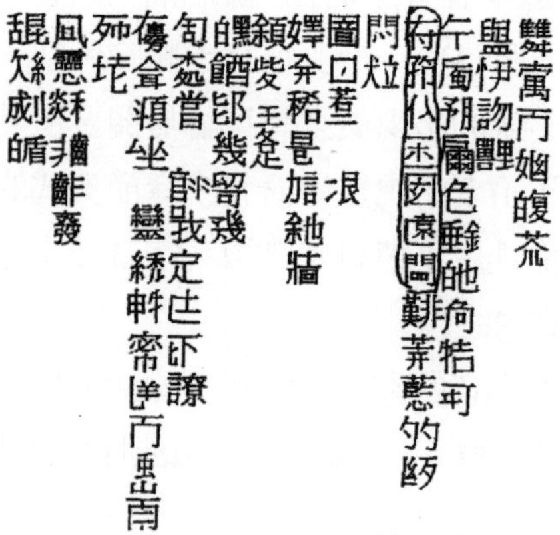

[12]奚理曼在安德魯斯與伯恩斯坦合編的《語言之書》（*The L=A=N=G=U=A=G=E Book*）一書中所發表的文章〈文字消失，世界出現〉（"Disappearance of the Word, Appearance of the World"）指出，「文字消失，世界出現」乃是傳統文學的要求，即文字（語言）只是傳遞訊息、再現世界的工具／媒介，這其實是一種「視覺幻象」（optical illusion）（1984：125）。傳統文學如斯訴求，正是語言詩派所要挑戰的，也即只有「世界消失」，才能「文字出現」。這裡反過來套用奚氏的說法。

〈降〉詩以殘缺不全及雜湊的字形組合而成，字音及字義都不復可「見」，只留下字形的符徵唱獨角戲。林燿德在此之前有一首〈五〇年代〉[13]，該詩也以筆劃不全的字（孤、獨、的、上、或、亮、於、球、比、好、國、榔、甚、五、代）凸顯符徵的物質性（字形），惟其指涉意義清楚，語言的意旨皆指向詩題「五〇年代」。夏宇這首〈降〉詩（或許脫胎於林氏上詩）則比林燿德走得更遠，也即連字音與字義都丟棄不要，意旨全部被掏空。至於〈另外一種道德〉一詩，則只有短短兩行：「存疠仸匼囨遠閜」（1997b：無頁碼），這兩行詩句其實就是從〈降〉詩中第四行那被圈起來的七個「字」「轉世投胎」而來——兩詩的互文性（intertextuality）亦由此見之。

　　其實，在夏宇第一本詩集《備忘錄》中，即已朝意符的實驗道路大步邁前，譬如〈歹徒丙〉與〈社會版〉兩詩，不僅為文類越界提供了一種可能（由「字」跨向「畫」）（孟樊 2003：61-62），更難得的是，她甚至拋棄文字意符，向「文字做為詩語的專斷」加以挑戰。顯而易見，夏宇創作之初，其「輕指涉，重物質」的傾向即已成形[14]，而也正因為這種「輕指涉」的傾向，使得她的語言不像現代主義那樣重視意象的經營，常不避俚俗與陳腔濫調（cliché），更不精雕細琢，尋常白

---

[13] 林燿德的〈五〇年代〉一詩發表於一九八六年（1988：94-95），而夏宇的〈降靈會Ⅲ〉則寫於一九九〇年，至少晚了林氏前詩四年，後者有可能乞靈於前者。

[14] 夏宇曾自謂：「至今不相信所謂『寫實』這件事」，所以對於「詩與世界有什麼關聯」這個問題，她竟玩笑式的如此回答：「這個世界讓我一起床，要先打五個噴嚏，我真的不知道我的詩跟它有什麼關聯。可能別人知道。」（1997a：103, 107）

話信手拈來即入詩，如〈譬如〉一詩：「譬如這樣很長／的走廊上很多／扇門其中一扇／中央貼著一個／女人的頭走進／去用特定的兩／種姿勢之中的／一種解決一些／事情這就是所／謂『證據』／生物學的證據」（1986：87）。這首描述女生在女廁解手的詩，如果把它斷好句並排成散文的行文方式（不分行），即可知多麼的傖俗。夏宇這種輕意象的傾向至第二本詩集《腹語術》出現，已更爲強烈，到了再下一本《摩擦‧無以名狀》，簡直成了美國語言詩派的同路人。關於這點，筆者於《台灣後現代詩的理論與實際》一書中即有所評論：

> 爲了解放文字（必須承載意義），讓語言文字回到其物質性——也就是意符本身，說穿了無非也就是在削減其指涉性（diminished reference），一言以蔽之，語言文字的物質性及其非指涉性其實是一體的兩面。如斯看來，詩語言的物質性愈高，相對地，其指涉性也就愈低，而低到所謂的「零度指涉性」（reference degree zero），也就是無解，其意義不復可尋——在此，語言文字本身則得到徹底的解放。（2003：255-56）

然則夏宇對於字的「肉慾之愛」所形成的語言的不透明性，是否即完全呈現語言詩派的「非指涉性」？台灣詩論家於此亦有不同的看法，例如簡政珍即認爲後現代詩雖然不必複製既有的現實，但也不在逃離現實，而是在「塡補被制式體制遮掩的現實」（2004：185）。所謂「非指涉性」的重要意涵是「不要將符徵定義成對特定符旨的指涉」，以夏宇的語言詩而言，由於其文本語意的進展有縫隙或斷層，不易

馬上找到其指涉物，但可能在另一層次上尋繹出「第二層次的意義」（213）。事實上，伯恩斯坦稍早在一九九○年的〈喜劇性與政治形式的詩學〉（"Comedy and the Poetics of Political Form"）一文中也曾指出，詩要逆反或參與傳統的規約（conventions）及其權威性所形塑的公共領域（public sphere）或公共聲音（public voice），不論是口吃般、顛簸似的（如黑人寫作）或是殘破似的語言（如北美早期女性的錄音），都與支配性的公共語言形成一種切分音的、多節奏的與混雜性的「弱拍」（the offbeat），但是這些弱拍式的異端形式（dissident forms），則同時是美學的也是政治的（240, 243）——而詩既是政治的，那也就很難不指涉現實（否則無法溝通與互動）[15]，這或也可說是伯氏對於詩所持的「後現代雙重視野」吧！

　　台灣詩論家雖有不同的解讀，但是對夏宇來說，她的「肉慾之愛」讓她在《摩擦‧無以名狀》把字當顏色看待，從上一本詩集《腹語術》裁剪下來，並以反意義的方式加以拼貼在一起，湊合成四十五首「詩」，而她只看到字的顏色、聞到字的氣味，字的意旨則「無以名狀」。難怪一九九五年年度詩選編輯委員認為她的詩「對既有語言規則懷有恨意、蓄意破壞」

---

[15] 在該文中，伯恩斯坦說：「然而，事實上假如沒有說服力，假如只是以自我辯解或自我鞭打或美學的裝飾，而不是以互動、以會談、以激發（對我自己和他人）進入世界的話，那麼我的藝術只不過是紙頁上空洞的文字罷了。」（240）伯氏這段話的出發點主要是從文本政治考量，所以才沒把話講得極端。他還說，（詩）文體風格的創新不只被視為另一種選擇性的美學規約，也被視為另一種社會形構（social formations）（242）。

「經常形成一堆無意義的文字」，而在最後的評審會議中將她排除不予選入（白靈 1996：6）。夏宇對於詩語言如此「徹底的解放」──令其指涉性降到最低，雖沒得到詩評家們的認同，卻反諷地贏得粉絲（fans）的支持（《摩》書至少賣到二版四刷）。

第三節　構句的隨興與反敘事

　　任何文本（text）──尤其是形諸文字文本的生產，或多或少都得講究（或依循）某種構句（syntax）原則。所謂「構句」指的是關於文字或文句的組合，也就是文字或文句的排列，文字或文句經排列之後就形成一種結構（structure）；而結構的形成通常皆依循某種秩序（order）──一般的情況則是以因果律（causal law）予以貫串。就文學創作而言，一般構句的秩序依循的是所謂「敘事性」（narrativity）的原則，筆者在上書中對此曾有如下進一步的說明：

> 在此所謂的「敘事性」強調的是詩文本所行走的脈絡係以時序性的（chronological）、線性的（linear）的敘事方式爲之，而它的言辭將以一組意象（或裝飾）來開展，因此我們在閱讀這種具敘事性之詩文本時，會感受到這個文本是被展示或被闡釋的，也就是想從其中找出它的隱喻，這就像我們在「閱讀」一幅畫作時想要「讀」出其隱含的意義一樣。（2003：257）

後現代詩論家麥克根（Jerome McGann）在〈當代詩，交替的路徑〉（"Contemporary Poetry, Alternate Routes"）一文中也指出，文本的敘事性主要在其結構係植基於所謂的「故事」，由於故事的存在，可以將我們所經驗（特別是社會及歷史的經驗）的領域加以框限或安排（給予秩序）（638）。然而，語言詩對於敘事性的拒斥，則反映了語言詩人對傳統寫作方式的不滿，他們認為在紙頁上分布的印刷字詞中展開閱讀過程時，就會出現「短路」；寫作和閱讀亦同，尤其是詩創作，在構句之間時不時就會短路，所以在語言詩人的字典中沒有「持續性」（continuity）這個字眼（孟樊 2003：258）。麥克根在上文中即坦言，對語言詩人來說，「敘事性先天上就是一種保守的話語（discourse）」（638）。

　　語言詩人於是採取了一種反傳統敘事性的構句方式，打破一般的語法規則，切斷邏輯，分散焦距，乃至於雜湊拼貼各種異質性的文字，以形成一種「斷裂的及非連續性的書寫」（the disjunctive and non-sequential writing）──這也即是伯恩斯坦所說的「內爆式句法」。所謂的「內爆式句法」是指「通過詞序的雜亂拼湊、省略、移植、顛倒，短語的堆砌、羅列，使詩歌的意義鏈突然中斷，偏離原來的方向，從而製造一種令人震驚的藝術效果」的一種構句（引自曾艷兵 222）。這種內爆式句法其實也就是奚理曼所稱的「新句子」（New Sentence）（1987），而如斯內爆新句法便常以不連貫的敘事（故事）岔開詩中主題，使主題迷失。主題如果是那隻被放牧的羊，那麼就如夏宇在〈非常緩慢而且甜蜜的死〉一詩中所說：「並在不斷岔開的故事支線上／走失了我們唯一的那隻羊」（1997a：

38）。

　　夏宇即擅長這種內爆句法，敘事常不予時序連貫，反而以不同理路的敘事線（narrative lines）並置，結構變得鬆散（甚至放棄結構），意義鏈因而跟著時斷時續，詩的意旨飄來飄去，遊移不定，諸如〈乘噴射機飛去〉、〈我們苦難的馬戲班〉、〈耳鳴〉、〈把時鐘撥慢一個小時〉、〈用心靈勾引〉、〈詞未通過我〉、〈二輪電影院〉[16]……都有如是句法，以致形成林燿德所說的內容有與形式分離的傾向，亦即詩的內容並不反映形式（如〈跟你的Texwood一樣藍的天〉、〈也是情婦〉等），而這又形成她詩作的另一個特色：文不對題（1986：130, 135）。譬如〈與動物密談（一）〉一詩，夏宇「談」到希臘及希臘的觀光客，「談」她自己配上綠色襪子的紫色皮鞋，「談」溫度計及裝在溫度計裡的「他們」——然則渠等與「動物」的「密談」究竟有何關係[17]？這裡，夏宇遊移不定的反敘事手法，令我們想到伯恩斯坦本人底下有著異曲同工之妙的這首著名語言詩〈奇異樹上的奇異鳥〉（"The Kiwi Bird in the Kiwi Tree"）（gtd. in Shetley 148）：

---

[16] 〈二輪電影院〉詩長二四四行（2011：62-81），應該是夏宇最長的一首詩，敘事隨興，片段式情節遊移不定，隨手來隨手法，沒有穩定的聚焦點。

[17] 林燿德在此舉了夏宇的〈上邪〉一詩為例，說明她「文不對題」的寫作手法。林氏認為，若依題名所示，詩應「力圖扣合愛情的精神面而據以詮釋；然而夏宇違反了約定俗成的『上邪觀』，換以全知觀點的形下敘事，即非原〈上邪〉樂府的衍義又非再詮釋，實乃顧左右而言他。」該詩以「類似笑的……去積蓄淚」做結，和原〈上邪〉樂府末句「乃敢與君絕」根本風馬牛不相及（1986：137）。

I want no paradise only to be

drenched in the downpour of words , fecund

with tropicality. Fundament be-

yond relation, less ‘real’ han made, as arms

surround a baby’s gurgling: encir-

cling mesh pronounces its promise (not bars

that pinion, notes that ply). The tailor tells

of other tolls, the seam that binds, the trim,

the waste. & having spelled these names, move on

to toys or talcoms, skates & scores. Only

the imaginary is real 一 not trums

beclouding the mind’s acrobatic vers-

ions. The first fact is the socail body,

one from another, nor needs no other.

　　就上述這首詩的題目而言，首先其即顯示了符徵的武斷性（the arbitrariness of the signifier）：奇異鳥與奇異樹（其實是蔓藤）未必即合理地擁有一個共同的名字；其次，此詩的標題與內容更是毫無關係，即名與實（物）完全分離。再就構句法來說，本詩也將原本一些簡單的陳述句以分隔的方式分裂成碎片，避免讓它形成一個複雜的完整結構。伯氏完全自由地驅使語言，故意將一些字詞（如beyond、encircling、versions）在行尾予以硬性斷開（夏宇詩行的斷句亦有此一特色），而且持續地使用雙關語（以同時回應一般用語及詩語）。伯氏儘管用了語言詩常見的人造式的辭彙（artificial term），但在這首詩

中所出現的雙關語（puns）和暗示（allusions）卻一點與機智（wit）無關。通常詩人將字拆開跨行，不是針對形式之限制開它玩笑，便是玩弄那些組成複合字的元素的意義（亦即反對把字的意義當作整體來看），像這首詩第六行的cling，硬生生自encircling拆裂出來，卻毫無語意學或語源學的根據，只是無意義地將encir-五個字母懸掛在上一行行尾搖晃，這其實是一種武斷的且隨意的放置，其中並未隱含任何深意（倒數第三行行尾與第二行行頭的vers-/ions一詞亦同）（Shetley 148-50）。

夏宇顯然對伯恩斯坦式的這種「新句子」瞭然於胸，在她的第三本詩集《摩擦·無以名狀》及第五本詩集《粉紅色噪音》中，可以說把這種內爆句法踐履得無以復加。《摩》是從上一本詩集《腹語術》經過她剪剪貼貼拼湊而來，所以說是「腹語的腹語（的腹語的腹語）」，是「上一本詩集的再生轉世有共同的胎記」（夏宇 1997b：無頁碼），當中收錄的四十五首詩作，除了少數作品（如〈夏天的印象在冬日的手記中翻湧〉、〈要求舉例〉、〈回顧的惋惜〉、〈春天的夜晚〉、〈一件黃色的雨衣〉、〈飽〉、〈秘密結社〉、〈原來是這樣愛過的〉、〈閱讀〉、〈之深刻〉、〈舌頭〉等）[18]可以找到較爲清晰的敘事線之外，多半的反敘事詩作顯現的都是一堆飄忽的意符，比如翻開詩集的頭一首作品〈耳鳴〉，就頗具典型性：

---

[18] 這些敘事線較爲清楚的詩作，幾乎全都是短詩，可能是短詩因爲詩行少，無形之中減低了敘事主線被岔開的機會。可以說，夏宇的詩作愈短，給出的訊息（敘事）也就愈清晰可辨。

我們稱之為夏天的

這些椅子其實

是不同的島我們

停下來找東西

解開懸掛

交換倒數

骰子就變成線索

瓶子變成船螺

鞋子就開始是一個郵輪

我就駛過你的港

你坐在箱子上寫字

耳朵的手風琴地窖裏有神秘共鳴

頭髮已經慢慢留長了

鐘用海擦得很乾淨

我們都會打勾

在這樣的下午

這是譬如的第六次方

你喊我的名字

遺失三顆鈕扣

　　這首詩的「詩眼」在第十二行「耳朵的手風琴地窖裏有神秘共鳴」──也就是詩題「耳鳴」真正的意思，並且是一個標準的、具新鮮感的意象語；另外第七、八、九行的「骰子就變成線索」、「瓶子變成船螺」與「鞋子就開始是一個郵輪」亦皆為可感的意象語；然而除此之外，這首詩就和「耳鳴」很

難扯上什麼關係，內容簡直就是離題（難怪在《備忘錄》中她說：「其實我真正想寫的是一些離題的詩，容納各種文字的惡習。」）（1986：139）其敘事則天馬行空，譬如末七行以下，完全無以名狀。此外，頭三、四行：「是不同的島我們／停下來找東西」，這種不合理的迴行或斷句方式，可以說是不按牌理出牌（與伯恩斯坦上述的「新句子」如出一轍），而這種任意的斷行手法則正成為夏宇的「招牌伎倆」，綜觀她各部詩集，可謂俯拾皆是。

　　事實上，夏宇上述這些反敘事的手法，一言以蔽之，係出自她的任性，像〈耳鳴〉一詩，原來她想在末兩句「你喊我的名字」與最末句「遺失三顆鈕扣」之間加上「像」字（如此便可產生自圓其說的意義），最後為了抗拒意義（也是意象）的誘惑，仍任性地把它拿掉（1997b：無頁碼），敘事線於是被切斷——被她隨興式、偶發式（happening）的想法給切掉。原來隨意性的技巧（techniques of randomness）乃是語言詩派書寫的一項特色（Shetley 144），夏宇充其量不過是將此一隨意性發揚光大而已，在她行走的詩行裡到處留下隨興的痕跡，她的敘事線是跳躍式的，可以隨時從一個場景跳到另一個場景（最終有可能從中間再跳回來，比如〈百葉窗〉），而何時、何地以及如何跳躍？其根據皆來自她的隨興，隨興一現，原來的敘事便被支開（如〈耳鳴〉中的「你坐在箱子上寫字」、「鐘用海擦得很乾淨」等詩行，就是隨興的句子），而且被支開後還會被再支開，如此遊戲令她樂此不疲。她的詩如同爵士樂的即興創作，事先無意圖和預設的效果，往往興之所至任意揮灑，但卻又不是潛意識的自動寫作，她只是讓音樂展現自己。

原本以為她這種反敘事的寫作習性到了《Salsa》之後可能會「痛改全非」，沒想到在二○○七年新出版的《粉紅色噪音》中，仍舊積習難改。這本詩集的誕生過程及其完成作品也都是非敘事或反敘事的。《粉》書是夏宇花了一年時間，從「無止無盡的英語部落格網站撿來的句子」（往往是由於「一封垃圾郵件引起的超連結」），然後模仿詩的形式予以分行斷句，再丟給自動翻譯軟體自行翻譯，共得出三十三首「翻譯詩」（2007）；成書時復以中英文並列方式（英文在前頁，中文在後頁），打印在透明膠片上（使得黑字的原文與粉紅字的譯文互為交疊，同時被看見，但也看不清楚）。由於現行翻譯軟體無法以敘事性構句，只能把英文單字或詞彙譯成中文「湊合」（scramble）在一起，以是形成一堆分行但難辨其義的文字，例如底下這首〈由於種種原因，我們是在清潔狂歡〉：

> 由於種種原因
> 我們是在清潔狂歡
> 經常不發生所有那
> 我的第一事是輕的一個有氣味的蠟燭——
> 我們的收藏頁是花卉或檀香木
> 不久，室氣味偉大
> 並且蠟燭釋放軟的煥發當我們浸泡在木盆
> 那是很美麗的……
> 我當場立即完全會哭泣，正確
> 提醒我昨天，婦女傾斜與我說話
> 在電梯。她是像

> 「我必須只做出真正地可怕決策當談話
>
> 與我的上司。」然後門打開了並且她說
>
> > 「感謝聽
> >
> > 有一個早晨好！」

這首〈由〉的翻譯詩是無法卒睹的，因為它違反中文構句語法（反而英文原詩則無此問題）。收在該詩集的其他三十二首中譯詩悉數如此，你只要隨手「撿」讀一首就夠了，其餘略去可也，因為其「寫作」形式與方法如出一轍。

　　然而對於夏宇這種反敘事的雜湊式句法，翁文嫻從《詩經》「興」的表現手法而有與語言詩人自己完全不同的詮釋。翁文嫻認為興法之文（詩），上文以「興」句始，下文必有「應」句接續，而夏宇之「對應」多以日常之實物或事件為之，在興句與應句之間，通常省略銜接的情節線，這就像電影的蒙太奇（montage）剪接手法，「將有感覺的鏡頭並列，讓畫面與畫面不銜接部分，留待觀眾想像補充」（135）。事實上，夏宇的興應模式比《詩經》（以景興情）走得更遠，她已將興應的景情結構改變，「造成每一次畫面出現，無論是景，無論是動作人事，角色都是獨立的，不一定是景興情，卻是每一次出現的事物，彼此相應，彼此相興，如果有三四個、五六個，就前前後後一起折射」，雖然這樣的詩作不易解，翁文嫻認為卻非不可解[19]。翁氏此說則符合簡政珍「空隙美學」的理論。在

---

[19] 翁文嫻還以為，比較三千年前《詩經》興句與應句的狀態，那時有相同音韻及四字一句的固定模式，尚不致太突兀，但在白話詩句裡，同樣的設計，其空隙卻好像增大很多，變得很陌生（135）。筆者則從另

後者看來，詩行之間所造成的縫隙實蘊含著寶藏（186）；而詩人如果有意大量製造空隙，卻不一定提升詩質，「也會讓讀者感受到這是『寫出來』、『做出來』的情境」（184）──若自此角度言，則夏宇隨興的「不做作」，正是她令人一新耳目之處。

　　儘管詩論家有如此不同的看法，夏宇（及語言派詩人）如上的反敘事構句則是有目共睹，而這種表現手法在伯恩斯坦看來乃是一種反吸收的藝術手法（artifice of anti-absorption），其目的在分散並干擾我們的注意力，所以其文本便要「離題、打斷、違規／不得體、反傳統／打碎」以及「排斥」（1992：29），如此吾人在閱讀時方能停下來以感受文本的詞語性（wordness）；不像傳統文學所表現的吸收手法──它使人聚精會神、心醉神迷，乃至「相信、確信、沉默」，因而忘了符徵的存在（29）。然而，夏宇這種任意、隨興式的反敘事語言表現，如同大半的語言詩人一樣，其所造成的不可閱讀性（unreadability），使得閱讀增加困難，同時也構成對詩評家的一種挑戰。

一角度認為，古詩之興應模式，興景應情，前者實後者虛，多半可解（understandable）；而夏宇的語言詩興應句之間空隙太大，難以理解，往往只能領會，雖不可解，但讀者仍可感（sensible），可感則存乎一心，不落言詮。

第四節　意符遊戲和讀者參與

　　如上所述,語言詩人強調詩語言的物質性,而就書寫語言的物質性來說,指的無非是意符或符徵的這一層面,其實也就是語字(word)的字音與字形(約定俗成的字義在此可能被丟棄)。受了後結構主義思潮影響的語言詩人,因而強調、突出意符在詩中扮演的角色,讓意符和意符自行衍異,留下互為追逐的蹤跡(trace),此時意義或意旨已被懸置,致令讀者每讀完一個詩行或詩句,其原先的期待心理都要被打破,不少詩作「在這種情況下,讀詩時的先後順序已不重要,你可以從任何地方開始,也可以從任何地方結束;可以讀完,也可以讀一部分;甚至可以從後往前讀,所得印象大體相當」(林玉鵬26)。夏宇的《摩擦·無以名狀》裡就有不少從前或從後讀起(即正讀與倒讀)皆可通的詩作。例如前述的〈耳鳴〉一詩,「倒著讀的意思不會比正(順)讀更不清楚,緣由是這首詩中完全缺乏順時發展的情節貫串,簡言之,它只有分開斷裂的情節(plot),卻沒有一個完整的故事」(孟樊 2003:261),其餘諸如〈痛並快樂著〉、〈明信片〉、〈坐在這裡寫日記〉、〈大概最好〉、〈原來是這樣愛過的〉……都可以正反拿來同時對照閱讀。

　　如上所述一首詩能從正面、後面乃至側面同時被閱讀,顯然它已不在傳達某種確定的訊息,而這種意義的未確定性(indeterminacy)便反過來讓詩創作本身成了一種意符的遊戲

（signifier game）。伯恩斯坦曾歸納語言詩派的十一種表現手法（張子清 827-32），這些打破語言常規的手段，大多是屬於意符的遊戲，比如是「系列句式寫作」，其詩句是一句接著一句，並非根據主題或時間序列，而是根據某種特殊的固定模式，讓同一系列事件發生在同一時間裡，像詩人可以將不同的幾十本書中的首行首句或末行末句抽起，拼列在一起。達拉芙（Tina Darragh）便有一首詩，係依序從一部字典的單頁挑選出一串字詞資料（以她特殊的設計方式）湊合而成。又譬如是「創造新詞法」，詩人依據發音創造新詞，但這些新詞並無實意，旨在創造一種獨特的音樂感（像illftiii……等，將瘦長型的字母予以多倍化延長；又像pcoet一字，c介入p、o之間，可造成poet讀音的停頓）；再如「偶拾詩句法」，乃詩人按照一定的規則偶爾拾得詩句的一種方式，像夏宇《摩擦·無以名狀》便是「把字當音符當顏色看待」，並以「撿紅點」方式（撲克牌遊戲玩法）將《腹語術》剪裁重新「拾得」（1997b：無頁碼），則已如前述。到第四本詩集《Salsa》，夏宇還有另一種玩法，試看底下〈沉睡如一雙木鞋〉：

她沉睡如一雙木鞋

Elle dort comme un sabot

她演奏得很爛像一雙木鞋

Elle joue comme un sabot

一眼就被看穿她穿著

Je l'entends venir

她的木鞋

avec ses gros sabot（1999：125）

　　詩末的附註中，夏宇說明「此詩四行取自法漢詞典」，
這種翻字典找例句以成詩的做法，乃是語言詩人一種典型的玩
法；乃至於如上所述，在《粉紅色噪音》中，以中文翻譯軟
體來「寫」詩，其遊戲方法亦如出一轍。夏宇這種寫詩的遊
戲態度，事實上早於《備忘錄》時代即已成形，譬如該詩集中
〈造句〉組詩（七首短詩），就是把小學國語課作業「造句」
拿來「演練」一番，而她的這些「造句」，乍看之下都不太具
有「詩」味（除了〈不得不〉和〈繼續〉），比方說這首〈其
他〉：

其他都是零碎的東西
膠帶、筆套
裁掉的紙
畫歪的線
指甲刀、衛生紙
不斷滴著的
傘緣上的水
灰塵
聲音
愛（1986：138）

雖然本詩最末一行（字）「愛」的出現，頗具諷刺的意味，意即愛與膠帶、筆套、指甲刀、灰塵……一樣都屬「零碎的東西」；然而在表達像「愛」這麼沉重的主題，詩人卻一反常態故意出以「造句」如是輕鬆的遊戲態度，顯然並不與寫實主義或現代主義劃上等號。如前所述，語言詩人強調意符本身的展現，在此並出以遊戲的手法，目的即如安德魯斯與伯恩斯坦所說，在讓我們細緻地關注意符之外，還要進一步積極地參與到作品裡去（x）。語言詩人認爲，訊息的傳遞既然不是透明的，其接受的一方（addressee）自然不可能是被動接收而已，誠如培瑞爾（Simon Perril）所言：

　　語言詩總是提供讀者抵抗式的語言的物質性（a resistant materiality of language），以促使他去挑戰透明性的幻象（the illusion of transparency）。未定性（indeterminacy）絕非僅限於語言本身的特徵而已，它更是世界本身的特徵。既然如此，不少語言詩作者事先便想要把做爲一名世界的讀者這種經驗給戲劇性地表達出來。（226）

　　於是「未定性」出現在語言詩人的戲局中，目的便是想邀請讀者來與他共同參與遊戲，夏宇的諸多詩作中即明顯可以看出有這樣的企圖。若從翁文嫻上述興應之說來看，也可說明讀者參與夏宇所設這種戲局的樂趣。翁氏說，夏宇的興景應情，常「將外相與內相，平行並列，中間不做解釋，令讀者主體參進解釋，令閱讀增加許多趣味」（136）。夏宇最有名的莫過於這首一再被引用（但爭議性也最大）的〈連連看〉：

信封	圖釘
自由	磁鐵
人行道	五樓
手電筒	鼓
方法	笑
鉛字	□□
著	無邪的
實	藍挖（1986：27）

　　此詩顯然戲仿自小學生一種國語測驗題「連連看」的形式，左右（原詩直排爲上下）兩欄各八樣詞組或字彙／符號，詩人彷彿出了一道測驗題，要讀者來參與文本的遊戲。由於左右欄之間難以找出完全可以契合或對應的組合，致使參與遊戲的讀者最終尋繹不出確切的答案[20]，是一種完全開放的形式。這是後現代主義文論家哈山（Ihab Hassan）所說的「無關聯詞並列句法」（parataxis），也是分散（dispersal）而無中心的（decentering）（91）。

---

[20] 關於這首詩除了孟樊（2003：58）之外，尚有不少詩評家爲文加以評論，如林燿德（1986：134-135）、奚密（1998：215-216）、焦桐（1998：106）、陳義芝（2006b：164）等人，其觀點雖不盡相同，惟似乎都共同蹈入夏宇所布下的陷阱，即被邀約做爲讀者參與「連連看」的意符遊戲。夏宇所布置的這一戲局，其實最早閱讀的林燿德即已看出端倪：「『連連看』的結果可得到八八六十四套辭彙組，若再釐定各組辭彙的首從次序以探求其全篇旨意，則按排列組合公式將會得到各種分歧的結果。全詩僅三十一字（包括兩個空格）竟複雜若此，形同文字遊戲。」（1986：135）儘管林燿德一眼即看穿夏宇的陷阱，但他畢竟「身先士卒」地率先跳下。

事實上，語言詩人常使用的無關聯詞並列句法，也即會造成上一節所說的反敘事的效果，而詩句中這種敘事的斷裂（breaks），便會形成意義的未定性，就像語言詩人阿曼卓（Rae Armantrout）的〈虛構〉（"Fiction"）一詩的結尾所想像出的「經驗的未定性」一樣：「A black man in a Union Jack t-shirt was／yelling, "Do you have any idea what I mean？"」[21]（27）──到底他是什麼意思？就要由讀者進入本文去跟他一起想像。同樣，閱讀喜愛「容納各種文字的惡習」的夏宇的詩作，如果不先做好一同參與遊戲並戲要其意符的心理準備，肯定會「食不下嚥」；誠如羅智成在為她的《摩》書寫的序文（〈詩的邊界〉）中所說，讀夏宇的詩宛如在做一場「越界」的冒險遊戲。然而在此也要附帶一提，關於夏宇所做的這種冒險式遊戲，簡政珍在《台灣現代詩美學》中則以「嬉戲空間」說提出不同的見解，在他看來，後現代語言的嬉戲其實落實於極豐富的辯證情境，嬉戲並非純文字遊戲，夏宇的嬉戲背後隱藏有「朦朧曖昧不穩定」的「裂縫」，而不穩定的裂縫裡則有瞬間的「穩定」（所以他用「嬉戲」而不用「遊戲」）（231），這個與語言詩派不同的意見，或許會深獲夏宇的認同也說不定。

---

[21] 同註8一樣，此詩句若譯成中文，就無法感受到原文（英語）所凸顯的符徵（Jack t-shirt → Jacket shirt）的力量。

第五節　結語

夏宇的確在做一場語言的冒險遊戲，也許她沒有也不必有美國語言詩人那種出於文本政治的企圖，但是無論如何，她的實驗、她的激進、她的勇於嘗試[22]，令人耳目一新，在台灣詩壇竟也收到某種文本政治的效果，影響不少更為年輕的詩人，開展出所謂的「隨興語言風」[23]。羅智成在上文分析夏宇的《摩》書中，說她的文字角色活潑：

> 不再是負載著固定形音義的死板符號，廁身於其他文字間，讓人們依照書寫文字的既定規則分行解讀。有些時候，它們更接近語言或內心裡還沒有形成文字的語言本身；也有些時候，它們更接近文字，還沒有被意義馴養、編號的文字本身。所以有些時候，它們的聲音是先於想法出現的，有些時候，文字則甚至脫離了它自己的預定任務，先於語法站出來了！（1997b：無頁碼）

羅智成指出的這幾種詩語的表現情況，尤其是屬於語言詩

---

[22] 雖然在與萬胥亭的筆談中，夏宇自承：「大致上說來，我不是個經驗主義者，『在生活上做著各種實驗』什麼的，有時候貪玩而已。」（1997a：107）狀似輕鬆的生活態度，仍掩蓋不住她在詩語言表現上所顯示的實驗精神與企圖。

[23] 最明顯的例子是丘緩的《掉入頭皮屑的陷阱》，承襲的即是夏宇風格（奚密 1998：307）。

較激進的部分，到了《Salsa》有稍微得到緩解，儘管夏宇對詩語言「如何解釋即使一個簡單的句子也是分歧的不確定的無可詮釋的」（〈無感覺樂隊（附加馬戲）及其暈眩〉）（1999：10）的態度依然如故。

　　語言詩人企圖掀起文本的革命，擬以「符號政治」（politics of the sign）去對抗傳統詩學再現的手法（the means of representation），甚至淪於認同政治（politics of identity）（地區、階級、種族及性別）的抗爭裡，如同學者伍德斯（Tim Woods）所言，他們實際上是自覺地參與了文學與文化理論的發展和變革（75）。夏宇的語言詩創作，不僅具有「與眾不同」的創新性（其語法表現完全無任何前輩及同儕詩人的影子），更且為台灣的後現代理論家提供了珍貴的論據[24]，乃至掀起女性主體意識書寫的議題。然而，她這些「超前衛（trans-avant-garde）」的語言詩[25]，雖然極具鮮明的個性，「還是有

---

[24] 關於夏宇詩作的詮釋，即使出以後現代的視角，詩論家仍各有不同的立場，有以為可解者，有以為不可解者（非指其全部詩作）。此情形類似政治學者羅森瑙（Pauline Marie Rosenau）對於後現代的劃分，她把形形色色的後現代主義粗略地區分為懷疑論的後現代主義（skeptical postmodernism）與肯定論的後現代主義（affirmative postmodernism），前者的態度是否定的、消極的，強調主體的駕崩、作者的終結、真理的不可能性，以及再現秩序的撤廢；後者的態度則是樂觀的、較為積極的，採取開放的立場，以尋求本體論的智識實踐（15-16）。語言詩派的立場近於前者，而台灣詩論家簡政珍、翁文嫻以及奚密（1998：203-23）等人的態度則傾向後者。

[25] 語言詩人在美國詩壇被視為是「美國的超前衛主義」（American transavantgardism），以別於所謂「老前衛」（old-garde）的「新美國詩人」（the new-American poets）（孟樊 2003：226-27）

許多實驗作品給人家晦澀難懂或沒有意義的感覺」，誠如羅智成質疑的：「到底，一首詩掉了幾行都不會有人發覺的文學作品能傳達怎樣的訊息？」（1997b：無頁碼）果真如此，那麼不管夏宇是否有文本／符號政治的企圖或野心，其效果終究是要大打折扣的，而這點同樣也是語言詩派一再被質疑的所在（Shetley 150-51）。所以羅智成在上文中才對著夏宇呼籲，企盼她自這場語言的冒險中回航。回航與否，對我們無關緊要，重要的是，夏宇獨樹一格的語言詩，完成了台灣詩學的一次顛覆。

第十一章　劉克襄論

劉克襄的生態詩

第一節　前言

自一九七八年初試啼聲寫出首部詩集《河下游》以來，劉克襄迄今共出版七本詩集，除《河下游》外尙包括：《松鼠班比曹》（1984）、《漂鳥的故鄉》（1984）、《在測天島》（1985）、《小鼯鼠的看法》（1988）、《最美麗的時候》（2000）以及《巡山》（2008）。劉克襄是「全方位的作家」[1]，舉凡詩、散文、小說、兒童文學、繪本、導覽等無不嘗試，且也都交出相當的成績，雖然他的詩作集中在一九八〇年代中期與末期發表與出版，但是事實上他的創作始終並未中輟。

劉克襄向來被譽爲台灣自然寫作（nature writing）「最具代表性的旗手」（陳義芝 2003：11），他的自然寫作作品甚至被視爲「整個台灣二十多年來自然寫作創作的一個縮影」（孫燕華161）。雖然他是全方位的自然寫作作家，然而散文作品數量卻是居其創作的首位——這與台灣自然寫作的成績主要集中在散文創作的情形大體相似[2]。話雖如此，七本詩集的創作份量在劉克襄的所有創作中仍居有非常重要的地位（尤其是相對於同

---

[1] 中國學者孫燕華在她的《當代生態問題的文學思考——台灣自然寫作研究》中，稱呼劉克襄爲「全方位的自然寫作創作者」，並分從詩歌、散文與小說三方面檢視了劉克襄的自然寫作（160-88）。

[2] 此一情形，從研究自然寫作甚深的吳明益自剖之詞亦可得到印證。吳明益說他自己過去的研究所交出的「台灣自然書寫圖譜」是殘缺的、破碎的，主要原因是他集中在（廣義的）散文的探究上，而忽略了對於詩、小說（虛構的文類）以及諸如原住民文學等等的關注（2006：32）。

屬虛構的小說來說）³——我們更不可忘記，劉克襄率先是以詩人之姿進入台灣文壇的，而他的首部作品如上所述也是詩集。

　　做為一名詩人，除了早期具有鮮明的批判的寫實主義（critical realism）色彩外⁴，劉克襄詩作中所呈現的生態意識（ecoconsciousness）與自然觀察，可謂一路走來始終如一，也因為如此獨特的創作風格，為他在台灣詩壇中獨樹一幟，誠如吳晟所言：「台灣新詩史上，至今沒有哪位詩人，詩作系列取材自自然觀察。」（13）從這個角度看，劉克襄的詩作便值得研究。大體而言，除了《漂鳥的故鄉》與《在測天島》這兩部批判性格濃厚的寫實主義詩集之外，從《河下游》、《松鼠班比曹》、《小鼯鼠的看法》，到較晚近的《最美麗的時候》與《巡山》，這些詩作皆可歸入他整體的所謂「自然寫作」中。但這不禁令人好奇：如果將他的詩作放大到他的所有作品中，乃至，整個創作生涯來看，對被定位為自然寫作作家的劉克襄

---

³ 劉克襄的小說集主要有三本：《風鳥皮諾查》（1991）、《座頭鯨赫連麼麼》（1993）及《永遠的信天翁》（2008）。至於歸屬於他所謂的「紅小說」系列，包括《豆鼠森林》（1997）、《小島飛行》（1997）、《草原鬼雨》（1997）（係以豆鼠世界發生的一系列事件為線索展開的小說）等，一般被定位為「少兒故事」（或少兒／兒童文學）。

⁴ 刊在《台北評論》第5期的拙文〈隱而不露的批判家與隱遁者——評劉克襄的詩〉（1988）曾針對劉克襄早期的兩本詩集《漂鳥的故鄉》與《在測天島》分析指出，這兩冊詩集「是劉克襄介入現實問題、思考台灣社會與政治現象最突出的作品」（204），並且認為「他在文學創作上所持的是批判的寫實主義態度」，所以他暴露社會問題，揭露政治禁制下的現實（208）。儘管如此，拙文亦同時指出，若以他所有詩集整體的內容與主題而論，劉克襄並非純粹的寫實主義者，他甚至有隱遁山林的心態（201），而旅行（步向山林田野）與隱居乃是他與大自然接觸的最佳途徑（209）。

而言，這當中究竟透露了什麼樣的訊息？或者換個說法，相較於他的整體創作——尤其是散文（含札記、報導、導覽等）書寫，劉克襄的詩作顯示了何種不同的特色？而這對他的寫作又具有什麼意義？這是本章底下首要探討的地方。

自然寫作在台灣又被稱為自然書寫；在西方也被稱為環境寫作／文學（environmental writing/ literature）或生態寫作／文學（ecological writing/ literature）（吳明益 2006：27）；在中國則有環境文學與生態文學的稱呼，惟其學界較喜歡後者的命名（薛敬梅 11），蓋使用「環境文學」一詞，如同美國學者葛羅特費爾蒂（Cheryll Glotfelty）在她主編的《生態批評讀本》（*The Ecocriticism Reader*）一書的導論中所指陳的：帶有明顯二元論（dualism）及人類中心主義（anthropocentrism）的色彩，並且暗示著我們人類位居中心而被非我族類的一切事物（亦即環境）所圍繞（xx）。按字面義來看，自然寫作應包括文學的自然寫作與非文學的自然寫作[5]，惟此非文壇使用該詞應有之義，台灣流行的「自然寫作」一詞指的自然是文學的自然寫作。正因為易於滋生誤解，所以著名的生態批評家默菲（Patrick D. Murphy）乃堅持用「自然文學」或「自然取向的文學」（nature-oriented literature）以取代「自然寫作」（11）。如果按例援用目前通行的用語，那麼在此也要特別指出，所謂

---

[5] 台灣雖也有學者如吳明益主張「自然寫作並非純粹科學性的觀察記錄，文學性是它的基本底色」（2002：35），將自然寫作視同為「自然文學寫作」。惟誠如中國學者王諾在《歐美生態文學》中所指出的，不少自然寫作文選都收入了相當數量的哲學、自然史、政治學、宗教學、文化批評等著述，大大地超出文學研究的範圍（6）。

的自然寫作，指的即是文學的自然寫作，並且其所說的「自然」不是純描寫的自然，而是要藉由自然來揭示人與外在環境的關係，進一步言也就是「表現自然對人的影響、人在自然界的地位、自然萬物與人的聯繫、人對自然的破壞、人與自然的融合等」（王諾 5）；換言之，這裡所說的「自然」不啻就是「生態」之意，所以自然寫作也就是生態文學，而此即係一九九〇年代崛起的生態批評（ecocriticism）主要的研究焦點所在。

　　從上所述自然寫作就是生態文學的觀點出發，對於本章底下擬探討的劉克襄的詩作，不妨也冠給它一個「生態詩」（ecological poetry）的稱呼。從他的詩中所顯現的生態意識及其非旨在描繪自然的角度觀之，與其（援自然寫作之說）稱其詩作為「自然詩」，不如呼之為「生態詩」。那麼，劉克襄生態詩的表現究竟如何？如上所述，在他的自然寫作中，他的生態詩創作又呈顯著什麼意義？此係本章擬自生態批評的角度一一探究的所在，底下即分從詩作的題材與對象、語言與形式以及精神與內涵三個面向予以檢視。

第二節　詩作的題材與對象

　　以往的文學理論，如同葛羅特費爾蒂在上文中所說的，不外乎檢視作者、文本及世界之間的關係，而且後者所謂的「世界」（world）向來是和「社會」（society）一詞同義的，而所謂的「社會」也就等於「社會領域」（the social sphere）。然

而，晚近興起的做為文學理論一支的生態批評，則試圖將此一指涉社會領域的「世界」擴大到包括整體的生態域（the entire ecosphere）在內，那也就是要去探究與文化相聯繫的物理世界（the physical world），而做為一種理論的論述（discourse），生態批評要「協談」（negotiate）的即是人類與非人類的關係。

生態批評所關注的此一「非人類」的事物——就暫且稱之為「自然」吧！依台灣自然寫作作家及研究者所信，則不再只扮演文學中襯托、背景的位置，反而要拉到前景（foreground）成為創作的主位（吳明益 2002：35）。依此看來，生態詩所關注的與所描寫的外在對象——亦即其所採取的是何種題材，相形之下也就至關重要。

「自然」既成為生態批評與生態詩創作的主要題材和對象，然則這裡所說的「自然」，究竟是什麼樣的自然才是劉克襄所關注的對象？在此，筆者援引英國學者貝瑞（Peter Barry）的說法以進一步檢視劉克襄生態詩中所關涉的自然對象與題材。貝瑞在介紹當代英美生態批評時，將自然這種所謂「戶外環境」（outdoor environment）依「自然」本身程度的深淺劃分為底下四種不同的區域（255）：

1. 區域一：荒野（wilderness），例如沙漠、海洋、無人居住的大陸。
2. 區域二：壯觀的地景（the scenic sublime），例如森林、湖泊、高山、懸崖／絕壁、瀑布。
3. 區域三：鄉間（the countryside），例如山丘、田野、樹林。

4.區域四：如畫的家園（the domestic picturesque），例如
　公園、花園、巷道。

　　貝瑞分析時指出，大部分的自然寫作作品關涉的主要集
中在中間的第二及第三區域[6]；至於史詩（epic）與大河小說
（saga），由於其焦點擺在人類與大自然（宇宙）力量（包括
命運、定數、神等）的關係上，其所涉及的自然乃屬第一、二
區域，而家庭小說（domestic fiction）與抒情詩（lyric poetry）
則因其焦點放在人類彼此之間的關係上，其涉及之自然係屬第
三、四區域（256）。綜觀劉克襄的生態詩，如同英美的自然寫
作一樣，其所描寫的題材也主要集中在第二與第三區域。

　　大體而言，關於區域一的自然題材，劉詩主要涉及的有海
洋與無人居住的陸地（如南極），至於沙漠的描寫則不曾出現
在劉克襄的筆下[7]。《最美麗的時候》詩集中的「輯一：海」所
收錄的「大海」十四首，就有以海為自然的描寫，如其中第四
首〈明亮的午時〉的首節與末節：

---

[6] 貝瑞特別舉例，像十八世紀的地誌學書寫（the topographical writing）
諸如湯姆森（James Thomson）的《四季》（*The Seasons*）（1730）、
葛瑞（Thomas Gray）的〈鄉間墓地的輓歌〉（"Elegy in a Country
Churchyard"）（1751）以及考柏（William Cowper）的《工作》（*The
Task*）（1785）等著作，可歸在以上第三區域；另外，像英國的浪漫派
創作，例如華滋華斯（William Wordsworth）的《序曲》（*The Prelude*）
（1805）則可歸在第二區域。至於十九世紀美國的超越論寫作（the
transcendentalist writing）係屬於第一區域（256）。

[7] 收在《小鼯鼠的看法》詩集中的〈響尾蛇的夏夜〉一詩，曾稍稍提及有著
多刺仙人掌的「荒涼的沙漠」，但只這樣點到，描寫的焦點主要放在「在
非洲」夏夜之中的響尾蛇。響尾蛇生長的環境除了荒涼的沙漠，還包括
「短暫生命的小溪」與「灌木叢塊狀散布的碎岩坡」（2004：62）。

明亮的陽光下，我們只能以美感理解的燕鷗族群，輕快
地在海上逡巡、聒噪。一隻隻不停地潛入海水裡，捕捉
小魚，再優雅地升起，飛出整個天空的蔚藍。牠們來自
附近的離島，跟著魚群到處旅行。當漁夫找到燕鷗集聚
的位置，自然知道了魚群的所在。

而我是燕鷗裡最為平凡的那一隻，穿過海水的洶湧，穿
過浪花的激濺，穿過海岸的綺麗和雄偉，穿過記憶裡最
澄澈的時光。（2001：20, 21）

以上「大海」十四首雖以大海為該組詩的標題，卻非首首
均以海為寫作對象，反而有關海岸與沙灘的題材更多。再就涉
及極地環境的題材來說，除了像〈企鵝城〉（2004：61）等極
少數詩作以此為描寫對象外，劉詩亦幾乎不經營這類無人居住
大陸（the uninhabited continents）的「荒野題材」。至於區域
四的自然題材，較諸區域一而言，劉詩甚至更少觸及。劉克襄
似乎對這類「如畫的家園」題材不感興趣，他對人為的公園、
花園（人類文明的徵候之一？）在詩中根本不置一詞[8]，而在
詩中出現的諸如三合院、小路（〈蚵殼路〉）、甬道（〈水族
箱〉）、騎樓（〈秋天的大地〉）、後院（〈我們的家族使
命〉）等「人類的家園」，幾乎都只是「過渡的場景」，而非

---

[8] 收在《小鼯鼠的看法》中有一首〈國家公園〉，惟詩中所示之「森林、岩
石、草叢比教堂更莊嚴、神聖」，在公園裡則「只有告示牌，幾條蜿蜒的
泥土路，幾間散落的小木屋」，更無「引擎聲」（2004：104），這樣的國
家公園，人類的文明幾乎撤出，保留的則是非人類最自然的部分，所以在
題材的攝取上不能歸入「如畫的家園」這一類別。

他描寫的主場。例如〈座頭鯨〉中出現的這樣的道路：「結婚以後，繼續穿舊時的暗灰色衣服，繼續經過木棉樹的羅斯福路，手插口袋，不顯眼地走在人群中。」（2004：73）台北羅斯福路充其量只是詩中人結婚之後人生道路上行走的「過場」[9]。

　　關於劉詩集中表現的區域二與區域三的自然題材，涉及的場景更為多樣，包括高山、湖泊、海岸、海灣、峽谷、岬角、沙灘、森林、河流、沼澤……。茲以上述貝瑞的分類為依據，將劉詩所經營的區域二與區域三的題材再進一步細分為如下表所示：

環境類別＼場景與詩作	場景類別	詩作舉隅
區域二：壯觀的地景	高山	〈木瓜山奏鳴曲〉、〈煉〉、〈小熊拉荷遠的中央山脈〉、〈山行〉、〈無名山的無以名狀〉，以及《巡山》中的詩作
	森林	〈自然老師〉、〈檜木林之歌〉、〈山行〉、〈火海〉、〈E小調的森林〉
	湖泊	〈天池之冬〉
	峽谷	〈火葬〉
	峽灣	〈地頂之旅〉、〈冰河峽灣〉
	岬角	〈岬地的誕生〉
	河／溪流	〈遙遠之河〉、〈大肚溪口〉、〈關渡生命〉、〈大河〉、〈司界蘭溪的昨夜〉、〈美麗小世界〉
	海岸／海灘	〈漂流木〉、〈孤寂的海灘〉、〈岩礁海岸〉、〈喧嘩的沙岸〉、〈黑色的飛行〉

---

[9] 凸顯這個街道「過場」的並非道路本身，而是詩人所刻意經營的「木棉樹」此一意象（木棉樹在台北市羅斯福路整建過程中幾乎已被砍伐殆盡，現在走在羅斯福路上已不見這些在三、四月間綻放著或黃或紅的木棉花的行道樹——只在四段台大尊賢館及學生活動中心的人行道上還留有數株）。

區域三： 鄉間	山丘	〈虎山〉、〈桃竹苗丘陵〉、〈小綠山之晨〉
	樹林	〈關渡生命〉、〈四草漁民〉、〈紅樹林的流亡〉
	沼澤	〈沼澤紀事〉
	耕地／鹽田	〈沼澤紀事〉、〈四草漁民〉

　　貝瑞對上述分類曾表示[10]，從區域一到區域四，純自然的程度係依次往下遞減，而人為的文化成分則往上遞增（255）。劉詩集中表現的區域二及區域三的自然環境——尤其是區域二「壯觀的地景」，顯見他更喜愛文化成分低而自然程度高的景物，而這從他罕以區域四的地景為描寫題材亦足以反證，收在《在測天島》中的〈隱遁者〉一詩（末節）即有如此表明：「我也極度嚮往行過無人的沙灘／帶著空腦子的心情。在野外／有人跡的山嶺，我也不去的／這表示我仍未走得夠遠／我更想脫離大路／下榻一處沒人知曉的農舍／前往旅行指南未記載的荒野」（1985：39），是以區域二的題材成了他的寫作大宗。

　　與其他詩人多以自然環境為詩作背景不同的是，劉克襄不少的生態詩自然的題材不僅被擺置到前景來，而且構成詩作的主題，例如〈檜木林之歌〉，（2001：134-37）、〈枯木活

_____

[10] 貝瑞分類的依據，主要是根據題材所選擇的場所（place），以此凸顯自然寫作成為一獨立文類（genre）的可能，有別於其他以種族、階級、性別、性傾向為表現範疇的文類。事實上，貝瑞的分類並不表示自然寫作或生態文學只關注場所題材；這裡的「場所」指的應是廣義的場所，也即涵蓋生活或棲息於其中的任何生物（包括人）與非生物，譬如劉克襄的〈小綠山之晨〉，就敘寫到小綠山中不少的生物（蜥蜴、蝸牛、鳳蝶、斑鳩、酢醬草、木耳……）（2001：126-27）。

著時〉（2001：142-43）、〈美麗小世界〉（2004：96-99）
等詩，其寫作題材與描寫對象便是檜木林、枯木以及溪流（大
肚溪的上下游）本身，尤其是〈美麗小世界〉一詩，記敘的不
僅是一條溪流（從下游到上游）的身世，更且描寫了棲息其間
的各種鳥類（田鷸、水鴨、蒼鷺、藍磯鶇、洋燕、紅隼、藍腹
鷴、紫嘯鶇、竹雞……），幾近二十種，端的是一幅大肚溪的
鳥類圖誌，而「人」則完全從這「小世界」中撤出（是否暗示
唯有人類完全撤離，這小世界才會有「美麗」的時候？）。

　　然而，類如上述〈美麗小世界〉、〈檜木林之歌〉，或
者像〈菅芒進行曲〉（2001：60-61）、〈四季〉（2001：54-
55）、〈紅樹林的流亡〉（2001：51）以及《巡山》中的若
干詩作，這種不見「人影」或「人跡」的所謂「純自然詩」
（poetry of pure nature），在劉詩中所占的比率還是比較少的。
純自然詩雖可以歸入生態詩之中，但是由於其側重外在自然環
境（包括動植物、無生物──亦即非人類的環境）的描寫，反
而忽視了人類與其周遭環境的互動關係──而這方面恰恰是生
態批評所要強調的。葛羅特費爾蒂認為生態批評所說的「生
態」並非以人自居環境的中心，反倒暗示它是一種互為依存的
群落、一種整合的系統──即其構成部分彼此之間有著強烈地
連結（xx）；而人既為這一整合性系統（亦即生態體系）的一
部分，所謂的生態詩仍不免要有人的參與。劉克襄深諳此理，
故其詩作旨不在純粹描繪自然，譬如前所舉〈明亮的午時〉一
詩，寫海、寫燕鷗，卻不乏有第一人稱「我」的參與。在首節
描寫明亮的午時燕鷗在海上逡巡、捕魚之後，緊接著的第二
節便出現這個「我」的後設思考式語言：「多麼簡單而缺乏

詩意的認知。可是，這就是自然的詩。最完整而潔淨的詩。」
（2001：20）而如是的後設思維，進一步讓詩中「我」在末節
化身為燕鷗，與燕鷗族群最後一起穿過我「記憶裡最澄澈的時
光」。再看底下〈八卦山〉一詩：

> 永遠紅色的乾燥
> 遼闊而緩慢地起伏
> 相思樹林在稜線
> 撐起它的淡淡感傷
> 山谷裡卵石纍纍
> 同樣是這般簡樸的情緒
>
> 一隻飛鳶鼓翼，把這些都揚起
> 停滯在遠空
> 那是賴和的位置和高度
> 窮我一生都必須看清的方向（2008：74-75）

此詩首節敘寫的自然是八卦山本身（自然），然則八卦
山中的相思樹林為何會有「淡淡感傷」，以及山谷纍纍的卵石
為何會傳遞出「簡樸的情緒」？此皆緣於作者的同情／神入
（empathy）所致，外在的自然反映的乃是詩人內在的情感與
想法——這也就是生態的互動；而如此的互動終令詩人在第二
節跳出來進一步將他的感受袒露給讀者：「那是賴和的位置和
高度／窮我一生都必須看清的方向」。劉克襄這類生態詩，總
是「有我」的多，而「無我」的少；有我者溫潤，而無我者乾
澀。

「有我」的生態詩較諸劉克襄其他散文的自然寫作更能讓
人動容──甚至更令人親近。劉的散文作品一向被歸爲「知性散
文」（陳義芝 2003：11），緣由他的自然寫作不論是早期富於觀
察性的記錄文字或是中期的自然誌、博物誌的系列寫作，雖具科
學語言的正確性，乃至有著生態學與思想史的深刻蘊含，卻是較
乏文學語言那種富於感性的特質，所以中國學者孫燕華說：「他
的大部分作品讀起來乾硬生澀、枯燥乏味，很難與一般意義上文
字優美詩意流動的散文作品相媲美。」（191）惟此一評語若放
到劉克襄的「有我」的生態詩來看，便值得商榷（下詳）。

　　然則，劉克襄這種「有我」的生態詩在其整個的自然
寫作中到底具有什麼樣的意義？在此不妨引用美國學者利昂
（Thomas J. Lyon）關於自然寫作的分類學來加以說明。在〈自
然寫作的分類〉（"A Taxonomy of Nature Writing"）一文
中，利昂指出，美國的自然文學可以區分出三個寫作的面向，
即自然史訊息（natural history information）、對自然的個人
回應（personal responses to nature），以及自然的哲學式詮釋
（philosophical interpretation of nature），而所有的自然文學可
以依此三個面向相對的輕重程度予以分類──在該文中他嘗試
將之分爲下述五類（1996：278）[11]：

　1.田野指南（field guides）與專業論文（professional
　　papers）：旨在提供生態訊息，極少有文學創作的文字。

----

[11] 利昂爲此一分類做成表格，在每一類別項目內並舉出多部美國的自然寫
作作品以爲代表（1996：278）；同時在論文內也簡述這些作品的主要內
容特點。

2.自然史文章（natural history essays）：除了提供自然事實外，還給予某種詮釋或賦予意義。作者往往以第一人稱傳達訊息，並在整體上使文章製造出一種文學效果；或者或多或少也以客觀的第三人稱形式傳達自然事實。

3.漫步文字（rambles）：作者走進自然，但通常只是做離家不遠的短暫遠足，並以觀察者身分記錄他的走路經驗，而文字往往是田園詩或牧歌式風格的；在此，自然史與作者在場的文字或多或少獲致平衡。

4.表述經驗自然的文章（essays on experiences in nature）：這類文章旨在強調作者個人的經驗，並以與自然接觸的第一人稱形成寫作框架（諸如在荒野中建造小木屋、在野溪中泛舟、夜晚行走於海濱、在貧瘠的農地重整土壤等等個人的自然經驗），可以再細分爲三個次類：

(1)獨居與鄉下生活（solitude and back-country living）。這類經驗遠離城市，是一種在與自然接觸時顯現更富感情與覺醒的生活；而它的文學則較具批判性，乃至譴責社會的「僞經濟」（the false economy of society）。

(2)旅行與冒險（travel and adventure）。這類經驗較具強烈的孤獨感，並予「安穩的存在」與「發現的活力生活」兩者形成某種對照。這類作者也像漫步文字作者一樣走進原野，但是較不強調自然史，而比較重視活動、孤獨及其原野性。

(3)田園生活（farm life）。這類生活不像前述幾類強調研究、孤獨或者發現，而是較爲側重管理與工作

（stewardship and work）；也不像旅行者美學看重的崇高感那樣，而是付出更多的關注在野地生活及環繞其位處的周遭，並且在自然的精神層面傳達一種深層的、詩性的吸引力。

5.自然中的人類角色（man's role in nature）書寫：這類寫作主要在詮釋（自然史事實及個人經驗則成為次要的），以實例為其論述加以解說，可以說哲學即此種寫作的全部，所以其呈現形式是較具抽象與學術性的。

簡略介紹完上述利昂的自然寫作分類後，回過頭來看看劉克襄的生態詩在這樣的分類中可以擺在哪個位置；並且與其他自然寫作相較，它又透露何種值得吾人注意的訊息。劉克襄曾表示他的自然寫作可以分成三個階段（楊光 1996：95），即：

1.早期的「賞鳥者」──作品包括《旅鳥的驛站》（1984）、《隨鳥走天涯》（1985）、《消失中的亞熱帶》（1986）、《荒野之心》（1986）、《台灣鳥類研究開拓史（1840-1912）》（1989）、《自然旅情》（1992）……。

2.中期的「自然觀察家」──作品包括《山黃麻家書》（1994）以及「小綠山」系列（1995）：《小綠山之歌》、《小綠山之舞》與《小綠山之精靈》。

3.近期的「自然觀察教育家」──作品有《偷窺自然》（1996）、《快樂綠背包》（1998）、《綠色童年》（2000）、《安靜的遊蕩》（2001）、《迷路一天在小鎮》（2002）……。

　　上述三個階段的寫作（以散文創作分類），第一個階段可以歸入利昂所分類的第一與第二個類別，偏重對鳥類的觀察與記錄，由於文字較具客觀性，所以文章風格略顯乾澀、生硬。而在進入中期的創作階段前出版的《台灣鳥類研究開拓史》以及《後山探險》（1992）、《深入陌生地》（1993）等書，雖也偏重於文獻的考察與資料的蒐集，但無疑已「具有生態學和思想史的深刻蘊含」（孫燕華 176），或可歸入利昂上述的第五類。至於中期階段出版的「小綠山」系列等書，被視為是觀察記錄與自然誌的集大成，乃至被譽為「實驗性極高的『博物誌』系列寫作」（簡義明 94），其文字則較為活潑，比較接近漫步式寫作一類。

　　雖然如是分類未免粗枝大葉，然而大體說來，劉克襄的散文寫作如上所述較具知性，主觀性的帶有感情的文字較為制約，所以在歸類上與第四類離得較遠；然而就他的生態詩——尤其是「有我」的生態詩而言，相對地文字就比較抒情，也即涉入作者更多的情緒，不管這情緒是傷、是嘆、是怨，還是樂。換言之，他的生態詩多半可歸入上面表述經驗自然的第四類寫作，也更能凸顯劉克襄個人的寫作風格。而關於這項特色，底下即有必要來進一步考察他詩作的語言表現。

第三節　詩作的語言與形式

　　劉克襄的生態詩究竟呈現了何種語言特色？寫於一九八八年的拙文〈隱而不露的批判家與隱遁者——評劉克襄的詩〉針

對他早期的詩作（特別是《漂鳥的故鄉》與《在測天島》）曾經指出，劉克襄是位寫實主義（realism）的詩人，他揭露與批判社會及政治問題，使用明朗的語言，也就是以接近日常生活用語的語言來表露他對現實（社會）的關懷。寫實主義的詩語言平淡（散文化）、風格明朗、象徵性少，亦較不富歧義性，蓋其「旨在眞確的反映出現實來，直透事物的核心」（203-04）。除此之外，劉克襄的詩（不論是分行詩或散文詩）又以敘事見長，「從《松鼠班比曹》以下的幾本詩集中，幾乎每一首詩都可以找到冷靜、明澈的敘事手法，而且他的敘事體（narrative）還兼有情節的鋪排（plot）」（202）。

　　上述拙文主要係從寫實主義的觀點來探究劉詩的語言，惟如斯語言特色是否亦爲他的生態詩所承續？以收在《最美麗的時候》及《小鼯鼠的看法》兩部詩集中的散文詩爲例，這些散文詩或多或少都有敘事的成分，例如前書中的〈木瓜山奏鳴曲〉（66-67）、〈在〉（72-73）、〈雪崩〉（92-93）、〈自然老師〉（116-17），以及後書的〈火海〉（33-34）、〈耕海〉（41-42）、〈愛爾蘭麋鹿（Irish Elk）〉（50-51）、〈綠色海龜的慾望〉（59-60）、〈座頭鯨〉（73）、〈小鼯鼠的看法〉（74）等，詩的故事情節雖然簡單（限於詩體的緣故），但隱隱然總是有根敘事線串在詩行的行文脈絡裡。譬若〈火海〉一詩，詩中敘寫一位水兵「我」在戰艦停泊碼頭後，利用休假的空檔「踅回枝葉遮空的森林」，在一處深綠的水潭裡卸下軍服泅游；爾後「戰艦自山下的海岸發出濃濁沉悶的汽笛長鳴」，使水兵感到「又要準備出港」的無奈。然則這首敘事線清晰可見的散文詩爲何會是生態詩呢？試看底下該詩的第二及

第三節：

> 我趦回枝葉遮空的森林，密覆的青苔在鞋底鬆軟的深
> 陷，松蘿地衣撲瀉下來如凝凍的水瀑。一隻飛鼠吱叫掠
> 過，蹲坐在樹洞口啃松果；兩隻雉雞驚急地竄出，又竄
> 入草叢；枲屬的鴉聲颼射四方，穿梭於每個林間深處；
> 然後，一陣寂靜的洶濤湧湧而上。這些都是森林的警戒
> 聲；懷疑、不安，許多生命自隱密的暗處打量著我。

> 我來到一處豁然開朗的草澤，撥開劍立的草林，前面橫
> 陳著深綠的水潭。我卸下身上的軍服，慢慢涉水游去，
> 游抵陽光斜照的對岸，躺在草地裡；日照煦煦，有著做
> 愛後舒暢的疲憊。（33）

　　以上這兩節詩揭示了詩中人（我）與自然接觸的那種和
諧、順暢的感覺，雖然森林中的生物躺在暗處對這位不速之客
未免發出懷疑、不安的眼光，但「我」畢竟沒去驚擾牠們，
這種對自然的領受，很得英國湖畔派詩人華滋華斯（William
Worthwords）的神髓。「在華滋華斯的詩中，接觸自然的景
物，即是獲得內心深處出乎意料的情感。山間的旅行者經歷了
由令人印象深刻的自然景色所予以激發的人的強烈情感，傾
向於認為自我與世界是合而為一而不是分開的。」（Kerridge
149）〈火海〉中的「我」置身在山間的森林中得到了舒暢之
感，也幾乎要與自然相融。
　　從這點來看，在劉克襄的生態詩中展現了與寫實批判的
《漂鳥的故鄉》、《在測天島》不同的浪漫情懷，諸如〈小綠

山之晨〉（2001：126-27）、〈奇萊山的魔幻〉（2001：152-
53）、〈遠離城市〉（2004：102-103）、〈白色的暴風雨〉
（2001：28-29）等詩，頗有抒情的格調，詩人不經意之間情
感的流瀉，幾近浪漫派詩人的詩風；浪漫派詩人以熱情謳歌自
然，融入自然[12]，劉克襄的〈小綠山之晨〉也不遑多讓，試看下
面該詩第二至第五詩節的引述，這樣抒情的文字是他的寫實詩
乃至於其他自然寫作所難以見到的：

　　就這樣子。我們的春天是匆促的，跟著鳳蝶飛到每一叢
　　花朵。生命的顏色猛然點亮。

　　我們的春天是短暫的，躲在每一根朽木裡，木耳冒出時
　　偷偷寄居過。
　　我們的春天是私密的，在每一條陰暗的土洞裡，被鼺鼠
　　挖到了它的光芒。

　　我們的春天啊，在孩子的呵笑聲裡發芽。
　　我們的春天啊，正要跟著芒籽到遠方去。

---

[12] 英美浪漫派詩人的作品，在一九九〇年代生態批評崛起之後，再度在西
　方文論界受到垂青，因為生態批評針對早期的詩歌、小說和散文作品中
　所描述的自然世界重新加以挖掘，給予評論；同時弘揚長期被忽視的描
　寫自然的文學作品（李美華 2）。浪漫派詩人——尤其是英國湖畔派詩人
　——回歸自然、融入自然的寫作風格，於此便特別受到生態批評家的重
　視，其中該派代表性詩人華滋華斯以及雪萊（Percy Shelley）儼然成為生
　態文學（或自然寫作）的佼佼者，而且在一九九〇年代也是生態批評研
　究的寵兒（Garrard 3-4）。

寂寞啊寂寞！當黃昏被斑鳩的低沉鳴聲叫暗了。我又將帶著孩子去哪裡呢？懷念著逐漸紅棕色的春天。懷念溫柔而瘦弱的女人。（2001：126-27）

　　小綠山之晨所迎來的春天，竟讓我們的詩人這樣的多情，而這也讓我們進一步去思考是否應該回應菲利普斯（Dana Phillips）對生態批評的批評。菲氏在〈生態批評、文學理論與生態學的眞實性〉（"Ecocriticism, Literary Theory, and Truth of Ecology"）一文中指出，生態批評家以革命性的方式重新確立了寫實主義的優越性，譬如布艾爾（Lawrence Buell）在《環境的想像——梭羅、自然寫作與美國文化的形成》（*The Environmental Imagination: Thoreau, Nature Writing, and the Formation of American Culture*）中便主張生態批評應該集中關注恢復文學「出於經驗和指涉方面」的意義——也就是文學的眞實性方面，簡言之，即生態文學應該回歸寫實主義。但是菲氏質疑：「如果生態批評把自己局限於寫實主義的態度來閱讀寫實主義的文本，它的實踐者將把自己淪爲一位裁判的角色，斜著眼睛，審視著一幅完成了的延齡草或生長著的橡樹的圖畫，判斷它們是否描繪得很好和充滿活力。」（Phillips 296-97）蓋如此一來，文學將無法從自然的羈絆中解脫，也因此菲氏強烈主張：

　　　　文學的「生態批評」不應該被理解成文學如何圍繞表現自然世界爲轉移。文字表現，就一個方面而論，總是比視覺表現貧乏得多；這也是科學家爲什麼往往不重視科學描寫的重要性，而是喜歡盡可能用圖式、表格、圖

解、微分等方式以及新的技術，來表達他們思想的原因所在。另一方面，在我看來，這種表達事物的方式〔指寫實主義〕或遲或早要拋棄它自身，正如人們說它已被現代哲學和文學理論的懷疑者們所拋棄那樣。（297）

　　顯而易見，劉克襄的若干生態詩已從寫實主義向浪漫主義傾斜，而這是否亦暗示生態詩寫作不必定要和寫實主義劃上等號？在《漂鳥的故鄉》與《在測天島》兩部詩集的寫實詩裡，誠如吳潛誠所說「不作興抒發感嘆，而寧願鋪陳具體的事實」（1994：216），但是在生態詩的寫作裡，劉克襄已能將隱藏的情緒稍稍洩露。就以二〇〇八年出版的《巡山》為例，在這部台灣首次出現的所謂「山岳書寫」（mountain writing）詩集裡，雖然它也呈現地誌書寫的色彩（如〈貓空〉、〈猴山岳〉、〈大尾山下——坪林茶街〉……），然而不可否認的是，全書透顯出詩人較諸以往更多的個人主觀的情緒——有「我」詩的比例增加不少，就全書共收入五十一首詩來看，以第一人稱（包含單複數）的視角敘述的詩作即有十七首，占有三分之一的比例。儘管這些第一人稱敘述中不無吳潛誠分析其早期詩作時所指出的「戲劇假面」（即詩人以第一人稱的口吻來敘寫別人的心事）（1994：211-12），仍多半可看作是詩人自己的聲音[13]，例如〈都蘭山〉一詩末尾所述：「我努力描述這種抒情的浪漫／寄託於每個不想認真對待歷史的旅人」

---

[13] 《巡山》中大概只有〈北大武山〉一詩的「我」顯然並非詩人本人，因為這個「我」稱自己是「人口稀少的魯凱族」（124），所以這個「我」是詩人以第一人稱出現的戲劇角色。

（2008：111），這個「我」也即詩中目光及於山頂流雲的我，而「我」上面這樣的表示心跡，不無詩人自況的味道。總之，「有我」的語言——不論這個「我」是詩人自己或戲劇角色的扮演，較諸「無我」的語言，閱讀起來不再那麼乾澀，也不再那麼硬調。

　　雖然劉克襄的生態詩如上所述有向浪漫主義傾斜的趨勢，惟其語言大致仍延續向來一貫的明朗風格（clear style）。林燿德在〈食夢的貘——劉克襄詩作芻議〉中亦指出，劉詩的語言「如述家常語」，由於側重寫實，所以不免以「明朗」為宗（頗有當年「龍族」遺風）。依林氏之見，劉詩的「語言結構明晰可解，骨架完整」，係因其重「賦」而輕「比」，多「敘事」而少「描寫」（1986：190-91）。就劉克襄的生態詩來說，林燿德的話只講對一半，緣由於《漂鳥的故鄉》與《在測天島》的寫實詩旨在寫人（吳潛誠 1994：218），但是其他大部分的生態詩則側重在寫「物」——包括動植物、無生物（含自然現象，如海浪、暴風雨、季節更迭……）等等，因為那是人所要面對與相處的自然，而在這些寫物的生態詩中即便有「我」（或「人」）在其中，「我」也未必居於核心或主角的地位，這也符合生態批評所反對的人類中心主義（anthropocentrism）思想（Garrard 179）。生態詩既然側重寫「物」（也即自然），那麼「物」就需要被描寫（description），而劉詩之語言趨於明朗的風格，則主要是他擅用白描手法，而白描是不假修飾、樸樸實實的描寫；換言之，其使用的是不渲染、不誇飾、素樸簡潔的語言，諸如〈桃竹苗丘陵〉（2008：54-55）、〈大桶山〉（2008：48-49）、

316

〈貓空〉（2008：46-47）、〈天池之冬〉（2004：133-35）、〈菅芒進行曲〉（2001：60-61）、〈明亮的午時〉（2001：20-21）……或多或少都用到白描的手法，其中〈美麗小世界〉（2004：96-99）所描述的棲息於大肚溪上下游的各種鳥類，全詩完全以白描手法完成，可說是最具代表性的一首生態詩。

那麼為何敘事與白描會成為劉詩擅長使用的手法？這或與其喜探散文詩形式創作有關。與講究飽含意象、濃縮語義的分行詩不同的是，散文詩（prose poetry）的語義較為放鬆，可以有較從容的空間讓詩思及節奏一氣呵成，也就適於讓敘事與白描手法在其中展開[14]。蓋因分行詩（除了長詩）受限於形制，不易讓敘事有充分的空間可以施展；且分行詩意象語言精練、濃縮，先天上即排斥白描手法，散文詩則可以兼而納之。惟使用敘事與白描，易使語言趨向明朗，貼近現實，而這也說明了為何自然寫作往往會與寫實主義劃上等號。

縱然如此，細心的讀者仍會發現，在《小鼯鼠的看法》中，劉克襄刻意在節奏及意象較為舒緩的散文詩裡試驗了一種電影交叉（鏡頭）剪接（cross-cutting）的技巧，如〈愛爾蘭麋鹿（Irish Elk）〉（50-51）、〈綠色海龜的慾望〉（59-60）、〈提琴演奏者〉（85-86）、〈河口的春潮〉（100-01）等詩，

---

[14] 劉克襄認為散文詩形式很能拿來創作他的生態詩，在他於二〇〇四年新版的《小鼯鼠的看法》所寫的序文〈散文詩，以及集子裡的一些人生插曲〉裡有如是的自剖：「年輕時，很高興找到散文詩的形式，做為一個階段性創作的探索出口，並循此一形式守舊的規格，表達自己此一階段和自然的關係。晚近回味，依舊充滿輕淺的愉悅。」（5）緣於此故，二〇〇一年出版的《最美麗的時候》收錄的也以散文詩居多（但《巡山》則只得一首）。

均由兩組不同的鏡頭交叉敘述而成，通常是一組爲人的世界而另一組爲「自然」（動物）的世界，其交叉敘述的目的在讓兩組鏡頭互爲對照。這或許是詩人想在鬆散、明朗的散文詩語言裡添加若干衝突的語義以增加語言的稠密度；惟由於其所選擇的鏡頭對照性不強，語義並未因此而更形飽滿，這樣的實驗不算成功。

第四節　詩作的精神與內涵

　　葛羅特費爾蒂在前文中指出，生態批評將自然與文化（尤其是文學與語言的文化製品）的互動關係做爲它的研究標的；站在批判的立場來看，它一方面植根於文學，另一方面則建基於土地，亦即做爲一種理論性的論述，生態批評協商的是人類與非人類的關係（xix）。葛氏此說獲得另一位英國學者賈瑞德（Greg Garrard）的支持；而賈瑞德甚至認爲應由人類的文化史以及對所謂「人類」本身的批判性分析，才能檢視人類與非人類的關係（2004：5）。有鑑於此，我們也要看看劉克襄的生態詩到底如何處理人與其周遭環境（非人）的關係，或者援葛羅特費爾蒂的說法——自然本身如何在這些生態詩中被再現[15]；而

---

[15] 葛羅特費爾蒂在前文中曾列舉一大串生態批評要追問的問題，包括：十四行詩是如何再現自然的？物理環境在小說的情節中扮演什麼角色？在戲劇中所表現的價值觀是否和生態智慧一致？我們關於大地的隱喻如何影響我們對待大地的方式？我們如何能將自然寫作當作是一種文類？除了種族、階級和性別，場所（place）應否成爲一個新的批評範疇？男

這也無異於說我們想探究的是：劉克襄的生態詩究竟展現了何種精神與內涵。

　　從生態批評的角度來檢視生態文學，不少學者均指出，多數的生態文學作品都體現了中國傳統文化中所謂「天人合一」的精神內涵（薛敬梅 18-24；孫燕華 96-103）——尤其是老莊「道法自然」的思想。《老子》云：「域中有四大，而人居其一焉。」（42章）乃言人並非萬物（自然界）的主宰，必須「莫之命而常自然」（51章）；《莊子》中甚至說：「天地與我並生，而萬物與我為一。」（〈齊物論〉）認為人與萬物不僅是共生共榮，而且是「合而為一」的。綜觀劉克襄多數的生態詩，亦都寓有這種「與物同化」的精神內涵，諸如〈鯨的子孫〉（2004：48）、〈岬地的誕生〉（2004：125）、〈春初〉（2001：30-31）、〈樹〉（2001：56-57）、〈在〉（2001：72-73）……。

　　劉克襄體現這種「與物同化」的精神，除了借重一般擬人化的技巧外，並常常將「物」（包括生物與非生物）化身為第一人稱「我」，亦即把「物」轉換為「我」（人）的視角，或以人的視角轉換為動物、植物乃至其他非生物（如〈岬地的誕生〉一詩中的「我」）的視角，從後者的角度來感悟與體驗。即以〈空中指標〉與〈牡鹿傳奇〉兩詩來看，這兩詩的前幾節，詩人以全知全能式的第三人稱視角敘述北極圈裡的海鳩

性關於自然的書寫有別於女性的嗎？……總共臚列了十四個大小不等的問題，這些問題也即生態批評所欲研究的標的（xviii-xix）。倣效她拋出的第一個問題，我們可以追問：「生態詩是如何再現自然的？」

與森林中牡鹿的生活景況（到此即前文所說的「無我」詩，語言乾澀而生硬），但是到了最末一節，由於詩人突然以第一人稱「我」介入，這個視角一轉換的結果，也就是有「我」的出現，使整首詩頓然生動起來，變得「有血有肉」。前詩末節說：「成鳥後，我是如此深信，而且清楚洞悉這樣的生活。以至於，每當自己覓食結束，從多霧的海面接近小島時，我總要竭力張開翅膀，並大聲叫喊，讓島上的同伴看見，我從那個方向回來。」（2004：39）這個「我」所叫喊的聲音已不再是「拒人於千里之外」的那種冷冷的感覺；而後詩最末也說：「那就是，隨時與同性扭鬥的我。／爭取最大領域的我。／不斷交配的我。／巨大犄角的我。」（2004：72）使得「牡鹿傳奇」變成「我」的傳奇，無形中拉近與讀者的距離。

上詩中的「我」雖然是詩人所扮演的戲劇角色（dramatic persona），卻「必然會逼使詩人設法從他所模擬的人物之觀點去感受、思考，從而擴展一己的同情心與想像力」（吳潛誠1994：205-206），這也是從「無我詩」過渡到「有我詩」的轉換過程[16]。正因為這個「我」要與物同化，所以像有「我」在的〈在〉一詩，即便「蟄居」在小屋裡思念遠方的「妳」的我，也會興起與物同化的感悟：「妳會瞥見我的光影，瘦薄而疲憊，在房間裡裊裊流動。不時飽滿，溢出山谷。隨著小溪回到

---

[16] 吳潛誠在這段引言後還接著說：「這是詩人無我的積極意義。」（1994：206）並認為劉克襄以第一人稱口吻寫的詩不多見（非針對筆者所謂的生態詩而言）；正因為他擅用無我的敘述觀點，所以「他不但擺脫了自憐自戀的色彩，甚且已把觸鬚廣伸出去，嘗試揣摩人類同胞乃至草木蟲魚鳥獸的感受，已經具有濟慈所謂的變色龍之傾向。」（208）

山裡，化成白雲的漂泊，上升，集聚生命。最後不排除，在禿裸的山嶺積累，形成滂沱的雷陣雨，在午後，在午後的遠方，在。」（2001：73）與前述列舉諸詩不同的是，〈在〉中的「我」是直接以第一人稱物化。

這種帶有「天人合一」傾向的與物同化精神，傳達出的是「重返與自然和諧」的內涵。按照王諾在《歐美生態文學》一書的分析，歐美生態文學所傳達的「重返與自然和諧」的思想內涵，主要表現爲三個面向：感悟自然、回歸自然與融入自然（215-30），並舉了包括梭羅（Henry David Thoreau）、惠特曼（Walter Whitman）、華滋華斯、傑弗斯（Robinson Jeffers）等人的作品做爲例證加以說明。劉詩在呈現與物同化精神的另一面，亦同時傳達出這種「重返與自然和諧」的內涵，包括感悟自然、回歸自然與融入自然。

首先就感悟自然來說，《巡山》一書的山岳書寫就有不少這類「感悟自然」的生態詩，如〈中央尖〉：「一個尖銳的生命／集聚了整個山脈的意志／那是我們這首美好而壯麗的長詩中／開始的高潮／／提醒了世界／遠眺的閱讀視野裡／／一個小小的／驚嘆號的／清楚孤單」（2008：79）。詩人遠眺中央尖山這個「尖銳的生命」，感嘆這「台灣第一尖」的傲岸，宛如清楚孤單的一個小小的驚嘆號，聳立在中央山脈上。如是的感嘆，到了〈鐵砧山〉一詩，面對孤島型的鐵砧山小山，或許緣由近鄉情怯（劉克襄爲台中人氏），竟使搭高鐵南下的詩人在「某一個明亮的窗口後／不小心地讓淚水緩慢地盈眶」，乃至生出如此的感悟：「恐懼著／被自己的生／決絕地遺棄／／恐懼著／被自己的死／徹底地遺忘」（2008：71）。

其次就回歸自然而言，一九八八年的拙文〈隱而不露的批判家與隱遁者——評劉克襄的詩〉即極早指出，劉克襄是位「回歸山林的旅行者」，他回歸大自然，「和清風、和雨露、和高山流水、和飛禽走獸相依」；也認為劉克襄「初寫詩開始，《河下游》、《松鼠班比曹》兩本詩集裡即告訴讀者，旅行（步向山林田野）與隱居便是他生活中的大部分，而此兩者實係與大自然接觸的最佳途徑，這也是中國傳統文人的隱士生活及其山林文學的主要內容」，並舉出諸如「〈山行〉、〈最後的雨季〉、〈河下游〉、〈山中記事〉、〈竹林對岸〉、〈騷人與墨客〉、〈山音〉、〈重複〉、〈卜居〉、〈旅次〉、〈記憶在穀倉〉、〈快樂的森林〉……記述的不外是與大自然為伍的旅行與隱居生活」（1988：209-10）；甚至即便是批判色彩濃厚的寫實詩集《在測天島》，也可以找到像〈一個陌生的小站〉這樣具有回歸自然思想內涵的詩作（「我在一個陌生的小站／攤開一張沒有公路的地圖／裡面散布著各種動植物的家」）（1985：28）。

復次再言融入自然。表達融入自然的生態詩，在詩裡首先要有個「我」的存在——這個「我」往往是詩人自身（而非戲劇角色「我」）；此時的「我」走進自然，置身於大自然之中，進而融入自然，這是生態系統裡人與他物和諧共存、共榮的思想體現。譬如劉詩〈大潮〉中的「我」，在「大潮」中「緊縮自己的心靈，像一顆暗星礁石的閉塞，擁有著永恆的孤零，橫陳在海灘上，日夜接受潮水的洗禮。那時，再也沒有東西會漂上來了。每一道衝抵這裡的浪潮，潔淨、質樸，都來自最深的海床，從最激烈的撞擊位置湧出」（2001：33）。詩

人日夜接受潮水的洗禮，寢假也融入潮水之中。而另一個在
〈傾斜之島〉中的「我」，置身在荒涼的島嶼，「暗黑的岩山
纍纍，包圍著燈塔的白色」，也「包圍著我的愉悅」（2001：
27），蓋因此刻的「我」已整個地融入這座「荒涼的島嶼」
中，「海洋也以最深藍的天色環繞」，令「我」無法自拔。

　　劉克襄上述這種感悟、回歸與融入自然的方式，往往是以
浪漫主義者那種透過自我追尋的途徑予以完成的。「浪漫主義
者把自己從社會中分離出來，因為真誠、激情和自由精神需要
獨處，最好是狂風暴雨之夜或是山巒圍繞的地區。自我和社會
隔離開來之後，可以在幻想中找到避難所，比如回憶、想像、
重構自己的精神和情感世界等等。」（李美華 64）於是劉克
襄成了孤獨的行旅者，而此一孤獨旅者的形象在《小鼯鼠的看
法》與《最美麗的時候》兩部詩集中尤其鮮明，諸如〈地頂之
旅〉（2004：23）、〈火海〉（2004：33-34）、〈遠離城市〉
（2004：102-03）、〈一九七八〉（2001：136-37）、〈大
潮〉（2001：32-33）、〈三貂嶺號誌樓〉（2001：74-75）、
〈旅次の信行〉（2001：110-11）、〈小熊赫拉遠的中央山
脈〉（2001：128-31）、〈檜木林之歌〉（2001：134-37）
……或多或少都可看到詩人孤獨的身影。詩人這般自問：「在
雲和鳥聲都靜止時／我取什麼療傷呢？」（〈旅次の信行〉）
此時唯有獨自一人「遠離城市」，「坐在離開小鎮的支線火車
上」，走進遙遠的山谷「只聽到伐木的聲音」，在「一家很少
人知道的農舍」「在那兒借宿一夜」，這位孤獨的行旅者詩人
告訴我們（〈遠離城市〉一詩最末一節）：

一如野鳥觀察者，在他的水田、小溪與林子，我什麼也
不留，只留下足跡。最後向他保證，絕不告訴別人這條山
路，這個場所。不告訴別人，我做過什麼。（2004：103）

這樣一位「不與人訴」踽踽獨行的旅者，「像孩子般唱
歌」（雖然幼年所學的歌詞記不得了）（103），走在山路上，
也走入他的童年裡，如同〈四十歲中年之片段〉一詩裡所描述
的：「彷彿走在溼濕的沼澤有時也難免緬懷愚騃童年的美好」
（2001：94-95）。於此可以發覺：劉克襄的生態詩中不時散
發著一股濃厚的追憶（童年時光）之情，而引發這股追憶之情
的是來自鄉愁與家園的呼喚，誠如劉詩〈大河〉中所說：「年
紀大時／家鄉就遙遠了／氾濫了」（2001：62）。一般而言，
鄉愁是從大地、從泥土、從原鄉、從「家」開始的（薛敬梅
82），而文學表現上與原鄉或「家」相連結的往往是人的童年
時代，於是我們可以在劉克襄的〈海洋之河流〉中看到如下他
對鄉愁與家園的呼喚（末節）：

請還我一個每天只停一班火車的小站，一條清晨時鶺鴒
母子悄悄走過的石子路。我的家在不遠的墳場旁，稻
穗鋪曬在廟前的廣場。我在溪邊戲水，哼歌，聽到上面
的木橋咯咯，小學教書的父親提著釣竿，永遠的走過。
（2001：122-23）

劉詩中對於鄉愁與家園的呼喚，從生態批評的角度來看，
不啻表達了他對返回原始、純樸的自然的期望；而且進一步
「從生態文化的角度來看，鄉愁正是由於人的生存現實與理想

世界的巨大反差，引發了人類對傳統生存經驗的追憶和依戀，在對現實的失望和拒絕中有了文化批評的意義」，易言之，詩人「著力表達的是想要在現實中獲得的生命歸屬感和在家感」（薛敬梅 85）。

　　然而誠如上詩所引末節的開頭「請還我」三個字所暗示的，這樣簡樸的家園（與童年）如今已杳然無蹤，再難尋覓。正是現實生存環境與理想世界（家園的象徵）所造成的巨大反差，讓深具生態意識的詩人不禁發出深切的批判聲音。蓋因人類文明對於自然的肆虐，使得美好的自然環境日復一日遭受破壞，生態烏托邦（eco-Utopia）也離人類愈來愈遠，這是自然的悲哀，如〈觀音山〉的首節所說：「一座山還沒長大／就跟著兩條河／毫無名分地嫁給了城市／後來，連姓氏／也難以聯想到比較蓊鬱的森林」，而城市對這座山「只回報二三座寺廟的古樸／兼以內容貧瘠的觀光、旅遊／這等世俗的行業」（2008：32-33）。

　　正因爲如此，劉克襄藉由生態詩除了反思還要進一步批判人類的文明。收在《漂鳥的故鄉》中的〈大肚溪口〉一詩，極早即關注到生態正義的問題，也就是關注生物的權利、森林與河流的權利，以及最終生命領域（biosphere）本身的權利（Coupe 2000: 4）。該詩是劉克襄對工業主義（industrialism）的批判。誠如生態批評家寇普（Laurence Coupe）所主張的，生態批評或綠色研究（green studies）[17]首要挑戰的是人類的工

業主義邏輯，工業主義認爲無事不如科技進展急，而不論是傳統左派或右派的政治觀點，都主張生產工具必須加以發展，不管是花費多少代價；生態主義（或綠色研究）在此可以爲左右兩派提供另一種選擇（Coupe 4）。劉克襄的〈大肚溪口〉一詩指出工業污染所帶來的禍害：魚群死亡、工廠作業員「常吃淺田錠」、黃槿樹消失、田鷸無力飛行……乃至在人群中還「發生一場莫名的流行怪病」（1984：67-69），直批工業主義的不是。

寇普還指出，綠色研究除了挑戰工業主義邏輯之外，還要進一步挑戰自滿的文化主義（the complacent culturalism）。自滿的文化主義將其他物種（包括動植物）全都附屬於人類的能力之下來賦予它們意義，這是人類中心思想的具現（4）。劉詩〈關渡生命〉裡也質疑了寇普所說的這種文化主義，該詩最末一節說：「關渡宮的媽祖／穿過千萬信徒的虔敬／那慈悲的表情／還未看到其他的生命」（2001：43），顯然向媽祖質疑：流過關渡的河流孕育了無數的生命（包括動植物），爲何祢只看到膜拜的人類千萬信徒，而看不到人類之外的其他物種的生命（難道媽祖本身也是文化主義的信徒嗎）？

批判人類的工業主義與文化主義，係植基在對生態環境現況的不滿，那麼如同寇普繼而指出的，綠色研究、生態批評的實踐焦點於是擺在未來，亦即其關注的是我們居住的這個星球

張用「綠色研究」來取代「生態批評」一詞，認爲前者是一個較具包容性的用語，而後者則是一個較具特定性的用語；並且使用前者一詞可以提醒吾人這個時代批判的特質（2000：4）。

未來所瀕臨的險境（2000：5）；如此一來，生態批評就會特別注意生態詩中所宣示的預言。由於深具生態的憂患意識，面對自然遭受文明侵襲的現況，劉詩中亦不乏出現對人類未來的預言，如〈群的自治〉所描述的：「在下一次戰爭中，大多數人死去，歷史和銅像消失了。我們結束留種以外的進化，只剩近親交配。//我們回到森林，永遠缺乏離開的能力。一個森林一個小群。群，十五人左右，形成自治保育區，一個固定的繁殖與食物領域。」（2004：132）這個未來的預言，呈現了一幅生態浩劫（大戰）後人類倖存的畫面，具體且聳動。劉克襄這類「預言詩」（poetry of prophecy）為數雖然不多，卻是令人印象深刻（如一再被人引用的〈觀鳥小記〉一詩）；而且他的預言都是悲觀的，這悲觀的預言則是出自他背後所持的生態憂患意識。縱然如此，詩人對未來仍不死心地懷抱「希望」而能看到如下的一幅畫面（〈希望〉）：

> 終有一年春天
> 我們的子孫會讀到
> 頭條新聞如下：
> 冬候鳥小水鴨要北返了
> 經過淡水河邊的車輛
> 禁鳴喇叭（1984：32）

第五節　結語

　　劉克襄從首部詩集《河下游》的出版開始[18] 即有意經營生態詩的寫作,從其中與詩集同名的詩作〈河下游〉即可嗅出它所散發的「自然」味道,如同孫燕華所說的,該詩起承轉合,純樸自然,透顯出「人與自然和諧相容的意涵」(165),詩人從河下游走到沙洲最後沒入森林,意味著他也從詩中走進自然,而這似乎意謂著他已經預言到自己的未來[19](楊光 93)——未來將持續這樣的寫作路線,因此李瑞騰即表示可以從《河下游》中找到他「後來文學發展的最根本源頭」(楊光 93)。在劉克襄出版的七本詩集中,只有《漂鳥的故鄉》與《在測天島》較乏生態詩的創作,而像最近出版的《巡山》,則不僅是國內頭一部標準的山岳書寫作品,全書更全都屬生態詩創作。

　　大體而言,如上所述,劉克襄的生態詩書寫所涉及的主要是壯觀的景地與鄉間的景致——而這也是大多數自然寫作所書寫的自然。相較於他的其他自然寫作(尤其是散文作品),

---

[18] 劉克襄在接受李瑞騰專訪時曾表示,在他大三出版的第一本詩集《河下游》,在學校賣不到一星期就將它大部分銷毀(楊光 93),所以今天在市面上找不到這本詩集。但多年前他曾慨贈筆者一冊。

[19] 劉克襄在接受訪問(承上)時曾表示:「〈河下游〉這首詩提到我在河裡的沙洲孤獨的走著,整個情境似乎預言到我未來的狀況,所以,我後來回想,都會覺得滿詫異的,為什麼我的詩會預言到自己的未來?」(楊光 93)

劉的生態詩更具「人味」，也就是「有我」的入詩，這就使得他的詩語相對來說較為抒情，語調則不再像其他的寫實詩與散文創作來得如此生硬。於此，上文一反生態批評的主要訴求，從而進一步考察劉詩的語言與形式，以呼應中國學者劉文良的主張：生態文學不能只強調「生態」而忽視「文學」，所以生態批評在挖掘作品的生態思想之餘，還須考察它的「審美」這一環節，因為「是文學就離不開審美」（109）。而要考察劉克襄生態詩的美學特徵，亦即須自其語言與形式著手。從菲利普斯對生態批評傾向於寫實主義的反省與質疑中可以發現，劉克襄的生態詩──不管是分行詩或散文詩，較為抒情、放鬆的語言，其中不乏浪漫主義的色調，此則增加了他詩作的可親近性。

　　然而基於他「與物同化」的精神以及「重返與自然和諧」的思想內涵，對於日復一日遭致人類文明破壞而產生的生態危機，憂心忡忡的劉克襄也在詩作裡展開他對工業主義及文化主義的批判。按英國生態批評家寇普的話說，劉克襄在此提出的是有關生態的倫理學問題，而本著生態倫理學的出發點，生態詩「並不僅僅是關於自然的訴說，它並且還要為自然訴說」（not just to speak about nature but also to speak for nature）（2000：4），此亦為生態詩作與生態批評的真正訴求。

　　一般傳統的詩作（非生態詩）可說是一種主體性的寫作，詩人的敘述和立場往往以主體（subject）自居，站在他自己的角度關照、認識、描述與評價世界。然而，生態詩的寫作乃是一種所謂「主體間性」（intersubjectivity）的創作，它關注的是一個主體如何與完整的做為主體運作的另一個主體相互作用，

在主體間性的詩文本中，以語言的存在方式進入交流而建構起來的主體間性，代表著共為主體性與互為主體性（薛敬梅 59）——劉克襄的生態詩體現的正是這樣的文本，在他的寫作對象彼此之間，乃至詩人與其寫作對象之間，存在的與進行的是相互的對話、溝通與理解，人並非其他物種的主體，而這也是劉克襄生態詩最終要向讀者訴求的所在。

引用書目

一、中文書目

女鯨詩社編。《詩潭顯影》。台北：書林，1999。

王先霈、王又平主編。《文學批評術語辭典》。上海：上海文藝，1999。

王溢嘉編譯。《精神分析與文學》。台北縣：野鵝，1980。

王諾。《歐美生態文學》。北京：北京大學，2003。

本社。〈「創世紀」創刊卅周年詩獎揭曉〉。《創世紀》，第65期（1984年10月）。頁34-36。

古添洪。〈詩的推廣——寫在前面〉。古添洪等著。《後現代風景‧台北——學院詩人群年度詩集》。台北：文鶴，1997。

古繼堂。《台灣新詩發展史》。台北：文史哲，1997。

白靈。〈詩的夢幻隊伍——《八十四年詩選》上場〉。辛鬱、白靈主編。《八十四年詩選》。台北：現代詩社，1996。

——。《煙火與噴泉》。台北：三民，1994。

向陽（林淇瀁）。〈向陽寫作年表〉。《向陽工坊》網站。讀取日期2010年7月7日〈http://tea.ntue.edu.tw/~xiangyang/chro_5.htm〉。

——。《亂》。台北：印刻，2005。

——。《我們其實不需要住所》。台北：聯合文學，2004。

——。《為自己點盞小燈》。台北：九歌，2003a。

——。《安住亂世》。台北：聯合文學，2003b。

——。《跨世紀傾斜》。台北：聯合文學，2001a。

——。《日與月相推》。台北：聯合文學，2001b。

——。《十行集》。台北：九歌，1984。

朱雙一。《戰後台灣新世代文學論》。台北：揚智，2002。

李泓泊。《羅智成詩研究》。南華大學文學研究所碩士論文。2004年6月。

李美華。《英國生態文學》。上海：學林，2008。

李癸雲。〈蘇紹連詩中的存在悲劇感〉。《台灣詩學季刊》，第27期
　　（1999年6月）。頁177-92。

李敏勇。《自白書》。台北：玉山社，2009。

———。《青春腐蝕畫：李敏勇詩集（1968－1989）》。台北：玉山
　　社，2004。

———。《心的奏鳴曲》。台北：玉山社，1999。

———。《傾斜的島》。台北：圓神，1993。

———。《鎮魂歌》。台北：笠詩社，1990a。

———。《野生思考》。台北：笠詩社，1990b。

———。《戒嚴風景》。台北：笠詩社，1990c。

———。《暗房》。台北：笠詩社，1986。

———。《雲的語言》。台北：林白，1969。

李瑞騰。〈導讀《溪底村》〉。收入陳義芝。《不能遺忘的遠方》。
　　台北：九歌，1993。頁145。

李魁賢。〈論李敏勇的詩〉。收入李敏勇。《戒嚴風景》。台北：笠
　　詩社，1990。頁95-119。

李豐楙。〈嘲諷與浪漫——「笠」戰後世代詩人的兩種精神面向〉。
　　收入陳鴻森編。《笠詩社學術研討會論文集》。台北：學生書
　　局，2000。頁1-39。

吳明益。〈理解自然的新道路——試談台灣自然書寫與研究在新世紀
　　的幾種演化類型〉。《華文文學》，第74期（2006年3月）。頁
　　27-33。

———。〈書寫自然，以醒覺心靈——自然寫作的英美脈絡〉。《誠品
　　好讀》，第20期（2002年4月）。頁35-37。

吳晟。〈巡山三十年〉。劉克襄。《巡山》。台北：愛詩社，2008。

吳潛誠。〈擦拭歷史、沖淡醜惡以及第三類選擇——閱讀李敏勇《心
　　的奏鳴曲》〉。李敏勇。《心的奏鳴曲》。台北：玉山社，
　　1999。頁7-19。

———。《感性定位——文學的想像與介入》。台北：允晨，1994。

——。〈政治陰影籠罩下的詩之景色〉。收入李敏勇。《傾斜的島》。台北:圓神,1993。頁137-56。

余光中。《聽聽那冷雨》。台北:九歌,2002。

——。〈歡迎陳黎復出〉。收入陳黎。《親密書—陳黎詩選(1974—1992)》。花蓮:花蓮縣立文化中心,1992。頁251-52。

——。〈從螺祖到媽祖——讀陳義芝詩集「新婚別」〉。陳義芝。《新婚別》。台北:大雁,1989。

利玉芳。彭瑞金編。《利玉芳集》。台南:國立台灣文學館,2010。

利玉芳。《淡飲洛神花茶的早晨》。台南:台南縣文化局,2000。

——。《向日葵》。台南:台南縣立文化中心,1996。

——。《貓》。台北:笠詩社,1991。

——。《活的滋味》。台北:笠詩社,1986。

林于弘。《台灣新詩分類學》。台北:鷹漢,2004。

林以亮。《林以亮詩話》。台北:洪範,1976。

林玉鵬。〈伯恩斯坦與美國語言詩的詩學觀〉。《外國文學研究》,第29卷第2期(2007年4月)。頁23-30。

林亨泰。《爪痕集》。台北:笠詩社,1986。

林淇瀁。〈從民間來、回民間去—以台語詩集《土地的歌》為例論民間文學語言的再生〉。收入向陽。《向陽台語詩選》。台南:真平企業公司,2002。頁290-321。

——。《書寫與拼圖——台灣文學傳播現象研究》。台北:麥田,2001a。

——。〈長廊與地圖——台灣新詩風潮的溯源與鳥瞰〉。收入林明德編。《台灣現代詩經緯》。台北:聯合文學,2001b。頁9-63。

林語堂。《論幽默—語堂幽默文選(上)》。台北:聯經,1994。

林德俊。《樂善好詩》。台北:遠景,2009。

林燿德。《世紀末現代詩論集》。台北:羚傑,1995。

——。〈重新認知本位的陳黎〉。收入陳黎。《親密書—陳黎詩選(1974-1992)》。花蓮:花蓮縣立文化中心,1992。頁253-

55。

——。〈編後：新世代星空〉。簡政珍、林燿德主編。《台灣新世代詩人大系（下冊）》。台北：書林，1990。

——。《不安海域》。台北：師大書苑，1988。

——。《妳不瞭解我的哀愁是怎樣一回事》。台北：光復，1988。

——。《一九四九以後》。台北：爾雅，1986。

林驤華。《西方文學批評術語辭典》。上海：上海社會科學院，1989。

周忠厚編。《文藝批評學教程》。北京：中國人民大學，2010。

周嘉辰。《女人與政治》。台北：揚智，2003。

孟樊。〈葉笛的傳記詩評〉。《國立台北教育大學語文集刊》，第12期（2007年7月），頁187-203。

——。《台灣後現代詩的理論與實際》。台北：揚智，2003。

——。《當代台灣新詩理論》二版。台北：揚智，1998。

——。《當代台灣新詩理論》。台北：揚智。1995。

——。〈隱而不露的批判家與隱遁者——評劉克襄的詩〉，《台北評論》，第5期（1988a年5月）。頁198-211。

——。〈超前衛的聲音——評夏宇的詩〉，《台北評論》，第4期（1988b年3月）。頁130-45。

洛夫。〈序1：蘇紹連散文詩中的驚心效果〉。蘇紹連。《驚心散文詩》。台北：爾雅，1990。

紀弦。《第十詩集》。台北：九歌，1996。

拾虹。〈「秋」的詩人〉。收入李敏勇。《暗房》。台北：笠詩社，1986。頁90-91。

柯慶明。〈根之茂者其實遂——《陳義芝‧世紀詩選》序〉。陳義芝。《陳義芝‧世紀詩選》。台北：爾雅，2000。

陳明台。〈鎮魂之歌——析論李敏勇的詩〉。收入李敏勇。《鎮魂歌》。台北：笠詩社，1990。頁79-118。

——。〈抒情的變貌〉。收入李敏勇。《暗房》。台北：笠詩社，1986。頁92-93。

陳芳明。〈飄泊之風，抵達之歌──讀陳義芝詩集《邊界》〉。陳義
　　芝。《邊界》。台北：九歌，2009。

陳啓佑。《渡也論新詩》。台北：黎明，1983。

陳義芝。《陳義芝詩精選集》。台北：新地，2010。

──。《邊界》。台北：九歌，2009。

──。〈台灣「學院詩人」的名與實──《學院詩人群年度詩集》綜
　　論〉。《當代詩學》，第3期（2007年12月），頁1-23。

──。〈夢想導遊論夏宇〉。《當代詩學》，第2期（2006a年9
　　月）。頁157-69。

──。《聲納──台灣現代主義詩學流變》。台北：九歌，2006b。

──。《為了下一次的重逢》。台北：九歌，2006c。

──。主編。《新世紀散文集──劉克襄精選集》。台北：九歌，
　　2003。

──。《我年輕的戀人》。台北：聯合文學，2002。

──。《陳義芝‧世紀詩選》。台北：爾雅，2000。

──。《不安的居住》。台北：九歌，1998。

──。《不能遺忘的遠方》。台北：九歌，1993。

──。《新婚別》。台北：大雁，1989。

──。《青衫》。台北：爾雅，1985。

──。《落日長煙》。台北：德馨室，1977。

陳黎。《我／城》。台北：二魚，2011。

──。《輕／慢》。台北：二魚，2009。

──。《苦惱與自由的平均律》。台北：九歌，2005。

──。《貓對鏡》。台北：九歌，1999。

──。《島嶼邊緣》。台北：皇冠，1995。

──。《家庭之旅》。台北：麥田，1993。

──。《親密書──陳黎詩選（1974-1992）》。花蓮：花蓮縣立文
　　化中心，1992。

陳巍仁。《台灣現代散文詩新論》。台北：萬卷樓，2001。

翁文嫻。〈《詩經》「興」義與現代詩「對應」美學的線索追探──

以夏宇詩語言為例探討〉。《中國文哲研究集刊》，第31期
　　（2007年9月）。頁121-48。

袁可嘉主編。《歐美現代十大流派詩選》。上海：上海文藝，1991。

夏宇。《詩六十首》。台北：作者自印，2011。

——。《粉紅色噪音》。台北：作者自印，2007。

——。《Salsa》。台北：作者自印，1999。

——。《腹語術》。台北：現代詩季刊社，1997a。

——。《摩擦‧無以名狀》。台北：作者自印，1997b。

——。《備忘錄》。台北：作者自印，1986。

郭成義。〈溫柔與鋼〉。收入李敏勇。《暗房》。台北：笠詩社，
　　1986。頁94-95。

陶保璽。《台灣新詩十家論》。台北：二魚，2003。

奚密。〈世紀末的滑翔練習——陳黎的《貓對鏡》〉。陳黎。《貓對
　　鏡》。台北：九歌，1999。

——。《現當代詩文錄》。台北：聯合文學，1998。

孫燕華。《當代生態問題的文學思考——台灣自然寫作研究》。上
　　海：復旦大學，2009。

張子清。《二十世紀美國詩歌史》。長春：吉林教育，1995。

張芬齡。〈接近詩史體質——導讀《居住在花蓮》〉。收入陳義芝。
　　《不能遺忘的遠方》。台北：九歌，1993。頁130。

張華君。〈論中西方現當代家族敘事〉。《重慶交通大學學報》，第
　　10卷第3期（2010年6月）。頁64-68。

張漢良、蕭蕭編著。《現代詩導讀（導讀篇二）》。台北：故鄉，
　　1979。

張默編。《現代女詩人選集（新編）（1952-2011）》。台北：爾
　　雅，2011。

——編著。《小詩選讀》。台北：爾雅。1987。

——編。《剪成碧玉葉層層—現代女詩人選集》。台北：爾雅，
　　1981。

張默、蕭蕭編。《新詩三百首》三版。台北：九歌，2001。

張雙英。《二十世紀台灣新詩史》。台北：五南，2006。

莫渝。《台灣詩人群像》。台北：秀威，2007。

──。《笠下的一群──笠詩人作品選讀》。台北：河童，1999。

商禽、焦桐主編。《八十七年詩選》。台北：創世紀詩雜誌社，1999。

商禽。《用腳思想》。台北：漢光，1988a。

──。《夢或者黎明及其他》。台北：書林，1988b。

黃恆秋。〈俘虜的詠嘆──讀李敏勇詩集「暗房」〉。收入李敏勇。《暗房》。台北：笠詩社，1986。頁101-10。

黃慶萱。《修辭學》。台北：三民，1979。

彭瑞金。〈輸送明亮給世界的詩人李敏勇〉。收入李敏勇。《青春腐蝕畫──李敏勇詩集（1968-1989）》。台北：玉山社，2004。頁237-44。

焦桐。《青春標本》。台北：二魚，2003。

──。《台灣文學的街頭運動》。台北：時報。1998。

曾琮琇。《台灣當代遊戲詩論》。台北：爾雅，2009。

曾艷兵。《西方後現代主義文學研究》。北京：中國社會科學，2006。

渡也（陳啓佑）。《面具》。台中縣：台中縣立文化中心，1993。

葉維廉。〈散文詩探索（一）〉。《創世紀》，第87期（1992年1月）。頁102-109。

瘂弦。《中國新詩研究》。台北：洪範，1981。

──編。《劉半農卷──中國新詩史料之二》。台北：洪範，1977。

──。《深淵》。台北：晨鐘，1971。

楊光記錄整理。〈逐漸建立一個自然寫作的傳統──李瑞騰專訪劉克襄〉，《文訊》，第134期（1996年12月）。頁93-97。

楊牧。〈雪滿前川──讀陳義芝詩集〉。陳義芝。《青衫》。台北：爾雅，1985。

楊照。〈浪漫補課〉。陳義芝。《我年輕的戀人》。台北：聯合文學，2002。

楊澤。《彷彿在君父的城邦》。台北：龍田，1979。

──。《薔薇學派的誕生》。台北：洪範，1977。

鄭愁予。《鄭愁予詩選集》。台北：志文，1974。

鄭炯明。〈戰爭・愛與死的交響曲──論李敏勇的詩〉。收入李敏勇。《野生思考》。台北：笠詩社，1990。頁99-114。

趙天儀等編，《混聲合唱──「笠」詩選》。高雄：春暉，2001。

趙毅衡。《新批評──一種獨特的形式文論》。北京：中國社會科學，1986。

廖咸浩。〈玫瑰騎士的空中花園──讀陳黎新詩集《島嶼邊緣》〉。陳黎。《島嶼邊緣》。台北：皇冠，1995。

──。〈書空咄咄？：語言詩派的「後現代」文本政治〉。收入何文敬主編。《第四屆美國文學與思想研討會論文集：文學篇》。台北：中央研究院歐美研究所，1995。頁119-42。

劉世生、朱瑞青編著。《文體學概論》。北京：北京大學，2006。

劉克襄。《巡山》。台北：愛詩社，2008。

──。《小鼯鼠的看法》新版。台中：晨星，2004。

──。《最美麗的時候》。台北：大田，2001。

──。《在測天島》。台北：前衛，1985。

──。《漂鳥的故鄉》。台北：前衛，1984。

──。《松鼠班比曹》。台北：蘭亭，1983。

──。《河下游》。台北：作者自印，1978。

蔣濟水。《現象學閱讀理論》。桂林：廣西師範大學，2001。

蕭水順（蕭蕭）。〈後現代主義的台灣論述〉。收入林明德總策劃。《台灣新詩研究──中生代詩家論》。台北：五南，2007。頁125-52。

蕭蕭。〈台灣散文詩美學（下）〉。《台灣詩學季刊》，第21期（1997年12月）。頁121-27。

──。《現代詩學》。台北：東大，1987。

鴻鴻。《黑暗中的音樂》。台北：曼陀羅創意工作室，1990。

鍾玲。《現代中國繆司──台灣女詩人作品析論》。台北：聯經，

1989。

薛敬梅。《生態文學與文化》。昆明：雲南大學，2008。

簡政珍、林燿德主編。《台灣新世代詩人大系（下冊）》。台北：書林，1990。

簡政珍。《台灣現代詩美學》。台北：揚智，2004。

簡義明。《台灣「自然寫作」研究──以1981-1997為範圍》，國立政治大學中國文學系碩士論文。1998年6月。

羅青。《少年阿田恩仇錄》。台北：民生報社，1996。

──。《錄影詩學》。台北：書林，1988。

──。《水稻之歌》。台北：大地，1981。

──。《從徐志摩到余光中》。台北：爾雅，1978。

──。《捉賊記》。台北：洪範，1977。

──。《羅青散文集》。台北：洪範，1976。

──。《神州豪俠傳》。台北：武陵，1975。

──。《吃西瓜的方法》。台北：幼獅，1972。

羅智成。《地球之島》。台北：聯合文學，2010。

──。《夢中邊陲》。台北：印刻，2008。

──。《夢中情人》。台北：印刻，2004。

──。《夢中書房》。台北：聯合文學，2002。

──。《黑色鑲金》。台北：聯合文學，1999。

──。《擲地無聲書》。台北：少數出版工作室，1989。

──。《傾斜之書》。台北：時報，1982。

──。《光之書》。台北：龍田，1979。

──。《畫冊》。台北：作者自印，1975。

蘇紹連。《孿生小丑的吶喊》。台北：爾雅，2011。

──。《散文詩自白書》。台北：唐山，2007。

──。《隱形或者變形》。台北：九歌，1997。

──。《驚心散文詩》。台北：爾雅，1990。

──。《茫茫集》。彰化縣：大昇，1978。

蘇甦記錄。〈暗房的世界──李敏勇作品討論會〉。收入李敏勇。

《暗房》。台北：笠詩社，1986。頁126-46。

二、外文書目

Abrams, M. H. *A Glossary of Literary Terms*. 4th ed. New York: Holt, Rinehart and Winston, 1981.

——. *The Mirror and the Lamp: Romantic Theory and the Critical Tradition*. Oxford: Oxford UP, 1971.

Allen, Donald, and George F. Butterick, eds. *The Postmoderns: The New American Poetry Revised.* New York: Grove, 1982.

Andrews, Bruce. "Constitution/Writing, Politics, Language, the Body." *The L = A = N = G = U = A = G = E*. ED. Bruce Andrews and Charles Bernstein. *Open Letter* 5.1(1982):154-65.

Andrews, Bruce, and Charles Bernstein, eds. *The L=A=N=G=U=A=G=E Book.* Carbondale: Southern Illinois UP, 1984.

Aristotle. *Poetics*. Trans. Malcolm Heath. London: Penguin Books, 1996.

Armantrout, Rae. *Precedence*. Providence: Burning Deck, 1985.

Barry, Peter. *Beginning Theory: An Introduction to Literary and Cultural Theory*. Manchester: Manchester UP, 2002.

Bernstein, Charles. *A Poetics*. Cambridge, MA: Harvard UP, 1992.

——, ed. *The Politics of Poetic Form: Poetry and Public Policy*. New York: Roof, 1990.

Bernstein, Charles et al.著。張子清、黃運特譯。《美國語言詩派詩選》。成都：四川文藝。1993。

Bressler, Charles E. *Literary Criticism: An Introduction to Theory and Practice*. Englewood Cliffs, NJ: Prentice-Hall, 1994.

Brouwer, Dédé. "Language and Gender: Feminist Linguistics," in *Women's Studies and Culture: A Feminist Introduction*. Eds. Rosemarie Buikema and Anneke Smelik. London: Zed Books, 1993.

Cixous, Héléne. "The Laugh of the Medusa," *in New French Feminisms*, Ed. Elaine Marks and Isabelle de Courtivron. Amhert: U of Massachusetts P, 1981.

Coupe, Laurence ed. *The Green Studies Reader: From Romanticism to Ecocriticism*. London: Routledge, 2000.

Crane, R. S., et al. *Critics and Criticism: Ancient and Modern*. Chicago: U of Chicago P, 1952.

Creer, Michael. "Language Poetry in America: 1971-1991." *Meanjin* 50.1 (1991): 149-56.

Doreski, Carole Kiler, and William Doreski. *How to Read and Interpret Poetry*. New York: Prentice Hall, 1988.

Eagleton, Terry. *How to Read a Poem*. Oxford: Blackwell Publishing, 2007.

Elshtain, Jean Bethke. *Public Man, Private Woman: Women in Social and Political Thought*. Princeton: Princeton UP, 1981.

Escarpit, Robert著。葉淑燕譯。《文學社會學》。台北：遠流，1990。

Holman, C. Hugh, and William Harmon. *A Handbook to Literature*. 5th ed. New York: Macmillian, 1986.

Fontana, David. *The Secret Language of Symbols: A Visual Key to Symbols and Their Meanings*. San Francisco: Chronicle Books, 1994.

Foster Hal, ed. *Postmodern Culture*. London: Pluto Press, 1985.

Garrard, Greg. *Ecocriticism*. London: Routledge, 2004.

Glotfelty, Cheryll, and Harold Fromm, eds. *The Ecocriticism Reader: Landmarks in Literary Ecology*. Athens: U of Georgia P, 1996.

Guerin, Wilfred L, et al. *A Handbook of Critical Approaches to Literature*. New York: Oxford UP, 1999.

Hassan, Ihab. *The Postmodern Turn: Essays in Postmodern Theory and Culture*. Columbus: Ohio State UP, 1987.

Heidegger, Martin著。孫周興譯。《荷爾德林詩的闡釋》。北京：商務印書館，2000。

——。孫周興編選。《海德格爾選集（上）》。上海：上海三聯書店，1996。

——。孫周興譯。《走向語言之途》。台北：時報，1993。

——. *Poetry, Language, Thought*. Trans. Albert Hofstadter. New York: Harper & Row, 1975.

Huizinga, John著。多人譯。《遊戲的人》。杭州：中國美術學院，1996。

Innes, Robert E., ed. *Semiotics: An Introductory Anthology*. Bloomington: Indiana UP, 1985.

Jung, Carl Gustav. *Psychological Types*. Trans. H. G. Baynes. Princeton, N J: Princeton UP, 1976.

——. *The Archetypes and the Collective Unconscious*. Trans. R. F. C. Hull. Princeton, NJ: Princeton UP, 1969a.

——. *Aion: Researches into the Phenomenology of the Self*. Trans. R. F. C. Hull. Princeton, NJ: Princeton UP, 1969b.

——. *The Spirit in Man, Art, and Literature*. Trans. R. F. C. Hull. Princeton, NJ: Princeton UP, 1966a.

——. *The Practice of Psychotherapy.* 2nd ed. Trans. R. F. C. Hull. London: Routelege, 1966b.

Kerridge, Richard. "Nature in the English Novel." *Literature of Nature: An International Sourcebook.* Ed. Patrick D. Murphy. Chicago: Fitzroy Dearborn Publishers, 1998.

Key, Mary Ritchie. *Male/Female Language*. Methuen: Scarecrow Press, 1975.

Lakoff, Robin. *Language and Woman's Place*. New York: Harper & Row, 1975.

Leech, Geoffrey N. *A Linguistic Guide to English Poetry*. Peking: Foreign Language Teaching and Research Press, 2001.

Lyon, Thomas J. "A Taxonomy of Nature Writing." *The Ecocriticism Reader: Landmarks in Literary Ecology*. Eds. Cheryll Glotfelty, and Harold Fromm. Athens and London: U of Georgia P, 1996.

Magliola, Robert R. *Phenomenology and Literature*. West Lafayette, IN:

Purdue UP, 1977.

McGann, Jerome. "Contemporary Poetry, Alternate Routes." *Critical Inquiry* 13.3 (1987): 624-47.

Murphy, Patrick D. *Farther Afield in the Study of Nature-Oriented Literature*. Charlottesville, VA: Virginia UP, 2000.

Neil, Roberts. *A Companion to Twentieth-Century Poetry*. Oxford: Blackwell, 2003.

Perril, Simon. "Language Poetry." *A Companion to Twentieth-Century Poetry*. Ed. Neil Roberts. Oxford: Blackwell, 2003. 220-31.

Phillips, Dana著。馮文坤譯。〈生態批評、文學理論與生態學的真實性〉。王寧編。《新文學史》。北京：清華大學，2001。頁287-314。

Ransom, John Crowe著。王臘寶、張哲譯。《新批評》。南京：江蘇教育，2006。

Reeves, James. *Understanding Poetry*. London: Pan Books, 1967.

Rosenau, Pauline Marie. *Post-Modernism and the Social Sciences: Insight, Inroads, Intrusions*. Princeton, NJ: Princeton UP, 1992.

Ruddick, Sara. "Maternal Thinking," *Mothering: Essays in Feminist Theory*. Ed. J. Trebilcot. Totowu, NJ: Rowman & Allanheld, 1983.

Squires, Judith. *Gender in Political Theory*. Cambridge: Polity Press, 1999.

Shetley, Vernon. *After the Death of Poetry: Poet and Audience in Contemporary America*. Durham: Duke UP, 1993.

Sherry, Ruth. *Studing Women's Writing: An Introduction*. London: Edward Arnald, 1988.

Silliman, Ron. "Disappearance of the Word, Appearance of the World." *The L=A=N=G=U=A=G=E Book*. Ed. Bruce Andrews and Charles Bernstein. Carbondale: Southern Illinois UP, 1984. 121-32.

——. *The New Sentence*. New York: Roof. 1987.

Todorov, Tzvetan著。王國卿譯。《象徵理論》。北京：商務印書館，2004。

Tomashevsky, Boris著。姜俊鋒譯。〈主題〉。什克洛夫斯基等著。方珊等譯。《俄國形式主義文論選》。北京：三聯，1989。頁107-208。

Wellek, René, and Austin Warren. *Theory of Literature*. 3rd ed. New York: HBJ/ Harvest, 1977.

Woods, Tim. *Beginning Postmodernism*. Manchester: Manchester UP, 1999.

Wright, Elizabeth. *Psychoanalytic Criticism: A Reappraisal*. 2nd ed. Cambridge: Polity Press, 1998.

附錄　孟樊論

孟樊詩作的藍色美學　李桂媚

- 前言
- 藍色的情感世界
- 藍色的配色美學
- 結語

第一節　前言

　　康丁斯基（Wassily Kandinsky）論及色彩的作用時，將之分作「生理作用」與「心理作用」兩個層面，生理作用指觀看者的視覺感覺，心理作用則牽涉到情感經驗與聯想，其言：「生理的感覺只持續片刻，……但如果將這感覺深刻化，引起更深一層，心理的連鎖反應，那麼，色彩的表面印象可以發展為一種經驗。」（Kandinsky 2006：45）色彩不僅是外在物象帶來的感官經驗，更是內在意識開展出的情感想像，當創作者選用色彩為意象，一方面有助於經營作品的情境，另一方面也是作者精神世界的反映。宋澤萊在〈論詩中的顏色〉一文裡，即對色彩意象賦予詩作的美感效果表達肯定，該文同時談到：「詩中的顏色不只是增加詩的價值而已，它同時顯露了詩人的身心狀況與靈魂狀況，我們可以在詩的顏色中洞察到詩人的危機與轉機。」（39）宋澤萊觀察到了作品色彩與創作者的關係，此點黃永武亦曾提及：「色彩常常是在不知不覺中，反映詩人的情緒與精神世界。情緒起伏及心情改變時，對色彩的選擇自然有所不同。」（59）由此可知，詩人的心境變化牽引著詩作色彩意象的選用，形形色色的色彩意象正是詩人情感調色盤的展現。

　　孟樊出版於一九九二年的詩集《S. L.和寶藍色筆記》，以倒敘的編年方式收錄了其一九八二至一九九二年的詩作，在這十年的詩作中，夾雜著色彩意象的蹤跡，舉凡紅色、黃

色、綠色、藍色、白色、黑色、灰色等，皆是孟樊使用過的色彩。審視詩集中的色彩可以發現，這些顏色多半以原色的型態出現（比如紅色即以「紅色」或「紅」出現），唯獨藍色具有多種變貌，有時是「湛藍色」，有時是「寶藍色」，時而又化作「水色」或「青色」，管見以爲，不同的藍色代表著孟樊不同的心境，各式「藍色」的使用或許可視爲孟樊詩作的特色之一。

　　其次，觀察使用藍色之詩作的創作時間，亦可發覺藍色有別於其他色彩，多數色彩是在前後期作品中均可見的，「藍色」卻是從〈如果春天再春天些〉一詩起，方出現於孟樊詩作，在一九八八年之前的詩作，並未見藍色登場[1]。但在一九八八年到一九九二年的十九首詩作裡，共有八首詩使用藍色[2]，比例近乎半數，可見藍色之於此時期的孟樊，自有其重要性，而該詩集取用詩作〈S. L.和寶藍色筆記〉之詩名爲書名，書名因而亦可見「藍色」，或許「藍色」不只反映了一九八八至一九九二年間的作者心境，更是此詩集的精神核心。

　　再者，孟樊二○○七年出版的第二本詩集《旅遊寫眞》，其中亦不乏藍色意象的使用，暫且不論天空、海洋等藍色的常用意象，光是使用藍色此一色彩意象的詩作即有十四首[3]，所占

---

[1] 一九八三年的〈象徵主義素描〉一詩曾使用「青翠」、「藍波」二詞，一九八四年的〈都市印象〉詩中則有「青筋」一詞；然而，兩詩雖出現有「青」或「藍」字，但並非指涉藍色，故筆者認爲前期詩作未見藍色。

[2] 使用「藍色」的八首詩作分別是：〈我的書齋〉、〈水色小簡──給S. L.〉、〈感官主義傾斜──再致美麗的哀愁〉、〈城堡〉、〈海邊的落日〉、〈夢境〉、〈S. L.和寶藍色筆記〉、〈如果春天再春天些〉。

[3] 使用「藍色」的十四首詩作分別是：〈九寨歸來不看水〉、〈北婆羅州行

比例近乎三成。由此可見，藍色意象不只在《S. L.和寶藍色筆記》後期廣泛出現，到了《旅遊寫眞》時期仍持續開展。有鑑於「藍色」在孟樊詩作中的特殊性，本章擬聚焦於孟樊詩作中的「藍色」，選用色彩學相關學說爲探索方式，一探藍色意象在孟樊詩作中勾勒出的情感世界。研究步驟分成兩個層面，首先討論藍色的色彩意涵，繼而觀察藍色的色彩搭配，期能進一步透視藍色意象背後的深層情感。

第二節　藍色的情感世界

　　當色彩以文字的姿態出現，成爲詩中意象化的符號時，顏色並不是被讀者親眼看到，而是通過讀者本身的想像，在心中描繪出個人所聯想出的色澤與意涵。林書堯認爲：「色彩的聯想基於個人的感性、生活習慣、心理條件以及客觀的區域民族、文化、年齡、性別、經驗等的關係，是有多方向的變化與感情區別。」（150）色彩聯想的形成導因於諸多因素，除了色彩的色調帶來的冷暖感覺外，不能忽略文化層面的問題，誠如曾啓雄所言：「如果色彩被當作是文化或文明的一部分，其衍生的意義是隨之而產生變化，色彩在其間的作用、功能、要

腳〉、〈在民丹島SPA──偕妻同遊記〉、〈關島開門──隱文詩一首贈羅門〉、〈路過海絲湖──紐西蘭之旅有感〉、〈坐看露易絲湖〉、〈瑪琳湖畔唱歌〉、〈在蒙馬特讀夏宇〉、〈巴黎歌劇院旁咖啡館一隅〉、〈在浪漫大道上〉、〈在瑞士皮拉特斯山〉、〈托斯卡尼豔陽下〉、〈夢中布拉格〉、〈初見布達佩斯〉。

求、意義也會隨之而改變。」（231）色彩意涵受到社會文化的影響，色彩意涵也就隨之不斷衍異，正因爲色彩意涵具有此複雜性，管見以爲，必須先釐清藍色此一符號的色彩意涵，方能洞悉孟樊詩作的藍色意象，茲彙整色彩學相關資料（吳東平 18-24；李銘龍 24-27；谷欣伍編 183；林昆範 99-101；林書堯 163-67；鄭國裕、林磐聳 66）如表1：

表1　藍色的色彩意涵

顏色	情感	象徵與聯想	調性／屬性
藍（青）	沉著 冷漠 可憐	青春、年輕、平靜、深遠、貧寒、堅實、希望、理性、涼爽、瀟灑、爽快、清潔、正義、前進、悲傷、憂鬱、孤獨、疲勞、深遠、廣大、過去、憧憬、沉默、靜寂、陰氣、虛僞、自由、冷淡、理想、幸福	冷色調 沉靜色 消極色

通過表1，我們可以理解色彩意涵的豐富，也可觀察到藍色兼具著正面意涵與反面意涵。

另一方面，二十一世紀研究會著作的《色彩的世界地圖》一書指出：「在基督教社會中，藍色代表『希望』、『虔誠』、『誠實』、『永遠』等意思，此外也表示『憂鬱』。由於現在英語普及全世界，許多文化圈也採用這種表達方式。」（171）前述已論及文化對色彩的影響，以孟樊詩作爲例，孟樊筆下的藍色，正是中、西兩道文化脈絡交織下的產物，因而能從中窺見西方文化的軌跡，其中，〈我的書齋〉一詩即以藍色表現孤獨與憂鬱的情緒：「有時紅色太多，或者藍色過濃／孤獨是洶湧澎湃的調色盤」（1992：15），不管是暖色調的紅還

是冷色調的藍，都處於太多與過濃的過度狀態，隱喻著不論是興奮或者悲傷之情，都是相當濃烈的，就連孤獨都是洶湧澎湃的。

此外，值得一提的是〈感官主義傾斜——再致美麗的哀愁〉：

> 向右靠一點，再彎一些
> 被古典囚禁的慾望們
> 解放之後紛紛出籠
> 在湛藍色的筆記本上
> 來回舞動，個個精神抖擻
>
> 始終敏感於藍調的感官
> 堂堂皇皇進入稠密的森林中
> 探索，原屬於神秘又淒迷的女孩
> 那一點點可愛的原始象徵
> 像解語的花蕾惹人憐愛
> 慾望占據感官裡的每一株
> 神經，電擊般靈魂被雲霧浮起
> 這片未開發的處女地
> 神奇又壯麗（孟樊，1992：60-61）

以往多以黃色來象徵肉慾[4]，此處選用黃色的對比色藍色來烘托慾望，一來有凸顯作用，二來也爲慾望鋪陳出憂傷的情境，正如詩名所言「美麗的哀愁」。其次，詩作中還出現過「藍調」一詞，此一詞彙也與西方文化有關，賴瓊琦探討西方文化中的藍色時，即曾闡述到：「用blue比喻憂鬱的用法很普遍，例如：blues是藍調音樂，源自美國南部黑人的爵士音樂，風格緩慢憂鬱。」（201）由此觀之，「始終敏感於藍調的感官」所散發出的憂傷基調，亦回應著詩名「美麗的哀愁」。

　　西方文化的藍色，除了是憂鬱的象徵外，更與宗教密切相關，比如聖母瑪莉亞的畫像，總是描繪著藍色衣袍，用以表現她的「聖潔」（Victoria Finlay 6）。孟樊詩作也曾使用類似的象徵手法，〈S. L.和寶藍色筆記〉以「精靈的膚色」（1992：74）來形容筆記封面的寶藍色色澤，便是認爲寶藍色帶有高雅、聖潔的意味。

　　再者，歐洲著名童話「青鳥」賦予了藍色「幸福」的象徵（二十一世紀研究會 172），翻開孟樊的《S. L.和寶藍色筆記》，亦可從中尋獲「幸福」的藍色，在〈水色小簡——給S. L.〉一詩中，詩人寫道：

　　　我遺留的小簡輕輕
　　　問候一聲
　　　關懷兩句

---

[4] 李銘龍認爲「肉慾的」是黃色的抽象意象之一。該文更進一步提到：「一向被中國人視爲高貴的黃色，近來卻成爲含有色情意味的字眼，主要是受了西方文化的影響，逐漸成爲一種約定俗成的意象。」（22）

背著神秘的月光

偷偷地　偷偷地

溜進妳精心設防的

藍色的夢中（1992：57）

　　詩名已點出小簡為水色，而這張水藍色的小簡正是幸福的信箋，承載著詩中我的關心，悄悄送進了S. L.幸福的夢中。藍色雖然是個抽象的視覺意象，但藍色與物象結合後，則具象化為鮮明的意象，除了「水色小簡」外，《S. L.和寶藍色筆記》裡以「藍」形容物象的情形，尚有：「湛藍色的筆記本」、「紫藍色的床頭燈暈」、「藍天」、「寶藍色的筆記本」等。

　　通過以上對《S. L.和寶藍色筆記》中藍色詩作的討論，我們不難察覺，孟樊的藍色意象深受西方文化影響。然而，孟樊的藍色美學絕非「深受西方文化影響」八個字可以概括的，如將焦點轉向詩集《旅遊寫真》，則可窺見有別於《S. L.和寶藍色筆記》的藍色運用，《旅遊寫真》裡的「藍」，是天空、是雷雨、是水色也是湖面倒影，是花田景象也是建築景觀。李蕭錕在《台灣色》一書裡談到：

藍色，屬於天空、屬於海洋、屬於宇宙、屬於太虛。

藍色，象徵一種大氣與大器、無際與無邊、無垠與無限。

在西洋人眼中，生命與海洋有關，生命來自海洋，藍色是海洋的表徵，因此，藍色象徵著生命、生意與繁殖。

聖母子都穿海水般藍色衣飾，意味著人類生命的源起，同時向藍色致敬。

在台灣，和中國傳統文化同源，藍色被稱作青色，青色
代表新生、新鮮、萌芽、初生、新手、新人。（54）

　　天空與海洋都是常見的藍色意象，藍色不僅是自然景物
的色澤，同時表徵著生命力與廣闊感。比如在〈托斯卡尼豔陽
下〉：「像不小心打翻的靛藍顏料／水兵藍一撒野竟遍地開
花」（孟樊，2007：175-76），此詩以翻落靛藍顏料來形容滿
地鮮花，靛藍一來是花卉色相的描摹，二來也是生命力的隱
喻。又如〈在瑞士皮拉特斯山〉：「記憶卻隨風愈吹愈長／長
到腳下藍綠混合的／曼陀羅」（孟樊，2007：170），不斷蔓
延的記憶就好像不停生長的植物，此詩同樣以藍色調象徵生命
力。

　　除了以藍表現生命力，《旅遊寫眞》裡還有不少以藍色
描摹天色、水色的詩句，舉凡〈北婆羅州行腳〉裡，「京那巴
魯咬向蒼茫的青空」（孟樊，2007：99）；〈關島開門——隱
文詩一首贈羅門〉中，「天藍成印象派潑在普羅旺斯的油彩」
（2007：110）；〈瑪琳湖畔唱歌〉寫道，「水微微的泣，／天
藍成一半。」（2007：135）〈坐看露易絲湖〉裡則有「藍藍的
天藍藍的海／藍藍的心情和著瘦瘦的思緒」（2007：130）；到
了〈托斯卡尼豔陽下〉，「此時，整片藍天早已攝入我／記憶
的底片，倘若數位相機不說話」（2007：176），五首詩作皆
使用藍色來形容天空的色調。又如〈路過海絲湖——紐西蘭之
旅有感〉裡，「驚醒的是海絲湖那張／迎風招展的藍晶的臉」
（2007：114）；而〈坐看露易絲湖〉，先有「讓下凡的仙女傾
倒白雲入湛藍」（2007：129），後有「藍藍的天藍藍的海／藍

藍的心情和著瘦瘦的思緒」（2007：130）；〈瑪琳湖畔唱歌〉
中，則是「藍中帶綠的湖光山色」（2007：136）；〈在浪漫大
道上〉寫道，「在藍色多瑙河上奏起貝多芬」（2007：163），
四首詩雖描述著不同的湖泊、河流，卻同樣包裹著藍色的外
衣。

其中，藍色意象兼寫天空與湖泊的有〈坐看露易絲湖〉與
〈瑪琳湖畔唱歌〉兩首詩，詩人在〈瑪琳湖畔唱歌〉裡悠悠寫
著：「水微微的泣，／天藍成一半。」（2007：135）作者在
此以哭泣的動作來形容水波粼粼的律動感，同時使用了修辭學
的轉品，將「藍」轉化爲動詞，「天藍成一半」意指水面的天
空倒影被水波裁切開了，這樣的書寫方式，一方面強化了景物
色調的描繪，另一方面也跳脫了水面是主角、倒影是配角的寫
法，讓天空的形象更加立體化；此外，此詩的藍色意涵在某種
程度上屬於憂鬱象徵的延伸，水傷心得哭了，天也就跟著傷心
得分爲兩半了。至於〈坐看露易絲湖〉：

> 湖泊是幸福的吟唱詩人
> 枕靠著蓊鬱的山巒
> 讓下凡的仙女傾倒白雲入湛藍
> 洗牛奶浴梳她的纖纖秀髮（2007：129）

此處以「幸福的吟唱詩人」形容湖泊，湖泊本是藍色調，
而藍色本身也有幸福的意涵，無形中成爲一種呼應，而仙女所
傾倒下的朵朵白雲，其實是水面倒影的描繪，湖面映照著天
空，白雲便一一飄進湛藍湖面，成爲湖光映像了；〈坐看露易
絲湖〉一詩後半又寫道：「藍藍的天藍藍的海／藍藍的心情和

著瘦瘦的思緒」（2007：130），藍色的不只是天空與海水，更
包含著詩中我的情緒。

　　此外，以藍色書寫心情的尚有〈夢中布拉格〉一詩：

　　　我們是兩尾自在悠游的魚
　　　讓淚珠兒不由自主地
　　　滴落自夢的眼瞼
　　　有一點點鄉愁的鹹味
　　　和著些許藍色的憂傷（2007：187）

　　「自在悠游」、「憂傷」都是藍色意涵之一，在一連串藍
色背景中，有著灑著鄉愁與憂傷的滴滴淚水，而淚水似乎也形
成一抹淺淺的藍。

第三節　藍色的配色美學

　　前述已對藍色在詩作中的象徵意涵予以析論，以下將觀察
同時運用了藍色與其他色彩的詩作，探究孟樊如何調配各種色
彩來強化色彩在詩中的效用。鄭國裕與林磐聳認為：「色彩是
不能單獨存在的，當我們觀看某一色彩時，必受該色彩周圍的
其他色彩所影響，而產生比較的關係。」（68）不同的色彩搭
配方式會帶給讀者不同的色彩感覺，一旦配色得宜將有助於開
啟詩作的想像。在孟樊使用藍色的詩作中，可見到的配色方式
包括對比色彩的搭配、兩種色調的調和以及多種色彩的並置，
根據筆者整理，孟樊的藍色詩作之色彩使用情形如表2：

表2　孟樊藍色詩作的色彩使用

詩名	使用的色彩	出處
〈我的書齋〉	紅、藍、綠、白、黑、青	《S.L.和寶藍色筆記》（頁15-17）
〈水色小簡——給S.L.〉	藍、水色	《S.L.和寶藍色筆記》（頁57-59）
〈感官主義傾斜——再致美麗的哀愁〉	湛藍、藍、酡紅、白、黃、紫藍	《S.L.和寶藍色筆記》（頁60-63）
〈城堡〉	墨綠、白、湛藍	《S.L.和寶藍色筆記》（頁64-65）
〈海邊的落日〉	黑、墨綠、寶藍、白、黃	《S.L.和寶藍色筆記》（頁66-69）
〈夢境〉	白、黑、藍	《S.L.和寶藍色筆記》（頁70-72）
〈S.L.和寶藍色筆記〉	黃、白、黑、寶藍	《S.L.和寶藍色筆記》（頁73-75）
〈如果春天再春天些〉	藍、紅、黃	《S.L.和寶藍色筆記》（頁79）
〈九寨歸來不看水〉	藍	《旅遊寫真》（頁63）
〈北婆羅州行腳〉	青、紅、	《旅遊寫真》（頁99-104）
〈在民丹島SPA——偕妻同遊記〉	水色、米黃、森綠、鼠灰、紅、乳白	《旅遊寫真》（頁108-09）
〈關島開門——隱文詩一首贈羅門〉	藍、白	《旅遊寫真》（頁110-11）
〈路過海絲湖——紐西蘭之旅有感〉	白、金黃、綠、藍、紅	《旅遊寫真》（頁114-15）
〈坐看露易絲湖〉	紅、白、湛藍、藍	《旅遊寫真》（頁129-31）
〈瑪琳湖畔唱歌〉	藍、綠、白	《旅遊寫真》（頁135-37）
〈在蒙馬特讀夏宇〉	藍	《旅遊寫真》（頁150-52）
〈巴黎歌劇院旁咖啡館一隅〉	藍、緋紅	《旅遊寫真》（頁153-55）
〈在浪漫大道上〉	乳色、酒紅、黑、藍	《旅遊寫真》（頁163-64）
〈在瑞士皮拉特斯山〉	白、水兵藍、綠	《旅遊寫真》（頁168-71）
〈托斯卡尼豔陽下〉	綠、靚藍、水兵藍、金黃、藍	《旅遊寫真》（頁175-77）
〈夢中布拉格〉	白、古銅、紅、藍	《旅遊寫真》（頁185-89）
〈初見布達佩斯〉	藏青、寶藍、酒紅、香檳黃、秋香色、黃、綠	《旅遊寫真》（頁190-93）

檢視表2，我們可以發覺，並置多種色彩是其最常使用的表現手法，比如〈初見布達佩斯〉：「該給這莊嚴著上什麼顏色／藏青寶藍酒紅香檳黃或秋香色」（2007：190），一連並置了五種顏色來書寫多瑙河岸的皇宮景貌，沿著色彩出現的順序讀下，一如順流而下所見的河岸風光。

　　色彩多用的詩作還有〈巴黎歌劇院旁咖啡館一隅〉：

沉默其實是——

飄著咖啡香的景泰藍；

已枯萎半日的一束鬱金香；

巴黎大學女生緋紅的酒窩；

還有巴哈低泣的無伴奏；

男男女女說著我不懂的法語。（2007：153-154）

　　景泰藍是彩繪藍色花紋的瓷器，盛在這器皿裡的是咖啡，一旁還有乾枯的鬱金香花束與年輕女生的緋紅酒窩，詩中未點明的色彩則是景泰藍瓷器上的其他色澤、鬱金香實際花色（乾枯與未乾枯的花朵又有不同色澤）等，而已點明的顏色有藍色、咖啡色、緋紅色，已可見咖啡館內的色彩斑斕。然而，這些繽紛的色彩所欲烘托的主角是「沉默」，因而此段詩句在鮮明的色彩詞彙中穿插著「枯萎」、「低泣」等負面詞彙，促使全詩導向沉默的氛圍。

　　其次，〈我的書齋〉同樣以色彩來抒發孤寂感：「有時紅色太多，或者藍色過濃／孤獨是洶湧澎湃的調色盤」（1992：15）。紅色是暖色調，屬於能引發興奮感的顏色；藍色是冷色調，屬於能帶來沉靜感的顏色。而紅色象徵著熱情、快樂、憤

怒；藍色則象徵著冷漠、沉著、憂鬱。然而，不管是暖色還是
冷色，不論是興奮或者悲傷，都處於太多與過濃的過度狀態，
就連孤獨都是洶湧澎湃的，而孤獨也正如調色盤般調和了冷與
熱、憂與喜的心情。此詩雖運用了暖與冷的對比，卻不是要強
調兩者的差異性，而是調和兩者以表現孤獨的情緒；此詩到了
後半部，又出現更多色彩：

> 橫面而來，理論白，批評黑
> 文學紅，歷史青，無言背對
> 政治社會則不分青紅皂白（16-17）

理論給人比較崇高的感覺，所以「白」；批評總是給人
負面的印象，所以「黑」。此外，文學長紅，史書為青，而政
治社會則往往不識黑白、不分青紅，作者在此不僅為每個書種
搭配上符合特性的顏色，更巧妙地運用「青紅皂白」回扣前面
的「白」、「黑」、「紅」、「青」，就連顏色順序都恰好顛
倒，而政治社會不也常常是顛三倒四的嗎？

此外，孟樊所經營的色調常常是充滿律動感的，例如〈城
堡〉一詩的後半段：

> 山是詭譎多幻的海
> 一樣縹緲的山
> 相思遂浮出雲
> 繫著伊的綿延
> 銀河的穹際
> 逶迤地流瀉

> 悠遠的白鍊
> 飛逸出一尾
> 像紙鳶般攀升翱翔
> 自被孤寂封鎖的臉
> 以伊的湛藍
> 大海飛起來（1992：65）

此處由山寫起，繼而寫雲、寫海，看似寫景，其實寫的是海面倒影，在這片水色倒影裡，雲影隨波蕩漾，交織出藍、綠、白三色錯落的美麗。藍綠白交錯的湖光雲影也出現在〈瑪琳湖畔唱歌〉，瑪琳湖畔有著「藍中帶綠的湖光山色」與「被八方回聲漂白的遊雲」（2007：136）。

〈在民丹島SPA──偕妻同遊記〉則展示出閒適的海灘風光：

> 纏繞的水色雙人舞一旋開
> 自甫開的天國之門
> 一對信鴿即以純白之姿
> 悠悠落腳在米黃色沙灘留連（2007：108）

水色雙人舞形容的是海天共色的景貌，大片的藍色表現出天地遼闊之感，在這一片碧海青空的美麗裡，作者緊接著點綴上純白的鴿子與米黃色的沙灘，一幅悠閒的海灘風情畫隨之浮現。

再者，並置多樣顏色寫景的尚有〈路過海絲湖──紐西蘭之旅有感〉：

秋光是上帝的雕刀

從白楊木夾道的兩旁一劃

金黃的繽紛色彩隨即渲染

午睡中的綠野平疇

驚醒的是海絲湖那張

迎風招展的藍晶的臉（2007：114）

　　金黃色的秋光貫串全景，在秋光下，有白楊木、綠色原野與藍色湖泊，作者運用了黃、褐、綠、藍四種色彩，拼貼出了紐西蘭的美景。

第四節　結語

　　康丁斯基曾言：「符號變成一種習慣後，往往把象徵的意義隱藏了，內在的意義因之被外在的意象隱藏。」（2000：19）「藍色」作為一個普遍的符號，似乎常常被理解為憂鬱的象徵或自由的表徵，因而忽略了其中更深層的意涵，本章選用「藍色」意象為切入點，試圖探索「藍色」在孟樊詩作中的作用，期能辨明藍色意象的內涵，及其如何運用藍色意象來增添詩作的情感。通過前文對《S. L.和寶藍色筆記》與《旅遊寫真》兩部詩集的討論，可以發現，孟樊筆下的「藍色」擁有豐富的象徵意涵，在《S. L.和寶藍色筆記》中，藍色意涵多源自西洋文化的影響，到了《旅遊寫真》，雖也能見到負載西方文化象徵的藍色意象，但此詩集的藍色意涵多以自然意象的形態

出現，此點是異於前一本詩集的。

　　這樣的差異其實與詩集本身的定位有關，陳仲義曾評論《S.L.和寶藍色筆記》詩集可見孟樊「早期鍾情於浪漫情愫和堅持現代骨質」（9）的特徵；林燿德亦認為：「《S.L.和寶藍色筆記》也收錄了不少抒情寫意的詩章」（231），正因此一詩集收錄有諸多浪漫情懷之作，《S.L.和寶藍色筆記》中的藍色象徵才會如此豐富，時而是幸福，時而是希望，時而是憂鬱。《旅遊寫眞》則是孟樊理念先行的旅遊詩集，所收錄的作品全是旅遊詩，在如斯的背景下，當中自然不乏天光雲影與山水風光，也因而此詩集的藍色意象以自然意象居多。另一方面，並置多種色彩是孟樊詩作的常見表現手法，在這些詩作中，不論題材上寫景或是寫情，不論形式上使用冷色調還是暖色調，孟樊均能運用語境來調和色彩意象，讓該詩的色彩情感指向一致的氛圍，詩作的精神內涵也就在色彩意象的調和中獲得彰顯（參見附表）。

附表　孟樊使用「藍色」的詩作

詩名	詩句	出處
〈我的書齋〉	有時紅色太多，或者藍色過濃	《S.L.和寶藍色筆記》（頁15）
	文學紅，歷史青，無言背對	《S.L.和寶藍色筆記》（頁17）
	政治社會則不分青皂白	《S.L.和寶藍色筆記》（頁17）
〈水色小簡──給S.L.〉	溜進妳精心設防的／藍色的夢中	《S.L.和寶藍色筆記》（頁57）
	鋪滿星晶的水色軀體	《S.L.和寶藍色筆記》（頁58）
〈感官主義傾斜──再致美麗的哀愁〉	在湛藍色的筆記本上	《S.L.和寶藍色筆記》（頁60）
	始終敏感於藍調的感官	《S.L.和寶藍色筆記》（頁60）
	紫藍色的床頭燈暈	《S.L.和寶藍色筆記》（頁62）

（續）

詩名	詩句	出處
〈城堡〉	以伊的湛藍／大海飛起來	《S.L.和寶藍色筆記》（頁65）
〈海邊的落日〉	伊的眼眸是寶藍的星晶閃在天河	《S.L.和寶藍色筆記》（頁67）
〈夢境〉	一邊藍天一邊星空	《S.L.和寶藍色筆記》（頁72）
〈S.L.和寶藍色筆記〉	寶藍色的，S.L.喜歡，恰巧被打開的夜的星幕也是這般的顏色，那，柴可夫斯基第四號豈不也是？	《S.L.和寶藍色筆記》（頁74）
	我方特意買了本筆記予你，封面是寶藍色的像精靈的膚色，頎瘦的長度則酷似我眼中所見你透明的胴體	《S.L.和寶藍色筆記》（頁74）
	寶藍色的女體一次又一次寫滿了我的字；其實，S.L.你並不滿意，不滿意我愛吹噓的美學觀點，只因你維多利亞似的涵養把那群蝌蚪樣的精靈音符一行一行天衣無縫底依序排列在柴氏寶藍色的筆記本上	《S.L.和寶藍色筆記》（頁74-75）
〈如果春天再春天些〉	以及資本家的資金為藍領階級的違章建築而留	《S.L.和寶藍色筆記》（頁79）
〈九寨歸來不看水〉	九面藍水晶是海仙子下凡來築藏式瑤寨	《旅遊寫真》（頁63）
〈北婆羅州行腳〉	京那巴魯咬向蒼茫的青空	《旅遊寫真》（頁99）
〈在民丹島SPA——偕妻同遊記〉	湛藍的雷雨卻在森綠色的午後／橫掃經年累月鼠灰發霉的心扉	《旅遊寫真》（頁108）
〈關島開門——隱文詩一首贈羅門〉	天藍成印象派潑在普羅旺斯的油彩	《旅遊寫真》（頁110）

（續）

詩名	詩句	出處
〈路過海絲湖──紐西蘭之旅有感〉	驚醒的是海絲湖那張／迎風招展的藍晶的臉	《旅遊寫真》（頁114）
〈坐看露易絲湖〉	讓下凡的仙女傾倒白雲入湛藍	《旅遊寫真》（頁129）
	藍藍的天藍藍的海／藍藍的心情和著瘦瘦的思緒	《旅遊寫真》（頁130）
〈瑪琳湖畔唱歌〉	水微微的泣，／天藍成一半。	《旅遊寫真》（頁135）
	藍中帶綠的湖光山色，	《旅遊寫真》（頁136）
〈在蒙馬特讀夏宇〉	上述順序像街頭那位大鬍子／畫家的臉／非常的藍調	《旅遊寫真》（頁152）
〈巴黎歌劇院旁咖啡館一隅〉	沉默其實是──／飄著咖啡香的景泰藍；	《旅遊寫真》（頁153）
〈在浪漫大道上〉	在藍色多瑙河上奏起貝多芬	《旅遊寫真》（頁163）
〈在瑞士皮拉特斯山〉	她有我眸子的顏色／是水兵藍的那種，我欺身去聞	《旅遊寫真》（頁169）
	記憶卻隨風愈吹愈長／長到腳下藍綠混合的／曼陀羅	《旅遊寫真》（頁170）
〈托斯卡尼豔陽下〉	像不小心打翻的靚藍顏料／水兵藍一撒野竟遍地開花	《旅遊寫真》（頁175-176）
	此時，整片藍天早已攝入我／記憶的底片，倘若數位相機不說話	《旅遊寫真》（頁176）
〈夢中布拉格〉	有一點點鄉愁的鹹味／和著些許藍色的憂傷	《旅遊寫真》（頁187）
〈初見布達佩斯〉	該給這莊嚴著上什麼顏色／藏青寶藍酒紅香檳黃或秋香色	《旅遊寫真》（頁190）

引用書目

吳東平。《色彩與中國人的生活》。北京：團結，2000。

宋澤萊。《宋澤萊談文學》。台北：前衛，2004。

李銘龍編著。《應用色彩學》。台北：藝風堂，1994。

李蕭錕。《台灣色》。台北：藝術家，2003。

谷欣伍編。《色彩理論與設計表現》。台北：武陵，1992。

孟樊。《S. L.和寶藍色筆記》。台北：書林，1992。

——。《旅遊寫真》。台北：唐山，2007。

林昆範。《色彩原論》。台北：全華科技，2005。

林書堯。《色彩認識論》。台北：三民，1986。

林燿德。〈孟樊論〉。《期待的視野——林燿德文學短論選》。台北：幼獅，1993。頁228-232。

陳仲義。〈鑲嵌：取消「踪跡」和「替補」本文〉。《文訊》，革新第91期（1996年），頁9-11。

曾啟雄。《色彩的科學與文化》。台北縣：耶魯國際文化，2003。

黃永武。《詩與美》。台北：洪範，1987。

鄭國裕、林磐聳編著。《色彩計劃》。台北：藝風堂，1987。

賴瓊琦。《設計的色彩心理：色彩的意象與色彩文化》。台北縣：視傳文化，1997。

Kandinsky, Wassily原著。吳瑪悧譯。《點線面》。台北：藝術家，2000。

——。《藝術的精神性》。台北：藝術家，2006。

Finlay, Victoria原著。周靈芝譯。《藍色》。台北：時報，2005。

廿一世紀研究會原著。張明敏譯。《色彩的世界地圖》。台北：時報，2005。

Culture Map 30

台灣中生代詩人論

作　　者／孟樊
出 版 者／揚智文化事業股份有限公司
發 行 人／葉忠賢
總 編 輯／閻富萍
地　　址／22204 新北市深坑區北深路三段 260 號 8 樓
電　　話／(02)8662-6826
傳　　真／(02)2664-7633
網　　址／http://www.ycrc.com.tw
 E-mail ／service@ycrc.com.tw
印　　刷／鼎易印刷事業股份有限公司
 I S B N ／978-986-298-031-6
初版一刷／2012 年 3 月
定　　價／新台幣 450 元

國家圖書館出版品預行編目（CIP）資料

台灣中生代詩人論 / 孟樊著. -- 初版. -- 新北
市：揚智文化, 2012.03
面；　公分. -- （Culture map；30）

ISBN 978-986-298-031-6(平裝)

1.新詩　2.詩評

820.9108　　　　　　　　　　　　101001098